KAPITEL 1

Das rubinrote Licht der Kommunikationskonsole blinkte, als Hypatia Cade unter der Unterrichtshaube hervorkam und vor ihren siebenjährigen Augen die Quadratgleichungen tänzelten. Es war nicht das beständige Blinken, das eine aufgezeichnete Nachricht anzeigte, auch nicht der Dreierrhythmus, der bedeutete, daß Mum oder Dad ihr eine Notiz hinterlassen hatten, sondern vielmehr das doppelte Blinken mit einer Pause zwischen den einzelnen Phasen, das ihr mitteilte, daß *oben* jemand darauf wartete, daß sie den Kanal freigab.

Irgend jemand *oben*: Das bedeutete ein nicht im Fahrplan vorgesehenes Schiff, das ... Tia wußte sehr gut, wann die planmäßigen Besuche fällig waren; sie standen im Familienkalender und wurden ihr von der KI als allererstes beim Frühstück gemeldet. Das bedeutete, daß sie wirklich sehr schnell antworten mußte, ohne sich die Zeit zu nehmen, erst in den Anzug zu steigen und loszulaufen, um Mum oder Dad zu empfangen. Ein Notfall konnte es aber nicht sein, sonst hätte die KI ihren Unterricht unterbrochen.

Sie rieb sich die Augen, um die tanzenden Variablen zu vertreiben, und schob ihren Schemel zur Kommunikationskonsole hinüber, damit sie alle Tasteingaben erreichen konnte, wenn sie sich darauf stellte. In einem Sessel wäre sie an nichts herangekommen. Mit einer forschen Effizienz, um die sie jeder dreimal so alte Mensch beneidet hätte, löschte sie das Signal, wärmte das Relais auf und öffnete den Kanal.

»Forschungsteam C-Eins-Zwei-Eins«, betonte sie deutlich, denn das Mikrofon war alt und verlor manchmal etwas, wenn es nicht klar ausgesprochen wurde. »Forschungsteam C-Eins-Zwei-Eins auf Empfang. Bitte kommen. Over.«

Nervös zählte Tia die vier Sekunden ab, die es in den Orbit und zurück brauchte. *Eins-Hypotenuse, Zwei-Hypotenuse, Drei-Hypotenuse, Vier-Hypotenuse.* Wer konnte es sein? Sie bekamen nicht oft außerplanmäßige Schiffe, und meistens bedeutete es Ärger. Planetenpiraten, Seuchen oder Sklavenhändler. Schwierigkeiten mit einem der Kolonieplaneten. Oder, noch schlimmer: Artefaktdiebe im Gebiet. Eine solch kleine Station war nur zu verwundbar für einen Blitzüberfall. Natürlich gaben Ausgrabungen über Salomom-Kildaire-Wesen nur selten etwas her, wonach es einen Sammler gelüstete, aber wußten die Diebe das auch? Tia hatte ihre Befehle, wenn Räuber kommen sollten und sie allein war, sich in den geheimen Fluchttunnel zurückzuziehen, der die Kuppel in die Luft jagen würde; in das dunkle, kleine Versteck, weitab von der Station, das Mum und Dad als erstes eingerichtet hatten, sobald die Kuppel gestanden hatte ...

»Hier ist Kurier TM Dreisiebzig. Tia, Liebste, bist du das? Mach dir keine Sorgen, Liebes, wir sind auf einer Kurierfahrt, und das hier lag auf dem Weg, deshalb haben wir dir deine Pakete früher gebracht. Over.« Die volle Altstimme wurde vom Lautsprecher etwas verflacht, war ihr aber noch immer willkommen und vertraut. Vor Aufregung hüpfte Tia auf ihrem Schemel auf und ab.

»Moira! Ja, ich bin es! Aber ...« Sie runzelte leise die Stirn. Beim letzten Mal, als Moira hiergewesen war, hatte ihre Bezeichnung CM gelautet und nicht TM. »Moira, was ist mit Charlie passiert?« Ihre siebenjährige Stimme nahm den halb vorwurfsvollen Ton einer sehr viel älteren Person an. »Moira, hast du etwa *schon wieder einen* Piloten vergrault? Du solltest dich schämen! Weißt du nicht mehr, was sie dir damals gesagt haben, als du Ari aus deiner Luftschleuse gestoßen hast! Over.«

Vier Sekunden; eine Ewigkeit. »Ich habe ihn nicht vergrault, Liebling«, erwiderte Moira, obwohl Tia den Eindruck hatte, daß sie doch ein wenig schuldbewußt klang. »Er hat beschlossen zu heiraten, seine eigene Brut aufzuziehen und sich als Schlammbewohner niederzulassen. Keine Sorge, das wird der letzte gewesen sein, da bin ich mir sicher. Tomas und ich kommen hervorragend miteinander aus. Over.«

»Das hast du auch schon über Charlie gesagt«, erinnerte Tia sie düster. »Und über Ari und Lilian und Jules und ...«

Sie war immer noch damit beschäftigt, Namen herunterzuleiern, als Moira sie unterbrach. »Schalt den Landungspeilstrahl an, Tia. Wir können uns unterhalten, wenn ich gerade keinen Treibstoff für Orbitaussteuerung vergeuden muß.« Ihre Stimme wurde eine Spur heimtückisch. »Außerdem habe ich dir ein Geburtstagsgeschenk mitgebracht. Deshalb wollte ich es mir auch nicht entgehen lassen, hier haltzumachen. Over.«

Als wenn ein Geburtstagsgeschenk sie von ihrer Litanei der gescheiterten Versuche Moiras ablenken würde, sich mit einem Piloten zu arrangieren!

Na ja ... Vielleicht tat es das doch ein wenig.

Tia schaltete den Peilstrahl ein und aktivierte dann den Rest der Landesequenz, die Landebahnbeleuchtung und die Lenkmonitoren, um schließlich die KI einzukoppeln und sie wissen zu lassen, daß sie mit Moiras Navigationssystem sprechen mußte. Damals, als Moira zum letztenmal hier gewesen war, hatte sie das alles noch nicht gekonnt. Moira hatte ohne ihre Hilfe landen müssen.

Sie beugte sich weiter vor, um dem Zustand des Mikrofons Rechnung zu tragen. »Alles klar und bereit für das Landemanöver, Moira. Was hast du mir denn gebracht? Over.«

»Ach, du kluges kleines Ding!« rief Moira, und ihre Stimme kippte vor Entzücken beinahe über. »Du hast ja das ganze System eingerichtet! Da hast du aber wirklich einiges dazugelernt, seit ich letztes Mal hier war! Danke, Liebes – und was ich dir mitgebracht habe, wirst du schon noch erfahren. Over und Ende.«

Na ja, Tia hatte es wenigstens versucht. Sie sprang von ihrem Schemel und überließ es der KI, die das Haus und die externen Systeme steuerte, das Gehirn-Schiff einzuholen. Oder, genauer, dem Gehirn-Schiff die Information zu geben, die sie brauchte, um sich *selbst* einzuholen; Moira übergab ihre Steuerung niemals jemand anderem, wenn sie die freie Wahl hatte. Das war auch eins der Probleme, die sie ständig mit ihren Piloten bekam. Sie traute ihnen nicht am Steuer, und das ließ sie sie auch wissen. Ari war vor allem alles andere als belustigt über ihre Grundeinstellung gewesen und hatte tatsächlich versucht, ihre Steuerelemente auszuschalten, nur um nachzuweisen, daß *er* ebensogut steuern konnte wie sie.

Nun zur nächsten Entscheidung: Sollte sie sich anziehen und Mum und Dad abholen? Es hatte keinen Zweck zu versuchen, sie über das Intercom zu erreichen; wahrscheinlich hatten sie ihre Anzuglautsprecher abgeschaltet. Obwohl sie so etwas eigentlich nicht tun sollten. Und es handelte sich auch nicht um einen Notfall. Mit Sicherheit wären sie äußerst verärgert, wenn sich herausstellte, daß es sich nur um einen Privatanruf eines Kurierschiffs handelte, auch wenn es Moira war. Sie wären wahrscheinlich mehr als verärgert, wenn sie mit wichtigen Dingen beschäftigt sind, beispielsweise eine Dokumentation eines Funds oder eine Altersbestimmung.

Moira hatte nicht gesagt, daß es wichtig sei. Wenn das, was sie mitbrachte, wirklich bedeutend gewesen wäre, hätte sie nicht über abtrünnige Piloten und Geburtstagsgeschenke geplaudert.

Tia blickte auf die Uhr; keine halbe Stunde mehr bis zur Mittagspause. Wenn es eins gab, was Pota Andropolous-Cade (Doktor der Bioforensik, Doktor der Xenologie, Doktor der Archäologie) und ihr Mann Braddon Maartens-Cade (Doktor der Geophysik, Doktor der Astrophysik, Privatdozent für Archäologie und lizensierter Astrogator) – außer ihre Hypatia und ihre nachhaltige, wenn auch zerstreute Liebe zueinander –, gemeinsam hatten, so war es die Pünktlichkeit. Um Punkt Nullsiebenhundert jeden ›Morgen‹, gleich wo sie gerade sein mochten, frühstückten die Cades zusammen. Um genau zwölfhundert kamen sie beide zum Mittagessen in die Kuppel. Die KI sorgte dafür, daß Hypatia um sechzehnhundert eine Zwischenmahlzeit zu sich nahm. Und um exakt neunzehnhundert Uhr kehrten die Cades von der Ausgrabungsstelle zum gemeinsamen Abendessen zurück.

Also würden Pota und Braddon in dreißig Minuten hier sein. Moira konnte unmöglich in weniger als zwanzig Minuten landen. Der Besucher – oder *die* Besucher, denn es ließ sich nicht sagen, ob es an Bord noch jemanden außer dem Piloten gab, würde nicht lange warten müssen.

Sie trottete durch das Wohnzimmer der Kuppel, nahm ihre Bücher und Puzzle auf, glättete die Sofakissen, schaltete die Beleuchtung und die Hololandschaft mit wogenden blauen Bäumen an einer grünen Lagune auf Mykon an, wo ihre Eltern sich begegnet waren. Sie beauftragte die Küche, mit dem Kaffee zu beginnen, löschte das Mittagessenprogramm, um statt dessen eine Auswahl V-1 vorzubereiten, ein fertiges Programm, das Braddon eingespeichert hatte und mit dem Leckereien für Besucher hergestellt wurden. Die Musik suchte sie selbst aus: die Arkenstone-Suite, ein lebhaftes Synthesizerstück, von dem sie fand, daß es zu dem Holo-Wandgemälde paßte.

Viel mehr gab es nicht zu tun, und so nahm sie Platz und wartete – etwas, das sie schon sehr früh gelernt hatte. Tatsächlich meinte sie, daß sie das recht gut konnte. Das Schicksal eines Archäologenkinds war voll des Wartens, und es verlangte von ihr, weitgehend selbständig zu sein.

Sie hatte nie Spielkameraden gehabt, war überhaupt nie mit vielen Kindern ihres Alters zusammengekommen. Meistens waren Mum und Dad allein auf einer Ausgrabung, denn sie hatten sich auf erstklassige Schätzungsgrabungen spezialisiert. Waren sie nicht allein, so handelte es sich meistens um eine Grabung zweiter Klasse, die der Begutachtung diente. Doch niemals gab es für sie eine Ausgrabung dritter Klasse, bei der Hunderte von Menschen und ihre Familien anwesend waren. Es geschah nicht oft, daß die anderen Wissenschaftler auf einer Ausgrabung zweiter Klasse Kinder besaßen, die noch nicht im Teenageralter waren.

Tia wußte, daß andere die Cades für exzentrisch hielten, weil sie ihre Tochter zu jeder Ausgrabung mitbrachten. Die meisten Eltern, die fern von zu Hause ihrem Beruf nachgingen, ließen ihren Nachwuchs entweder bei Verwandten oder schickten ihn aufs Internat. Tia lauschte den Erwachsenen um sie herum, die meistens so sprachen, als könnte sie nicht verstehen, worüber sie redeten. Auf diese Weise hatte sie sehr viel gelernt, wahrscheinlich mehr, als ihre Eltern argwöhnten.

Eines der Dinge, die sie mitbekam, war die Feststellung, daß sie eine Art ›Betriebsunfall‹ war.

Sie wußte sehr genau, was mit dem Wort ›Betriebsunfall‹ gemeint war. Zum erstenmal hatte sie diese Bemerkung auf einem Empfang gehört, der auf eine wissenschaftliche Vortragsreihe gefolgt war. Tia war schnurstracks auf die fragliche Dame zugegangen und hatte sie feierlich darüber aufgeklärt, daß sie, Tia, sehr *sorgfältig* geplant worden sei, vielen Dank. Daß Braddon und Pota sich ausgerechnet hatten, daß ihre beruflichen Karrieren ungefähr zur gleichen Zeit abgesichert sein würden, wenn Potas biologische Uhr noch die letzten paar Sekunden zu Verfügung hatte, und *dann* wollten sie ein einziges weibliches Kind haben. Sie selbst. Hypatia. Von Anfang an geplant. Vom Schwangerschaftsurlaub bis zu ihrer Mitnahme bei jeder Versetzung; von der Handschuhste, die ihr als Wiege gedient hatte, bis sie krabbeln konnte, bis zu dem Druckzelt, das zu ihrer Krippe wurde, ja, bis zu der Art von KI, die als beste dazu geeignet war, die Doppelfunktion von Lehrer und Beschützer zu erfüllen.

Die angesprochene Dame war errötet und hatte nicht gewußt, was sie sagen sollte. Ihr Begleiter hatte versucht, die Sache mit einem Lachen abzutun, hatte gesagt, daß das *Kind* doch nur wie ein Papagei etwas wiedergebe, was es irgendwo aufgeschnappt habe, und daß Tia unmöglich wissen könne, was sie da alles sage.

Worauf Tia, die mit den ethnologisch erfaßten Gewohnheiten von vier verschiedenen vernunftbegabten und empfindungsfähigen Arten einschließlich des *Homo sapiens* vertraut war – Balz- und Paarungsverhalten inklusive – mit der Bemerkung konterte, daß er sich gründlich irrte.

Dann hatte sie sich, während der Begleiter immer noch hoffnungslos nach Luft rang, wieder der eigentlichen Missetäterin zugewandt, um sie in nüchternem Ernst darauf hinzuweisen, daß *sie* besser auch bald an Kinder denken solle, da es ja offensichtlich sei, daß *sie* in absehbarer Zeit die Menopause erreichen würde.

Das hatte den Raum buchstäblich zum Verstummen gebracht. Als der Gastgeber der Party ihr später wegen ihres Benehmens Vorhaltungen machte, blieb Tia völlig ungerührt. »Sie war unhöflich und bösartig«, hatte Tia erwidert. Als der Gastgeber protestierte, daß diese Bemerkung schließlich nicht für ihre Ohren bestimmt gewesen sei, hatte Tia erwidert: »Dann hätte sie es nicht so laut sagen dürfen, daß alle lachten. Und außerdem ist es ja wohl noch schlimmer, unhöflich *über* jemanden zu sprechen, als *zu* ihm.«

Braddon, den man herbeigerufen hatte, damit er sich um seine irregeleitete Tochter kümmere, hatte nur beiläufig die Schultern gehoben und gesagt: »Ich habe Sie ja gewarnt. Und Sie haben mir nicht geglaubt.«

Allerdings hatte Tia nie herausbekommen, wovor Dad Doktor Julius denn gewarnt hatte.

Die Bemerkungen darüber, sie sei *ungeplant* oder ein *Betriebsunfall* gewesen, waren verstummt, doch schienen die Leute sich immer noch darüber zu sorgen, daß sie ›viel zu frühreif‹ sei und keine gleichaltrigen Kinder zur Verfügung habe.

Die Wirklichkeit aber sah so aus, daß es Tia schlichtweg gleichgültig war, daß sie keine anderen Spielkameraden hatte. Über die Datenbank erhielt sie den besten Unterricht im bekannten Universum, und für Gespräche hatte sie die KI. Sie hatte jede Menge Spielsachen und konnte sich ihre Freizeit weitgehend selbst einteilen. Vor allem aber hatte sie Mum und Dad, die mehr *Stunden* mit ihr zubrachten, als es die meisten Leute mit ihren Kindern taten. Das wußte sie genau, denn sie hatte es in den Statistiken der Bücher nachgelesen, die von Kindern handelten, und außerdem hatte Sokrates, die KI, die sie überallhin begleitete, ihr das gleiche gesagt. Sie waren niemals langweilig und sprachen immer mit ihr, als sei sie erwachsen. Wenn sie etwas nicht verstand, brauchte sie sie nur zu fragen, dann gingen sie alles noch einmal durch und erklärten es ihr, bis sie es begriff. Wenn sie nicht gerade mit etwas beschäftigt waren, das ihre volle Konzentration beanspruchte, ermunterten sie Tia dazu, nach dem Unterricht zur Ausgrabungsstelle hinauszukommen.

Tia hatte noch nie von allzu vielen Kindern gehört, die ihre Eltern sogar bei der Arbeit sahen.

Es war vielmehr eher so, daß Mum und Dad manchmal *zu viel* erklärten. Tia erinnerte sich noch an die Zeit, als sie damit begonnen hatte, zu allem die Frage ›Warum?‹ zu stellen. Sokrates hatte ihr gesagt, daß diese Warum-Fragerei eine Entwicklungsphase sei, durch die alle Kinder gingen – meistens, um Aufmerksamkeit zu erregen. Aber Pota und Braddon hatten sie wörtlich genommen ...

Die KI hatte ihr vor gar nicht langer Zeit mitgeteilt, daß ihre Warum-Phase möglicherweise die kürzeste war, die je beobachtet wurde – und zwar weil Mum und Dad jedes ›Warum?‹ in allen Einzelheiten beantwortet hatten. *Und* weil sie dafür gesorgt hatten, daß Tia alles verstand, damit sie dieses eine *Warum?* nicht wieder stellte.

Nach einem Monat machte das Warum keinen Spaß mehr, und so widmete sie sich anderen Dingen.

Andere Kinder fehlten Tia überhaupt nicht. Wenn sie ihnen begegnete, geschah es meistens mit dem vorsichtigen Gefühl eines Anthropologen, der sich einer neuen und potentiell gefährlichen Art näherte. Das Gefühl schien auf Gegenseitigkeit zu beruhen. Und außerdem hatten sich andere Kinder bisher doch als ziemlich langweilige Kreaturen herausgestellt. Ihre Interessen und ihre Welt waren sehr eng begrenzt, ihr Vokabular nur ein Bruchteil so groß wie Tias. Die meisten von ihnen hatten beispielsweise nicht einmal die leiseste Ahnung vom Schachspiel.

Mum hatte eine Geschichte auf Lager, die sie gern auf Partys erzählte, wie Tia nämlich im Alter von zwei Jahren einen überaus gesprächigen professoralen Ehemann völlig sprachlos gemacht hatte. Auf einem Tisch außerhalb von Tias Reichweite hatte ein wunderschönes, antikes Schachspiel gestanden. Sie hatte es schon fast eine halbe Stunde sehnsüchtig angeblickt, als ihre Mutter bemerkte, was sie da betrachtete.

Auch Tia konnte sich noch sehr gut an diesen Vorfall erinnern. Die Dame hatte einen reich verzierten, geschnitzten Springer aufgenommen und ihr damit vor dem Gesicht herumgewedelt. »Siehst du das Pferdchen?« rief die Dame. »Ist das nicht ein hübsches Pferdchen?«

Tias Empfinden für Schicklichkeit war in Aufruhr geraten – und ihre Intelligenz war beleidigt worden. Sie war aufgestanden und hatte der Dame geradewegs ins Auge geblickt. »Das ist *kein* Pferdchen«, hatte sie in kaltem, klarem Tonfall verkündet. »Das ist ein *Springer*. Er zieht wie der Buchstabe L. Und Mum sagt, daß es die Figur ist, die am häufigsten geoper ... geopper ... geo ...«

Inzwischen war Mum herbeigekommen, als Tia errötete und sich zu erinnern versuchte, wie sie das Wort aussprechen mußte, das sie sagen wollte. »Geopfert?« hatte Mum nachgeholfen. »Das bedeutet ›aufgegeben‹.«

Strahlend vor Dankbarkeit hatte Tia genickt. »Am meisten *aufgegeben* wird, nach dem Bauern.« Dann blickte sie die Dame wütend an. »Der übrigens *kein* ›Männchen‹ ist!«

Die Dame hatte sich in eine Ecke zurückgezogen und kam nicht wieder daraus hervor, solange Tia und ihre Eltern anwesend waren, obwohl Mums Vorgesetzter daraufhin das Spiel vom Tisch genommen und Tia zu einer Partie herausgefordert hatte. Natürlich hatte er gewonnen, doch wenigstens erfuhr sie auf diese Weise, daß sie wirklich spielen konnte. Er war beeindruckt und fasziniert gewesen und hatte sie mit auf die Veranda genommen, um ihr dort an den Futterstellen verschiedene Vogelarten zu zeigen.

Tia wurde den Eindruck nicht los, daß Erwachsene immer nur auf zwei Arten auf sie reagierten: Entweder waren sie von ihr entzückt, oder sie regte sie auf. Moira gehörte zwar zu den ›Entzückten‹, die meisten ihrer Piloten allerdings nicht. Charlie war eine Ausnahme, weshalb sie auch gedacht hatte, daß er bei dem Gehirn-Schiff bleiben könnte. Anscheinend hatte er sich darüber regelrecht gefreut, daß sie ihn im Schach schlagen konnte.

Sie seufzte. Wahrscheinlich würde dieser neue Pilot zur anderen Sorte gehören.

Nicht daß es wirklich eine Rolle spielte, welche Wirkung sie auf Erwachsene hatte. Tia bekam ohnehin nicht allzu viele von ihnen zu sehen. Obwohl es schon wichtig war,

Mum und Dads Vorgesetzte zu beeindrucken. Soviel hatte sie wenigstens inzwischen gelernt.

»Dein Besucher steht vor der Luftschleuse«, meldete sich die KI und unterbrach ihren Gedankengang. »Sein Name ist Tomas. Während er eingeschleust wird, möchte Moira, daß du mich anweist, die bodengestützte Funkverbindung aufzubauen, damit sie an dem Gespräch teilhaben kann.«

»Nur zu, Sokrates«, sagte sie zu der KI. Das war das Problem mit KIs. Wenn sie noch keine entsprechenden Anweisungen erhalten hatten, mußte man ihnen immer erst sagen, daß sie etwas tun sollten, während ein Schalenmensch einfach getan hätte, wenn es ihm einleuchtete.

»Tomas hat dein Geburtstagsgeschenk dabei«, sagte Moira einen Augenblick später. »Ich hoffe, es gefällt dir.«

»Du meinst wohl, du hoffst, daß *er* mir gefällt«, erwiderte sie durchtrieben. »Du hoffst, daß ich ihm keinen Schreck einjage.«

»Sagen wir einmal, daß ich dich als eine Art Lackmus-Test einsetze, in Ordnung?« gestand Moira. »Und noch etwas, Liebling – Charlie hat sich *wirklich* in eine Normalperson verliebt. Selbst ich konnte erkennen, daß er lieber mit ihr zusammensein wollte, als im Raum zu bleiben.« Sie seufzte. »Es war wirklich schrecklich romantisch. Liebe alten Stils bekommt man nicht mehr so häufig zu sehen. Michiko ist aber auch wirklich ein süßes kleines Ding – ich kann es ihm nicht verübeln. Und teilweise ist es auch deine Schuld, Liebste. Er war so von dir eingenommen, daß er nur noch davon reden konnte, wie gern er Kinder hätte, die genauso sind wie du. Na ja, jedenfalls hat sie die Verwaltung dazu überredet, ihm einen Posten am Boden zu verschaffen, und dann haben sie ihn gegen Tomas ausgetauscht, diesmal ohne Vertragsstrafe, weil es ja nicht meine Schuld war.«

»Du wirst ganze *Ewigkeiten* brauchen, um diese ganzen Strafen wegen Rauswurfs deiner Piloten abzustottern«, fing Tia an, als die innere Schleusenluke sich öffnete und ein Mann im Druckanzug hereinkam. In den Händen hielt er eine Schachtel und seinen Helm.

Tia runzelte die Stirn, als sie den Helm erblickte. Er hatte ihn in der Schleuse abgenommen, sobald der Luftdruck hergestellt war. Das war keine besonders gute Idee, denn Schleusen konnten explodieren, vor allem alte Modelle, wie sie die Ausgrabungsstellen der Klasse Eins besaßen. Was Tia betraf, stand er also bereits auf der Minusseite. Aber er hatte ein nettes Gesicht, gütige Augen und ein rundes, gebräuntes Gesicht mit lockigem, schwarzem Haar. Das fiel auf die Plusseite. So stand es im Augenblick unentschieden.

»Hallo, Tomas«, sagte sie mit nüchterner Stimme. »Du hättest deinen Helm in der Schleuse nicht ausziehen sollen. Du solltest warten, bis die Innenluke sich öffnet.«

»Sie hat recht, Tomas«, erklärte Moiras einschmeichelnde Stimme von der Kommunikationskonsole. »Diese Ausgrabungsstätten der Klasse Eins bekommen ausrüstungsmäßig immer nur die letzte Wahl. Alles davon ist alt, und manches ist auch nicht sonderlich zuverlässig. Schleusenluken explodieren ständig.«

»Sie ist erst letzten Monat explodiert, als ich hereinkam«, unterstützte Tia sie. »Mum hat Stunden gebraucht, um das neue Siegel zu installieren, und sie ist nicht allzu glücklich darüber.« Tomas' Augen waren vor Überraschung geweitet. Wahrscheinlich hatte er vorgehabt, sie nach dem Verbleib ihrer Eltern zu fragen. Er hatte nicht damit gerechnet, mit einer Lektion in Sachen Anzugsicherheit begrüßt zu werden.

»Oh«, war alles, was er dazu sagen konnte. »Danke. Ich werde es mir in Zukunft merken.«

»Gern geschehen«, erwiderte sie. »Mum und Dad sind bei der Ausgrabung; es tut mir leid, daß sie nicht hier sind, um dich zu empfangen.«

»Ich denke, ich sollte euch wohl mal vorstellen«, meinte Moira von der Konsole aus. »Tomas, das ist Hypatia Cade, ihre Mutter ist Doktor Pota Andropolous-Cade, und ihr Vater ist Doktor Braddon Maartens-Cade. Tia, das ist Tomas Delacorte-Ibanez.«

»Es freut mich sehr, dich kennenzulernen, Tomas«, sagte sie mit vorsichtiger Förmlichkeit. »Mum und Dad werden in ...« Sie blickte auf ihr Armbandchronometer. » ... zehn

Minuten hier sein. In der Zwischenzeit gibt es frischen Kaffee. Darf ich dir etwas zu essen anbieten?«

Einmal mehr war er verblüfft. »Kaffee, bitte«, erwiderte er nach einem kurzen Augenblick. »Wenn du so freundlich wärst.«

Sie holte ihn aus der Küche. Als sie mit der Tasse in einer Hand und den Erfrischungen in der anderen aus der Küche kam, hatte er inzwischen seinen Anzug abgelegt. Sie mußte zugeben, daß er in dem hautengen Schiffsanzug, den er darunter trug, sehr attraktiv aussah. Aber schließlich hatten ja alle von Moiras Piloten gut ausgesehen. Das war auch eines ihrer Probleme. Sie hatte die Neigung, sich ihre Piloten in erster Linie nach ihrem Aussehen und erst in zweiter nach ihrer Persönlichkeit auszusuchen.

Ernst und ein wenig vorsichtig nahm er Kaffee und Speisen entgegen, es schien, als habe er den Entschluß gefaßt, sie wie eine Art neues, unbekanntes, aber vernunftbegabtes Lebewesen zu behandeln. Tia bemühte sich, nicht zu kichern.

»Das ist wirklich ein sehr ungewöhnlicher Name, den man dir gegeben hat«, sagte er nach einer peinlichen Pause. »Hypatia, nicht wahr?«

»Ja«, erwiderte sie. »Ich wurde nach dem ersten und einzigen weiblichen Bibliothekar der großen Bibliothek von Alexandria auf Terra benannt. Sie war dort auch die letzte Bibliothekarin.«

In seinen Augen schimmerte wenigstens das Erkennen der Namen wider. Er war also nicht völlig ignorant, was Geschichte betraf, so wie es Julio gewesen war. »Ah. Das war also zu der Zeit, als die Römer sie verbrannten, als Kleopatra ...« fing er an. Sie unterbrach ihn mit einem Kopfschütteln.

»Nein, damals wurde die Bibliothek nicht vernichtet. Sie bestand als berühmte Bibliothek weiter bis in die Zeit des Konstantin«, fuhr sie fort und erwärmte sich für ihre Lieblingsgeschichte, rezitierte sie genauso, wie Pota sie ihr erzählt hatte und sie in der historischen Datenbank niedergeschrieben war. »Als Hypatia Bibliothekarin war, wurde die Bibliothek von einer Meute ungewaschener christlicher Fanatiker gestürmt – angeführt von sogenannten Propheten und heiligen Männern –, die sie bis auf die Grundmauern niederbrennen wollten, weil sie ›heidnische Bücher, Lügen und Ketzereien‹ enthielt. Als Hypatia versuchte sie aufzuhalten, wurde sie ermordet, zu Tode gesteinigt und dann zertrampelt.«

»Oh«, erwiderte Tomas matt. Er schien irgend etwas sagen zu wollen. »Äh ... Warum hast du sie als ›ungewaschene christliche Fanatiker‹ bezeichnet?«

»Weil sie das *waren*«, erwiderte Tia ungeduldig. »Es waren Fanatiker, und die meisten von ihnen waren Säulenheilige oder andere Einsiedler, die darauf achteten, niemals zu baden, weil das Baden römische und heidnische Sitte war, während das Nichtbaden als christlich galt.« Sie rümpfte die Nase. »Ich nehme an, daß es ihnen gleichgültig war, daß es ihnen auch Flöhe bescherte und sie riechen ließ. Die Krankheiten will ich gar nicht erst erwähnen!«

»Ich kann mir nicht vorstellen, daß sie je daran gedacht haben«, meinte Tomas vorsichtig.

»Jedenfalls glaube ich, daß Hypatia sehr tapfer war, aber ruhig ein wenig klüger hätte sein können«, schloß Tia. »Ich kann mir nicht vorstellen, daß ich einfach dagestanden wäre, um mich von ihnen steinigen zu lassen. Ich würde wenigstens weglaufen oder die Tür versperren.«

Tomas lächelte völlig unerwarteterweise. Er hatte ein sehr schönes Lächeln; strahlendweiße Zähne leuchteten in seinem gebräunten Gesicht. »Nun, vielleicht hatte sie nicht viel Auswahl«, meinte er. »Ich vermute, sie hat erst gemerkt, daß sie die Leute nicht mehr aufhalten kann, als es schon zu spät war, um zu fliehen.«

Tia nickte, dachte dabei an die alte alexandrinische Kleidung, wie unförmig sie war und wie schwierig es gewesen sein dürfte, darin zu laufen. »Ich nehme an, du hast recht«, stimmte sie ihm zu. »Ich fände es unangenehm, glauben zu müssen, daß die Bibliothekarin dumm war.«

Da lachte er. »Du meinst, daß du es unangenehm fändest, glauben zu müssen, daß die große Dame, die dir ihren

Namen geliehen hat, dumm war«, neckte er sie. »Und das kann ich dir auch nicht verübeln. Es ist viel angenehmer, nach jemandem benannt zu sein, der absichtlich tapfer und heldenhaft war, als nach jemandem, von dem die Leute bloß *glauben*, daß sie eine Heldin war, nur weil sie zu schwer von Begriff war, um rechtzeitig irgendwelchen Schwierigkeiten aus dem Weg zu gehen!«

Da mußte auch Tia lachen, und das war der Augenblick, in dem sie entschied, daß sie Tomas mögen würde. Zunächst hatte er nicht so recht gewußt, was er von ihr halten sollte, aber dann hatte er sich doch recht nett auf sie eingestellt und behandelte sie durchaus wie ein intelligentes Lebewesen.

Moira war offensichtlich zu dem gleichen Schluß gelangt, denn als sie sprach, klang ihre Stimme weitaus weniger besorgt. »Tomas, hast du nicht etwas vergessen? Du hast Tia doch ihr verspätetes Geburtstagsgeschenk mitgebracht.«

»Das hatte ich tatsächlich vergessen!« rief er. »Ich bitte dich vielmals um Verzeihung, Tia!«

Er reichte ihr die Schachtel, die er mitgebracht hatte, und Tia beherrschte sich und nahm sie höflich entgegen, statt wie ein kleines Kind danach zu greifen. »Danke, Moira«, sagte sie zu der Kommunikationskonsole. »Es macht mir nichts aus, daß es zu spät kommt – das ist fast so, als hätte ich noch mal Geburtstag.«

»Du bist aber auch wirklich zivilisierter, als dir guttut, Liebes«, kicherte Moira. »Na, los, mach es schon auf!«

Sorgfältig öffnete Tia die Verschlüsse der ziemlich farblosen Schachtel und legte die darunterliegende grelle Verpackung bloß. Das Paket darin war von seltsamer Gestalt …

Jetzt konnte sie nicht mehr anders, sie riß ihr Geschenk auf, wie es jedes Kind getan hätte.

»Oh!« rief sie, als sie den Inhalt freigelegt hatte, ausnahmsweise einmal sprachlos.

»Gefällt es dir?« fragte Moira besorgt. »Ich meine, ich weiß zwar, daß du darum gebeten hattest, aber du wächst ja so schnell, daß ich schon fürchtete, du wärst inzwischen zu alt für ihn …«

»Ich *liebe* ihn!« rief Tia. Sie umarmte den hellblauen Bären plötzlich und genoß das Gefühl des weichen Pelzes an ihrer Wange. »Ach, Moira, ich *liebe* ihn einfach!«

»Na ja, es war ziemlich schwierig, ihn aufzutreiben, das kann ich dir verraten«, antwortete Moira; ihre Stimme klang sehr erleichtert, während Tomas noch breiter grinste. »Ihr kommt ja so viel herum – ich mußte unbedingt einen Teddybären finden, der auch mehrfache Dekontaminationsprozeduren durchsteht und so ziemlich jede Quarantäne überlebt. Und es ist schwierig, überhaupt irgendwelche Bären zu finden, sie scheinen aus der Mode gekommen zu sein. Es macht dir doch nichts aus, daß er blau ist?«

»Ich mag blau«, erwiderte Tia glücklich.

»Und magst du ihn auch zottig? Das war Tomas' Idee.«

»Danke, Tomas«, sagte sie zu dem Piloten, der sie immer noch anstrahlte. »Er fühlt sich einfach *wunderbar* an.«

»Ich hatte einen zotteligen Hund, als ich in deinem Alter war«, erwiderte er. »Als Moira mir erzählte, daß du einen Bären haben willst, dachte ich mir, daß sich dieser Bursche hier besser anfühlt als die glatten Bären.«

Er lehnte sich vertrauensvoll vor, und für einen Augenblick befürchtete Tia schon, daß er herablassend zu ihr werden könnte, weil sie sich so sehr für das Spielzeug begeisterte.

»Ich muß dir die Wahrheit verraten, Tia, ich habe es wirklich genossen, diese ganzen Spielwarenläden zu durchkämmen«, flüsterte er. »Vieles von dem Zeug ist viel zu schade für Kinder. Ich habe einige Puzzles gefunden und eine Reihe Zauberkunststücke, denen ich nicht widerstehen konnte, und ich fürchte, ich habe viel zuviel für Raumschiffmodelle ausgegeben.«

Tia kicherte. »Ich werde es niemandem verraten, wenn du es nicht tust«, erwiderte sie in verschwörerischem Ton.

»Pota und Braddon sind in der Luftschleuse«, unterbrach Sokrates. »Soll ich die Küche jetzt anweisen, das Mittagessen zu machen?«

»Und weshalb sind Sie nun genau hier?« fragte Tomas, als sich die Konversation unausweichlich auf Potas und Braddons Arbeit richtete. Er deutete auf die Landschaft hinter der Sichtluke: Atemberaubende Gebirge, um viele Male größer als alles, was sich auf Terra oder jedem anderen bewohnten Planeten finden ließ. Diese kleine Felsgesteinkugel mit ihrer dünnen Haut aus Erdreich hatte viel mehr Ähnlichkeit mit den wilderen Gegenden des Mars gehabt, bevor sie kultiviert worden war, und der Himmel war am Mittag so dunkel, daß sich die Sonne das Firmament mit den Sternen teilen mußte. »Ich hätte gar nicht erwartet, daß sich hier draußen für einen Archäologen allzuviel finden ließe – schließlich ist es hier ja so gut wie luftlos. Die Landschaft ist zwar erstaunlich, aber das ist schließlich kein Grund, hierzubleiben ...«

Braddon kicherte leise; der große Mund in seinem hohlwangigen Gesicht weitete sich zu einem Lächeln, und Tia mußte ein Grinsen unterdrücken. Ob Tomas es wußte oder nicht, er hatte soeben Dads Vorlesemechanismus aktiviert. Glücklicherweise war er ein guter Dozent. Wann immer man Braddon dazu überreden konnte, an einer Konferenz teilzunehmen, erwies er sich als beliebter Redner.

»Auf Planeten wie diesem erwartet niemand etwas zu finden«, antwortete Braddon, lehnte sich zurück und schob die Hände hinter den Kopf. »Gerade deshalb ist die Salomon-Kildaire-Kultur auch so faszinierend. James Salomon und Tory Kildaire entdeckten die ersten Bauten auf dem vierten Mond von Beta Orianis Drei – und es sind noch nie irgendwelche verifizierbaren Artefakte unter sogenannten ›normalen‹ Bedingungen gefunden worden. So gut wie jeder Fund befindet sich auf einem luftlosen oder annähernd luftlosen Himmelskörper. Pota und ich haben über ein Dutzend Fundorte ausgegraben, wo wir Studien der Klasse Eins durchführten, und sie sind alle ähnlich wie dieser.«

Tomas spähte wieder aus der Sichtluke. »Das bedeutet doch wohl sicher, daß sie ... «

»Daß sie Raumfahrer waren«, ergänzte Pota und nickte so stark, daß ihre graubraunen Locken vibrierten. »Ich denke, daran besteht kein Zweifel. Obwohl wir noch keine Spur gefunden haben, die uns einen Hinweis darauf gäbe, womit sie sich von Kolonie zu Kolonie fortbewegten – aber das ist nicht das eigentliche Rätsel.«

Braddon machte eine zustimmende Geste. »Das wirkliche Rätsel besteht darin, daß sie nie irgend etwas *Dauerhaftes* errichtet zu haben scheinen. Sie sind offenbar nie mehr als ein paar Jahrzehnte an einem Ort geblieben. Niemand weiß, weshalb sie fortgingen oder warum sie überhaupt herkamen.«

Tomas lachte. »Sie scheinen so oft von Planet zu Planet gehüpft zu sein wie Sie beide«, meinte er. »Vielleicht haben sie das gleiche getan, was *Sie* gerade tun – frühere Kulturen ausgegraben und sie quer über den Himmel verfolgt.«

Braddon stieß in gespieltem Entsetzen einen Schrei aus. »Bitte!« sagte er. »So etwas dürfen Sie nicht einmal denken!«

Pota lachte nur. »Wenn sie das wirklich getan hätten, hätten wir auch Anzeichen dafür gefunden«, teilte sie den beiden mit. »So trostlos diese Orte auch sind, konservieren sie doch alles hervorragend. Wenn die EsKas Archäologen gewesen wären, hätten wir die Standardwerkzeuge dieser Zunft gefunden. Wir zerbrechen und verschleißen die ganze Zeit Pinsel und Grabungswerkzeuge und lassen sie einfach auf unseren Schutthaufen zurück. Sie hätten das gleiche getan. Gleich, wie sehr man versucht es zu variieren, es gibt nur eine beschränkte Anzahl von Möglichkeiten, einen Pinsel oder eine Kelle herzustellen ... «

»Es würde auch schlechte Abdrücke geben«, meldete sich Tia zu Wort. »Du wirfst die ganze Zeit schlechte Abdrücke weg, Mum. Wenn sie Archäologen gewesen wären, würden wir irgendwo einen Haufen schlechter Abdrücke finden.«

»Tatsächlich, Tia hat recht«, meinte Braddon. »Sehen Sie, Tomas – das Beweismaterial ist unwiderlegbar.«

»Mir reicht es jedenfalls«, erwiderte Tomas gutgelaunt.

»Wenn es tatsächlich so wäre, müßte es ja wohl auch Anzeichen früherer Kulturen geben, nicht wahr?« fragte Moira. »Dabei haben Sie doch noch nie unter den EsKa-Artefakten Zeugnisse anderer Kulturen gefunden.«

»Ganz genau«, erwiderte Pota und lächelte. »Sie sehen also, Tomas, wie leicht sich eine Archäologen-Theorie widerlegen läßt.«

»Dann bin ich dankbar dafür, Moiras Partner zu sein«, antwortete Tomas wohlwollend, »und das Theoretisieren besseren Köpfen zu überlassen.«

Nach einer Weile kam das Gespräch auf das Geschehen im Institut und auf persönliche und berufliche Neuigkeiten über Potas und Braddons Freunde und Rivalen. Tia blickte wieder auf die Uhr. Es war schon lange über die Zeit hinaus, da ihre Eltern normalerweise zur Grabungsstätte zurückgekehrt wären – sie mußten entschieden haben, sich den Rest des Tages freizunehmen.

Aber das waren keine Themen, die Tia interessierten, vor allem nicht, als man auf Instituts- und Zentralweltpolitik zu sprechen kam. Sie nahm ihren Bären auf, entschuldigte sich höflich und kehrte in ihr Zimmer zurück.

Sie hatte noch keine Gelegenheit gehabt, ihn sich richtig anzuschauen, seit Tomas ihn ihr überreicht hatte. Auf Moiras letztem Besuch hatte sie Tia einige Geschichten darüber erzählt, wie es gewesen war, in das Schalenmenschenprogramm einzusteigen, denn anders als die meisten Schalenmenschen hatte man sie erst in ihre Schale befördert, als sie bereits vier Jahre alt gewesen war. Bis dahin hatte noch Hoffnung bestanden, daß es für ihre genetisch bedingte Verfassung noch ein Heilmittel geben könnte – nämlich für die Frühvergreisung, die dazu führte, daß ihr Körper mit drei Jahren einer Sechzigjährigen glich. Aber es gab keine Heilung. Also verfrachtete man sie in eine Schale, und da ihr Gehirn *völlig* in Ordnung gewesen war, konnte sie viele ihrer Klassenkameraden, die ihr Leben schon von Geburt an in einer Schale zugebracht hatten, einholen und überrunden.

Eines ihrer früheren Spielzeuge war ein ausgestopfter Teddybär gewesen. Sie hatte Abenteuer für Iwan den Bärigen erfunden und ihn in einer Troika über die windzerfurchten Steppen von Nowi Gagarin geschickt. Zusammen mit dem *Zen des Puh*-Buches, das Moira ihr mitgebracht hatte, hatte das bei Tia eine Sehnsucht Gestalt annehmen lassen, mit der sie nicht gerechnet hatte.

Denn Tia war von den Geschichten über Puh fasziniert gewesen – und hatte einen Bären gewollt. Ein einfaches Spielzeug ohne Chips, das *überhaupt nichts* tat, ein Spielzeug, das weder sprechen noch lehren noch gehen konnte. Irgend etwas, das einfach nur dazu da war, umarmt zu werden.

Moira hatte es ihr versprochen. Moira hatte es nicht vergessen.

Tia schloß die Tür zu ihrem Zimmer und stellte die Verbindung zur KI her. »Sokrates, würdest du bitte für mich hier drin eine Leitung zu Moira herstellen?« bat sie. Moira wäre durchaus dazu in der Lage, die Konversation in dem anderen Raum mitzuverfolgen und gleichzeitig mit ihr hier drin zu sprechen.

»Tia, gefällt dir dein Geschenk wirklich?« fragte Moira besorgt, als die Verbindung hergestellt war.

»Er ist wunderbar«, antwortete Tia entschieden. »Ich habe sogar schon einen Namen für ihn: Theodor Iljitsch Bär.«

»Abgekürzt ›Ted I. Bär‹?« Moira kicherte. »Das gefällt mir. Das paßt zu ihm. Der kleine Bursche sieht so ernst aus. Man könnte denken, daß er ein Softwaremanager wäre. Er sieht aus wie ein Bär, der ziemlich viel um die Ohren hat.«

Tia musterte Ted sorgfältig. Moira hatte recht: Er war wirklich ein ernster kleiner Bär mit sehr konzentrierter Miene, als würde er ganz angestrengt auf alles lauschen, was gerade gesagt wurde. Seine hellblaue Farbe stellte keinerlei Widerspruch zu seinem ernsten Gesicht dar, ebensowenig wie das frivole kleine rote Hemd, das er anhatte und auf dessen vorderer Seite der blaugelbe Kreis mit dem Blitz, das Emblem des Kurierdienstes, zu sehen war.

»Ist irgend etwas los, wovon ich wissen müßte, Moira?« fragte sie und beendete die sorgfältige Untersuchung ihres neugewonnenen Freunds, um ihn statt dessen an die Brust zu drücken.

»Die Ergebnisse deiner letzten Testreihe scheint die Leute in der Psychologischen Abteilung davon überzeugt zu haben, daß du ein völlig ausgewogenes und unabhängiges Mädchen bist«, antwortete Moira, die auch ohne Tias ausdrücklichen Hinweis genau wußte, was ihr auf dem Herzen lag. »Es ist also keine Rede mehr davon, deine Eltern dazu zu bringen, dich aufs Internat zu schicken.«

Tia seufzte erleichtert. Bei Moiras letztem Besuch war das tatsächlich eine ernste Sorge gewesen. Das Schiff war mit den Ergebnissen einer ganzen Batterie von Tests und Psychoprofilen wieder abgereist, deren Fertigstellung zwei Tage in Anspruch genommen hatte.

»Ich muß dir mitteilen, daß ich etwas hinzugefügt habe«, fuhr Moira fort. »Ich habe ihnen erzählt, um was für ein Geburtstagsgeschenk du mich gebeten hast.«

»Was haben sie dazu gesagt?« wollte Tia nervös wissen. Hatten sie gedacht, daß sie sich unreif verhielt – oder, noch schlimmer, daß es irgendeine Neurose bedeutete?

»Ach, das war komisch. Sie haben mich über den offenen Funkverkehr danach gefragt, als wäre ich irgendeine Art von KI, die auf nichts reagiert, was keine direkte Frage beinhaltet, und so bekam ich natürlich alles mit, was *sie* sagten. Einen Augenblick herrschte Schweigen, und dann platzte der Schlimmste von dem Haufen plötzlich heraus: ›Meine Güte, das Kind ist ja *normal*‹, als hätte er erwartet, daß du nach einem Singularitätssimulator fragst.« Moira lachte leise.

»Ich weiß auch, wer das war«, meinte Tia. »Es war Doktor Phelps-Pittman, nicht wahr?«

»Ins Schwarze getroffen, kleine Fee«, erwiderte Moira. »Ich glaube, er hat dir immer noch nicht verziehen, daß du ihn im Battle Chess geschlagen hast. Übrigens, was ist das für ein Geheimtip?«

»Er bewegt seine Dame zu oft«, meinte Tia zerstreut. »Ich glaube, er sieht es gern, wie sie beim Gehen mit den Hüften wackelt. Wahrscheinlich ist es irgend etwas Freudianisches.«

Ein statisches Knistern kommentierte diese Erklärung, als Moira kurz die Kontrolle über ihre Schaltkreise verlor. »He«, erwiderte sie, als sie schließlich wieder online war. »Du bist aber wirklich ein kleines Biest. Man könnte schon beinahe glauben, daß du ebensoviel Selbstbeherrschung hast wie ein Hüllenmensch!«

Tia faßte diese Bemerkung so auf, wie sie gemeint war – als Kompliment.

»Ich verspreche auch, ihm nichts von *deiner* Schwäche zu verraten«, fuhr das Schiff neckend fort.

»Welche soll das sein?« Tia war überrascht; sie hatte gar nicht gewußt, daß sie eine hatte.

»Du verabscheust das Bauernopfer. Ich glaube, die kleinen Burschen tun dir leid.«

Das mußte Tia erst einen Augenblick verarbeiten, bis sie schließlich zögernd nickte. »Ich denke, du hast recht«, gestand sie. »Irgendwie kann jeder auf ihnen herumtrampeln, und das erscheint mir einfach ungerecht.«

»Bei einem gewöhnlichen Holobrettspiel scheinst du solche Probleme nicht zu haben«, bemerkte Moira beiläufig.

»Das liegt daran, daß es dabei nur um kleine Kleckse auf einem Holobrettspielfeld geht«, erklärte Tia. »Beim Battle Chess sind sie kleine Lanzenträger. Und sie sind süß.« Sie kicherte. »Ich mag das wirklich, wenn der Bauer den Springer schlägt und ihm den Griff seiner Lanze direkt in den ...«

»*Deshalb* jagst du dem alten Phelps-Pittman auch Angst ein«, sagte Moira streng, obwohl Tia merkte, daß sie es in Wirklichkeit nicht so meinte. »Er denkt immer, daß du mit ihm dasselbe tun wirst.«

»Na ja, ich werde die alte Sauermiene etwa eineinhalb Jahre nicht sehen müssen«, meinte sie behaglich. »Vielleicht habe ich bis dahin ja herausgefunden, wie man sich als *normales Mädchen* zu verhalten hat.«

»Vielleicht«, meinte Moira. »Selbst das würde ich dir zutrauen. Und nun – wie wäre es mit einer Partie Battle Chess? Ted Bär kann ja den Schiedsrichter spielen.«

»Natürlich«, willigte Tia ein. »Du kannst die Übung gebrauchen. Ich kann dir sogar einen Bauern Vorsprung geben.«

»Ach, komm schon! *Soviel* besser bist du seit unserer letzten Begegnung doch wohl kaum geworden.« Als Tia hartnäckig schwieg, fragte das Schiff zögerlich: »Oder doch?«

Tia zuckte mit den Schultern. »Überprüf doch meine Spiele mit Sokrates«, schlug sie vor.

Schweigen legte sich über den Raum, als Moira das tat. Und dann: »He«, meinte sie in gespieltem Ekel. »Du bist *wirklich* eine Nervensäge. Ich sollte verlangen, daß du mir gleich zwei Bauern Vorsprung läßt.«

»Das kannst du dir getrost aus dem Kopf schlagen«, erwiderte Tia und befahl der KI, das Spiel aufzubauen und vor ihr ein Battle-Chess-Brett erscheinen zu lassen. »Es genügt ja wohl schon, wie du ein kleines Kind ausnutzt.«

»Ein Kind ausnutzen? Ha!« erwiderte Moira ironisch. »Du bist kein Kind. Ich fange an, mich Phelps-Pittmans Meinung anzuschließen. Du bist ein achtzigjähriger Zwerg im Kostüm eines kleinen Mädchens.«

»Na gut, dann eben nicht«, meinte Tia gutgelaunt. »Dann lasse ich dir keinen Bauern Vorsprung, aber dafür darfst du die weißen Figuren haben.«

»Gut.« Moira studierte die Analogie des Spielbretts in ihren Gedächtnisdatenbanken, während Tia das vor ihr schwebende Holobrett musterte. »Also gut, du Kind wider die Natur. Auf sie mit Gebrüll!«

Moira und Tomas konnten nicht lange bleiben; bis zum Abendessen war das Schiff wieder gestartet und der Landeplatz leer – und die Cade-Familie lebte wieder nach Plan.

Pota und Braddon verbrachten den Abend damit, die Nachrichtenbündel zu sichten, die Moira ihnen mitgebracht hatte – das meiste waren Grüße von Freunden aus anderen Grabungsstätten, wissenschaftliche Referate auf verschiedensten Gebieten und die neuesten Verfügungen des Instituts. Seitdem Tia dank Moira wußte, daß es in keinem dieser Erlasse um sie selbst ging, konnte sie sich eins der Holos anschauen, das Moira zu ihrer Unterhaltung mitgebracht hatte. Alles natürlich sorgfältig von den Lehrern am Institut überprüft, die über die Ausbildung eines jeden Kinds wachten, das mit seinen Eltern zusammen war. Doch selbst die Lehrer sahen nichts Bedenkliches in Geschichtsholos, sofern sie von entsprechendem erzieherischen Wert waren. Die Tatsache, daß die meisten dieser Holos eigentlich für Erwachsene gedacht waren, schien sie nicht zu stören.

Vielleicht war es ganz gut so, daß die Psychos nicht wußten, was Tia sich da ansah. Wahrscheinlich wären sie sonst in Hysterie verfallen.

Moira hatte die schier gespenstische Eigenschaft, immer nur die Produktionen mit den guten Drehbüchern und Schauspielern auszusuchen – ganz anders als die für die Holoauswahl Zuständigen in der Abteilung für Fernunterricht.

Eine vierteilige Reihe über Alexander den Großen sah besonders gut aus, da es sich nur mit seinem frühen Leben befaßte, bevor er ein großer Heeresführer wurde. Tia empfand eine gewisse Verwandtschaft zu jedem, dem man das Etikett ›frühreif‹ verliehen hatte; und obwohl sie bereits wußte, daß Alexanders Kindheit alles andere als glücklich verlaufen war, freute sie sich darauf, sich dieses Holo anzusehen.

Die Tatsache, daß Ted neben ihr war, um seine Kommentare zu flüstern, machte es noch vergnüglicher.

Doch am Ende des ersten Teils forderte sie Sokrates auf, alles abzuschalten, um sich dann in den Hauptraum zu begeben und Mum und Dad gute Nacht zu sagen. Das nächste Kurierschiff würde noch eine Weile auf sich warten lassen, und sie wollte das Vergnügen so weit in die Länge ziehen, wie sie nur konnte.

Beide waren so sehr in ihre Lesegeräte vertieft, daß sie sie am Ellenbogen rütteln mußte, aber dann erntete Tia Umarmungen und Küsse, ohne die leiseste Irritation über die Störung.

»Ich habe wirklich einen *guten* Dad und eine *gute* Mum«, erzählte sie Ted kurz vorm Einschlafen. »Nicht wie Alexander …«

Am nächsten Tag hieß es wieder zurück in den gewohnten Trott. Sokrates weckte sie, sie reinigte sich und kleidete sich an, ließ Ted auf dem sorgfältig gemachten Bett zurück, wo er auf ihre Rückkehr warten sollte. Als sie den Hauptraum betrat, waren Pota und Braddon bereits dort und blinzelten schläfrig über dampfenden Kaffeetassen.

»Hallo, Liebling«, begrüßte Pota sie, als sie sich ihre Milch und die Frühstücksflocken aus der Küche holte. »Hat dir Alexander gefallen?«

»Na ja, es war sehr *interessant*«, erwiderte Tia wahrheitsgetreu. »Und die Schauspieler und die Geschichte haben mir gut gefallen. Die Kostüme und die Pferde waren wirklich kosmisch! Aber seine Mutter und sein Vater waren irgendwie ... merkwürdig ... nicht wahr?«

Braddon blickte von seinem Kaffee auf, sein lockiges dunkles Haar hing ihm über ein braunes Auge. Er musterte seine Tochter mit einem schiefen Grinsen. »Nach unseren Maßstäben waren es klinische Fälle von Wahnsinn«, erwiderte er. »Aber schließlich war niemand dabei, der damals nach diesen Maßstäben verfahren wäre.«

»Und es gab auch kein Gesundheitsamt, um ihre Anwendung zu erzwingen«, fügte Pota lächelnd hinzu. »Vergiß nicht, daß nicht *sie* es waren, die den größten Einfluß auf Alexander hatten. Das blieb seinen Lehrern vorbehalten, in erster Linie natürlich Aristoteles, und seinen Ammen. Ich glaube, er war eher trotz seiner Eltern erfolgreich.«

Tia nickte klug. »Kann ich heute mitkommen und bei den Ausgrabungen helfen?« fragte sie begierig. Das war eine der besten Sachen daran, daß ihre Eltern sich auf die EsKas spezialisiert hatten. Wo es praktisch keine Atmosphäre gab, brauchte man sich auch keine Sorgen wegen einheimischer Lebensformen zu machen. Im Alter von fünf Jahren hatte Tia bereits das Druckanzugprotokoll vollkommen beherrscht; es gab keinen Grund, weshalb sie nicht zu den Ausgrabungen mitkommen sollte oder dort unbeaufsichtigt umherschweifen konnte. »Der größte Sandkasten im ganzen Universum«, hatte Braddon es genannt. Solange Tia in

Sicht- und Hörweite blieb, hatte keiner der beiden etwas dagegen, wenn sie draußen war.

»Heute nicht, Liebstes«, antwortete Pota entschuldigend. »Wir haben einige Gläser gefunden und machen heute Holos. Sobald wir damit fertig sind, machen wir die Abgüsse, und danach kannst du für uns ein paar Dinge erledigen.« In der dünnen und kalten Atmosphäre der Ausgrabung war es schwierig, Abgüsse herzustellen; das war auch einer der Gründe dafür, weshalb Pota so viele davon verwarf. Doch kein Artefakt durfte von der Stelle bewegt werden, bevor nicht ein guter Abdruck davon genommen und Holoaufnahmen aus allen möglichen Winkeln aufgenommen worden waren – nur zu oft zerfiel ein Artefakt trotz vorsichtigster Behandlung zu Staub, sobald man es bewegte.

Tia seufzte. Holos und Abgüsse bedeuteten, daß sie sich nicht einmal der Ausgrabungsstelle nähern durfte, weil die Schwingungen ihrer Schritte sonst stören könnten. »Na schön«, willigte sie ein. »Aber kann ich wenigstens nach draußen? Solange ich in der Nähe der Luftschleuse bleibe?«

»Bleib in der Nähe der Schleuse und nimm den Notkarren mit, dann wüßte ich keinen Grund, weshalb du draußen nicht spielen solltest«, meinte Pota nach kurzem Überlegen. Dann lächelte sie. »Und wie steht es um deine Ausgrabung?«

»Meinst du wirklich, oder hast du nur so getan als ob?« wollte sie wissen.

»Natürlich nur getan als ob«, warf Braddon ein. »So zu tun macht immer viel mehr Spaß als die Wirklichkeit. Deshalb sind *wir* doch überhaupt Archäologen geworden – weil wir manchmal monatelang so tun können als ob, bis es wieder ernst wird und wir Aufsätze schreiben müssen!«

Er gewährte ihr ein verschwörerisches Grinsen, und Tia kicherte.

»Na ja«, sagte Tia und schnitt eine Grimasse, genau wie es Doktor Heinz Marius-Llewellyn tat, wenn er im Begriff stand, seine ganze Zuhörerschaft in den Schlaf zu dozieren. »Ich habe das Dorf einer Rasse von Primitiven gefunden, die eine Feuersteinkultur hatten und von den EsKas an *eurer* Grabungsstelle als Sklaven benutzt wurden.«

»Das hast du!« Pota ging sofort auf das Spiel ein. »Na, das erklärt aber wirklich, weshalb wir keine Servomechanismen gefunden haben. Sie müssen wohl Sklaven für ihre körperliche Arbeit eingesetzt haben!«

»Ja. Und die Feuersteinleute verehrten sie als Götter, die vom Himmel kamen«, fuhr Tia fort. »Deshalb haben sie auch nicht rebelliert; alle Sklavenarbeit war eine Form des Gottesdienstes. Sie kehrten in ihr Dorf zurück und versuchten dort, Werkzeuge aus Feuerstein zu bauen, die genau wie die Dinge aussahen, welche die Himmelsgötter verwendeten. Wahrscheinlich haben sie auch Töpferwaren hergestellt, aber ich konnte bisher nichts als Scherben finden.«

»Na ja, Töpferwaren halten sich auch nicht besonders gut unter solchen Umweltbedingungen«, pflichtete Pota ihr bei. »Bei den extremen Oberflächentemperaturen werden sie sehr schnell brüchig. Was hast du denn bisher gefunden?«

»Eine Zerstäuberpistole aus Feuerstein, ein Armbandsprechfunkgerät aus Feuerstein, eine Feuersteintaschenlampe und ein paar weitere Dinge«, erklärte Tia ernst. »Ich habe zwar keine Pfeil- oder Speerspitzen gefunden, aber das liegt wohl daran, daß es hier nichts zu jagen gibt. Sie waren Vegetarier und aßen nichts als Flechten.«

Braddon schnitt eine Grimasse. »Furchtbar. Schlimmer als das Essen in der Institutskantine! Kein Wunder, daß sie nicht überlebt haben – wahrscheinlich hat die Nahrung sie zu Tode gelangweilt!«

Pota stand auf und sammelte Teller und Tassen zusammen, um sie säuberlich im Geschirrspüler zu verstauen. »Na, dann mal viel Spaß bei deinem Unterricht, Tia. Wir sehen uns zum Mittagessen.«

Tia lächelte, umarmte sie beide zum Abschied, bevor sie ihre Druckanzüge anlegten, dann begab sie sich ins Schulzimmer.

Nach dem Unterricht holte sie an diesem Nachmittag ihren eigenen Druckanzug aus dem Regal neben der Innenluke der Luftschleuse. Ihr Anzug etwas anders konstruiert als der ihrer Eltern, wies an Handgelenken, Ellenbogen, Knöcheln und Knien Akkordeonfalten auf, um auf die Wachstumsschübe eines Kindes vorbereitet zu sein. Der Anzug war brandneu, denn aus dem letzten war Tia herausgewachsen. Er gefiel ihr sehr viel besser als der alte, der war mit einem kitschigen Blumenmuster versehen gewesen. Sie hatte sich geschämt, von irgend jemandem in dem scheußlichen Ding gesehen zu werden. Sie meinte, daß der Anzug ihr das Aussehen eines kleinen Clowns verlieh.

Sie hatte ihn aus zweiter Hand von einem Kind an einer Ausgrabung der Klasse Drei bekommen – wie die meisten Dinge, die die Cades anschafften. Forschungsausgrabungen hatten einfach keine hohe Priorität, wenn es darum ging, mehr als das Allernotwendigste anzuschaffen. Aber Tia hatte die gute Idee gehabt, die Vorgesetzten ihrer Eltern um einen neuen Druckanzug zu bitten, als ihr Geburtstag vor der Tür stand. Und als sich herausstellte, daß sie ihre Eltern imitierte, indem sie ihre eigene kleine Ausgrabungsstätte schuf, hatte sie das so sehr angeregt, daß sie ihr tatsächlich einen Anzug geschickt hatten, der mindestens drei bis vier Jahre halten würde. Der *einzige* Unterschied zu einem Erwachsenenanzug waren die Helmlichter und ein Funkgerät, das sich nicht abschalten ließ; ein Peilsender, der ständig in Betrieb war, und helle, im Dunkeln leuchtende Streifen an Helm, Armen und Beinen.

Der geblümte Anzug war ans Institut zurückgegangen, wo ihn irgendein anderes armes Kind zugeteilt bekommen würde.

Und der Preis ihrer relativen Freiheit erwartete sie in der Luftschleuse. Es war ein kindergroßer Wagen, wie ihn viele Kinder als Spielzeug hatten – aber mit strombetriebenen Kriechraupen und mit einer Notstromanlage, einem Sauerstoffgerät und einer Gesichtsvollmaske. Für den Fall, daß ihr Anzug versagen sollte, war sie so häufig darin gedrillt worden, wie sie sich verhalten sollte, daß sie sich noch im Schlaf aus ihrer Notlage befreien könnte. *Erstens*: tief einatmen und den Helm ablegen. *Zweitens*: die Maske anlegen und sich vergewissern, daß die Abdichtung um ihr Gesicht fest saß. *Drittens*: die Luftzufuhr einschalten und *viertens*: das Notstromaggregat ankoppeln, das ihren Anzug bei abgelegtem Helm heizen würde. Danach auf die Luftschleuse zugehen und den Karren hinter sich her ziehen. Es gab keinen Grund, weshalb sie sich irgend etwas Schlimmeres als Frostbeulen zuziehen sollte.

Es war nie geschehen. Das bedeutete aber nicht, daß es nicht eines Tages so kommen konnte. Tia hatte nicht die leiseste Absicht, als Tragödie in den Nachrichtenbytes zu enden. Tragische Erzählungen waren zwar durchaus in Ordnung, solange sie sich auf die Bühne und die Geschichte beschränkten, aber das war nichts, was man sich im wirklichen Leben wünschte.

Also kam der Karren mit, so unhandlich er auch war.

Tia lief mit dem Karren über die unebene Planetenoberfläche. Alles hier draußen war sehr scharf konturiert: rotgelbe Wüste, rötlich-purpurne Berge, dunkelblauer Himmel. Die Sonne Sigma Marinara stand direkt über ihrem Kopf, so daß alle Schatten nur winzige schwarze Pfützen am Boden waren. Tia war schon einige Wochen nicht mehr bei ihrer *Ausgrabung* gewesen, nicht seit Mum und Dad sie das letzte Mal gebeten hatten, nicht mehr dorthin zu gehen. Das war am Anfang auch richtig gewesen, als sie hier eingetroffen waren und genug freigelegt hatten, um zu beweisen, daß es sich um eine EsKa-Ausgrabungsstelle handelte. Seitdem hatte es ein paar Sandstürme gegeben, und Tia war ein wenig in Sorge, daß ihre *Ausgrabung* möglicherweise darunter begraben worden sein könnte. Anders als die Stelle ihrer Eltern hatte *sie* keine Energieschirme, die ihren Graben vor Stürmen schützten.

Doch als sie schließlich an ihre Grabungsstätte kam, machte sie die erstaunliche Entdeckung, daß inzwischen sogar *mehr* freigelegt worden war als nach ihrem letzten Besuch. Anstatt ihre Ausgrabung mit Sand zuzuschaufeln, hatte der Sturm sie freigelegt –

Am gegenüberliegenden Ende des Grabens lagen mehrere ähnlich aussehende Klumpen, die zu einem buckligen Ganzen verschmolzen waren. Wunderbar! Hier würde sie stundenlang so tun können als ob; sie würde die Klumpen von ihrem Sandgitter befreien, sie reinigen, feststellen, was die Feuersteinleute zu kopieren versucht hatten …

Sie nahm die abgelegten Werkzeuge ihrer Eltern aus dem Karren: die zerbrochene Kelle, die Braddon für sie repariert hatte, die abgenutzten Pinsel, die stumpf gewordenen Stochergeräte. Dann machte sie sich ans Werk.

Einige Stunden später kauerte sie sich auf ihre Hacken und musterte stirnrunzelnd ihren ersten Fund. Es war doch kein Klumpen aus Feuerstein. Tatsächlich schien es eine Substanz zu sein, die aus mehreren, miteinander verschmolzenen Schichten bestand. Merkwürdig, es sah irgendwie zusammengepreßt aus. Ganz bestimmt war es kein Schichtgestein, und es paßte auch gar nicht zu den Steinen, die sie bis jetzt freigelegt hatte.

Nachdenklich musterte Tia es, ließ ihren Geist treiben, um festzustellen, ob sie das Gestein bestimmen könnte. Es sah nicht nach Sediment aus.

Tatsächlich sah es überhaupt nicht sonderlich nach Gestein aus …

Gar nicht wie Stein. Was, wenn es gar kein Stein ist?

Sie blinzelte und wußte plötzlich, wonach es aussah. Schichten aus dünnem Stoff oder Papier, zusammengepreßt und dann weggeworfen.

Ach, du liebe Güte! Habe ich etwa …

Vorsichtig holte sie einen weiteren Klumpen aus dem Haufen und befreite ihn sorgfältig von seiner Umhüllung. Diesmal gab es keinen Zweifel, daß es sich um das Werk intelligenter Hände handelte. Unter der Schicht aus Sand, Gesteinsbrocken und pulvrigem Staub glitzerte eine Scherbe aus weißem Porzellan, deren mattierte Kante einen Bruch anzeigte, der auch erklärte, weshalb man sie fortgeworfen hatte.

Ach du liebes Funkgerät – ich habe die Müllhalde gefunden!

Jedenfalls hatte sie einen kleinen Müllplatz entdeckt. Vielleicht gab es hier nur diesen einen Abfallhaufen. Aber alles, was die EsKas zurückgelassen hatten, war wichtig, und ebenso wichtig war es, *jetzt* mit der Ausgrabung aufzuhören, die Stelle für den Fall zu markieren, daß es einen weiteren Sandsturm gab, der sie ebenso launisch zuschüttete, wie er sie launisch freigelegt hatte. Außerdem wollte sie ein paar Stücke mitnehmen, um Mum und Dad zu zeigen, was sie da gefunden hatte.

Nur daß sie keine Holokamera besaß. Und auch nichts, um damit einen Abguß anzufertigen.

Schließlich gab Tia es auf, sich zu überlegen, was sie machen sollte. Sie konnte nur eins tun: ihre beiden Funde hineinbringen und vorzeigen. Der Stoffklumpen würde die Berührung durch richtige Luft möglicherweise nicht überleben, das Porzellan aber mit Sicherheit, denn anders als Glas war es widerstandsfähig gegen die Belastungen wiederholter Temperaturschwankungen, und würde auch bei der ersten Berührung mit Luft nicht gleich zu Staub zerfallen.

Tia kehrte in die Kuppel zurück und suchte eine Weile herum, bis sie sich mit einem Nahrungsbehälter aus Plastik wieder zu den Artefakten begab, dazu ein Stück Plastikröhre und dem Plastikschwanz eines Flugdrachen, den sie noch nie hatte einsetzen können. Das war auch so ein wohlgemeintes, aber dummes Geschenk von einem Kollegen Dads; von jemandem, der sich keinen einzigen Gedanken darüber gemacht hatte, daß man auf einer marsähnlichen Welt nicht allzu viele Gelegenheiten hatte, einen Drachen steigen zu lassen …

Nachdem Tia den Fundort so gewissenhaft markiert hatte, wie sie nur konnte, und die beiden Artefakte in der Plastikröhre versiegelt waren, kehrte sie wieder in die Kuppel zurück, wo sie ungeduldig der Rückkehr ihrer Eltern harrte.

Sie hatte gehofft, daß das Siegel des Plastikbehältnisses die Artefakte vor der Luft in der Kuppel schützen würde. Doch sobald die Luft in die Schleuse geströmt war, hatte sie feststellen müssen, daß ihr Versuch, sie sicher aufzubewahren, gescheitert war. Noch bevor sie ihren Helm abstreifte, fing das externe Anzugmikrofon das Zischen von Luft auf, die in den Behälter strömte. Und als sie die Plastikschachtel ans Licht hielt, ließ sich deutlich genug erkennen, daß einer der Klumpen begonnen hatte zu zerfallen. Tia riß den Deckel auf, um einen schnellen Blick darauf zu werfen. Der Staub ließ sie niesen. Der gepreßte Klumpen würde nicht mehr besonders eindrucksvoll aussehen, wenn ihre Eltern nach Hause kamen.

So ein Vakuum! dachte sie verärgert. *Das ist einfach unfair!*

Sorgfältig legte Tia ihren Fund auf die Theke; wenn sie ihn nicht weiter erschütterte, blieb vielleicht noch genug davon übrig, bis Mum und Dad zurückgekehrt waren, damit sie wenigstens feststellen konnten, was er mal *gewesen* war.

Sie zog ihren Anzug aus und setzte sich. Sie versuchte ein Buch zu lesen, konnte aber kein Interesse dafür aufbringen. Mum und Dad würden ja *so* überrascht sein – und was noch besser war: Jetzt würden die Psychos am Institut keinen Grund mehr haben, sie von Ausgrabungen der Klasse Zwei fernzuhalten, denn *das hier* würde doch mit Sicherheit beweisen, daß sie wußte, was zu tun war, wenn sie zufällig auf etwas stieß. Die Ziffern auf der Uhr bewegten sich mit qualvoller Trägheit, und sie erwartete sehnlichst den Augenblick, da sie endlich zurückkehren würden.

Der Himmel draußen hinter der Sichtluke konnte zwar nicht mehr viel dunkler werden, aber die Schatten begannen sich in die Länge zu ziehen, und das Licht verblaßte. Jetzt, bald …

Schließlich hörte Tia ihre Eltern in der äußeren Luftschleuse, und ihr Herz begann zu rasen. Plötzlich war sie sich gar nicht mehr so sicher, daß sie das Richtige getan hatte. Was, wenn sie wütend darüber waren, daß sie die ersten beiden Artefakte auseinandergenommen hatte? Was, wenn es verkehrt gewesen war, sie von der Stelle zu bewegen?

Die Fragen türmten sich in Tias Kopf, als sie auf die Belüftung der Schleuse wartete.

Endlich fuhr die Innenluke zischend auf, und Braddon und Pota kamen heraus, zogen sich bereits den Helm vom Kopf und setzten ihr Gespräch fort, mit dem sie bereits an der Ausgrabungsstelle begonnen haben mußten.

» ... aber das Muster ist völlig verkehrt für eine Anlage zur Lebensmittelzubereitung ...«

»Ja«, erwiderte Pota ungeduldig, »aber was ist mit dem Integument ...«

»Mum!« rief Tia und lief auf sie zu, riß ihre Mutter am Ellenbogen. »Ich habe etwas gefunden!«

»Hallo, Tia, das ist ja schön«, erwiderte ihre Mutter zerstreut, umarmte sie und setzte das Gespräch wieder fort. Ihre angespannte Miene zeigte, daß sie beim Sprechen überlegte, und ihr Blick schweifte keine Sekunde vom Gesicht ihres Ehemanns ab – und was Braddon betraf, so existierte der Rest der Welt für ihn überhaupt nicht.

»*Mum!*« drängte Tia. »Ich habe ein Artefakt gefunden!«

»Gleich, mein Liebes«, erwiderte Pota. »Aber was ist mit ...«

»Mum!« schrie Tia und mißachtete damit *jede* Regel, Erwachsene nicht zu unterbrechen, denn alles wies darauf hin, daß sie sonst *niemals* ihre Aufmerksamkeit wecken konnte. Solche Gespräche konnten noch stundenlang weitergehen. »*Ich habe ein Artefakt gefunden!*«

Beide Eltern brachen ihr Streitgespräch mitten im Satz ab und starrten sie an. Schweigen legte sich über den Raum, ominöses Schweigen. Tia schluckte nervös.

»Tia«, sagte Braddon schließlich, und Missbilligung schlich sich dabei in seine Stimme. »Deine Mutter und ich befinden uns mitten in einem sehr wichtigen Gespräch. Das ist jetzt *nicht* die Zeit, so zu tun als ob.«

»Dad, ich tue ja gar nicht so!« beharrte sie und zeigte auf ihre Plastikschachtel. »Wirklich nicht! Ich habe ein Artefakt gefunden, und es gibt noch mehr davon ...«

Pota blickte ihren Mann mit hochgezogener Augenbraue an. Braddon nahm die Schachtel achtlos auf, und Tia zuckte zusammen, als der erste darin befindliche Klumpen noch ein Stückchen weiter zerfiel.

»Ich werde deine Intelligenz und Integrität respektieren, indem ich davon ausgehe, daß du *glaubst*, ein Artefakt gefunden zu haben«, erwiderte Braddon, als er den Deckel von dem Behälter löste. »Aber Tia, du weißt es besser, um ...«

Er blickte hinein – und seine Augenbrauen schossen mit einem Ausdruck der Überraschung in die Höhe, wie ihn Tia noch nie an ihm bemerkt hatte.

»Ich habe es euch doch gesagt«, konnte Tia nicht widerstehen triumphierend zu bemerken.

» ... also brachten sie die großen Scheinwerfer hinaus zum Graben, genau wie die zusätzlichen Feldgeneratoren«, erzählte sie Ted I. Bär, nachdem man sie ins Bett gebracht hatte. »Sie blieben *stundenlang* draußen, und sie ließen mich aufbleiben, um zu erfahren, was es war. Und es stimmt tatsächlich, ich habe wirklich eine Müllhalde gefunden! Mum hat extra im Institut angerufen, weil das der erste wirklich große EsKa-Müllplatz ist, der je gefunden wurde.«

Sie drückte Ted ein Stück an sich. »Du hast alles *völlig richtig* gemacht mit der Ausrüstung, die du dabei hattest«, hatte Pota zu ihr gesagt. »Ich habe Studenten gehabt, die nicht halb so gut waren wie du, Tia! Weißt du noch, was ich dir erzählt habe, als du mich gefragt hast, weshalb ich unbedingt Müll finden will?«

»Daß wir mehr aus dem Müll intelligenter Lebewesen lernen können als aus allem anderen, von ihrer Literatur abgesehen«, rezitierte sie pflichtbewußt.

»Nun«, hatte Pota erwidert und sich auf ihre Bettkante gesetzt. »Und du, mein neugieriges kleines Mädchen, hast diese Ausgrabungsstelle in vier Stunden Arbeit von der Klasse Eins zur Klasse Drei befördert! Das ist mehr, als Braddon und ich *jemals* geschafft haben!«

»Heißt das, daß wir wegmüssen?« hatte sie verwirrt gefragt.

»Irgendwann schon«, hatte Pota mit hämischer Freude erwidert. »Aber es braucht Zeit, um eine Mannschaft der Klasse Drei zusammenzustellen, während *wir* direkt vor Ort sind. Dein Vater und ich werden ganze Gigabytes wichtiger Entdeckungen gemacht haben, bevor das Team hier eingetroffen ist, um uns abzulösen. Und in Anbetracht der bisherigen Investitionen lösen sie uns vielleicht gar nicht erst ab!«

Tia hatte verwirrt den Kopf geschüttelt. Pota hatte sie umarmt. »Ich will damit sagen, daß eine sehr große Chance besteht, daß wir hierbleiben werden – als Ausgrabungsleiter! Eine Sofortbeförderung von Leitern der Klasse Eins zu Leitern der Klasse Drei! Wir werden bessere Ausrüstung bekommen, eine bessere Kuppel zum Leben; Kurierschiffe werden jede Woche hier einfliegen und nicht alle paar Monate, ganz zu schweigen von der Gehaltserhöhung und der Aufwertung unseres Ansehens! Alle Berichte über diese Ausgrabungsstelle werden unter *unserem* Namen veröffentlicht werden! Und das alles, weil *du* mein kluges, vorsichtiges Mädchen gewesen bist, das genau erkannt hat, was sie vor sich hatte, und wußte, wann es Zeit ist, mit dem Spielen aufzuhören!«

»Mum und Dad sind wirklich sehr, sehr glücklich«, erzählte Tia Ted und dachte an das freudige Leuchten in ihren Gesichtern, als sie das teure Funkgespräch mit dem nächsten Aufseher des Instituts beendet hatten. »Ich glaube, wir haben es gut gemacht. Ich glaube, du hast uns wahrscheinlich Glück gebracht, Ted.« Sie gähnte. »Bis auf die anderen Kinder, die jetzt kommen werden. Aber wir brauchen ja gar nicht mit ihnen zu spielen, wenn wir nicht wollen, nicht wahr?«

Ted stimmte ihr stumm zu, und sie umarmte ihn wieder. »Ich unterhalte mich sowieso viel lieber mit dir«, teilte sie ihm mit. »Du sagst nie irgend etwas Blödes. Dad meint, wenn man nichts Intelligentes sagen kann, sollte man lieber den Mund halten; und Mum sagt, daß Leute, die wissen, wann sie den Mund zu halten haben, die klügsten von allen sind, also schätze ich, daß du auch ziemlich klug sein mußt. Richtig?«

Aber Tia bekam keine Gelegenheit mehr herauszufinden, ob Ted mit dieser Feststellung einverstanden war, weil sie in diesem Augenblick in den Schlaf fiel.

Im Laufe der nächsten Tage stellte sich heraus, daß es sich nicht um einen gewöhnlichen Müllabladeplatz handelte. Vielmehr enthielt er wissenschaftlichen und medizinischen Abfall. Damit steigerte sich der Status der Ausgrabungsstelle von ›wichtig‹ auf ›unschätzbar‹, und Pota und Braddon nutzten jeden wachen Augenblick, um entweder die Ausgrabungsstätte zu besuchen oder ihre Funde zu konservieren und zu untersuchen, machten reichlich Notizen und stellten jede Menge Spekulationen an. Tia bekamen sie kaum noch zu sehen; sie hatten ihren Tagesablauf so umgeplant, daß sie schon lange vor ihr aufwachten und erst lange, nachdem sie zu Bett gegangen war, zurückkehrten.

Pota entschuldigte sich bei ihr dafür – auf einem Holo, das sie Tia vorspielen ließ, als sie an diesem Morgen zum Frühstück kam.

»Tia«, sagte ihr Bild, während Tia an ihrem Saft nippte. »Ich hoffe, du verstehst, weshalb wir das tun. Je mehr wir herausbekommen, bevor man das Team hierher schickt, je mehr wir uns für diese Ausgrabung unabkömmlich machen, um so größer ist unsere Aussicht auf die Beförderung.« Potas Bild fuhr sich mit der Hand durchs Haar. Unter Tias kritischem Auge wirkte sie müde und etwas abgespannt, aber einigermaßen zufrieden. »Es wird nur noch ein paar Wochen dauern, das verspreche ich dir. Dann wird alles wieder normal werden. Besser als normal sogar. Ich verspreche dir, daß wir einen Familientag einlegen werden, bevor die Mannschaft hier eintrifft, in Ordnung? Also denk schon mal darüber nach, was du dann gern unternehmen würdest.«

Na, das wäre aber wirklich kosmisch! Tia wußte genau, was sie unternehmen wollte – sie wollte auf dem großen Schlitten zu den Bergen hinaus fahren und ihn diesmal selbst steuern.

»Also entschuldige uns bitte, ja? Wir lieben dich deswegen nicht weniger, und wir denken die ganze Zeit an dich, und du fehlst uns unbeschreiblich.« Pota warf der Kamera eine Kußhand zu. »Ich weiß, daß du auf dich aufpassen kannst. Ja, wir verlassen uns sogar darauf. Du bist uns wirklich eine sehr große Hilfe. Ich möchte, daß du das auch weißt. Ich liebe dich, Kleines.«

Tia trank ihren Saft aus, als das Holo flackernd verblaßte, und eine Versuchung überkam sie. Das wäre jetzt wirklich eine einzigartige Gelegenheit, um zu schwänzen. Mum und Dad würden den Tutoren nicht überprüfen, um zu sehen, wie es mit ihrem Unterricht lief – und die Psychos vom Institut würden sich darum nicht scheren; sie hielten sie ohnehin schon für viel zu frühreif. Sie könnte die Bibliothek sogar nach Holos durchforsten, die sie eigentlich nicht sehen durfte ...

»Ach, Mist«, sagte Tia nach einem Augenblick bedauernd. Das wäre zwar ein Spaß – aber es wäre ein *schuldiger* Spaß. Und außerdem würden Mum und Dad es früher oder später doch herausbekommen, und dann würde es Ärger geben, und das wäre dann das Ende des Familientags und anderer Privilegien. Sie wog die unmittelbare Freude daran, zu faulenzen und sich verbotene Holos anzuschauen, gegen das zukünftige Vergnügen ab, den Schlitten die Berge hinaufsteuern zu dürfen. Den Schlitten zu steuern käme dem Steuern eines Schiffs am nächsten, und das würde sie noch viele lange Jahre lang nicht tun können.

Und wenn Tia ausgerechnet jetzt, da Mum und Dad ihr am meisten vertrauten, auf die Nase fiele, würden sie sie wahrscheinlich für immer in die Kuppel einsperren.

»Das ist die Sache nicht wert«, meinte sie seufzend und sprang von ihrem Schemel. Sie runzelte die Stirn, als ihr auffiel, daß das Prickeln in ihren Zehen immer noch nicht verschwunden war. Es war schon heute morgen beim Aufwachen dagewesen, ebenso gestern und am Tag davor, war aber früher immer bis zum Frühstück abgeklungen.

Na ja, es machte ihr nicht allzu viele Sorgen, und es würde sie auch nicht von ihrem Lateinunterricht ablenken. Wirklich schade.

»Langweilige Sprache«, murmelte sie.

Nun, je schneller sie es hinter sich brachte, um so wohler würde sie sich fühlen, dann könnte sie sich wieder netten logischen Quadraturen widmen.

Das Prickeln war auch bis zum Nachmittag noch nicht verschwunden, und obwohl sie sich gut fühlte, beschloß Tia, besser mit der KI darüber zu sprechen.

»Sokrates, bitte Medizinmodus aktivieren«, sagte sie und nahm zögernd in der winzigen Lazarettstation Platz. Sie mochte die Lazarettstation eigentlich nicht; dort roch es nach Desinfektionsmittel, und es fehlte sich an wie in einem zu klein geratenen Druckanzug. Die Station hatte ungefähr die Größe einer kleinen Toilette, aber irgendwie hatte man darin das Gefühl, als sei sie noch kleiner. Vielleicht lag es daran, daß es im Inneren dunkel war. Und da sie für Erwachsene gebaut worden war, stimmten die ganzen Proportionen für Tia natürlich nicht. Um an die Handabdruckmatten zu geraten, mußte sie an den Stuhlrand rutschen, und um die Fußplatten zu erreichen, mußte sie sogar gänzlich vom Sitz steigen. Vor ihr erwachte der Schirm mit einem lächelnden Holo zum Leben, das wohl einen Arzt darstellte. Insgeheim bezweifelte Tia, daß dieser Darsteller jemals mehr mit einem Arzt zu tun gehabt hatte, als einen Einteiler zu tragen. Er sah viel zu – lackiert aus. *Viel zu* vertrauenswürdig, *viel zu* attraktiv, *viel zu* kompetent. Jedesmal, wenn sie mit einem Offiziellen zu tun bekam, der ihr ein *Vertraue mir* zuzuschreien schien, wurde sie sofort mißtrauisch und vorsichtig. Wahrscheinlich war das Original für diese Holoaufzeichnung ein Schauspieler gewesen. Vielleicht konnte er ja Erwachsene beruhigen, Tia aber erinnerte er an die Psychos und ihre viel zu herzlichen Begrüßungen und ihre neugierigen Fragen.

»Nun, Tia«, sagte die Stimme der KI – zu der des ›Doktors‹ modifiziert. »Was führt dich hierher?«

»Meine Zehen fühlen sich, als seien sie eingeschlafen«, berichtete sie pflichtbewußt. »Sie kitzeln irgendwie.«

»Ist das alles?« fragte der ›Doktor‹, nachdem die KI den Zugang zu seiner Symptombibliothek geöffnet hatte. »Sind sie kälter als sonst? Leg mal die Hand auf die Handplatte und stell den Fuß auf die Fußplatte, Tia.«

Sie gehorchte, kam sich dabei fast wie eine Artistin vor.

»Nun, der Kreislauf scheint in Ordnung zu sein«, sagte

der ›Doktor‹, nachdem die KI Gelegenheit gehabt hatte, Temperatur und Blutdruck zu messen, deren Daten nun beide im oberen rechten Feld des Schirms erschienen. »Hast du noch andere Symptome?«

»Nein«, erwiderte sie. »Nicht wirklich.« Der ›Doktor‹ erstarrte für einen Augenblick, während die KI alle anderen Messungen durchging, die sie in den vergangenen Tagen an ihr vorgenommen hatte – was sie gegessen hatten und wieviel, was sie getan hatte, ihre Schlafmuster.

Der ›Doktor‹ taute wieder auf. »Manchmal, wenn Kinder anfangen, sehr schnell zu wachsen, haben sie dabei merkwürdige körperliche Empfindungen«, meinte die KI. »Vor langer Zeit hat man das ›Wachstumsschmerzen‹ genannt. Heute wissen wir, daß es daher rührt, daß verschiedene Gewebearten manchmal unterschiedlich schnell wachsen. Ich glaube, das dürfte wohl auch dein Problem sein, Tia, und ich meine, du solltest dir darüber keine Sorgen machen. Ich werde dir ein paar zusätzliche Vitamine verschreiben, und in wenigen Tagen sollte wieder alles in Ordnung sein.«

»Danke«, sagte Tia höflich und floh, erleichtert darüber, daß sie so ungeschoren davongekommen war.

Und einige Tage später verschwand das prickelnde Gefühl tatsächlich, und Tia dachte nicht länger darüber nach. Jedenfalls so lange nicht, bis sie zu ihrer neuen ›Ausgrabung‹ hinausging und dort etwas tat, was sie schon seit einem ganzen Jahr nicht mehr getan hatte – sie stürzte. Nein, eigentlich stürzte sie nicht richtig; sie glaubte, einen großen Felsen umgangen zu haben, doch das war ein Irrtum. So stieß sie mit den Zehen dagegen und ging in die Knie.

Der Anzug erwies sich als intakt, wie sie zu ihrer Erleichterung feststellte. Sie wollte sich gerade wieder aufrichten und weitergehen, als sie bemerkte, daß ihr Fuß nicht weh tat.

Und genau das hätte er tun sollen, nachdem sie hart genug gegen den Felsvorsprung geschlagen war, um zu Boden zu stürzen.

Also ging sie nicht mehr weiter, sondern kehrte in die

Kuppel zurück, wo sie sich aus dem Anzug wand und Schuh und Strumpf auszog – wobei sie feststellte, daß der Fuß völlig taub war, aber an der Stelle, wo sie ihn gegen den unnachgiebigen Stein geschlagen hatte, schwarz und blau aussah.

Als sie vorsichtig mit dem Finger hineinstach, merkte sie, daß der ganze Fuß gefühllos war, von den Zehen bis zum Spann. Sie zog auch den anderen Schuh und die Socke aus und merkte, daß der linke Fuß ebenso taub war wie der rechte.

»Mist«, murmelte sie. Das bedeutete mit Sicherheit eine weitere Untersuchung beim Arzt.

Einmal mehr kletterte sie in die enge Kabine im hinteren Teil der Kuppel und rief den ›Doktor‹ auf.

»Immer noch das Prickeln, Tia?« fragte er fröhlich, als sie sich zappelnd auf den harten Sitz begab.

»Nein«, erwiderte sie. »Aber ich habe meinen Fuß ziemlich schlimm angeschlagen. Er ist ganz schwarz und blau.«

»Stell ihn auf die Fußplatte, dann werden ich ihn untersuchen«, antwortete der ›Doktor‹. »Ich verspreche dir, es wird kein bißchen weh tun.«

Natürlich wird es das nicht, er tut ja auch jetzt nicht weh, dachte Tia genervt, aber sie tat, wie ihr geheißen.

»Na ja, Knochen sind nicht gebrochen, aber aufgeschlagen hast du ihn dir wirklich!« meinte der ›Doktor‹ nach einem Augenblick. Dann fügte er herablassend hinzu: »Was hast du getan, dem Lehrer einen Tritt verpaßt?«

»Nein«, murmelte sie. Sie verabscheute es, wenn das KI-Programm jovial wurde. »Ich habe ihn draußen an einem Fels angeschlagen.«

»Tut er weh?« fuhr der ›Doktor‹ fort, ohne ihre Ablehnung zu bemerken.

»Nein«, antwortete sie knapp. »Er ist völlig taub.«

»Nun, für den Fall, daß er es tun sollte, habe ich deinem Badezimmer erlaubt, dir ein paar Tabletten auszugeben«, sagte der ›Doktor‹ fröhlich. »Nimm sie einfach, wenn du sie brauchst – du weißt ja, wie du sie bekommst.«

Da erlosch der Schirm auch schon, bevor sie Gelegenheit hatte, noch etwas zu sagen. *Ich schätze, ich brauche mir keine*

Sorgen zu machen, entschied sie. *Sonst hätte die KI doch etwas gesagt. Es wird wahrscheinlich wieder weggehen.*

Doch es ging nicht weg, obwohl die Schürfwunden verheilten. Es dauerte nicht lange, da hatte Tia wieder andere Wunden und die Taubheit ihrer Füße reichte bis in ihre Fußknöchel. Doch sie sagte sich, daß die KI doch gemeint habe, daß es irgendwann wieder weggehen würde – und außerdem war es gar nicht einmal schlecht, denn so tat es ihr wenigstens nicht weh, wenn sie irgendwo anstieß.

Sie spielte weiterhin an ihrer neuen kleinen Ausgrabungsstätte, die, wie sie beschlossen hatte, eine Grabanlage war. Die Primitiven hatten ihre Toten allerdings verbrannt, hatten die Asche lediglich mit ihren Feuersteinnachahmungen beerdigt – in der Hoffnung, daß die lieben Verstorbenen als Himmelsgötter wiederauferstehen und reich und triumphierend zurückkehren würden ...

Doch es machte nicht soviel Spaß, ohne sich mit Mum und Dad darüber unterhalten zu können. Und langsam wurde sie es auch müde, an der neuen ›Grabungsstelle‹ immer wieder auf dem unebenen Boden zu stolpern und zu stürzen. Zwar hatte sie ihren neuen Druckanzug noch nicht beschädigt, aber es gab dort draußen spitze Steine, die selbst in das widerstandsfähige Gewebe des Anzugs noch Löcher reißen konnten – und sollte ihr Anzug zerreißen, dann ade Familientag.

So gab Tia es schließlich auf und verbrachte ihre Nachmittage in der Kuppel.

Einige Abende später blickte Pota verstohlen in ihr Zimmer, um nachzusehen, ob sie noch wach war.

»Ich wollte nur, daß du erfährst, daß wir immer noch aus Fleisch und Blut bestehen und keine Holos sind, Tia«, sagte ihre Mum und setzte sich auf die Bettkante. »Wie geht es mit deinen Ausgrabungen?«

Tia schüttelte den Kopf. »Ich bin immer wieder gestolpert und wollte meinen Anzug nicht zerreißen«, erklärte sie. »Ich glaube, die Feuersteinleute müssen ihren Friedhof mit einem Fluch belegt haben. Ich glaube, ich sollte dort nicht mehr graben.«

Pota lachte leise, drückte sie an sich und sagte: »Das könnte durchaus sein, Liebes. Es zahlt sich nie aus, die Macht der Religion zu unterschätzen. Wenn die anderen eingetroffen sind, werden wir ihre Religion erforschen und den Fluch aufheben, in Ordnung?«

»In Ordnung«, erwiderte sie. Sie fragte sich einen Augenblick, ob sie ihre Füße erwähnen sollte ...

Aber da küßte Pota sie und war schon aus der Tür, bevor sie sich entschieden hatte.

Einige weitere Tage geschah nichts, und Tia gewöhnte sich an ihre tauben Füße. Wenn sie sorgfältig darauf achtete, wohin sie trat, gab es eigentlich keinen Grund zur Sorge. Und schließlich hatte die KI ja wirklich gesagt, daß es etwas sei, was auch anderen Kindern passierte.

Außerdem waren Mum und Dad jetzt dabei, *wirklich* wichtige Dinge zu finden. In einem hastigen Frühstücksholo erklärte ihr ein müder, aber aufgeregter Braddon, daß das, was sie gerade freilegten, noch sehr viel mehr bedeuten könnte als eine Beförderung. Es könnte einen weltweiten Ruf begründen.

Was das genau hieß, wußte Tia zwar nicht – aber es gab keinen Zweifel daran, daß es sehr wichtig sein mußte, sonst wäre Braddon deswegen nicht so aufgeregt gewesen. Also entschied sie, daß das, was an ihr nicht stimmen mochte, noch warten könnte. Es würde nicht mehr lange dauern, und wenn Mum und Dad nicht mehr diese tage- und nächtelange Hektik durchmachten, könnte sie ihnen alles erklären, dann würden sie dafür sorgen, daß die Ärzte ihr die richtige Spritze gaben oder was immer sie brauchte.

Als sie am nächsten Morgen erwachte, prickelten ihre Finger.

Tia seufzte und setzte sich wieder in die Untersuchungskabine. Die Sache wurde langsam ziemlich lästig.

Die KI stellte ihr wieder die Standardfragen, die sie

ebenso beantwortete wie schon zuvor. »Du hast also jetzt dasselbe Prickeln in den Händen wie vorher in den Füßen, ist das richtig?« fragte der ›Doktor‹.

»Das ist richtig«, sagte sie kurz angebunden.

»Dasselbe Prickeln, das weggegangen ist?« setzte der ›Doktor‹ nach.

»Ja«, antwortete sie. *Soll ich erwähnen, daß es nicht mehr prikkelt, sondern taub geworden ist?* Doch die KI sprach bereits weiter.

»Tia, ich kann wirklich nichts an dir feststellen«, sagte sie. »Dein Kreislauf ist in Ordnung, du hast kein Fieber, Appetit und Gewicht sind hervorragend, du schläfst richtig. Aber du scheinst tatsächlich in letzter Zeit etwas zu Unfällen zu neigen.« Der ›Doktor‹ nahm einen besorgten Ausdruck an, der seine Ungeduld verbarg. »Tia, ich weiß ja, daß deine Eltern im Augenblick sehr beschäftigt sind und keine Zeit haben, mit dir zu reden oder zu spielen. Ist es *das*, was eigentlich los ist? Bist du böse darüber, daß deine Eltern dich soviel allein lassen? Möchtest du mit einem Berater sprechen?«

»Nein!« fauchte sie. Schon die bloße Vorstellung daran! Diese *dämliche* KI glaubte tatsächlich, daß sie all das nur täte, um Aufmerksamkeit zu bekommen!

»Nun, du hast einfach keine weiteren Symptome«, sagte der ›Doktor‹ nicht allzu sanft. »Die Sache ist zwar noch nicht so weit fortgeschritten, daß ich auf einem Gespräch mit einem Berater bestehen muß, aber ohne andere Daten kann ich nur darauf hinweisen, daß das eine Phase ist, aus der du noch herauswachsen wirst.«

Die Sache ist zwar noch nicht so weit fortgeschritten, daß ich auf einem Gespräch mit einem Berater bestehen muß. Das waren gefährliche Worte. Der ›Berater‹-Modus der KI war sehr beschränkt, und sobald sie damit begann, ›Beratungsstunden‹ zu nehmen, würde jedes Wort, das sie sagte, sofort aufgezeichnet werden. Dann würde man den ganzen Psychos im Institut die Aufnahmen per komprimierten Datenstoß senden, und dann würden die sich darauf stürzen, um etwas zu finden, das eine Psycho-Behandlung verlangte.

Und wenn sie etwas fänden, würden Mum und Dad Befehle vom Gesundheitsamt erhalten, die sie nicht ignorieren durften, und man würde Tia mit dem nächsten Kurierschiff auf eine Schule bringen.

O nein. So leicht falle ich nicht darauf rein.

»Du hast recht«, sagte Tia vorsichtig. »Aber Mum und Dad verlassen sich darauf, daß ich dir *alles* mitteile, was verkehrt ist, deshalb tue ich es auch.«

»Also gut.« Die Miene des ›Doktors‹ verlor ihre Strenge. »Solange du nur gewissenhaft bist. Nimm weiterhin diese zusätzlichen Vitamine, Tia, dann kommt schon alles in Ordnung.«

Aber es war nicht alles in Ordnung. Tage später hörte das Prickeln auf und wich der Taubheit. Genau wie bei ihren Füßen. Sie hatte zunehmend Schwierigkeiten, Dinge festzuhalten, und ihr Unterricht dauerte jetzt doppelt so lange wie früher, weil sie nicht mehr blind tippen konnte, sondern hinsehen mußte, wohin sich ihre Finger bewegten.

Tia gab es völlig auf, irgend etwas zu tun, das nach Fingerfertigkeit verlangte. Statt dessen begann sie sich sehr viele Holos anzuschauen, sogar langweilige, und spielte viel Holoschach. Sie las auch viel vom Schirm ab, damit sie nur einfache Blätterkommandos einzugeben brauchte, anstatt zu versuchen, die Seite selbst umzublättern. Die Taubheit endete an ihren Handgelenken, und einige Tage war sie so sehr damit beschäftigt, alles mögliche ohne Gefühl in den Händen zu machen, daß sie gar nicht bemerkte, wie die Taubheit in den Beinen sich von den Knöcheln bis zu den Knien ausbreitete ...

Jetzt fürchtete Tia sich davor, das ›Doktor‹-Programm der KI zu konsultieren, weil sie wußte, daß es ihr eine Beratung einbringen würde. Sie versuchte, selbst in der Datenbank etwas nachzuschlagen, wußte aber, daß sie dabei sehr vorsichtig vorgehen mußte, um die KI nicht zu alarmieren. Als die Taubheit an den Knien aufhörte, um daraufhin die Arme hinaufzustrahlen, sagte sie sich immer wieder, daß es nicht mehr lange dauern würde. Schon bald würden Mum und Dad fertig sein, und sie würden wissen, daß Tia das nicht alles nur erfand, um sich Aufmerksamkeit zu sichern. Schon bald würde sie es ihnen selbst mitteilen können, und sie würden den dummen Arzt dazu bringen, richtig zu arbeiten. Schon bald.

Tia erwachte wie gewöhnlich – mit Händen und Füßen, die sich am Ende ihrer Gliedmaßen wie Holzblöcke bewegten. Sie duschte sich, was nicht sonderlich schwierig war, weil das alles per Druckknopf ging, dann mühte sie sich in ihre Kleidung, indem sie Zähne und Finger benutzte, die sich gar nicht richtig bewegen wollten, und zappelnd hineinschlüpfte. Mit Kämmen und Zähneputzen machte sie sich nicht allzuviel Mühe, denn das fiel ihr viel zu schwer. Sie schob die Füße in Pantoffeln, weil sie schon ein paar Tage lang nicht mehr dazu in der Lage war, sich Schuhe zuzubinden, dann humpelte sie hinaus in den Hauptraum der Kuppel ...

Wo Pota und Braddon sie lächelnd erwarteten.

»Überraschung!« sagte Pota fröhlich. »Wir haben so ziemlich alles gemacht, was wir allein tun konnten, und haben gestern abend die Ergebnisse ans Institut übertragen. *Jetzt* kann endlich wieder alles normal werden!«

»Ach, *Mum*!« Tia konnte sich nicht beherrschen und war so von Erleichterung und Freude überwältigt, daß sie begann, durch das Zimmer zu rennen, um sich in ihre Arme zu werfen ...

Auf halber Strecke geriet Tia, wie üblich, ins Stolpern, rutschte aus, krachte gegen den Tisch und verschüttete den heißen Kaffee über Arme und Beine.

Ihre Eltern hoben sie auf, als sie sich plappernd wegen ihrer Unbeholfenheit entschuldigte. Sie bemerkte nicht einmal, was der Kaffee mit ihr angerichtet hatte, ja dachte nicht einmal darüber nach, bis der entsetzte Ausdruck in den Mienen ihrer Eltern sie darauf aufmerksam machte, daß sich die Brandblasen und Verbrennungen bereits über ihre Unterarme zogen.

»Es tut gar nicht weh«, sagte Tia benommen, ohne nachzudenken. »Es ist wirklich ganz in Ordnung, ich bin schon seit einer Weile ziemlich taub da, deshalb tut es nicht weh, ehrlich nicht ...«

Pota und Braddon erstarrten beide. Irgend etwas in ihrem Gesichtsausdruck ließ Tia erschrocken verstummen.

»Du fühlst überhaupt nichts?« fragte Pota vorsichtig. »Überhaupt keinen Schmerz, gar nichts?«

Sie schüttelte den Kopf. »Meine Hände und Füße haben eine Weile geprickelt, dann hat es aufgehört, und sie wurden taub. Ich dachte, wenn ich einfach abwarte, werdet ihr euch darum kümmern, wenn ihr nicht zu beschäftigt seid ...«

Mehr durfte sie nicht sagen. Binnen weniger Augenblicke hatten ihre Eltern durch vorsichtiges Ertasten mit dem spitzen Ende einer Sonde ermittelt, daß der taube Bereich inzwischen in der Mitte des Oberschenkels und der Schulter endete.

»Wie lange geht das schon?« wollte Braddon wissen, während Pota zur KI-Konsole stürzte, um das Medizinprogramm aufzurufen, das die Erwachsenen verwendeten.

»Seit ein paar Wochen«, sagte Tia unbestimmt. »Sokrates meinte, es wäre nichts, daß ich da herauswachsen würde. Und dann hat er so getan, als würde ich alles nur erfinden, und ich wollte nicht, daß er die Psychos auf mich hetzt. Deshalb habe ich mir gedacht, daß ich ...«

In diesem Augenblick kehrte Pota zurück, ihre Lippen waren zu einer grimmigen Linie verkniffen. »Du gehst jetzt sofort ins Bett, Tia«, sagte sie mit erzwungener Leichtigkeit. »Sokrates denkt, daß du dir ein paar Nerven verklemmt hast; wahrscheinlich ein Rückenschaden, den er nicht untersuchen kann. Deshalb legst du dich jetzt hin, während wir einen Kurier rufen, um dich abzuholen. In Ordnung?«

Braddon und Pota wechselten einen *dieser* Blicke, die Tia nicht deuten konnte, und ihr Mut sank. »Also gut«, sagte sie niedergeschlagen. »Ich wollte nicht so viel Schwierigkeiten machen, ehrlich nicht. Ich wollte nicht ...«

Braddon nahm sie in die Arme und trug sie in ihr Zimmer. »Denk nicht einmal im Traum daran, daß du Schwierigkeiten machst«, sagte er heftig. »Wir lieben dich, Tia. Und wir werden dafür sorgen, daß es dir so schnell wie möglich wieder besser geht.«

Er legte sie ins Bett, Ted neben ihr, und rief ein Holo auf. »So«, sagte er und küßte sie zärtlich. »Deine Mum kommt gleich, um etwas auf diese Brandwunden zu tun. Dann werden wir unsere ganze Zeit darauf verwenden, dich zum verzogensten kleinen Balg im ganzen bekannten Weltall zu machen! Du mußt nur hier liegen und angestrengt darüber nachdenken, wie du wieder gesund wirst. Abgemacht?«

»Klar, Dad«, erwiderte sie und brachte irgendwie ein Lächeln für ihn zustande. »Abgemacht.«

KAPITEL 2

Weil Tia nicht in Lebensgefahr schwebte, brauchte die KI-Drohne, die man losgeschickt hatte, um sie in ein Krankenhaus der Zentralwelten zu bringen, noch zwei Wochen, bis sie eintraf. Zwei lange, endlose Wochen, in denen sich Mums und Dads Mienen immer mehr verspannten und vor Angst verzerrten – und in denen sich Tias Zustand nicht etwa verbesserte, sondern verschlimmerte.

Am Ende dieser beiden Wochen ging es ihr sehr viel schlechter; sie hatte nicht nur jedes Gefühl in den Gliedmaßen verloren, sie konnte sie auch nicht mehr benutzen. Aus der bloßen Unbeholfenheit, die damit einsetzte, daß sie Schwierigkeiten beim Auf- und Zuknöpfen ihrer Kleidung hatte, war Lähmung geworden. Wenn sie nicht das Bedürfnis gehabt hätte, ihre Eltern bei Laune zu halten, hätte sie geweint. Sie konnte nicht einmal mehr Ted festhalten.

Mum gegenüber machte sie darüber Witze, tat so, als hätte sie sich immer schon gern von oben bis unten bedienen lassen. Sie *mußte* einfach Witze darüber machen; denn obwohl sie völlig entsetzt war, vertrieb der Anblick der Angst in den Augen ihrer Eltern die eigenen Befürchtungen. Sie war entschlossen, sie nicht wissen zu lassen, wie sehr sie sich fürchtete. Sie waren bereits verängstigt genug – wenn Tia selbst jetzt auch noch den Mut verlor, könnten sie in Panik geraten.

Die Zeit kroch dahin, während sie sich ein Holo nach dem anderen anschaute und mit Braddon entlose Partien Schach spielte und sich sagte, daß im Krankenhaus alles in Ordnung kommen würde. Natürlich würde alles in Ordnung kommen. Es gab nichts, was ein Krankenhaus der Zentralwelten nicht hätte heilen können. Das wußte doch jeder! Nur Erbkrankheiten ließen sich nicht kurieren. Aber sie war schließlich in Ordnung gewesen, bis zu jenem Tag, an dem das Ganze angefangen hatte.

»Sokrates sagt, daß es ein paar eingeklemmte Nerven sein müssen«, wiederholte Pota zum hundertsten Mal an dem Tag, als das Schiff fällig war. »Wenn du ins Krankenhaus kommst, mußt du wirklich tapfer sein, Tia. Wahrscheinlich müssen sie operieren, und es wird auch wahrscheinlich einige Monate dauern, bis du wieder gesund bist ...«

Sie bürstete Tias Haar und band es zu einem sauberen Pferdeschwanz zusammen, wie das Mädchen es liebte. »Dann werde ich gar keinen Unterricht bekommen können, oder?« fragte sie, um ihre Mutter mit irgend etwas Trivialem abzulenken. *Mum kommt mit der Realität und der Realzeit nicht allzugut zurecht ... Dad auch nicht.* »Wahrscheinlich werden sie mich in einen Gipsverband tun oder so etwas, und ich werde völlig benommen von den ganzen Schmerztabletten sein. Dann verliere ich den Anschluß, nicht?«

»Nun«, meinte Pota mit gespielter Fröhlichkeit, »ja, ich fürchte schon. Aber das wird die Psychos wahrscheinlich alle sehr glücklich machen, weißt du, denn die meinen sowieso, daß du viel zu weit voraus bist. Aber denk doch mal – dir wird die gesamte Krankenhausbibliothek zur Verfügung stehen, und du kannst jederzeit darin herumstöbern!«

Das genügte, um sie sogar für eine Minute abzulenken. Die gesamte Krankenhausbibliothek – sie war um ein Vielfaches größer als jede Bibliothek, die sie mit sich führen konnten. All die Holos, die sie sich anschauen wollte – und dann würde es auch richtige Leseschirme geben und nicht so ein improvisiertes Gerät, wie Dad es zusammengesetzt hatte ...

»Sie sind da ...« rief Braddon aus dem Außenraum. Pota preßte die Lippen zusammen und hob Tia aus dem Bett. Und zum ersten Mal seit Wochen wurde Tia in ihren Druckanzug gesteckt, als würde Pota eine riesige Puppe anziehen. Braddon kam kurz darauf herein, um ihr zu helfen. Tia würde wieder ausgehen. Diesmal allerdings würde sie wahrscheinlich nicht wieder zurückkommen. Jedenfalls nicht zurück in diese Kuppel.

»Wartet!« rief sie, kurz bevor Pota den Anzug versiegelte. »Wartet, ich will meinen Bären haben!« Und als ihre Eltern einen verzweifelten Blick wechselten, setzte sie die flehendste Miene auf, zu der sie fähig war. »Bitte?« Sie ertrug den Gedanken nicht, ohne irgend etwas Vertrautes oder Warmes an einen fremden Ort zu müssen. Selbst wenn sie ihn nicht festhalten konnte, könnte sie immer noch mit ihm reden und seinen Pelz an ihrer Wange spüren. »*Bitte?*«

»Also gut, Tia«, sagte Pota nachgiebig. »Ich denke, dort drin ist gerade noch genug Platz für ihn.« Glücklicherweise ließ sich Ted sehr gut zusammendrücken. So war tatsächlich genug Platz für ihn im Inneren des Anzugs, und Tia empfand den Druck seines warmen kleinen Körpers auf ihrer Hüfte als tröstlich.

Sie hatte keine Zeit mehr, um an etwas anderes zu denken – denn in diesem Augenblick traten zwei Fremde in den weißen Druckanzügen der Sanitätsabteilung der CenCom ein. Sie hörte noch ein seltsames Zischen im hinteren Teil ihres Rückenpacks, dann war der Raum um sie herum verschwunden.

Tia wachte in einem seltsamen weißen Raum auf, in ein weißes Papiernachthemd gekleidet. Der einzige Farbfleck hier war Ted. Er saß neben ihr in ihrer Armbeuge und spähte unter der weißen Decke hervor.

Sie blinzelte, versuchte sich zu orientieren, und der kalte Würgegriff der Angst packte sie an der Kehle. Wo war sie?

Wahrscheinlich in einem Krankenhauszimmer, aber wo waren Mum und Dad? Wie war sie so schnell hierhergekommen? Was hatten die beiden Fremden mit ihr getan?

Und weshalb fühlte sie sich nicht besser? Warum konnte sie überhaupt nichts fühlen?

»Sie ist aufgewacht«, sagte eine Stimme, die sie nicht erkannte. Tia drehte den Kopf, zu mehr war sie nicht fähig, und erblickte jemanden in einem weißen Druckanzug, der neben ihr stand, das Gesicht hinter dem dunklen Visier verborgen. Das rote Kreuz der Medizinabteilung war an einer Schulter zu sehen, und über der Brust hing ein Namensschild, doch aus diesem Blickwinkel konnte Tia es nicht lesen. Sie wußte noch nicht einmal zu sagen, ob die Person in dem Anzug männlich oder weiblich war.

Das Gesichtsvisier beugte sich über sie; sie wäre zurückgewichen, wenn sie gekonnt hätte, denn es jagte ihr trotz allem Angst ein – das Visier war so ausdruckslos, so unpersönlich. Doch dann wurde ihr klar, daß die Person in dem Anzug sich ja vorgebeugt hatte, damit sie das Gesicht erkennen konnte, das hinter dem Gleißen der Lichtspiegelungen auf der Plexiglasoberfläche lag, und sie entspannte sich ein wenig.

»Hallo, Hypatia«, sagte die Person – genaugenommen eine Dame. Ihre Stimme klang etwas blechern im Anzuglautsprecher. Ein wenig wie Moiras Stimme über das alte Funkgerät. Der Vergleich beruhigte sie etwas. Wenigstens kannte die Dame ihren Namen und sprach ihn richtig aus.

»Hallo«, sagte sie vorsichtig. »Das ist das Krankenhaus, nicht wahr? Wieso kann ich mich nicht mehr an das Schiff erinnern?«

»Nun, Hypatia – darf ich dich Tia nennen?« Als Tia nickte, fuhr die Frau fort. »Tia, wir haben als erstes gedacht, daß du vielleicht irgend eine Seuche hättest, obwohl es deinen Eltern gutging. Der Arzt und der Sanitäter, die wir per Schiff zu euch schickten, wollten lieber sichergehen und haben dich und deine Eltern in Quarantäne gesteckt. Das ging am einfachsten, indem man euch alle drei einschläferte und euch in euren Druckanzügen beließ, bis ihr hier ankamt. Wir wollten dich nicht erschrecken, deswegen haben wir deine Eltern gebeten, dir nicht vorher zu verraten, was wir vorhatten.«

Tia mußte erst darüber nachdenken. »Also gut«, sagte sie schließlich und versuchte freundlich zu bleiben, da sie ohnehin nichts mehr dagegen unternehmen konnte. »An Bord wäre es wahrscheinlich ziemlich langweilig geworden. Wahrscheinlich hätte es da nichts zu beobachten oder zu lesen gegeben, und irgendwann wären sie es leid gewesen, mit mir Schach zu spielen.«

Die Dame lachte. »Angesichts der Tatsache, daß du ihnen beim Schachspielen die Hosen ausgezogen hättest, ist das sehr wahrscheinlich«, meinte sie und richtete sich ein Stück auf. Nun, da Tia wußte, daß sich hinter diesem Visier ein echter Mensch verbarg, wirkte es nicht mehr ganz so bedrohlich. »Wir werden dich jetzt noch eine Weile in Quarantäne halten, während wir untersuchen, was dich eigentlich gebissen hat. Du wirst mich sehr häufig sehen – ich bin einer deiner beiden Ärzte. Mein Name ist Anna Jorgenson-Kepal, du kannst mich Anna nennen oder auch Doktor Anna, wenn du magst, aber ich glaube, wir brauchen nicht so förmlich zu sein. Dein zweiter Arzt ist Kennet Uhua-Sorg. Von ihm wirst du nicht sehr viel zu sehen bekommen, bevor du die Quarantäne verlassen hast, denn er ist querschnittsgelähmt und fährt Moto-Rollstuhl. So einen bekommen wir in keinen Druckanzug.«

Der Holoschirm über dem Bett erwachte flackernd zum Leben und zeigte Kopf und Schultern eines hageren, asketisch aussehenden jungen Mannes. »Nenn mich Kenny, Tia«, sagte der junge Mann. »Ich weigere mich kategorisch, förmlich mit dir umzugehen. Es tut mir leid, daß ich dich nicht persönlich begrüßen kann, aber es braucht wahre Ewigkeiten, einen von diesen verdammten Rollstühlen zu dekontaminieren, deshalb fungiert Anna als meine Hände.«

»Das ist … dein Stuhl … das ist doch eine Art modifizierter Schale, nicht wahr?« fragte Tia neugierig, entschlossen, das Thema, wenn sie es schon aufbrachten, nicht höflich zu meiden. »Ich kenne ein Schalenwesen, Moira, sie ist ein Gehirn-Schiff.«

»Ganz genau!« sagte Kenny fröhlich. »Der Arzt auf der Halbschale, das bin ich! Ich hatte einen dämlichen Unfall, als ich Zwanzig war. Ich bin nicht wie du von irgendeinem fremden Erreger gebissen worden.«

Tia lächelte zaghaft. *Ich glaube, ich werde ihn mögen.* »Hat dir eigentlich schon jemand gesagt, daß du genau wie Amnemhet III. aussiehst?«

Seine weiten Augen wurden noch größer. »Nein – das ist wirklich neu. Ich hoffe, es ist ein Kompliment! Eine meiner Patientinnen sagte mal, daß ich wie Largo Delecron aussehe, der Synthcomstar, aber da wußte ich auch noch nicht, daß sie der Meinung war, daß Largo so aussieht, als wäre er aus einem Sklavenlager entflohen!«

»Er ist einer meiner Lieblingspharaonen«, versicherte sie ihm hastig.

»Dann will ich mal sehen, ob ich nicht die entsprechende pharaonische Majestät entwickeln kann«, erwiderte Kenny grinsend. »Das könnte mir durchaus nützen, wenn ich einigen dieser Psychos hier mal wieder etwas Verstand in den Kopf hämmern muß! Die sind schon die ganze Zeit hinter dir her, seit du hier eingeliefert wurdest.«

Wenn Tia vor Furcht hätte zittern können, hätte sie es jetzt getan. »Ich muß doch nicht mit denen sprechen, oder?« fragte sie kleinlaut. »Sie stellen mir immer so endlose dumme Fragen!«

»Überhaupt nicht«, sagte Anna entschieden. »Ich habe zwei Doktorgrade, einen davon in Seelenklempnerei. Ich bin durchaus qualifiziert, dich allein zu diagnostizieren.«

Als Anna ihren Abschluß in Psychiatrie erwähnte, rutschte Tias Herz ein Stückchen tiefer – hob sich aber wieder sofort, als Anna die Psychiatrie als ›Seelenklempnerei‹ bezeichnete. Keiner der Psychos, die sie schon ihr Leben lang belästigten, hätte seinen Beruf mit dem Ausdruck ›Seelenklempnerei‹ bezeichnet.

Anna strich Tia über die Schulter. »Mach dir keine Sorgen, Tia. Ich bin der Meinung, daß du eine sehr tapfere junge

Dame bist – vielleicht ein wenig *zu* verantwortungsbewußt, aber ansonsten völlig in Ordnung. *Die* Psychos verbringen viel zuviel Zeit damit, Kinder zu analysieren, aber nicht genug, um sie sich einmal richtig anzusehen oder ihnen echte Aufmerksamkeit zu widmen.« Anna lächelte, und eine Haarlocke rutschte über ihre linke Augenbraue, was ihr ein etwas menschlicheres Aussehen verlieh.

»Hör zu, Tia, deinem Bär fehlt ein Stückchen Pelz und etwas Füllung«, sagte Kenny. »Anna meinte zwar, daß es dir gar nicht auffallen würde, aber ich dachte, wir sollten es dir trotzdem sagen. Wir haben ihn auf fremde Erreger und Neurotoxine untersucht, aber er ist sauber. Wenn du aus Coventry herauskommst, werden wir ihn sicherheitshalber noch einmal dekontaminieren, doch wir wissen jetzt, daß er nicht die Ursache ist, solltest du dir entsprechende Sorgen gemacht haben.«

Tia hatte sich tatsächlich Sorgen gemacht ... Moira hätte so etwas natürlich nicht absichtlich getan, aber es wäre schon sehr scheußlich gewesen, wenn Ted an ihrer Krankheit Schuld gewesen wäre. Moira hätte sich entsetzlich gefühlt, ganz zu schweigen von Tomas.

»Wie heißt er denn?« wollte Anna wissen und machte sich am Kopf des Bettes zu schaffen. Tia konnte ihren eigenen Kopf nicht weit genug bewegen, um zu sehen, was sie da tat.

»Theodor Iljitsch Bär«, erwiderte sie und rieb die Wange verstohlen an seinem weichen Pelz. »Moira hat ihn mir geschenkt, weil sie früher einmal einen Bären namens Iwan der Bärige hatte.«

»Hervorragender Name, Theodor. Das paßt zu ihm«, meinte Anna. »Weißt du, ich glaube, deine Moira und ich müssen ungefähr gleichaltrig sein. Als ich klein war, waren Bären ziemlich in Mode. Ich hatte eine wirklich hübsche Bärin in einem Fliegerkostüm, sie hieß Amelia Bärenherz.« Die Ärztin kicherte leise. »Ich habe sie übrigens immer noch, aber meistens sitzt sie in meinem Gästezimmer auf dem Schreibtisch. Im hohen Alter hat sie sich zu einer sehr verehrungswürdigen Matrone entwickelt.«

Doch eigentlich wollte Tia nicht wirklich über Bären sprechen. Nicht jetzt, da sie wußte, wo sie war und daß sie sich in Quarantäne befand. »Wie lange werde ich hierbleiben?« fragte sie kleinlaut.

Kenny wurde sehr ernst, und Anna hörte auf, an irgendwelchen Dingen herumzunesteln. Kenny nagte einen Moment an seiner Unterlippe, bevor er antwortete, und das Summen der Maschinen in ihrem Zimmer schien plötzlich sehr laut. »Die Psychos haben versucht, uns einzureden, daß wir es sehr weich verpacken sollten, aber – Tia, wir halten dich für ein sehr ungewöhnliches Mädchen. Wir glauben, daß du lieber die ganze Wahrheit erfahren möchtest. Stimmt das?«

Wollte sie das? Oder wollte sie lieber so tun als ob ...

Aber das hier war nicht dasselbe, wie sich Geschichten über Ausgrabungen auszudenken. Wenn sie jetzt nur spielte, würde alles nur um so schlimmer werden, wenn man ihr später die Wahrheit erzählte, sofern es etwas Unangenehmes war.

»Ja«, sagte sie schließlich schleppend. »Bitte.«

»Wir wissen es nicht genau«, teilte Anna ihr mit. »Wir wünschten, es wäre anders. In deinem Blut haben wir nichts gefunden, und wir sind gerade dabei, Erreger in deinem Nervensystem zu isolieren. Aber ... na ja, wir vermuten zwar, daß es ein Erreger ist, vielleicht ein Protovirus. Und bevor wir das nicht wissen, haben wir auch keine Ahnung, ob wir dich wieder hinbekommen.«

Der Gedanke an die Möglichkeit, daß sie den Rest ihres Lebens in diesem Zustand bleiben könnte, ließ sie sehr erschauern.

»Deine Eltern sind auch in Quarantäne«, fügte Kenny hastig hinzu. »Aber sie sind hundertprozentig in Ordnung. Ihnen fehlt überhaupt nichts. Das macht die Sache noch schwieriger.«

»Ich glaube, ich verstehe«, sagte Tia mit nervös klingender Stimme. Sie atmete tief durch. »Verschlimmert sich mein Zustand?«

Anna wurde plötzlich sehr still. Kennys Miene verdüsterte sich, und er biß sich auf die Unterlippe.

»Nun«, sagte er ruhig. »Ja. Wir müssen uns Gedanken über deine Mobilität und über lebenserhaltende Systeme für dich machen. Ich wünschte, ich könnte dir etwas anderes mitteilen, Tia.«

»Das ist schon in Ordnung«, sagte sie und versuchte seine Qual zu lindern. »Es ist mir lieber, wenn ich es weiß.«

Anna beugte sich vor, um ihr durch das Anzugmikrofon etwas zuzuflüstern. »Tia, solltest du Angst vor dem Weinen haben, hab sie nicht. Wenn ich in deiner Lage wäre, würde ich bestimmt weinen. Und wenn du lieber allein wärst, sagst du es uns, ja?«

»In Ordnung«, antwortete sie matt. »Kann ich bitte für eine Weile allein sein?«

»Na klar.« Anna hörte auf so zu tun, als sei sie mit den Geräten beschäftigt, und nickte dem Holoschirm kurz zu. Kenny winkte ihr mit einer Hand, dann erlosch der Schirm. Einen Augenblick später verließ Anna den Raum durch eine Dekontaminationsschleuse. Sie ließ sie mit den summenden, zischenden Geräten und mit Ted zurück.

Tia schluckte den Kloß in ihrer Kehle herunter und dachte angestrengt darüber nach, was sie ihr mitgeteilt hatten.

Ihr Zustand verbesserte sich nicht etwa, er wurde vielmehr schlimmer. Sie wußten nicht, woran es lag. Das waren die Negativposten. Auf der Plusseite stand, daß mit Mum und Dad alles in Ordnung war, und die Ärzte hatten auch nicht gesagt, daß sie alle Hoffnung aufgeben solle.

Folglich sollte sie weiterhin davon ausgehen, daß sie eine wirksame Therapie finden würden.

Sie räusperte sich. »Hallo?« machte sie.

Genau, wie sie es erwartet hatte, wurde der Raum von einer KI überwacht.

»Hallo«, erwiderte sie in jener merkwürdig akzentfreien Stimme, wie sie nur eine KI hervorbringen konnte. »Was brauchst du?«

»Ich würde mir gern ein Holo anschauen. Über Geschichte«, fügte sie nach kurzer Überlegung hinzu. »Es gibt ein Holo über Königin Hatshepsut von Ägypten. Ich glaube, es heißt *Phönix des Re*. Hast du das?«

Das hatte zu Hause auf der Verbotsliste gestanden; Tia wußte auch, weshalb. Es gab darin einige ziemlich heiße Szenen mit der Pharaonin und ihrem Architekten. Aber Tia war von der einzigen Frau fasziniert, die sich zur Pharaonin ernannt hatte, und sie war äußerst verärgert gewesen, als ein bißchen Sex sie daran hinderte, sich dieses Holo anzuschauen.

»Ja, darauf habe ich Zugriff«, sagte die KI nach einem kurzen Augenblick. »Möchtest du es jetzt sehen?«

Sie hatten ihre Zugriffsrechte also nicht eingeschränkt! »Ja«, antwortete sie. Und dann, begierig, die Gelegenheit zu nutzen, fügte sie hinzu: »Und danach möchte ich die *Aton-Trilogie* sehen, über Echnaton und die Ketzer. Also *Der aufgehende Aton*, *Aton am Zenit* und *Der untergehende Aton*.«

Diese Holos enthielten mehr als nur ein paar schwüle Szenen. Tia hatte ihre Mutter sagen hören, daß einige der Theorien, die in der Trilogie darstellerisch ziemlich freizügig wiedergegeben wurden, zwar einige, anders kaum zu erklärende Funde plausibel machten, aber in manchen Kulturen zu einem Verbot dieser Holos führen würden. Und Braddon hatte leise lachend erwidert, daß schon die Kostüme – oder ihr Mangel – das gleiche bewirken würden. Dennoch glaubte Tia, damit schon zurecht zu kommen. Und wenn es wirklich so schlimm war, würde es sie ganz gewiß von ihren Sorgen ablenken!

»Also gut«, meinte die KI freundlich. »Soll ich anfangen?«

»Ja«, antwortete sie mit einem weiteren Streicheln ihrer Wange gegen Teds weichen Pelz. »Bitte.«

Pota und Braddon beobachteten ihre Tochter mit erstarrten Mienen; Tia war überzeugt, daß sie einen ganzen Vulkan an Gefühlen verbargen. Sie atmete tief ein, dann sagte sie: »Stuhl vorwärts, fünf Fuß«, worauf der Moto-Rollstuhl vorglitt und unmittelbar vor ihnen stehen blieb.

»Na ja, wenigstens kann ich jetzt herumkommen«, sagte sie in einem, wie sie hoffte, fröhlich klingenden Ton. »Ich war es langsam wirklich leid, immer dieselben vier Wände sehen zu müssen!«

Was immer sie haben mochte – und inzwischen hatte sie nur zu oft die Worte ›Protovirus‹ und ›dystrophische Sklerose‹ ausgesprochen gehört –, waren die Mediziner offensichtlich zu dem Schluß gekommen, daß es nicht ansteckend war. Sie hatten Pota und Braddon aus der Quarantäne entlassen und Tia in ein anderes Zimmer verlegt, dessen Tür direkt auf den Gang hinausging. Nicht daß es einen großen Unterschied gemacht hätte, doch brauchte Anne jetzt wenigstens keine Dekontaminationsschleuse und auch keinen Druckanzug mehr zu benutzen. Und jetzt kam Kenny persönlich, um sie zu besuchen. Aber vier weiße Wände blieben eben vier weiße Wände, und Zimmer waren schließlich doch alle in etwa gleich.

Dennoch hatte Tia Angst, um Dinge zu bitten, die es etwas persönlicher gestaltet hätten. Sie befürchtete, daß sie, wenn sie den Raum mehr zu ihrem eigenen machte, dort für alle Zeit festhängen würde.

Ihre Taubheit und Lähmung hatten inzwischen beinahe den ganzen Körper bis auf die Gesichtsmuskulatur erfaßt. Und dort hatten sie kürzlich aufgehört. Ebenso unerklärlich, wie sie zustande gekommen waren.

Man hatte sie in einen Moto-Rollstuhl für Querschnittgelähmte gesetzt. Er war ganz ähnlich wie Kennys, nur daß sie ihren mit einigen wenigen Befehlen und einer Reihe von Zungen- und Augenbewegungen steuern konnte. Durch einen Befehl setzte er sich in Bewegung, während ihre Augenstellung ihm die Richtung anzeigte. Außerdem hatte ihr Modell mechanische ›Arme‹, die bestimmten vorprogrammierten Mustern folgten, um ihr weitere Befehle zu ermöglichen. Jedem Befehl mußte das Wort ›Stuhl‹ oder ›Arm‹ vorausgehen. Das war zwar ein unbeholfenes System, aber das beste, was sie ihr, ohne synaptische Verbindungen vom Hirnstamm auszulegen, wie man es bei Hüllenmenschen tat, bieten konnten. Ihr Stammhirn war jedenfalls noch intakt. Was immer es war, hatte zwar ihrer Wirbelsäule zugesetzt, aber nicht dem Gehirn.

Davon abgesehen, Mrs. Lincoln, dachte sie in bitterer Ironie, *wie war das Stück?*

»Was meinst du, Tia?« fragte Braddon, und seine Stimme bebte nur unmerklich.

»Das ist wirklich kosmisch, Dad« erwiderte sie fröhlich. »Es ist, als würde man ein Schiff steuern! Ich denke, ich werde Doktor Kenny zu einem Wettrennen herausfordern!«

Pota schluckte und brachte ein mattes Lächeln zustande. »Es wird nicht lange dauern«, sagte sie ohne Überzeugungskraft. »Sobald sie feststellen, was sich da in deinem Inneren häuslich eingerichtet hat, haben sie dich wieder gesund gemacht.«

Tia biß sich auf die Lippe, um sich zusammenzureißen, und zwang sich zu einem Grinsen. Die Wahrscheinlichkeit einer Heilung wurde von Tag zu Tag geringer. Weder Anna noch Kenny versuchten, ihr etwas darüber vorzumachen.

Aber es hatte keinen Zweck, ihre Eltern unglücklich zu machen. Sie fühlten sich schon schlecht genug.

Tia versuchte, ihnen sämtliche Vorzüge des Stuhls vorzuführen, bis nicht einmal sie es mehr ertrugen. Ihre Eltern gingen unter einem Vorwand, versprachen, zurückzukommen – und es folgte ihnen eine Schar von Internisten und Neurologen, von denen jeder Variationen über dieselben Grundfragen stellte, die Tia schon tausendmal beantwortet hatte.

»Erst haben sich meine Zehen so angefühlt, als seien sie eingeschlafen, als ich eines morgens erwachte, aber das ging wieder weg. Danach ging es nicht mehr weg. Dann erwachte ich nicht mehr mit einem Prickeln sondern mit einem Gefühl der Taubheit. Nein, es hat nie wirklich weh getan. Nein, am Anfang reichte es nur bis zur Sohle. Ja, nach zwei Tagen fing es dann in den Fingern an. Nein, nur in den Fingern, nicht in der ganzen Hand …«

Stundenlang. Aber Tia wußte auch, daß die Leute nicht bösartig waren, sie versuchten ihr zu helfen, und das hing davon ab, wie sehr sie mitarbeitete.

Doch die Fragerei ließ Tias eigene Fragen nicht verstummen. Bisher waren nur die sensorischen Nerven und das willkürliche Pilot- und Nervensystem betroffen. Was, wenn auch das unwillkürliche davon befallen wurde und sie eines Tages aufwachte, und nicht mehr atmen konnte? Was dann? Was, wenn sie die Beherrschung über ihre Gesichtsmuskulatur verlor? Schon das leiseste Prickeln ließ sie in panischen Schweiß ausbrechen, weil sie glaubte, daß es jetzt passieren würde …

Niemand konnte die Fragen beantworten. Weder ihre eigenen noch die der anderen.

Schließlich gingen sie kurz vor dem Abendessen alle. Nach ungefähr einer halben Stunde beherrschte Tia die Arme genug, um selbst essen zu können, was ihr die Demütigung ersparte, deswegen eine Krankenschwester herbeirufen zu müssen. Und das Entsorgungssystem des Stuhls ersparte ihr auch die Demütigung der natürlichen Folgen des Essens und Trinkens …

Nach dem Abendessen, als das Tablett abgeholt worden war, ließ man Tia ganz allein im immer dunkler werdenden Raum zurück. Sie wäre in sich zusammengesackt, wenn sie das noch gekonnt hätte. Es war ganz gut, daß Pota und Braddon nicht zurückgekehrt waren. Es war eine Belastung, sie hierzuhaben. Es fiel Tia schwerer, vor ihnen Tapferkeit zu mimen als vor Fremden.

»Stuhl, siebzig Grad nach rechts drehen«, befahl sie. »Linker Arm, Bär aufheben.«

Mit einem sanften Schnurren gehorchte der Stuhl.

»Linker Arm, lege Bär … Kommando zurück. Linker Arm, führe Bär an linke Gesichtsseite.« Der Arm bewegte sich ein Stück. »Dichter. Dichter. Halt.«

Jetzt schmiegte sie Ted an ihre Wange und konnte sich einbilden, daß es ihr eigener Arm sei, der ihn dort hielt.

Jetzt, da niemand zuschauen konnte, bildeten sich langsam heiße Tränen in ihren Augen und liefen ihre Wangen hinab. Tia lehnte den Kopf ein Stück nach links, damit Teds weicher blauer Pelz die Tränen trocknen konnte und sie sich nicht verriet.

»Das ist einfach nicht gerecht«, flüsterte sie Ted zu, der ihr mit traurigem Nicken zuzustimmen schien, als sie die Wange an ihm rieb. »Es ist einfach nicht gerecht …«

Ich wollte doch die Heimatwelt der EsKas finden. Ich wollte mit Mum und Dad hinausziehen und die Heimatwelt entdecken. Ich wollte Bücher schreiben. Ich wollte vor vielen Leuten stehen und sie zum Lachen bringen und sie aufgeregt machen, damit sie sehen, daß Geschichte und Archäologie nichts Totes sind, daß sie nur schlafen. Ich wollte Dinge tun, nach denen man Holos dreht. Ich wollte ... ich wollte ...

Ich wollte Sachen sehen! Ich wollte Gravitationsschlitten steuern und in einer richtigen Lagune schwimmen und einen Sturm spüren und ...

... und ich wollte ...

Einige der Szenen aus den Holos, die sie sich angeschaut hatte, kehrten nun mit Macht zurück.

Ich wollte etwas über Jungen erfahren. Über Jungen und Küsse und ...

Und jetzt wird mich nie wieder jemand ansehen. Alles, was sie zu sehen bekommen, wird dieses große Metallding sein. Das ist alles, was sie jetzt noch sehen ...

Selbst wenn ein Junge mich jemals küssen wollte, würde er dann an einer halben Tonne Maschinerie vorbeikommen müssen.

Jetzt strömten die Tränen schneller, verborgen in der Dunkelheit des Zimmers.

Sie hätten mich nicht in dieses Ding gesteckt, wenn sie geglaubt hätten, daß ich noch einmal gesund werden könnte. Ich werde nie wieder gesund werden. Es wird immer nur schlimmer. Ich kann überhaupt nichts mehr fühlen, ich bin nur noch ein Kopf in einer Maschine. Und wenn es noch schlimmer wird, werde ich dann wohl ertauben? Erblinden?

»Teddy, was wird mit mir geschehen?« schluchzte sie. »Werde ich den ganzen Rest meines Lebens in einem Zimmer zubringen müssen?«

Ted wußte es ebensowenig wie sie.

»Das ist unfair, es ist unfair, ich habe doch nie etwas getan«, weinte sie, während Ted ihre Tränen mit runden, traurigen Augen ansah und für sie aufsaugte. »Es ist unfair. Ich war noch nicht am Ende. Ich hatte ja noch nicht einmal angefangen ...«

Kenny ergriff mit einer Hand ein Papiertuch und schaltete mit der anderen das Kamerarelais aus. Er rieb sich heftig die Augen und putzte sich in einer Mischung aus Zorn und Trauer die Nase. Zorn auf seine eigene Machtlosigkeit, Trauer über das verwundbare kleine Mädchen, das dort allein in diesem kalten, unpersönlichen Krankenzimmer lag, ein kleines Mädchen, das alles nur Erdenkliche tat, um tapfer zu bleiben.

In der Öffentlichkeit. Er war der einzige, der sie im Privaten beobachtete, jetzt, da sie glaubte, daß niemand da sei, der mit ansehen könnte, daß ihre ganze fröhliche Pose nichts als Fassade war.

Ich war noch nicht am Ende. Ich hatte ja noch nicht einmal angefangen.

»*Verdammt*«, fluchte er und rieb sich wieder die Augen, während er auf den Arm seines Moto-Rollstuhls eindrosch. »*Verdammt noch einmal*!« Welcher achtlose Gott hatte bewirkt, daß sie genau die gleichen Worte benutzte, die er selbst vor fünfzehn Jahren ausgesprochen hatte?

Vor fünfzehn Jahren, als ein dummer Unfall ihn von der Hüfte abwärts lähmte und seinen – wie er damals glaubte – Träumen von einem Besuch der Medizinhochschule ein Ende setzte?

Vor fünfzehn Jahren, als Doktor Harwat Kline-Bes *sein* Arzt gewesen war und ihn allein in sein Kissen hatte weinen hören?

Kenny wendete seinen Stuhl und öffnete die Sichtluke zu den Sternen, um sie zu beobachten, wie sie sich in einem Panorama vollkommener Schönheit, das sich mit der Kreisbewegung der Rotation veränderte, über den Himmel bewegten. Er ließ die Tränen auf seinen Wangen trocknen, leerte seinen Geist.

Vor fünfzehn Jahren hatte ein anderer Neurologe die gleichen gestammelten Worte zu hören bekommen und hatte beschlossen, daß daraus *nicht* Wahrheit werden sollte. Er hatte einen querschnittsgelähmten jungen Studenten unter seine Fittiche genommen, hatte die Hersteller eines experimentellen Moto-Rollstuhls unter Druck gesetzt, dem

Jugendlichen einen zu geben – und hatte schließlich auch den Dekan der Staatlichen Medizinhochschule von Meyasor mehr oder weniger dazu erpreßt, den Jungen zuzulassen. Danach hatte er, nachdem der Junge seinen Abschluß gemacht hatte, ihm einen Posten als Krankenhausarzt in dieser Klinik verschafft – an einer Arbeitsstelle, wo ein Neurologe in einem Moto-Rollstuhl keine große Kuriosität darstellte, nicht angesichts der Lebewesen von hundert Welten, die hier als Patienten *und* Ärzte herkamen …

Allerdings nur ein Querschnittgelähmter. Kein Kind mit einem brillanten, flexiblen Verstand, der in einem bewegungslosen Körper feststeckte. *Brillanter Verstand. Bewegungsloser Körper. Brillanter …*

Plötzlich hatte er einen Gedankenblitz, der ihm für kurze Zeit die Sicht raubte. Er war doch nicht der einzige, der Tia beobachtete – es gab noch jemanden. Jemanden, der jeden Patienten hier beobachtete, jeden Arzt, jede Krankenschwester … Jemanden, den er nicht allzu oft konsultierte, weil Lars kein Mediziner oder Psychiater war …

Aber in diesem Fall war Lars' Meinung höchstwahrscheinlich präziser als jede andere auf dieser Station. Seine eigene eingeschlossen.

Kenny drückte mit dem Daumen auf einen Knopf. »Lars«, sagte er knapp. »Hast du einen Augenblick Zeit?«

Er mußte eine Weile warten. Lars war ein vielbeschäftigter Bursche – obwohl seine konventionellen Schaltkreise zu dieser Stunde hoffentlich nicht allzusehr belastet wurden. »Gewiß doch, Kenny«, erwiderte Lars nach einigen Sekunden. »Wie kann ich dem neurologischen Wunderkind der Medizinalstation *Stolz von Albion* der Zentralwelten behilflich sein?« Die Stimme war voll und klang ironisch; Lars liebte es, jeden an Bord etwas aufzuziehen. Er bezeichnete es als ›Therapeutische Deflation der Egos‹. Besonders mochte er es, Kennys Ego zu deflationieren – er hatte schon mehr als einmal gesagt, daß jeder soviel Angst davor hatte, »schlecht zu dem armen Krüppel« zu sein, daß sie einen wahren Eiertanz vollführten, um ihm bloß nichts zu sagen, wenn er sich mal ziemlich hochnäsig benahm.

»Schenk dir den Sarkasmus, Lars«, antwortete Kenny. »Ich habe ein ernstes Problem, zu dem ich gern deine Meinung hören würde.«

»Meine Meinung?« Lars klang ehrlich überrascht. »Das muß wohl meine persönliche Meinung sein – jedenfalls bin ich ganz bestimmt nicht für eine medizinische qualifiziert.«

»Ja, ganz eindeutig eine sehr persönliche Meinung, die abzugeben du am geeignetsten bist. Nämlich über Hypatia Cade.«

»Ah.« Kenny meinte den Eindruck zu haben, daß Lars' Ton merklich weicher wurde. »Das kleine Kind in der Neuro-Einheit, mit dem unkindlichen Holo-Geschmack. Sie denkt immer noch, daß ich die KI bin. Ich habe sie noch nicht eines Besseren belehrt.«

»Gut, ich möchte, daß sie in deiner Gegenwart sie selbst ist, denn die Raumgötter wissen, daß sie es in unserer nicht ist.« Kenny merkte, wie heftig sein eigener Ton geworden war, und riß sich wieder zusammen, bevor er fortfuhr. »Du kennst ihre Berichte, und du hast das Kind selbst beobachtet. Ich weiß, daß sie etwas alt dafür ist – aber wie würde sie mit einem Schalenprogramm zurechtkommen?«

Eine lange Pause. Länger, als Lars sie eigentlich brauchte, um nur auf Krankenberichte zuzugreifen und sie zu begutachten. »Hat sich ihr Zustand stabilisiert?« fragte er vorsichtig. »Wenn er es nicht getan haben sollte, wenn sie auf halber Strecke während ihrer Ausbildung eine Hirnlähmung bekommt, dann würde das nicht nur für jeden anderen Schwierigkeiten bedeuten, den du dort so spät noch einschleusen willst, es wäre auch ein ziemlich schlimmes Trauma für die anderen Schalenkinder. Sie kommen nicht gut mit dem Tod zurecht. Ich möchte nicht daran teilhaben, sie zu erschrecken, gleich wie unbeabsichtigt.«

Kenny massierte seine Schläfe mit den langen, klugen Fingern, die schon so viele chirurgische Wunder für andere vollbracht hatten, für dieses kleine Mädchen aber nichts tun konnten. »Sofern wir überhaupt etwas über diese ... Krankheit ... aussagen können, ist sie stabil«, sagte er schließlich. »Sieh einmal hinein, dann wirst du feststellen, daß ich ein

Flächenbombardement angeordnet habe, als wir Versuche mit ihr machten. Sie hat jedes neurologische Virenmittel bekommen, das man heute kennt. Und auch nichtbakteriologische Mittel wie beispielsweise Ultra-... na ja, du kannst es ja nachlesen. Ich glaube, wir haben es abgetötet, was immer es war.«

Zu spät, um ihr zu helfen. Verdammt.

»Sie ist brillant«, meinte Lars vorsichtig. »Sie ist flexibel. Sie hat die Fähigkeit zum Multithreading, also mehrere Dinge zugleich zu tun. Und sie hatte in der Vergangenheit gute, positive Reaktionen auf Kontakte zu Hüllenmenschen.«

»Und?« fragte Kenny ungeduldig, während die Sterne ihre Bahn zogen, gleichgültig gegen das Schicksal eines kleinen Mädchens. »Deine Meinung!«

»Ich denke, sie könnte den Übergang schaffen«, meinte Lars mit stärkerer Betonung in der Stimme, als Kenny sie bei ihm je gehört hatte. »Ich denke, sie würde den Übergang nicht nur schaffen, sie würde ihn auch *gut* bewältigen.«

Kenny stieß wieder die Luft aus, die er angehalten hatte.

»Körperlich steht sie nicht schlechter da als viele der Teilnehmer des Hüllenmenschenprogramms«, fuhr Lars fort. »Ehrlich gesagt, Kenny, sie verfügt über soviel Potential, daß es ein Verbrechen wäre, sie für den Rest ihres Lebens in einem Krankenhauszimmer verrotten zu lassen.«

Die sorgfältige Beherrschung, die Lars für gewöhnlich über seine Stimme hatte, war verschwunden; es lag eine Leidenschaft in seinen Worten, die Kenny bei ihm noch nie erlebt hatte. »Sie hat dich wohl auch berührt, wie?« fragte er trocken.

»Ja«, preßte Lars die Antwort hervor. »Und ich schäme mich dessen auch nicht. Es macht mir nichts aus dir einzugestehen, daß sie mich zu ... na ja, beinahe zu Tränen gerührt hat.«

»Gut für dich.« Kenny rieb sich die Hände, wärmte die kalten Finger. »Denn ich werde mich wieder deiner Raffinesse bedienen müssen.«

»Du hast wohl wieder vor, eine schnelle Nummer abzuziehen, wie?« fragte Lars in ironischer Belustigung.

»Nur ein paar Fäden. Was nützt es mir, einen Intellekt stellaren Ausmaßes zu haben, wenn ich es nicht ausnutzen kann?« fragte er rhetorisch. Er schloß die Sichtluke und drehte seinen Stuhl so, daß er auf das Pult blicken konnte, wo er an seinem Terminal einige Tasten betätigte und es direkt mit Lars und einer sehr persönlichen Datenbank koppelte. Eine mit der Bezeichnung ›Gefallen‹. »Also gut, mein Freund, dann machen wir uns an die Arbeit. Zunächst einmal: An wessen Fäden könntest du reißen? Und dann die Frage: Wer hat auf der politischen Seite Einfluß auf das Programm, wer schuldet mir am meisten, und wer wird am frühesten hier eintreffen?«

Ein Sektorengeneralsekretär kroch nicht im Staub und wurde auch nicht überschwenglich, doch als Quintan Waldheim-Querar y Chan zu Kennys großer Befriedigung an Bord der *Stolz von Albion* kam, verlangte er sofort, nachdem die offiziellen Inspektionen und üblichen Routinen absolviert waren, mit dem brillanten Neurologen zu sprechen, dessen Arbeit seinen Neffen vor dem gleichen Schicksal wie Kenny selbst bewahrt hatte. Er wußte bereits das meiste darüber, was es über Kenny und seine kometenhafte Karriere zu wissen gab.

Und Quintan Waldheim-Querar y Chan war kein Mensch, der einem unbequemen Thema aus dem Weg ging.

»Etwas ironisch, nicht wahr?« meinte der Generalsekretär nach dem festen Händedruck mit einem Blick auf Kennys Moto-Rollstuhl. Er stand auf und zerrte *nicht* verlegen an seiner konservativen dunkelblauen Jacke.

Kenny lächelte nicht, tat aber zufrieden einen tiefen Atemzug. »Was, daß meine Verletzung praktisch identisch mit der von Peregrin war?« erwiderte er sofort. »Überhaupt nicht ironisch, mein Herr. Es war genau die Tatsache, daß ich mich in dieser Lage vorfand, die mich dazu bewegte, in die Neurologie zu gehen. Ich will gar nicht behaupten, daß nicht auch jemand anders eine Antwort auf diese Leiden gefunden hätte, wenn ich nicht verletzt worden wäre und so hart daran geforscht hätte. Medizinische Forschung beruht schließlich darauf, daß man auf früheren Arbeiten aufbaut.«

»Aber ohne Ihr spezielles Interesse wäre das Problem möglicherweise zu spät gelöst worden, um Peregrin zu nützen«, entgegnete der Generalsekretär. »Und es war ja auch nicht nur Ihre Technik, es war auch Ihr Können, was ihn mit durchzog. Das läßt sich nicht kopieren – jedenfalls nicht auf diesem Gebiet. Deshalb habe ich auch diesen Besuch in die Wege geleitet. Ich wollte Ihnen danken.«

Kenny zuckte mit den Schultern. Das war die vollkommenste Eröffnung, die er je im Leben mitangesehen hatte – und er hegte nicht die Absicht, sich diese Gelegenheit entgehen zu lassen. Nicht jetzt, da die Antwort auf Tias Gebete in seinem Büro festsaß.

»Ich kann nicht immer gewinnen, mein Herr«, sagte er tonlos. »Ich bin kein Gott. Obwohl es Zeiten gibt, da ich mir inbrünstig wünschte, einer zu sein, und im Moment ist eine solche Zeit.«

Die Miene des Generalsekretärs wurde ernst. Er war nicht nur ein bedeutender Mann, weil er ein hervorragender Verwaltungsbeamter war, sondern weil er eine menschliche Seite hatte. »Ich nehme an, daß Ihnen ein bestimmter Fall Kummer macht?« Und dann sprach er die Zauberworte aus: »Vielleicht kann ich Ihnen behilflich sein?«

Kenny seufzte, als zögerte er, das Gespräch fortzusetzen. *Nur nicht zu begierig scheinen.* »Na ja ... würden Sie sich vielleicht einmal eine Bandaufzeichnung von dem Kind ansehen?«

Kind. Kinder waren eine der Schwächen des Generalsekretärs. Er hatte schon mehr Programme für Kinder gefördert als alle seine drei Vorgänger zusammen. »Ja. Sofern es keinen Eingriff in das Privatleben des Kindes darstellt.«

»Hier ...« Kenny betätigte einen Schalter und aktivierte damit die Holoaufzeichnung, die er bereits vorbereitet hatte. Eine Aufzeichnung, die er und Anna zusammengestellt hatten: sorgfältig editiert, sorgfältig ausgesucht, aus tagelangen Aufzeichnungen mit Lars' Hilfe zusammengestellt, orientiert am Psychoprofil des Generalsekretärs. »Ich verspreche Ihnen, daß es nicht mehr als fünfzehn Minuten Ihrer Zeit in Anspruch nehmen wird.«

Die ersten siebeneinhalb Minuten dieser Aufzeichnung zeigten Tia von ihrer anziehendsten Seite: wie sie sich für das Krankenhauspersonal und ihre Eltern besonders tapfer und fröhlich gab. »Das ist Hypatia Cade, die Tochter von Pota Andropolous-Cade und Braddon Maartens-Cade«, erklärte er zu dem Holo. Schnell beschrieb er ihre Herkunft und ihre rührende Geschichte, betonte dabei ihre hochentwickelte Intelligenz, ihre Flexibilität, ihr Verantwortungsgefühl. »Die Prognose sieht nicht allzu gut aus, fürchte ich«, sagte er schließlich und behielt dabei seinen Chronometer im Auge, um seinen Vortrag auf das Ende des Bandes abzustimmen. »Was immer wir tun, sie ist dazu verdammt, den Rest ihres Lebens in irgendeiner Institution zuzubringen. Die einzige Möglichkeit, ihr Bewegungsfähigkeit zu bescheren, bestünde darin, direkte Synapsenverbindungen herzustellen ... na ja, so etwas machen wir hier nicht ... das geht nur in den Laborschulen, im Zuge des Hüllenmenschenprojekts ...«

Kenny verstummte, als das Holo zu flackern begann und dunkler wurde. Jetzt zeigte es Tia allein.

Der Arm ihres Stuhls griff nach dem traurigen, kleinen blauen Bären, der bis dahin unter dem Tablettisch und einem Kopfkissen verborgen gewesen war. Die mechanische Hilfe führte das Spielzeug dicht an Tias Gesicht, und sie rieb sanft mit der Wange gegen den weichen Pelz. Das Blitzsymbol des Kurierdienstes auf seinem Hemd war in dieser Aufnahme deutlich zu sehen ... Das war auch einer der Gründe, weshalb Kenny sie ausgesucht hatte.

»Sie sind weg, Ted«, flüsterte Tia ihrem Bären zu. »Mum und Dad ... sie sind wieder in das Institut zurück gegangen. Jetzt bist du ganz allein.«

Eine Träne bildete sich in ihrem Augenwinkel und perlte träge die Wange herab, spiegelte das bißchen Licht wider, das im Raum noch vorhanden war.

»Was? O nein, es ist nicht ihre Schuld, Ted ... Sie mußten es tun. Das Institut hat es angeordnet. Ich habe die Depesche gesehen. Sie besagte ... sie besagte, d-d-daß es k-k-keinen Z-Z-Zweck hätte, w-w-wertvolle Zeit zu vergeuden, da ich ja s-s-sowieso nicht mehr g-g-gesund werden würde ...«

Sie schluchzte und vergrub ihr Gesicht in dem Pelz des Teddybären.

Einen Augenblick später ertönte ihre gedämpfte Stimme noch einmal. »Außerdem t-t-tut ihnen das s-s-sehr weh. Und es f-f-fällt ihnen doch so schwer, t-t-tapfer zu sein. Aber wenn ich weinte, w-w-wäre es für sie nur noch schlimmer. Ich d-d-denke, vielleicht ist es s-s-so das beste, meinst du nicht? Es ist leichter. F-f-für alle ...«

Das Holo flackerte erneut: die gleiche Zeit, fast die gleiche Körperstellung, aber ein anderer Tag. Diesmal weinte Tia ganz offen, strömten die Tränen über ihre Wangen, während sie in das kleine Hemd des Bären schluchzte.

»Wir haben ihr vollen Zugang zur Bibliothek und zur Holosammlung gewährt«, sagte Kenny sehr leise. »Normalerweise amüsiert und stimuliert sie sich damit einigermaßen ... Aber kurz bevor wir das hier aufgenommen haben, hat sie sich eine Episode aus *Sternenforscher* ausgesucht und ... na ja ... ihre Eltern sagten, daß sie ursprünglich hatte Pilotin werden wollen, verstehen Sie ...«

Sie weinte und schluchzte hilflos, und das einzige, was zu verstehen war, waren die Worte: » ... Teddy ... ich wollte ... ausziehen ... die *Sterne* sehen ...«

Flackernd erlosch das Holo, und Kenny drehte das Licht in seinem Büro wieder an. Er griff nach einem Papiertaschentuch und fuhr sich ungeniert damit über die Augen. »Ich fürchte, sie rührt mich ziemlich tief an«, sagte er und lächelte matt dabei. »Soviel zum Thema professionelle Distanz.«

Der Generalsekretär kniff ein paarmal die Augen zusammen, um seine eigenen Tränen zu vertreiben. »Weshalb wird denn nichts für dieses Kind unternommen?« fragte er mit heiserer Stimme.

»Wir haben alles getan, was wir können ... jedenfalls

hier«, erklärte Kenny. »Die einzige Möglichkeit, diesem armen Kind so etwas wie ein Leben zu bescheren, würde darin bestehen, sie in ein Schalenprogramm zu integrieren. Aber die Psychiater an der Laborschule scheinen zu glauben, daß sie dafür zu alt sei. Sie wollten nicht einmal jemanden zu einer Prüfung herschicken, obwohl die Eltern sie darum baten und wir auch entsprechende Empfehlungen ausgesprochen hatten …«

Vielsagend brach er ab. Der Generalsekretär warf ihm einen scharfen Blick zu. »Und Sie sind offensichtlich nicht dieser Meinung?«

Kenny zuckte mit den Schultern. »Das ist nicht nur *meine* Meinung«, ergänzte er geschmeidig. »Es ist auch die Meinung der Stabspsychiaterin, die ihr zugeteilt ist, des Hüllenmenschen, der diese Station leitet, und einer Freundin von ihr, die als Gehirnschiff im Kurierdienst tätig ist. Sie war es auch«, fügte er delikat hinzu, »die ihr diesen kleinen Bären geschenkt hat.«

Die Erwähnung des Bären gab schließlich den Ausschlag. Er konnte es an der Miene des Generalsekretärs ablesen. »Das wollen wir doch mal sehen«, meinte der Generalsekretär. »Die Leute, mit denen Sie gesprochen haben, haben auch nicht auf alles eine Antwort – und *ganz bestimmt nicht* das letzte Sagen.« Er stand auf und reichte Kenny wieder die Hand. »Ich will Ihnen nichts versprechen – aber seien Sie nicht überrascht, falls in den nächsten Tagen jemand von der Laborschule hier eintrifft, um das Mädchen zu untersuchen. Wie schnell könnten Sie sie transportfähig machen, falls sie sie nehmen?«

»Innerhalb von zwölf Stunden, mein Herr«, erwiderte Kenny und beglückwünschte sich insgeheim dazu, daß er ihre Eltern dazu bewegt hatte, noch vor ihrer Abreise eine entsprechende Einwilligung zu unterzeichnen. Natürlich hatten sie geglaubt, daß es zu experimentellen Zwecken sei.

Andererseits waren es Pota und Braddon gewesen, die den Leuten an der Laborschule den Vorschlag gemacht hatten, Tia ins Schalenprogramm zu übernehmen, was aber aufgrund ihres Alters abgelehnt wurde.

»Zwölf Stunden?« Der Generalsekretär hob eine Augenbraue. Kenny blieb ihm keinen Blick schuldig.

»Tinas Eltern stehen bei dem Archäologie-Institut unter Vertrag«, erläuterte er. »Das Institut hat sie wieder in die Feldarbeit geschickt, weil ihr Urlaub zu Ende war. Sie waren zwar nicht glücklich darüber, aber sie konnten nur gehorchen, sonst wären sie gefeuert worden. Es ist schwierig auf diesem Gebiet, eine Stellung in der Feldforschung zu finden, die nicht vom Institut betreut wird.« Er hüstelte. »Nun, sie haben Vertrauen in meine Arbeit und haben mir die volle Vormundschaft über Tia erteilt, bevor sie abreisten.«

»Dann haben Sie also die volle Vormundschaft und das Sorgerecht. Sehr sauber.« Das schiefe Lächeln des Generalsekretärs zeigte, daß er durchaus begriffen hatte, daß man ihn in diese Situation hineinmanövriert hatte – und daß er darüber nicht verärgert war. »Also gut. Binnen einer Woche wird jemand von der Schule hierherkommen. Falls da nicht noch irgend etwas sein sollte, was Sie mir nicht über das Mädchen erzählt haben, müßte er in zwei Tagen mit seiner Untersuchung fertig sein. Und am Ende dieser beiden Tage ...« Vielsagend hob er eine Augenbraue. »Nun, es wäre doch äußerst praktisch, wenn er die neue Rekrutin gleich mitnehmen könnte, nicht wahr?«

»Ja, mein Herr«, erwiderte Kenny überglücklich. »Das wäre es allerdings.«

Wenn da nicht Doktor Uhua-Sorgs Ruf und die Bitten seines früheren Schülers Lars Mendoza gewesen wären, hätte Philip Gryphon bint Brogen dem Komitee nur zu gern mitgeteilt, wohin es sich die Bitte des Generalsekretärs hätte schieben können. Und was es *danach* damit machen sollte. Man ließ einfach nicht seine Beziehungen spielen, um einen ungeeigneten Kandidaten in das Schalenprogramm einzuschleusen! Vielleicht glaubte der Generalsekretär ja, daß er mit solcher Art politischem Intrigenspiel ungestraft Akademiezulassungen manipulieren konnte, aber *hier* würde er sich leider eines Besseren belehren lassen müssen.

Philip war nicht bereit, irgendwelchem Druck nachzugeben. Und so befand er sich in einer ausgesprochen kämpferischen Stimmung, als er aus seinem Shuttle auf das Dock der Station *Stolz von Albion* stieg. Wie jede Krankenhausstation, war ihm auch diese mit ihren sterilen weißen Wänden und ihrer Atmosphäre übertriebener Selbstwichtigkeit zuwider.

Im Empfangstrakt wartete jemand auf ihn. Jemand in einem Moto-Rollstuhl. Ein stattlicher junger Mann mit dichtem dunklen Haar und einem hageren, asketischen Gesicht.

Wenn die glauben, daß sie mich weichkriegen, indem sie mir jemanden schicken, zu dem ich ihrer Meinung nach nicht unhöflich zu sein wage ... dachte er wütend, als der junge Mann in dem Stuhl auf ihn zugeschwebt kam. *Intrigante Bettler* ...

»Professor Brogen?« fragte der junge Mann und streckte die Hand aus. »Ich bin Doktor Sorg.«

»Wenn Sie glauben sollten, daß ich ...« fing Brogen an, da registrierte er erst den Namen und zuckte erschreckt zusammen. »*Doktor* Sorg? Doktor Uhua-Sorg?«

Der junge Mann nickte und lächelte matt.

»Doktor *Kennet* Uhua-Sorg?« fragte Brogen und hatte das Gefühl, als hätte man ihn reingelegt, obwohl er zugleich wußte, daß er selbst seinen Sturz provoziert hatte.

»In der Tat«, erwiderte der junge Mann. »Ich nehme an, daß Sie ... nicht damit gerechnet haben, daß ich Sie persönlich abhole.«

Eine Chance, sein Gesicht zu wahren. »Wohl kaum«, erwiderte Brogen brüsk. »Der Chef der Neurochirurgie und der Neurologischen Forschung empfängt normalerweise keinen schlichten Professor zugunsten eines gewöhnlichen Kindes.«

»Tia ist alles andere als gewöhnlich, Professor«, erwiderte Doktor Sorg, ohne daß der Anflug seines Lächelns auch nur für einen Augenblick verschwand. »Ebensowenig, wie Sie ein ›schlichter‹ Professor sind. Aber wenn Sie mir bitte folgen wollen, werden Sie Tia selbst kennenlernen.«

Na ja, in einem Punkt hat er wenigstens recht, dachte Brogen zähneknirschend, nachdem er eine Stunde in Tias Gesellschaft verbracht hatte, während ganze Horden von Krankenhausärzten und Spezialisten sie belästigten, an ihr herumstocherten und sie betasteten. *Gewöhnlich ist sie nicht. Jedes ›gewöhnliche‹ Kind hätte schon längst einen Wutanfall bekommen.* Sie war ein ungewöhnlich attraktives und geduldiges Kind. Man hatte ihr dunkles Haar kurzgeschnitten, damit es nicht störte, aber ihr dünnes, elfengleiches Gesicht mit den großen Augen verlieh ihr das Aussehen eines Modells für eine viktorianische Fee. Eine Fee, die in einer Faust aus Metall gefangen war … gequält und belästigt von einem Schwarm Wespen.

»Wie lange soll das noch so weitergehen?« fragte er Kennet Sorg mit irritiertem Flüstern.

Kennet hob eine Augenbraue. »Das bestimmen Sie«, antwortete er. »Sie sind hier, um sie zu untersuchen. Wenn Sie mehr Zeit mit ihr allein haben wollen, brauchen Sie es nur zu sagen. Das ist übrigens Tinas zweite Visite heute«, fügte er hinzu, und Brogen hätte schwören können, daß in seiner Stimme ein Hauch von Selbstzufriedenheit mitschwang. »Zwischen neun und zwölf hat sie heute morgen schon einen weiteren Schwarm über sich ergehen lassen müssen.«

Jetzt war Brogen empört, aber wegen des Kindes. Kennet Sorg mußte es seiner Miene abgelesen haben, denn er drehte seinen Stuhl zu der Schar weißuniformierter Krankenhausärzte um, räusperte sich und sicherte sich damit sofort ihre Aufmerksamkeit.

»Das genügt für heute«, sagte er ruhig. »Wenn ich Sie bitten darf, meine Damen und Herren. Professor Brogen möchte einige Zeit allein mit Tia zubringen.«

Enttäuschte, zum Teil auch angewiderte Blicke trafen Brogen, doch er ignorierte sie. Wenigstens das Kind wirkte erleichtert.

Bevor er etwas zu Kennet Sorg sagen konnte, war der Doktor den anderen bereits durch die Tür hinausgefolgt, so daß Brogen allein mit dem Kind war. Er räusperte sich verlegen.

Das kleine Mädchen sah ihn mit einem sehr merkwürdigen Augenausdruck an. Es war keine Furcht, sondern Vorsicht.

»Sie sind doch kein Psychiater, oder?« fragte sie.

»Nun ... nein«, antwortete er. »Eigentlich nicht. Allerdings werde ich einige derselben Fragen stellen.«

Sie seufzte und schloß für einen Moment die Augen. »Ich bin es *sehr* müde, daß mir der Kopf zerpflückt wird«, sagte sie. »Sehr, *sehr* müde. Und es wird auch keinen Unterschied machen, wie ich darüber denke. Es ist unfair, aber das ...« Sie wies mit ihrem Kinn auf den Stuhl. » ... wird nicht weggehen, nur weil es unfair ist. Richtig?«

»Traurig, aber wahr, meine Liebe.« Brogen begann sich zu entspannen und begriff auch, weshalb. Kennet Sorg hatte recht. Dies war kein gewöhnliches Kind. Mit ihr zu sprechen war überhaupt nicht wie ein Gespräch mit einem Kind – aber es war durchaus so, als würde man mit einem Kind aus dem Schalenprogramm reden. »Na, wie wäre es denn dann, wenn wir über etwas völlig anderes sprechen. Kennst du irgendwelche Hüllenmenschen?«

Sie warf ihm einen seltsamen Blick zu. »Man hat Ihnen wohl nicht allzuviel über mich berichtet«, sagte sie. »Oder Sie haben nicht sonderlich gut aufgepaßt. Eine meiner besten Freundinnen ist ein Gehirn-Schiff – Moira Valentine-Maya. Sie hat mir Theodor geschenkt.«

Theodor? Ach ja, richtig. Der Bär ... Brogen warf einen kurzen Blick zu dem Bett hinüber – und da war auch schon der ernst dreinblickende kleine Bär in seinem Kurierdiensthemd, von dem man ihm erzählt hatte.

»Hast du dich jemals gefragt, wie es wohl wäre, in einer Schale zu leben?« fragte er und suchte nach einer Möglichkeit, ihr das Programm zu erklären, ohne sie wissen zu lassen, daß dies für sie ein Eignungstest war.

»*Natürlich* habe ich das!« sagte sie und machte sich gar nicht erst die Mühe, ihre Verachtung zu verbergen. »Ich habe Moira gesagt, daß ich genau wie sie sein will, wenn ich erwachsen geworden bin, und sie hat mich ausgelacht und mir alles darüber erzählt, wie es an der Schule ist und so ...«

Und dann, bevor er Gelegenheit bekam, etwas zu sagen,

begann das unkindliche Kind damit, *ihm* etwas über sein eigenes Programm zu erzählen.

Das Für und das Wider. Von der Anforderung der Mehrprozeßfähigkeit bis zu der Erregung, eine Singularität und eine Raumkrümmung aus erster Hand kennenzulernen. Vom ständigen Eingesperrtsein in einer Metallhaut bis zu der Einsamkeit des Wissens darum, daß man alle seine Partner überleben würde, bis auf den letzten …

»Damals habe ich ihr gesagt, daß ich wohl doch nicht hinein wollte, als mir klar wurde, daß man dann nie wieder jemanden anfassen kann«, schloß sie matt. »Ich weiß zwar, daß man dann Hautsensoren und alles hat, aber genau das mochte ich nicht. Irgendwie komisch, nicht?«

»Weshalb?« fragte er, ohne nachzudenken.

»Weil ich jetzt … weil ich jetzt auch niemanden mehr anfassen kann. Und das werde ich auch nie wieder tun. Deshalb ist es irgendwie komisch. Ich kann zwar niemanden mehr berühren, kann aber auch kein Gehirn-Schiff werden.« Die Resignation in ihrer Stimme elektrisierte ihn.

»Ich wüßte nicht, warum du das nicht können solltest«, sagte Brogen und merkte, daß er sich bereits entschieden hatte – entsetzt und zugleich amüsiert über sich selbst. »In der diesjährigen Klasse ist noch Platz für ein paar Kandidaten, es ist sogar noch Platz für ein bis zwei Schüler in der Gehirn-Schiffkategorie frei.«

Sie blinzelte ihn fassungslos an, dann platzte es aus ihr heraus: »Aber die haben mir doch gesagt, daß ich zu alt wäre!«

Brogen lachte. »Meine Liebe, *du* wärst nicht einmal zu alt, selbst wenn du das Alter deiner Mutter hättest. Du wärst noch lange nach der Pubertät eine gute Kandidatin geworden.« Er konnte es mit diesem Kind immer noch nicht fassen: verantwortungsbewußt, artikuliert, flexibel … Lars und Kennet Sorg hatten recht gehabt. Er fragte sich, wie viele andere Kinder schon im Vorfeld abgewiesen worden waren, einfach nur aus Altersgründen – wie viele von ihnen zu einer sterilen Existenz in irgendeiner Institution verdammt waren, weil sie niemanden gehabt hatten, der so beharrlich und einflußreich gewesen war wie Kennet Sorg, um sich um ihren Fall zu kümmern.

Nun, eins nach dem anderen. Erst einmal hiermit anfangen. Erst einmal eins zurechtrücken, um sich später um die anderen zu kümmern. »Ich werde zwar erst einmal die ganzen vorschriftsmäßigen Anträge bearbeiten und den Papierkram erledigen müssen ... Aber wenn du willst, Tia, kannst du dich mit sofortiger Wirkung als rekrutiert betrachten.«

»*Ja!*« rief sie. »Oh, bitte, danke, vielen Dank ...« Ihre Wangen waren feucht von Tränen, aber die Freude auf ihrem Gesicht war so intensiv, daß es ihn schon blendete. Professor Brogen blinzelte und schluckte, um seine Kehle freizubekommen.

»Der Vorteil, jemanden deines Alters zu rekrutieren«, sagte er, »besteht darin, daß du schon gleich deine Berufslaufbahn festlegen kannst. Hüllenmenschen werden ja nicht alle Gehirn-Schiffe – so könntest du dich beispielsweise für eine Karriere am Institut entscheiden. Die beantragen schon die letzten zwanzig Jahre einen Hüllenmenschen, um ihre Forschungsabteilung auf der Heimatbasis zu leiten. Du könntest eigene Forschungen anhand der Funde anderer durchführen – sogar an den Entdeckungen deiner Eltern. Du könntest eine Raumhafenleiterin werden oder eine Stationsleiterin. Du könntest dich für Jura entscheiden oder für praktisch jeden beliebigen Wissenschaftszweig. Sogar für die Medizin. Angesichts der synaptischen Verbindungen, die uns zur Verfügung stehen, gibt es keinen Beruf, für den du dich nicht entscheiden könntest.«

»Aber ich will Gehirn-Schiff werden«, sagte sie entschlossen.

Brogen atmete tief durch. Obwohl er ihr emotional zustimmte, galt es doch auch einige ernste Nachteile zu berücksichtigen. »Tia, vieles von dem, was ein Gehirn-Schiff tut, ist ... na ja, so, als wäre man Lastwagen- oder Taxifahrer. Leute oder Dinge von einem Ort zum anderen bringen. Das ist keine sonderlich ruhmvolle Arbeit. Und sie ist ziemlich gefährlich, körperlich wie psychologisch. Du wärst dann äußerst wertvoll und doch auch völlig unbewaffnet, es sei denn, du würdest in den militärischen Zweig gehen, wofür ich dich, ehrlich gesagt, nicht geeignet halte. Du wärst ein gesuchtes Ziel für Diebe. Und da ist noch etwas – das *Schiff* ist sehr teuer. Meiner nicht ganz so bescheidenen Meinung nach ist der Gehirn-Schiffdienst wenig mehr als eine Form der Leibeigenschaft. Du mußt buchstäblich für den Gebrauch und die Wartung dieses Schiffs bezahlen, indem du dich selbst verdingst. Es gibt so gut wie keine Chance, dich in einer vernünftigen Zeitspanne freizukaufen, es sei denn, du tust etwas wahrhaft Spektakuläres oder übernimmst äußerst gefährliche Aufgaben. Das dürfte im normalen Dienst allerdings kaum vorkommen – und du wirst auch nicht dazu in der Lage sein, den langweiligen Routinedienst gegen irgend etwas anderes einzutauschen, wonach dir vielleicht der Sinn steht.«

Tia wirkte einen Augenblick sehr störrisch, dann wieder nachdenklich. »All das ist richtig«, sagte sie schließlich. »Aber ... Professor, Dad hat immer gesagt, daß ich seine Astrogatorengene geerbt hätte, und ich habe bereits mit Tensorphysik angefangen, ich habe also *tatsächlich* einen Sinn für den Raumflug. Und das möchte ich auch tun.«

Brogen spreizte die Hände. »Dagegen kann ich nichts vorbringen. Wie solle man das auch mit Vorlieben tun, nicht wahr?« In gewisser Weise war er ziemlich erfreut. So selbstbeherrscht, wie Tia war, würde sie ein ausgezeichnetes Gehirn-Schiff abgeben. Und angesichts ihrer Stabilität bestand kaum die Wahrscheinlichkeit, daß sie psychologische Probleme entwickeln würde, es sei denn, daß etwas völlig Unvorhergesehenes passierte.

Das Mädchen lächelte scheu. »Außerdem habe ich schon mit Moira darüber gesprochen – Sie wissen schon, ihr Ideen gegeben, wie sie einige zusätzliche Zahlungseinheiten auftreiben kann, um ihre ganzen Strafen für den Rauswurf ihrer Piloten abzubezahlen. Da sie für die Abteilung Archäologie und Erkundung als Kurier tätig war, gab es für sie jede Menge Gelegenheiten, Dinge zu sehen, die den Landvermessern möglicherweise entgangen sind, und ich habe ihr gewissermaßen gesagt, wonach sie Ausschau halten sollte.

Ich habe mir überlegt, daß es mit meinem Hintergrundwissen nicht allzu schwierig sein dürfte, selbst an die A & E versetzt zu werden, und ich könnte das gleiche tun, nur besser. Auf diese Weise könnte ich *jede Menge* zusätzliche Währungseinheiten bekommen. Und wenn mir mein Schiff erst einmal gehörte … na ja, dann könnte ich alles tun, was ich möchte.«

Brogen konnte sich nicht mehr beherrschen, er mußte einfach laut loslachen. »Du bist eine richtige kleine Intrigantin, weißt du das?«

Sie grinste, zum erstenmal seit er sie gesehen hatte, wirkte sie wahrhaft glücklich. Nun, da er sie so erlebte, wurde ihm auch klar, wie ›falsch‹ ihr vorheriges Lächeln gewesen war.

Sie hierzulassen wäre ein Verbrechen. Eine Sünde.

»Nun, du darfst dich als angenommen betrachten«, sagte er zufrieden. »Ich werde heute abend den Schreibkram erledigen, ihn per Datenstoß an die Schule weiterleiten, sobald ich fertig bin, dann dürfte uns beim Aufstehen eine Bestätigung erwarten. Meinst du, du könntest morgen früh reisebereit sein?«

»Jawohl«, sagte sie glücklich.

Er erhob sich und wollte gerade gehen, da blieb er noch einen Augenblick stehen.

»Weißt du«, sagte er, »du hattest recht. Ich habe deine Akte wirklich nicht allzu gründlich studiert. Denn ich war mir so sicher, daß … na ja, egal. Aber ich bin schrecklich neugierig, was deinen Namen betrifft. Warum, um alles auf der Welt, haben deine Eltern dich ausgerechnet ›Hypatia‹ genannt?«

Tia lachte laut los, ihre Freude wirkte ansteckend.

»Ich denke, Professor Brogen«, sagte sie, »daß Sie sich besser hinsetzen sollten!«

KAPITEL 3

Der Operator von CenCom hatte eine angenehme Stimme und die ebenso angenehme Angewohnheit, seine Anrufe *nicht* mit statischem Rauschen oder einem Alarmpiepsen einzuleiten. »XH Eins-Null-Drei-Drei, Funkspruch für Sie. Gespeicherter Nachrichtenstrahl.«

Mit einem Seufzen des Bedauerns riß Tia sich aus der Lektüre der jüngsten Aufsätze über die Salomon-Kildaire-Wesen. Sicher, sie hätte auch gleichzeitig einen Datenstoß empfangen und die Aufsätze lesen können, aber sie wollte mehr, als nur die bloße Information zu registrieren. Sie wollte alles in sich aufnehmen, damit sie später in allen Einzelheiten darüber nachdenken konnte. Akademische Aufsätze hatten Nuancen, die ein schnelles Überfliegen einfach nicht freilegte; an manchen Stellen mußte man die Persönlichkeit des Verfassers kennen, um zwischen den Zeilen lesen zu können. Das waren Stellen, an denen das, was *nicht* geschrieben wurde, von ebensolcher Bedeutung war, wie das, was zu lesen war.

»Nur zu, CenCom«, erwiderte sie und fragte sich, wer, um alles auf der Welt, sie jetzt anrufen könnte.

Merkwürdig, daß wir doch schon lange den terranischen Subraum verlassen haben und immer noch Ausdrücke wie ›um alles auf der Welt‹ verwenden ... Das gäbe wahrscheinlich einen populärwissenschaftlichen Aufsatz her.

Der zentrale Bildschirm gegenüber der Säule, die sie beherbergte, flackerte einen Augenblick, dann wurde er von dem Bild eines hageren Mannes in einem hochgerüsteten Moto-Rollstuhl ausgefüllt – nein, es war mehr als ein Moto-Rollstuhl: Dieser Rollstuhl stellte eine Art Plattform dar. Tia erblickte, was nur eine APU sein konnte, dazu eine Art Kurzstrahlsende-Einheit. Es sah so aus, als steckten seine Beine und Hüfte in der unteren Hälfte eines Raumpanzers!

Doch es gab keinen Zweifel daran, wer sich in diesem seltsamen Exoskelett befand: Doktor Kenny.

»Tia, mein liebes Mädchen, ich gratuliere dir zu deinem

Abschluß!« sagte Kenny mit blitzenden Augen. »Du müßtest inzwischen dein Abschlußgeschenk von Lars, Anna und mir erhalten haben. Ich hoffe, es ... sie haben dir gefallen.«

Das Abschlußgeschenk war tatsächlich pünktlich gekommen, und Tia war entzückt gewesen. Sie liebte Instrumentalmusik, vor allem Synthcom, aber diese Aufnahmen hatten für jeden Hüllenmenschen eine ganz besondere Bedeutung. Denn sie waren von David Weber-Tcherkasky komponiert und gespielt worden, der selbst ein Hüllenmensch war, und sie waren nicht für die beschränkten Ohren von Normalpersonen gedacht. Der Komponist hatte sich jeder Note des Gehörspektrums bedient, dazu superkomplexer Obertöne und Kontrapunkte, bei denen Normalpersonen nur verwirrt zusammenzuckten. Tia glaubte nicht, daß sie jemals müde werden würde, diese Musik zu hören. Jedesmal, wenn sie sie abspielte, hörte sie etwas Neues darin.

» ... Jedenfalls habe ich mich daran erinnert, wie du in deiner letzten Nachricht erwähntest, daß du Lanz Manhems Synthcom-Aufnahmen magst, und Lars hat mir immer wieder eindringlich erklärt, daß sich Tcherkaskys Werk zu der Musik von Manhem wie eine Sinfonie zu einem Vogelgezwitscher verhält.« Kenny grinste. »Wir haben uns jedenfalls gedacht, daß es dir vielleicht eine Hilfe wäre, die Stunden beim Transitanflug zu vertreiben. Anna sagt, daß dein Abschluß kosmisch war – es tut mir leid, daß ich nicht kommen konnte, aber du siehst ja gerade selbst den Grund dafür.«

Er schnitt eine Grimasse und zeigte auf seine untere Körperhälfte. »Die Firma Moto-Prothesen hat in ihrer unendlichen Weisheit entschieden, daß ich, da ich in der Vergangenheit von ihrer Erfahrung profitiert habe, ihr noch etwas schuldig bin. Sie haben den Verwaltungschef des Krankenhauses davon überzeugt, daß ich der einzige sei, der diese Konstruktion testen könnte. Das soll angeblich etwas werden, mit dem ich durch ein Zimmer schlendern oder so lange in einem Operationssaal stehen kann, wie ich es tun muß.« Er schüttelte den Kopf. »Das Ding ist voller Macken wie ein neues Softwaresystem, das kann ich dir sagen. Gestern ist es arretiert, während ich einen Fuß mitten in der Luft hatte. Was für ein bezaubernder Anblick, mitten im Gang wie ein Tänzer auf einem altgriechischen Fries zu erstarren! Ich denke, wenn ich *wirklich* irgend etwas erledigen muß, verlasse ich mich lieber auf meinen guten, alten Stuhl.«

Tia mußte lachen, als sie sich vorstellte, wie Kenny mitten in der Bewegung erstarrt war und sich nicht mehr rühren konnte.

Er schüttelte den Kopf und lachte. »Na ja, zwischen der Erprobung dieses Stücks ... Hardware und meinen Patienten mußte ich eben Anna als unsere offizielle Vertretung losschicken. Ich hoffe, du hast Lars und mir verziehen ...«

Eine warmherzige und belustigte Stimme unterbrach Doktor Kenny. »Ich hatte auch ein kleines Problem, Urlaub bewilligt zu bekommen«, sagte Lars über die Bürolautsprecher, während Kenny grinste. »Und sie haben es mir einfach nicht gestattet, die Station aus dem Orbit zu führen und sie hinunter zur Schule zu lenken, um an der Abschlußfeier teilzunehmen. Wirklich äußerst unzuvorkommend von ihnen, muß ich sagen.«

Da mußte Tia wieder lachen.

»Das bedeutet im Klartext, daß du schon selbst kommen mußt, um *mich* zu besuchen. Jetzt, da du zum Club gehörst, müssen wir uns einfach gegenseitig alle möglichen Witze über Normalpersonen erzählen. Wie viele Normalies braucht man, um eine Glühbirne auszuwechseln?«

Kenny machte ein abfälliges Geräusch. Obwohl er müde aussah, bemerkte Tia, daß er allerbester Laune zu sein schien. Für diese Kombination gab es nur eine Erklärung: Er hatte schon wieder ein Wunder vollbracht. »Diese Bemerkung mißfällt mir«, meinte er. »Jedenfalls hat Lars jetzt deine Relaisnummer, also wirst du von uns hören – wahrscheinlich öfter, als dir lieb ist! Wir lieben dich, junge Dame!«

Der Bildschirm flackerte auf und erlosch. Tia seufzte zufrieden.

Nun, dieser Funkspruch machte diesen Tag wirklich zu

einem besonderen Ereignis. Anna und ihre Eltern bei der Abschlußfeier; Professor Brogen, der ihr die Sonderauszeichnungen in den Fächern Xenologie, Diplomatie und Erstkontaktforschung aushändigte, Moira, die am selben Tag auf dem Landeplatz erschien, an dem man sie ihn ihrem Schiff installiert hatte, immer noch – Wunder über Wunder! – mit Tomas zusammen ...

Moira dabei zu haben, während Tia sich der unangenehmen Prozedur unterzog, bei örtlicher Betäubung von den Technikern in ihrer Säule installiert zu werden, war schieres Platin wert gewesen.

Tia erschauerte bei der Erinnerung daran. Gewiß, sie konnten einem zwar die Gefühle (oder ihr Fehlen) beschreiben, sie konnten einen psychologisch auf diese vorbereiten, bis man *glaubte* bereit zu sein, aber der Augenblick der Wahrheit, da man alles einbüßte bis auf eine primitive Kommunikationsverbindung und die wenigen Sensoren in der Schale selbst ... war einfach entsetzlich. Es war etwas aus dem Reich der allerschlimmsten Alpträume.

Und Tia erinnerte sich auch immer noch daran, wie das Leben mit den beschränkten Sinnesorganen einer Normalperson gewesen war. Sie konnte sich nicht vorstellen, wie es für jene gewesen sein mochte, die schon bei ihrer Geburt in eine Schale gesteckt worden waren. Der Gedanke daran hatte alle Erinnerungen an die Furcht und das Gefühl der Hilflosigkeit während ihrer Krankenhauszeit wachgerufen.

Mit Moira zusammen war es leichter gewesen. Doch wenn der Transfer auch eine Reise durch die Hölle der sensorischen Deprivation gewesen war, war es die reinste Prozedur gewesen, im Schiff zu erwachen.

Kein Simulationstraining konnte vermitteln, wie es sich *wirklich* anfühlte, von einem lebenden, atmenden Schiff umhüllt zu werden.

Es war ein Augenblick gewesen, in dem Tia alles zurückerhielt, was ihr verlorengegangen war. Es spielte keine Rolle, daß ihre Haut aus Permalegierung, ihre ›Beine‹ Maschinen, ihre ›Arme‹ die Servomechanismen waren, mit denen sie sich innerlich wie äußerlich wartete. Daß ihre ›Lungen‹ und ihr ›Herz‹ lebensstützende Systeme waren, die ihren Piloten am Leben halten würden. Daß alle ihre Sinnesorgane aus Schiffsensoren bestanden, die mit Relais an ihren Hirnstamm angekoppelt waren. Nichts davon spielte eine Rolle. Tia hatte wieder einen Körper! Das war ein Augenblick der Ekstase, den niemand, der von Geburt an in eine Schale gestöpselt worden war, jemals nachempfinden könnte. Moira allerdings tat es ... und es war wunderbar gewesen, diesen Augenblick der Verzückung mit jemandem teilen zu können.

Und auch Tomas verstand es, wie es nur ein Pilot mit langer Diensterfahrung tun konnte. Tomas hatte dafür gesorgt, daß Theodor Iljitsch Bär zur Belohnung für *seinen* Abschluß einen eigenen kleinen Kasten in die Wand der Zentralkabine eingebaut bekommen hatte. »Und der Datentod über jeden, der dafür kein Verständnis hat«, hatte er entschlossen gesagt und einen frisch gereinigten Ted hinter sein Plastikpaneel gesetzt und die Tür geschlossen. »Ein Pilot ist nur ein Pilot, aber ein Bär ist ein Freund fürs Leben!«

Und so saß der ernste, kleine blaue Bär nun in seinem Kurierdiensthemd als stummer Bewacher über der Zentralkabine, mochten die Piloten doch darüber denken, was sie wollten. Nun, der Besuch der nächsten Gruppe von möglichen Piloten stand kurz bevor. *Wir werden sehen, wie* sie *auf Ted reagieren.*

Tia kehrte zu ihren Aufsätzen zurück und führte dabei eine laufende statistische Analyse sowie eine Indizierung von allem durch, was ihr interessant erschien. Und es gab anscheinend tatsächlich neu entdeckte Dinge: mineralische Überreste um EsKa-Siedlungen; eine erstaunliche Ähnlichkeit der Periodizität und Wachstumszyklen der Planeten und Planetoiden. Natürlich nur insofern, als eine marsähnliche Welt überhaupt irgendwelche Jahreszeiten haben konnte. Aber die Periodizität war auf die Stunde genau gleich. Interessant. Waren sie denn so außerordentlich von natürlichem Sonnenlicht abhängig? Und wenn sie schon dabei war – ja, auch die Sonnenabstände waren sehr ähnlich. Es waren alles Sterne vom Typ Sol.

Tia richtete ihre Aufmerksamkeit auf die jüngsten Aufsätze ihrer Eltern und verdrängte die EsKa-Entdeckungen. Pota und Braddon waren die Schliemanns der modernen Archäologie, doch waren es nicht die EsKas gewesen, die ihnen zu Ruhm verholfen hatten. Nach Tias Erkrankung hatten sie es nicht mehr über sich gebracht, an ihre alte Ausgrabungsstätte zurückzukehren, nicht einmal an das EsKa-Projekt – und ausnahmsweise hatten sich die Komitees des Instituts etwas anders verhalten als KIs mit Chips anstelle von Herzen. Pota und Braddon wurden auf einen Wasserplaneten mit Normalatmosphäre versetzt, der über große Vulkanaktivität gebot und Tausende von winzigen Inseln besaß, auf denen eine reiche Population intelligenter, nomadischer Lebewesen wohnte – einen größeren Unterschied zu den EsKa-Planeten konnte man sich gar nicht denken. Und hier hatten sie auch ihre Entdeckung gemacht. Indem sie die Legenden der Einheimischen, die von einem König handelten, der den Göttern erst den Gehorsam verweigerte, um sie schließlich zum Kampf herauszufordern, zurückverfolgten, wiederholten sie Schliemanns berühmte Entdekkung des antiken Troja, indem sie eine ganze, unter einem Vulkanausbruch begrabene Stadt wiederentdeckten. Vollkommen konserviert auf alle Ewigkeit. Für diese Welt und dieses Volk war es eine Art Atlantis und Pompeji zusammengenommen, denn die Stadt verfügte über eine Technologie aus der Bronzezeit, während die heutigen Lebewesen sich noch immer mit Feuerstein, Obsidian und Muschelschalen abplagten und in Dörfern von kaum mehr als zweihundert Einwohnern lebten. Während die Einheimischen von heute Amphibier waren, die eher etwas für das Leben im Wasser übrig hatten, hatten *diese* Alten fast ausschließlich auf dem Land gelebt.

Diese Entdeckung hatte Potas und Braddons Ruf begründet; hier gab es mehr als genug zu entdecken, was fünfzig Archäologen hundert Jahre lang auf Trab hätte halten können. Ta'hianna wurde zu ihrem Lebensprojekt, so daß sie die Ausgrabungsstätte auch kaum noch verließen.

Tia liebte es, die Aufsätze ihrer Eltern zu lesen, doch das

Projekt Ta'hianna löste in ihr einfach nicht das gleiche geheimnisvolle Prickeln aus, wie es die EsKas taten.

Und war da noch etwas. Ihre jahrelange Analyse auch der allerkleinsten Kleinigkeit jener schrecklichen Wochen ihrer Erkrankung hatte sie zu dem Schluß gelangen lassen, daß das, was ihr widerfahren war, ebenso leicht jedem anderen nichtsahnenden Archäologen hätte passieren können. Oder sogar – einem weiteren Kind!

Erst wenn man die Heimatwelt der EsKas gefunden hatte, würde das Institut und das Gesundheitsamt der Zentralwelten in den Besitz der erforderlichen Informationen gelangen, um eine weitere Tragödie wie Tias zu verhindern.

Wenn es nach Tia ginge, würde *das* nie wieder passieren. Der nächste, der sich ansteckte, hatte vielleicht weniger Glück: er würde höchstwahrscheinlich gar keine andere Wahl haben, als den Rest seines traurigen Lebens in einem Moto-Stuhl und einem Zimmer zu verbringen ...

»XH Eins-Null-Drei-Drei, die nächsten Piloten stehen bereit«, meldete CenCom. »Von denen wirst du doch wohl einen nehmen, nicht?« fragte der Operator müde.

»Ich weiß es noch nicht«, erwiderte Tia ruhig. »Ich habe noch nicht mit ihnen gesprochen.« Sie hatte die ersten sechs Gruppen gänzlich verworfen. Offensichtlich glaubte man bei CenCom, daß sie die Primadonna spielte. *Sie* dagegen glaubte, nur angemessen umsichtig zu sein. Denn seit sie offiziell der Abteilung Archäologie und Erkundung zugewiesen und dem Institut per Sonderauftrag unterstellt worden war, hatte sie genau das bekommen, womit sie gerechnet hatte – ein Schiff *ohne* Singularitätsantrieb. Diese Schiffe gehörten zur Spitzenklasse, waren sehr teuer, und das Institut hätte sie sich nicht leisten können. Also würde Tia genau wie Moira, *sehr* viel Zeit im Transitflug verbringen. Anders als Moira jedoch hatte sie nicht vor, ihre Piloten so oft rauszuwerfen und zu wechseln, daß ihre Abzahlungssumme sich durch die sich daraus ergebenden Bußgelder verdoppelt hatte.

Viel Zeit im Transit zu verbringen, bedeutete aber auch, über lange Strecken nur den Piloten als Gesellschaft zu haben. Zunächst einmal wollte sie jemanden haben, der aufgeweckt war. Mindestens so aufgeweckt wie Tomas und Charlie. Sie wollte jemanden, der dazu bereit war, die normalen Aufträge durch ihren kleinen Kreuzzug zu ergänzen und diesem ebensoviel Gewicht einzuräumen wie ihrem offiziellen Auftrag. Außerdem hätte sie gern einen Mann, obwohl sie keinen der Piloten abgelehnt hatte, weil er weiblich war.

Vor allem aber wollte sie jemanden haben, der sie *mochte*, jemanden, der ihr in jeder Bedeutung des Worts ein echter Partner wäre. Jemanden, der bereit wäre, Zeit mit ihr zuzubringen, in der er auch andere Dinge hätte tun können: einen Freund wie Kenny und Anna, Moira und Lars.

Und jemanden, der eine Persönlichkeit hatte. Zwei aus dem letzten Haufen – beides Frauen – hatten ungefähr so viel Persönlichkeit besessen wie ein Tofuwürfel.

So etwas mochte vielleicht für ein anderes Schiff geeignet sein, für ein anderes Gehirn, das sich außerhalb der Dienstzeit nicht mit Normalpersonen abgeben wollte; sie aber wollte jemanden, mit dem sie sich *unterhalten* konnte! Schließlich war sie selbst einmal eine Normalperson gewesen.

»Wer ist als erster an der Reihe?« fragte sie CenCom und ließ den Fahrstuhl herab.

»Das ist Donning Chang y Narhan«, erwiderte CenCom nach kurzer Pause. »Wirklich gute Noten auf der Akademie.«

Während Donning über den Asphalt auf die Landepiste zukam, ging Tia den Datenstoß durch. Er hatte tatsächlich gute Noten erzielt. *Sehr* attraktiv, wenn man dem Holo Glauben schenken durfte: welliges blondes Haar, hellblaue Augen, ein gemeißeltes Gesicht, wie es ein Holostar hätte haben können – und ein ebenso gemeißelter Körper. Doch inzwischen war Tia vorsichtig geworden, was gutes Aussehen betraf. Zwei der Kandidaten aus der ersten Gruppe hatten hervorragend ausgesehen; die eine hatte aber nichts anderes im Kopf gehabt als das, was die Akademie ihr eingetrichtert hatte. Der andere hatte nur über sich reden wollen.

Die Bewegung draußen vor dem Schiff kündete von Donnings Ankunft; zu Tias Verärgerung bediente er den Fahrstuhl manuell, anstatt die Steuerung ihr zu überlassen.

Außerdem behandelte er sie wie eine Art besserer KI; offensichtlich war er ohnehin ärgerlich, ein Vorstellungsgespräch absolvieren zu sollen, und wäre lieber woanders gewesen.

»Donning Chang y Narhan meldet sich zur Stelle«, sagte er in gelangweiltem Ton. »Wie befohlen.« Er machte sich daran, alles herunterzurasseln, was in seiner kurzen Personalakte gestanden hatte, als hätte Tia sich nicht selbst darüber informieren können. Er setzte sich nicht. Er beachtete Ted nicht.

»Hast du irgendwelche Fragen?« fragte er in einem Tonfall, der andeutete, daß sie, sollte sie tatsächlich Fragen haben, wohl nicht richtig zugehört hatte.

»Nur einige wenige«, erwiderte sie. »Wer ist dein Lieblingskomponist? Spielst du Schach?«

Er beantwortete ihre Fragen so knapp, als seien sie so völlig irrelevant, daß er nicht verstehen konnte, weshalb sie sie ihm stellte. Danach legte Tia ihm nahe, wieder zu gehen – was er auch tat, erhobenen Hauptes, aber mit gekränkter Miene.

»Garrison Lebrel«, meldete CenCom, als Donning den Lift verließ.

Nun, Garrison hatte nicht so gute Noten wie Donning, aber auch nicht schlechte. Interesse an Archäologie … Sie wurde plötzlich sehr aufmerksam, als sie sah, *wofür* er sich interessierte: für Nichthumanoide, vor allem für mutmaßlich ausgestorbene, raumfahrende Rassen einschließlich der EsKas!

Garrison ließ sich von ihr ins Schiff befördern und erwies sich als gesprächig, wenn auch nicht unbedingt sehr freundlich.

»Wir werden sehr viel Zeit zusammen im Transit verbringen«, sagte er. »Während ich auf der Akademie war, konnte ich mich auf dem Gebiet der archäologischen Veröffentlichungen nicht ganz auf dem laufenden halten, und so habe ich vor, sehr viel zu lesen.«

Nicht gerade gesellig. »Spielst du Schach?« fragte sie hoffnungsfroh. Er schüttelte den Kopf. »Aber ich spiele Sennet. Das ist ein altägyptisches Spiel – ich habe eine interessante Softwareversion, die ich installieren könnte. Ich glaube, du würdest nicht allzulange brauchen, um es zu lernen, obwohl man ein Leben lang braucht, um es zu meistern.«

Seine letzten Worte klangen ein wenig selbstgerecht. Und er hatte sich auch nicht erboten, *ihr* Spiel zu lernen. Andererseits verfügte sie über weitaus mehr Rechenleistung als er, so würde sie wahrscheinlich kaum mehr als eine Stunde benötigen, um das Spiel zu lernen.

»Ich habe bemerkt, daß du dich besonders für ausgestorbene, raumfahrende Rassen interessierst«, warf sie ein. »Ich bin stark auf die Salomon-Kildaire-Wesen spezialisiert.«

Er blickte skeptisch drein. »Ich glaube, Doktor Russell Gaines-Barklen hat das Thema wohl erschöpfend genug abgehandelt, obwohl wir wahrscheinlich einige Gelegenheiten haben werden, Dinge zu entdecken, die den Erkundungsmannschaften entgangen sind. Das ist eben der Vorteil, wenn man eine Spezialausbildung hat.«

Schließlich schickte sie ihn mit gemischten Gefühlen zurück. Er war arrogant, daran bestand kein Zweifel. Aber er war auch kompetent. Er teilte zwar ihre Interessen, aber seine Lieblingstheorien unterschieden sich diametral von ihren. Sollte es keine anderen zur Auswahl geben, wäre er durchaus eine Möglichkeit, aber er war nicht das, was sie suchte.

»Chria Chance ist als nächste dran«, meldete CenCom, als Tia ihre Bereitschaft durchgab, den nächsten Kandidaten zu begrüßen. »Aber die wird dir nicht gefallen.«

»Weshalb? Weil sie einen offensichtlich falschen Namen führt?« Weder CenCom noch die Akademie scherten sich darum, wie man sich selbst nannte, vorausgesetzt, sie kannten die Identität, mit der man geboren worden war, und verfügten über die dazugehörige Akte. Es kam immer wieder vor, daß jemand ein Pseudonym wählte. Häufig geschah das, um einen berühmten Namen der Hochfamilien zu kaschieren – sei es, weil der Träger ein schwarzes Schaf war, oder weil er (seltener) keine Sonderbehandlung wünschte. Manchmal aber setzte es sich ein Jugendlicher auch einfach in den Kopf, sich einen Namen zuzulegen, wie ihn ein Holostar hätte tragen können.

»Nein«, erwiderte CenCom und machte sich gar nicht erst die Mühe, seine Belustigung zu verbergen. »Du wirst sie nicht mögen, weil ... Na, du wirst ja schon sehen.«

Chrias Zeugnisnoten waren zwar gut, nur ihr Persönlichkeitsprofil wies einen merkwürdigen Eintrag auf: *nonkonformistisch.*

Nun, daran war ja nichts auszusetzen. Pota und Braddon waren auch alles andere als Konformisten.

Doch kaum hatte Chria die Zentralkabine betreten, als Tia auch schon feststellen mußte, daß CenCom recht gehabt hatte.

Sicher, sie trug ihre Akademieuniform – aber eine maßgeschneiderte. Ganz aus echtem, nicht synthetischem Leder gefertigt. Und sie trug sie viel zu zackig, als daß Tia sich in ihrer Gegenwart hätte wohl fühlen können. Ansonsten war sie ziemlich dünn, mit dem Gesicht eines schlauen Fuchses und aggressiv kurzem Haar. Tia fühlte sich schon eingeschüchtert, noch bevor sie überhaupt etwas gesagt hatte!

Nach wenigen Minuten schüttelte Chria den Kopf. »Du bist nett, Tia«, sagte sie geradeheraus, »und wir beide wären niemals gute Partner. Ich würde dich überrollen, und du würdest da in deiner Säule hocken, wütend und kochend vor Zorn, und würdest kein Wort sagen.« Sie grinste breit. »Ich bin eine Fleischfresserin, eine Jägerin. Ich brauche jemanden, der zurückschlägt! Ich liebe einen ordentlichen Streit!«

»Du würdest uns wahrscheinlich sofort hinter Piraten herjagen lassen«, sagte Tia, die bereits ein wenig verärgert war. »Wenn irgendwo in der Nähe welche wären, würdest du darauf bestehen, sie ausfindig zu machen!«

»Darauf kannst du wetten«, erwiderte Chria unverblümt.

Die nächsten paar Minuten überzeugten Tia davon, daß

Chria recht hatte. Es würde nie funktionieren. Mit einem Anflug von Bedauern verabschiedete sich Tia von ihr. Zwar mochte auch sie ein ordentliches Streitgespräch, was sie aber nicht liebte, waren Gebrüll und Geschrei, was Chria wiederum genoß. Sie behauptete, das würde Spannungen lösen.

Na ja, vielleicht tat es das auch. Und vielleicht war das auch der Grund, weshalb Chrias Lieblingsmusik die Oper war. Einfach ausgedrückt: Sie war eine Fanatikerin. Und Tia ... na ja ... war keine.

Aber in diesen alten Opern wurden tatsächlich jede Menge Gefühle abgebaut. Sie hatte den Eindruck, daß Chria sich als eine Art spätgeborene Walküre sah.

Tia meldete CenCom ihre Ablehnung, zusammen mit der Empfehlung, daß sie selbst glaubte, Chria Chance sei eher als Partnerin eines Schiffs im militärischen Kurierdienst geeignet. »Unter uns gesagt«, erwiderte CenCom, »meine ich das auch. Na, sie wird schon ihre Chance bekommen. Dein Klassenkamerad Pol ist zum Militär versetzt worden; er ist ebenso kriegsgeil wie sie. Ich sorge dafür, daß die Empfehlung weitergeleitet wird. In der Zwischenzeit ist als nächster Harkonen Carl-Ulbright an der Reihe.«

Carl erwies sich als Enttäuschung. Er hatte durchschnittliche Noten, und wenn er auch freundlich war, wußte Tia doch, daß sie ihn jederzeit an die Wand drängen konnte. Er war schüchtern, wagte sich kaum mit einer eigenen Meinung hervor, und wenn er es tat, war er bereit, sie im nächsten Augenblick wieder zu wechseln.

»Carl«, sagte sie jedoch, kurz bevor er in den Fahrstuhl stieg, ohne seine Niedergeschlagenheit zu verbergen. »Mein Klassenkamerad Raul ist XR Eins-Null-Zwei-Neun. Ich glaube, ihr beide kämt hervorragend miteinander aus. Ich werde CenCom bitten, dein nächstes Vorstellungsgespräch als erstes mit ihm zu arrangieren – er wurde erst heute installiert, und ich weiß genau, daß er noch keinen Piloten hat. Sag ihm, daß ich dich geschickt habe.«

Mit diesen Worten munterte Tia den jungen Mann wieder auf. Sie hätte darauf wetten können, daß sein Persönlichkeitsprofil und Rauls sich einander bis aufs Haar glichen. Sie würden eine hervorragende Mannschaft abgeben, vor allem, wenn es zu ihren Aufgaben gehörte, VIP-Passagiere zu befördern.

»Ich habe alles mitbekommen, Tia«, meldete CenCom, sobald der Junge gegangen war. »Betrachte es als gespeichert. Du solltest Psycho werden, mindestens aber Beraterin. Das war ein guter Einfall, an Raul zu denken. Keiner von uns wußte einen passenden Partner für ihn; wir haben immer versucht, ihn mit den Frauen zu verkuppeln.«

Wenn sie Hände gehabt hätte, hätte sie sie über dem Kopf zusammengeschlagen. »Psycho werden? Da seien doch wohl sämtliche Heilige und Gnadenbringer vor!« rief sie. »Wer ist als nächster dran?«

»Andrea Polo y De Gras«, teilte CenCom ihr mit. »Die wird dir auch nicht gefallen. Sie will dich nicht.«

»Mit dem Namen Polo y De Gras überrascht mich das gar nicht«, seufzte Tia. »Sie will wohl etwas Aufregenderes als A & K? Wäre sie sehr verärgert, wenn ich ihr beipflichtete, bevor sie sich die Mühe gemacht hat, sich hierher zu begeben?«

»Das bezweifle ich«, antwortete CenCom, »aber laß mich erst nachfragen.« Nach einer Pause meldete er sich wieder. »Tatsächlich ist sie hocherfreut. Ich glaube, ihre Familie hat irgend etwas in die Wege geleitet. Hochfamilien! Ich weiß wirklich nicht, weshalb die ihre Kinder überhaupt auf die Raumakademie schicken.«

Tia fühlte sich bemüßigt, ihm zu widersprechen. »Weil einige von ihnen dort sehr gute Leistungen erbringen und den Diensten zur Ehre gereichen«, erwiderte sie mit der leisen Andeutung eines Vorwurfs.

»Das ist wahr, ich sehe mich berichtigt. Nun, dein letzter Kandidat ist der verspätete Alexander Joli-Chanteu.« Die Fröhlichkeit in seiner Stimme sagte ihr, daß er versuchte, aus der Situation einen schlechten Witz zu machen.

»Verspätet, wie? Das wird ihm aber keine Fleißkärtchen eintragen«, meinte Tia sarkastisch. Der Pünktlichkeitswahn ihrer Eltern hatte für sie einen Maßstab gesetzt, dem sich auch ihre Umgebung anzupassen hatte. *Vor allem* Kandidaten.

Na ja, ich kann mir ja wenigstens mal seine Akte ansehen. Sie tat es und war – verwirrt. Wenn Alexander gut war, war er wirklich sehr, sehr gut. Und wenn er schlecht war, war er ganz fürchterlich. Oftmals im selben Fach. Er pflegte mit den schlechtesten erdenklichen Noten anzufangen, um dann plötzlich Begeisterung zu entwickeln und am Ende des Semesters eine wunderbare Wende herbeizuführen. *Erratische Performanz,* hieß es in seinem Persönlichkeitsprofil.

CenCom unterbrach Tia in ihrer Verwirrung. »Hoppla! Er ist mir durch die Lappen gegangen! Da kommt er, Tia, ob du bereit bist oder nicht!«

Alexander gab sich gar nicht erst mit dem Fahrstuhl ab, er rannte die Stufen hinauf und stürmte atemlos in die Kabine, das lange Haar zerzaust und die Uniform zerknittert.

Er blickte sich hastig um, dann wandte er sich sofort der Mittelsäule zu, in der sie untergebracht war, eine Nettigkeit, die bisher nur Carl und Chria aufgeboten hatten. Es spielte eigentlich keine Rolle, und vielen Hüllenmenschen war es egal, solange die Normalpersonen wenigstens einen Satz mit Augen ›anblickten‹ – aber Tia meinte, genau wie Moira, daß es aufmerksamer von einem Piloten war, sich dorthin zu wenden, wo man sich tatsächlich befand, als mit der leeren Kabine zu reden.

»Hypatia, werte Dame, es ist mir äußerst peinlich und tut mir schrecklich leid, zu spät zu kommen«, sagte er und kam dabei langsam wieder zu Atem. »Mein Sensei hat mich in eine Partie Go verwickelt, und da habe ich völlig das Zeitgefühl verloren.«

Er fuhr sich durch das ungestüme Haar und grinste reumütig, wobei sich kleine Lachfältchen um seine braunen Augen bildeten. »Und dann habe ich auch noch eine *wunderbare* Ansprache auswendig gelernt, daß die Dame, die nach der letzten Bibliothekarin von Alexandria benannt wurde, und der Pilot, der den Namen Alexanders des Großen trägt, Partner werden sollten – und da hat mir die Rennerei sie doch glatt aus dem Gedächtnis geschlagen!«

Er weiß, woher mein Name kommt! Oder er war wenigstens so höflich und vorausblickend, ihn nachzuschlagen. Tia dachte kurz darüber nach, dann buchte sie es auf der Haben-Seite. Er war zwar nicht attraktiv, hatte aber ein angenehmes Gesicht. Er war klein – na ja, das war der ursprüngliche Alexander auch gewesen. Tia beschloß, sein Aussehen ebenfalls auf der Haben-Seite zu buchen, zusammen mit seiner Höflichkeit.

Minuspunkte gab es natürlich dafür, daß er zu spät kam und dann auch noch so unordentlich war.

»Ich denke, ich kann mich schon dazu überwinden, dir zu verzeihen«, sagte sie trocken. »Obwohl ich nicht so recht begriffen habe, was dich eigentlich aufgehalten hat.«

»Neben meinem Hobby der antiken Geschichte kultiviere ... ich ... bestimmte Kampfkünste.« Er fuhr sich wieder mit der Hand durchs Haar, ganz offensichtlich eine nervöse Geste. »Östliche Kampfkünste. Tai Chi und Karate. Ich weiß zwar, daß die meisten Leute das für völlig unnötig halten, aber ... na ja, A & K-Kuriere sind aber nun einmal unbewaffnet, und ich bin nicht gern hilflos. Jedenfalls hat mein Sensei, mein Kampfkunstmeister, mich in eine Partie Go verwickelt, und wenn man gegen einen Meister spielt, ist an Go nichts, aber auch gar nichts einfach.« Er senkte einen Augenblick den Kopf und sah etwas betreten drein. »Ich habe völlig das Zeitgefühl verloren, und sie mußten mich ausrufen. Es tut mir wirklich sehr leid, daß ich dich habe warten lassen.«

Tia wußte nicht so recht, was sie davon halten sollte. »Nimm erst mal Platz, ja?« sagte sie zerstreut und fragte sich, weshalb er sich bei seinem ganzen Interesse für martialische Dinge nicht für den Militärdienst gemeldet hatte. »Spielst du auch Schach?«

Er nickte. »Schach und Othello, außerdem mehrere Computerspiele. Und wenn du irgendwelche Lieblingsspiele haben solltest, die ich noch nicht kenne, würde ich sie gern lernen.« Er saß ruhig und gelassen da, ohne herumzuzappeln wie Garrison.

»Weshalb terranische Geschichte?« fragte Tia neugierig.

»Das ist nicht unbedingt ein Interessengebiet, das man bei einem … einem Raumjockey erwarten würde.«

Alexander grinste. Es war ein sehr gewinnendes Lachen. »Hast du denn meine Klassenkameradin Chria noch gar nicht interviewt? Das ist ja nun wirklich jemand mit seltsamen Interessen!« Tia spürte hinter der Aufgesetztheit eine Art von Zuneigung, auch wenn er ein wenig errötete. »Ich habe damit angefangen, über Geschichte nachzulesen, weil ich mich für meinen eigenen Namen interessierte, da hat mich dann die Alexanderzeit fasziniert. Eins führte zum anderen, und ehe ich mich versah, bekam ich entweder historische Holobänder oder Buchdisketten über Geschichte geschenkt, und das war mir eigentlich auch ganz lieb so.«

Er kannte also tatsächlich den Ursprung ihres Namens. »Und weshalb dann die Militärstrategie?«

»Weil alle anspruchsvollen Spiele Strategiespiele sind«, erläuterte er. »Ich … habe einen Freund, der wirklich ein sehr großer Spielefan ist und ich mußte ihm irgendwie Paroli bieten können. Also begann ich mit dem Strategiestudium. Das führte mich zur *Kunst des Krieges*, das wiederum zum Zen, und so gelangte ich zu den Kampfkünsten.« Er zuckte mit den Schultern. »Ich glaube, Tai Chi würde dir wirklich gefallen, dabei geht es um Streß und Energiefluß; es ist sehr ähnlich wie die Singularitätsmechanik und …«

»Ganz bestimmt«, unterbrach Tia ihn. »Aber weshalb hast du dich dann nicht zum Militärdienst gemeldet?«

»Aus dem gleichen Grund, aus dem ich Kampfkünste studierte … Ich mag es zwar nicht, wehrlos zu sein, aber ich wollte auch niemandem weh tun«, erwiderte er und wirkte merkwürdig bekümmert. »Sowohl im Tai Chi als auch im Karate geht es darum, niemals mehr Kraft einzusetzen, als man unbedingt muß, aber im Tai Chi wird die überlegene Kraft gegen sich selbst gekehrt, genau wie in *Die Kunst des Krieges*, und …«

Einmal mehr mußte Tia ihn auf die Frage zurückführen. Er neigte dazu, abzuschweifen, bemerkte sie. Sie stellte ihm weiterhin Fragen, und als sie ihn schließlich gehen ließ, geschah es mit einem Gefühl der Ratlosigkeit. Zwar war er bisher die beste Wahl gewesen, aber obwohl er eindeutig sensibel und intelligent war, zeigte er keinerlei Interesse für *ihr* Wissensgebiet.

Als sich der Himmel über dem Landeplatz verdunkelte und die Raumhafenscheinwerfer angeschaltet wurden, um das Licht auf ihre glatte Metallhaut zu werfen, ging Tia ihre sämtlichen Möglichkeiten noch einmal durch. Alex war zwar der beste, aber die anderen waren größtenteils völlig ungeeignet. Er war ganz offensichtlich zerstreut, und seine Gepflegtheit ließ etwas zu wünschen übrig. Er war zwar nicht gerade schlampig, trug seine Uniform aber auch nicht mit jenem Gefühl der Auszeichnung, das Tia für erforderlich hielt. Tatsächlich wirkte sie an ihm gar nicht wie eine Uniform, sondern eher wie bequeme Freizeitkleidung.

Seine Neigung, beim Gespräch ständig abzuschweifen, könnte in einer geselligen Situation sicherlich ganz amüsant sein, aber sie konnte sich auch vorstellen, daß es beispielsweise auf einen ... einen Weganer irritierend wirkte. Da war es nicht abzusehen, in welche Schwierigkeiten sie geraten könnten, wenn sie es mit KIs zu tun bekamen, die die Dinge oft recht wörtlich nahmen.

Nein, perfekt war er nicht. Nicht einmal annähernd.

»XH Eins-Null-Drei-Drei, Funkruf für dich«, unterbrach CenCom ihren Gedankengang. »Reiß dich zusammen, Lady, es ist die Warzige Hexe des Westens, und ich glaube, irgend jemand hat gerade ihre Schwester unter einem Haus begraben.«

Tia verstand die Anspielungen des Operators des CenCom zwar nicht, aber der deutlich ungeduldige Ton ihrer Vorgesetzten war nicht zu überhören. »XH Eins-Null-Drei-Drei, haben Sie sich inzwischen für einen Piloten entschieden?« fragte die Frau, und aus ihrem Mund klang es, als hätte Tia sich schon Wochen Zeit genommen, um sich für einen Partner zu entscheiden.

»Noch nicht«, erwiderte sie vorsichtig. »Um ehrlich zu sein, ich glaube nicht, daß ich schon jemanden gefunden habe, den ich über längere Zeit wirklich ertragen könnte.«

Das war zwar nicht das eigentliche Problem, aber schließlich würde Beta Gerold y Caspian für das eigentliche Problem auch kein Verständnis haben. Sie hätte ebensogut eine Weganerin sein können. Sie hatte nur wenig Geduld für die menschlichen Schwächen von Piloten übrig.

»Hypatia, Sie vergeuden Zeit«, sagte Beta barsch. »Sie sitzen hier auf dem Landeplatz herum, tun nichts und blockieren eine Startrampe, obwohl Sie bereits unterwegs sein könnten.«

»Ich gebe mein Bestes«, erwiderte Tia scharf. »Aber weder Sie noch ich wären besonders glücklich, wenn ich meinen Piloten nach der ersten Fahrt gleich wieder rausschmeiße!«

»Sie haben sechs Piloten abgelehnt, die *unseren* sämtlichen Analysen zufolge hervorragend zu Ihrer Persönlichkeit passen würden«, konterte Beta. »Sie brauchen nur ein wenig kompromißbereit zu sein.«

Sechs von denen sollen zu mir gepaßt haben? fragte Tia sich entsetzt.

Doch Beta redete weiter, sie klang wie eine Mischung zwischen einem Polizisten und einem dozierenden Professor. »Sie wissen sehr genau, daß es viel zu lange dauert, zwischen diesen Ausgrabungsstätten der Klasse Eins hin und her zu fliegen. Es bewirkt, daß kleine Gruppen für Wochen, ja manchmal für Monate völlig abgeschieden sind. Selbst im Notfall haben wir nur so wenige und weit verstreute Schiffe, daß es Tage braucht, um Leute zu erreichen, die in Schwierigkeiten stecken – und manchmal kann schon eine einzige Stunde einen großen Unterschied machen, von einem ganzen Tag ganz zu schweigen! Wir haben Sie schon im selben Augenblick dort draußen gebraucht, als Sie Ihren Dienstvertrag bekamen!«

Tia zuckte zusammen.

Sie hatte eigentlich damit gerechnet, daß Beta den Finger sofort auf die Wunde legte, aber sie wußte, daß Beta keinen Zugang zu ihren Akten hatte. Deswegen wußte sie auch nichts von Tias Hintergrund. Dafür sorgte die Agentur, die die Rechte der Hüllenmenschen vertrat – damit es den Kontrolleuren und Vorgesetzten erschwert wurde, ihr persönliches Wissen dazu zu benutzen, die unter ihrer Befehlsgewalt stehenden Hüllenmenschen zu manipulieren. In früheren Zeiten, als die Vorgesetzten alles über ihre Hüllenmenschen gewußt hatten, hatten sie manchmal absichtlich emotionale Abhängigkeiten erschaffen, um sich ›Loyalität‹ und fanatische Dienstbereitschaft zu sichern. Es war viel zu leicht, jemanden zu manipulieren, dessen einziger Kontakt zur wirklichen Welt über Sensoren stattfand, die sich abschalten ließen.

Dennoch, Beta hatte recht. *Wenn ich rechtzeitig Hilfe bekommen hätte, wäre ich jetzt wahrscheinlich nicht hier. Dann wäre ich auf einer Hochschule, würde promovieren und mir überlegen, woran ich danach arbeiten wollte …*

»Ich mache Ihnen einen Vorschlag«, erklärte Tia dann. »Lassen Sie mich die ganzen Akten und Gespräche noch einmal durchgehen und die Sache überschlafen. Wenn man uns auf der Schule eins beigebracht hat, dann, daß wir uns auf keinen Fall unter Zeitdruck oder Zwang für einen Piloten entscheiden sollen.« Sie verlieh ihrer Stimme einen leicht harten Unterton. »Sie wollen doch auch keine zweite Moira, oder?«

»Also gut«, räumte Beta ein. »Aber ich muß Sie warnen, daß der Nachschub an Piloten begrenzt ist. In diesem Haufen gibt es nicht mehr viele, die Sie interviewen können, und sollte ich Sie ohne einen Piloten losschicken müssen, werde ich das auch tun. Das Institut kann es sich nicht leisten, daß Sie weitere sechs Monate auf der Startrampe hokken, bis die nächste Klasse ihren Abschluß gemacht hat.«

Ohne Piloten auf Reisen gehen? Allein? Die Idee hatte nichts Anziehendes. Überhaupt nichts. Tatsächlich war der Gedanke daran, sechs Monate allein im Tiefenraum zu verbringen, geradezu beängstigend. Tia war nie gänzlich ohne jeden menschlichen Kontakt gewesen, nicht einmal bei den Ausgrabungen mit Mum und Dad.

Während sich CenCom abmeldete, ging sie daher die Bänder mit den Gesprächsaufzeichnungen noch einmal durch und tat das gleiche mit den Informationen über die zwölf Kandidaten, die sie abgelehnt hatte. Und doch konnte sie sich nicht für jemanden entscheiden, von dem sie ohne den leisesten Zweifel wußte, daß sie ihn gern ›Freund‹ nennen würde.

Irgend jemand klopfte ganz leise gegen die geschlossene Fahrstuhltür. Tia riß sich erschrocken aus ihren Gedanken, aktivierte die Außensensoren. Wer konnte das nur sein? Es war ja noch nicht einmal Morgendämmerung!

Der Kopf ihres Besuchers fuhr hoch und drehte sich aufmerksam zu der Kamera um, als er vernahm, wie sie sich auf ihn richtete. Die Feldbeleuchtung war stark genug, daß sie ihn ›sehen‹ konnte. »Hypatia, ich bin es, Alex«, flüsterte der Besucher. »Kann ich mal mit dir sprechen?«

Da sie nichts erwidern konnte, ohne damit gleich das ganze Umfeld auf seinen heimlichen Besuch aufmerksam zu machen, ließ sie den abgedunkelten Fahrstuhl zu ihm hinunter. Er schlüpfte hinein, und sie beförderte ihn nach oben.

»Was tust du denn hier?« wollte sie wissen, als er in der Zentralkabine in Sicherheit war. »Das ist aber kein schickliches Verhalten!«

»He«, sagte er »ich bin nun einmal unkonventionell. Ich gehe die Sachen immer gern unkonventionell an. In *Die Kunst des Krieges* steht, daß man einen Krieg am besten gewinnt, indem man sich nie so verhält, wie es von einem erwartet wird ...«

»Bestimmt«, unterbrach sie ihn. »Das mag ja für jemanden beim Militär auch alles ganz gut und schön sein, aber das hier ist nun einmal *kein* Krieg, und eigentlich sollte ich dich deswegen melden.« Tia verlieh ihrer Stimme einen warnenden Unterton, während sie sich fragte, warum sie eigentlich noch nicht tat, was sie ihm angedroht hatte.

Er ignorierte sowohl die Drohung als auch den Tadel. »Deine Vorgesetzte sagt, daß du noch niemanden ausgesucht hast«, versetzte er statt dessen. »Warum nicht?«

»Weil ich es eben nicht getan habe«, erwiderte sie. »Ich mag es nicht, zur Eile gedrängt zu werden.«

Er nahm ziemlich abrupt Platz, und seine herausfordernde Miene nahm einen betretenen Ausdruck an. »Ich hätte nicht gedacht, daß du es mir nachträgst, daß ich zu spät gekommen bin«, sagte er kläglich. »Ich dachte eigentlich, wir wären ganz gut miteinander ausgekommen. Als deine Vorgesetzte mir mitteilte, daß du mehr Zeit mit mir verbracht hast als mit den anderen Piloten, hielt ich es für ausgemacht, daß du dich für mich entscheiden würdest! Was ist denn verkehrt an mir? Es muß doch irgend etwas sein! Vielleicht irgend etwas, was ich ändern kann!«

»Äh ... ich ...« Seine Direktheit und die unverblümten Fragen verblüfften Tia so sehr, daß sie ihm tatsächlich antwortete. »Ich erwarte von meinem Piloten, daß er pünktlich ist – denn er muß präzise sein, und Unpünktlichkeit ist ein Hinweis auf Achtlosigkeit«, erläuterte sie. »Ich fand, daß du schlampig aussahst, und ich mag keine Schlampigkeit. Du hast zerstreut gewirkt, und ich mußte dich immer wieder zum eigentlichen Thema zurückführen, als wir uns unterhielten. Wenn ich mit meinem Piloten dort draußen bin, brauche ich jemanden, auf dessen Effizienz ich mich verlassen kann.«

»Du hast mich nicht gerade in Hochform erwischt«, wandte er ein. »Ich war abgelenkt und völlig durcheinander durch die Tatsache, daß ich Mist gebaut hatte, weil ich zu spät kam. Aber das ist doch nicht alles, oder?«

»Was meinst du damit?« fragte sie vorsichtig.

»Es lag nicht nur daran, daß ich ... nicht gerade vollkommen bin. Du hast doch irgendein Geheimnis ... irgend etwas, was du wirklich tun willst, was du nicht einmal deiner Vorgesetzten erzählt hast.« Nachdenklich musterte er die Säule, während Tia von seiner Vermutung völlig überrascht war. »Ich habe offensichtlich nicht das Profil von jemandem, der daran interessiert sein könnte, dir bei diesem Geheimnis zu helfen. Stimmt's?«

Er schaute sie flehend an. »Komm schon, Hypatia, mir kannst du es ruhig sagen«, meinte er. »Ich werde dich schon nicht verraten. Und vielleicht könnte ich dir sogar helfen! Du weißt doch über mich nur das, was du in einem einstündigen Gespräch und aus meiner Akte erfahren hast!«

»Ich weiß nicht, wovon du redest«, erwiderte sie lahm.

»Ach, natürlich weißt du das. Komm schon, jedes Gehirn-Schiff will sich freikaufen – egal, was sie alle sagen! Und jedes Schiff hat auch sein eigenes Steckenpferd. Barclay möchte insgeheim Piraten durch das All jagen wie ein Holostar, Leta möchte die nächste große Synthcom-Komponistin werden, und selbst der ruhige alte Jerry will sich einen Singularitätsantrieb kaufen, nur damit er interstellare Langstrecken- und Geschwindigkeitsrekorde aufstellen kann!« Alexander grinste. »Was hast du für ein kleines Geheimnis?«

Erst als sie sich dabei ertappte, wie sie losplatzte und ihm alles erzählte, merkte sie, daß sie getäuscht worden war. Sie erzählte ihm von ihren Plänen, nebenher Amateurarchäologie zu betreiben, und daß sie damit rechnete, schließlich auf etwas zu stoßen, was ihr eine hübsche Summe eintrug, um ihren Freikauf zu beschleunigen. Wenigstens behielt sie ihren anderen Wunsch für sich, nämlich den Erreger ausfindig zu machen, der sie heimgesucht hatte. ASls sie über den Erfolg ihrer Eltern gelesen hatte, waren alle alten Träume wieder erwacht, eines Tages in Potas Fußstapfen zu treten, denn mit Beta zu tun zu haben, war ihr schon Dienstboten-Dasein genug, während ihre Studien der Chroniken eine neue Furcht ausgelöst hatten – die Furcht vor der Seuche. Und was würde geschehen, wenn der Erreger, der *sie* gelähmt hatte, gleich in planetenweitem Ausmaß ausbrach?

Während Tia versuchte, die Sache zu verschleiern, gab sie, ohne es zu wollen, preis, daß ihre Pläne ein Geheimnis darstellten, das sie sich nicht nur vor ihren Inspektoren und Vorgesetzten bei der CenCom, sondern auch vor allen anderen bis auf Moira bewahrt hatte.

»Es ging mir darum, daß man meine Entschiedenheit als etwas anderes interpretiert hätte«, gestand sie.

Während ihrer ganzen Beichte war Alex bedrohlich still geblieben. Erst als sie endete, wurde ihr plötzlich klar, daß sie ihn soeben in die Lage versetzt hatte, sie dazu zu erpressen, ihn zu nehmen.

Doch anstatt etwas zu sagen, fing er an zu lachen. Ja, er

brüllte förmlich vor Lachen. Verwirrt wartete sie ab, bis er sich beruhigt hatte.

»Du hast meine Akte nicht eingehend genug studiert, hübsche Dame«, sagte er. »Ach du liebe Güte! Ruf doch meine Akte auf, tu es ruhig. Nicht die Akademiedatei; vielmehr die Akte, in der mein Antrag für ein Stipendium steht.«

Verwundert stellte sie eine Verbindung zum CenCom-Netzwerk her und öffnete Alex' öffentliche Dateien.

»Schau mal unter ›Hobbys‹ nach«, schlug er vor.

Und da stand es: Hobbys und andere Interessen.

Archäologie und Xenologie.

Dann sah sie auch in seine Schulzeugnisse. Sie stellte fest, daß er in den unteren Klassen nicht nur jeden Geschichtskurs belegt hatte, sondern auch noch jeden archäologischen Kurs, den er irgendwie hatte unterbringen können.

»Siehst du?« sagte er. »Ich hätte auch nichts dagegen, wenn mein Name auf dem einen oder anderen Aufsatz stünde. Natürlich immer vorausgesetzt, daß auf unseren Funden keine Flüche liegen! Und ... na ja, wer könnte *keinen* Haufen Zahlungseinheiten gebrauchen? Ich würde mich gern mit einem ausreichend großen Konto aus dem Dienst zurückziehen, um mir selbst etwas zu kaufen ... Na ja, einen kleinen Planetoiden.«

»Aber weshalb hast du dich dann nicht für die Universität beworben?« fragte sie. »Weshalb hast du keinen Abschluß gemacht?«

»Geld«, erwiderte er ehrlich, lehnte sich in seinem Sessel zurück und verschränkte die Finger über der Brust. »Schnöder Mammon. Meine Familie hatte keins – das heißt, sie hatte gerade genug, daß ich mich nicht für Stipendien qualifizieren konnte. Sicher, ich hätte meinen Abschluß machen können, aber in der Archäologie kann man nicht viel verdienen. Ach, Hypatia, das weißt du doch selbst! Du weißt doch, wie lange es dauert, um nur *einen* Doktor zu machen – Jahre über Jahre Feldarbeit, bevor man genug Material beisammen hat, um eine Dissertation zu schreiben. Und ein Archäologe, der auf Ausgrabungen der Klasse Eins geschickt wird, kommt nicht mit einem einzigen Doktorgrad aus.« Traurig schüttelte Alexander den Kopf. »Werte Dame, ich bin schon ein Liebhaber von Ohrensessel gewesen, seit ich ein Geschichtsfanatiker war, aber mehr konnte ich mir nie leisten. Ich mußte mich immer mit Büchern und Papier begnügen.«

»Weshalb dann die Akademie?« fragte Tia stark verwundert.

»Eine gute Frage. Darauf gibt es eine komplizierte Antwort.« Er fuhr sich mit der Zunge über die Lippen, überlegte, dann fuhr er fort. »Angenommen, ich hätte einen Abschluß in Archäologie und Geschichte. Damit hätte ich im Institut einen Platz ganz unten auf der Hühnerleiter belegen können, als Sachbearbeiter vielleicht. Sachbearbeiterposten sind überall gleich, nur der Fachjargon unterscheidet sich, die Tätigkeit nie. Aber ich hätte es tun können, um dann an einem Weiterbildungsprogramm teilzunehmen und Magister zu werden. Dann hätte ich irgendwo einen Posten als Forschungsassistent ergattern können, hätte aber immer nur den ganzen langweiligen Kram erledigen müssen. Als Forschungsassistent hat man keine Zeit mehr, um seinen Doktor zu machen. Dann wäre ich in den Institutsmauern gefangen gewesen, selbst wenn mein Chef persönlich auf Ausgrabungen gegangen wäre. Denn wenn man jemanden braucht, der sich zu Hause um das Lager kümmert, heuert man keine zusätzliche Kraft an, sondern läßt seinen Forschungsassistenten zurück.«

»Ja, das verstehe ich schon, weshalb du das nicht getan hast«, antwortete sie. »Aber warum statt dessen auf die Akademie?«

»Die Anforderungen für Akademiestipendien sind ... etwas anders«, teilte er ihr mit. »Die Stipendienvergabestellen dort suchen nicht immer nur nach armen, aber brillanten Leuten – sie suchen nach kompetenten Leuten, die eine bestimmte Neigung haben, und wenn sie so jemanden finden, tun sie, was sie können, um ihn zu bekommen. Und der Wettbewerb ist auch nicht ganz so mörderisch. Die Akademie verfügt über mehr Stipendien als jedes Universitätsseminar für Archäologie und Geschichte, an das ich herankam. Denn ich hätte auch auf eine *örtliche* Universität gemußt, ich konnte es mir nicht erlauben, den Planeten zu verlassen. Die Raumakademie bezahlt deine Reise zur Zentrale; Geschichtsstipendien für die Universität dagegen umfassen keine Reisespesen. Da habe ich mir gedacht, daß ich, wenn ich schon keine alten Knochen auf abgelegenen Welten ausgraben kann, doch wenigstens einige dieser abgelegenen Welten zu sehen bekommen würde. Wenn ich mich für A & K entschiede, würde ich sogar Gelegenheit bekommen, einigen Experten bei der Arbeit zuzusehen. Und wenn es mir schon darum ging, konnte ich ebensogut eine Ausbildung als Pilot absolvieren und schauen, wohin mich das führte. Zu meiner großen Überraschung entsprach mein Persönlichkeitsprofil dem, wonach sie Ausschau hielten, und so fand ich mich plötzlich in der Pilotenausbildung wieder; und als ich die hinter mich gebracht hatte, bat ich um Versetzung in die Abteilung A & K.«

»Und weshalb bestehst du jetzt darauf, mein Partner zu werden?« fragte Tia. Vielleicht konnte Alexander Offenheit ja verjagen ...

Er blinzelte. »Das weißt du wirklich nicht? Weil du du bist«, sagte er. »Es ist wirklich schrecklich einfach. Du hast eine funkelnde Persönlichkeit. Du versuchst nicht, deine Stimme abzuflachen und dich wie eine KI anzuhören, wie es einige deiner Klassenkameraden getan haben. Du hast keine Angst davor, eine eigene Meinung zu haben. Du hast einen Teddybären in deiner Zentralkabine wie ein Kunstwerk eingemauert, sprichst aber nicht darüber. Das ist ein Rätsel, und ich liebe Rätsel, vor allem, wenn es dabei um etwas so Angenehmes wie Teddybären geht. Wenn du sprichst, kann ich dich lächeln, kann ich dich stirnrunzeln sehen. Du bist ein Hüllen*mensch*, Hypatia. Ich mag dich. Ich hatte gehofft, daß du mich auch mögen würdest. Ich habe mir gedacht, daß wir einander ganz schön lange unterhalten könnten.«

Na, jetzt hatte er sie in Sachen Offenheit überholt, das ließ sich nicht leugnen. Und er hatte sie – erschreckt. Sie war überrascht, fühlte sich durchaus geschmeichelt, und gelangte langsam zu der Überzeugung, daß Alex als Pilot vielleicht doch keine so schlechte Wahl wäre. »Na ja, ich mag dich zwar«, erwiderte sie zögernd, »aber ...«

»Aber was?« fragte er forsch. »Worum geht es?«

»Ich mag es nicht, manipuliert zu werden«, erwiderte sie. »Und genau das hast du gerade getan ... mich manipuliert oder es versucht.«

Er schnitt eine Grimasse. »Schuldig im Sinne der Anklage. Ich komme aus der unteren Mittelklasse. Dort, wo ich herkomme, zieht man seinen Kopf entweder mit Charme aus der Schlinge, oder man kämpft sich frei. Ich werde versuchen, es nicht wieder zu tun.«

»Das ist noch nicht alles«, warnte sie ihn. »Ich habe ... bestimmte Pläne, die sich als störend erweisen könnten, wenn du mir nicht hilfst.« Sie machte eine Kunstpause. »Es geht darum, *was* ich aufspüren will. Nämlich die Heimatwelt der Salomon-Kildaire-Wesen.«

»Der EsKas?« erwiderte Alexander und setzte sich kerzengerade auf. »Ach du liebe Güte – wenn das hier nicht das wirkliche Leben wäre, würde ich glauben, daß du telepathisch veranlagt bist! Die EsKas sind mein archäologisches Lieblingsrätsel! Ich brenne förmlich darauf, herauszufinden, weshalb sie sich irgendwo niederließen, um dann wieder zu verschwinden! Und wenn wir deren Heimatwelt fänden – Hypatia, dann wären wir Holostars! Das wäre ein kosmischer Erfolg!«

Darüber dachte sie eine Weile nach. Die Sache war seltsam. Äußerst seltsam.

»Ich nehme an, daß wir dort draußen einen Teil der Zeit darauf verwenden würden, EsKa-Ausgrabungen zu überprüfen?« fragte er, und seine Augen begannen zu leuchten. »Um nach Dingen zu suchen, die die Archäologen vielleicht nicht entdecken können? Nach vielversprechenderen Stellen?«

»Etwas in der Art«, teilte sie ihm mit. »Deshalb brauche ich auch deine Mitarbeit. Manchmal werde ich einen mobilen Partner benötigen.«

Er nickte. »Hübsche Dame, der Partner sitzt vor dir«, erwiderte er. »Und ich wäre auch nur zu glücklich darüber. Wenn ich irgend etwas liebe, dann eine Queste. Und das hier ist ja sogar noch besser, nämlich eine Queste im Dienste einer Dame!«

»Eine Queste?« Tia lachte leise. »Willst du etwa, daß wir jetzt einen Eid ableisten, den Heiligen Gral zu suchen?«

»Warum nicht?« fragte er fröhlich. »Also gut – ich fange an.« Er stand auf, stellte sich mit dem Gesicht – nicht zur Säule, sondern zu Ted I. Bär in seinem beleuchteten Kasten, und hielt die Hand hoch, als würde er einen Eid ablegen. »Ich, Alexander Joli-Chanteu, schwöre hiermit feierlich, daß ich Gehirn-Schiff Hypatia Eins-Null-Drei-Drei auf ihrer fortwährenden Suche nach der Heimatwelt der Salomon-Kildaire-Wesen begleiten werde. Ich schwöre, daß dies ein gemeinsames Projekt sein wird, solange wir eine gemeinsame Karriere verfolgen. Und ich schwöre, daß ich ihr alle Unterstützung und Freundschaft gewähren werde, derer sie auf dieser Suche bedarf. So sei es bezeugt und besiegelt von jenem Bären.«

Tia hätte losgekichert, nur daß Alexander so schrecklich feierlich aussah.

»Also gut«, meinte er, als er wieder Platz genommen hatte. »Und was ist mit dir?«

Ja, was war mit ihr? Hatte sie ihn nicht schon so gut wie angenommen? Und hatte er sich nicht ihrem Dienst verschworen wie ein mittelalterlicher Ritter?

»Also gut«, erwiderte sie. »Ich, Hypatia Eins-Null-Drei-Drei, schwöre hiermit feierlich, Alexander Joli-Chanteu in meinen Dienst zu stellen, um mit ihm meine Suche nach der Heimatwelt der EsKas zu teilen und ebenso alle materiellen wie immateriellen Belohnungen, die unser im Zuge dieser Suche harren mögen. Ich schwöre, ihn als meinen Piloten zu halten, es sei denn, daß wir in beiderseitigem Einvernehmen den Vertrag lösen. Ich schwöre es bei ... bei Theodor Iljitsch Bär.«

Alexander grinste so breit und ansteckend, daß sie sich schon wünschte, das Grinsen erwidern zu können. »Ich schätze, dann sind wir jetzt wohl ein Team«, meinte sie.

»Dann Prost …« Er hob ein unsichtbares Glas. » … auf unsere gemeinsame Karriere. Möge sie so lang und fruchtbar sein wie die der Cades.«

Er tat, als würde er trinken, um das unsichtbare Glas schließlich in einen unsichtbaren Kamin zu schleudern, ohne zu ahnen, daß Tia vor Schrecken schwieg.

Die Cades? Woher konnte er …

Doch bevor sie etwas sagte, wurde ihr plötzlich klar, daß er unmöglich hatte wissen können, wer und was sie in Wirklichkeit war.

Die Literatur über die Cades hätte niemals ihre gelähmte Tochter erwähnt, ebensowenig die Tragödie, die zu ihrer Paralyse geführt hatte. So etwas tat man in Akademikerkreisen nicht, in einer Welt, in der nur Fakten und Spekulationen existierten, nicht aber die schmutzigen Einzelheiten des Privatlebens. Die Cades waren keine stellaren Persönlichkeiten, über die man Dokumentationsdramen drehte. Es gab keine Möglichkeit, wie er etwas über Hypatia Cade hätte in Erfahrung bringen können.

Und wenn jemand zu dem Hüllenmenschenprogramm zugelassen wurde, wurde sein Familienname unter einem Gespinst von Sicherungsmaßnahmen verborgen, um zu gewährleisten, daß seine Herkunft auch seine Privatsache blieb. Es war besser so, leichter, sich an das Schalendasein zu gewöhnen. Ein skrupelloser Vorgesetzter hätte sonst sein Wissen um die Herkunft eines Hüllenmenschen zu Manipulationszwecken ausnutzen können, und es hätte auch andere Probleme gegeben. Gehirn-Schiffe waren wertvolle Güter. Ebenso ihre Fracht. Die Möglichkeit, Familienmitglieder als Geiseln zu nehmen oder über die Familie Druck auf ein Gehirn-Schiff auszuüben, war sehr real. Ebenso, Familienbande dazu zu mißbrauchen, ein Schiff in einen Hinterhalt zu locken …

Aber es gab immer die Option, daß der Hüllenmensch Freunden, denen er vertraute, mitteilte, wer er war. Freunden, denen er vertraute – und Piloten.

Tia zögerte einen Augenblick, als er Ted zuprostete. Sollte

sie ihm von sich erzählen und damit in Zukunft etwaige schmerzhafte Anspielungen vermeiden?

Nein, ich muß lernen, damit zu leben, wenn ich wirklich den EsKas nachspüren will. Wenn er nichts sagt, wird es ein anderer tun. Mum und Dad mag das EsKa-Projekt zwar meinetwegen verleidet worden sein, aber ihre Namen werden immer noch damit in Verbindung gebracht. Und außerdem spielt es überhaupt keine Rolle. Die EsKas gehören jetzt mir. Und ich bin keine Cade mehr, selbst wenn ich die Heimatwelt aufspüren sollte. Ich werde in der Literatur nicht als Hypatia Cade aufgeführt werden, sondern als Hypatia Eins-Null-Drei-Drei. Ein Gehirn-Schiff. Teil der AH-Mannschaft ...

Plötzlich fiel ihr auf, wonach ihre Mannschaftsbezeichnung aussah. »Ist dir eigentlich klar, daß unsere Initialen ...«

Alexander lächelte. »Ja, das habe ich sofort gemerkt. Ich hielt es für ein gutes Omen. Es ist zwar nicht gerade ›heureka‹, kommt ihm aber ziemlich nahe!«

»Es klingt wie etwas, was ein Professor sagt, wenn er meint, daß man völlig daneben liegt, es aber nicht widerlegen kann!«

»Du bist wirklich eine unromantische Seele«, tadelte er sie scherzhaft. »Und da wir schon bei Romantik sind – wieviel Uhr ist es?«

»Vier Uhr dreißig und siebenundzwanzig Komma fünf neun Sekunden«, erwiderte sie prompt. »Am Morgen, natürlich.«

»Ach du meine Güte«, sagte er und schauderte. »Null-Dunkel-Hundert. Dies sei der Beweis meiner Hingabe, teure Dame. Ich, der ich *nie* die Sonne aufgehen sehe, wenn ich es irgendwie vermeiden kann, bin tatsächlich *um vier Uhr morgens aufgestanden*, um mit dir zu reden.«

»Das ist wahre Hingabe«, erwiderte sie mit einem Lachen. »Also gut, Alex – ich gebe nach. Hiermit bist du mein offizieller Pilot. Für dich heiße ich übrigens Tia, nicht Hypatia. Aber du solltest dich jetzt besser in deinen Schlafraum zurückschleichen und so tun, als seist du fürchterlich überrascht, wenn sie dir sagen, daß ich dich ausgewählt habe, sonst kommen wir beide noch in Schwierigkeiten.«

»Dein Wunsch, liebste Tia, sei mir Befehl«, sagte er, stand auf und verneigte sich. »Hoffentlich kann ich ebenso leicht am Torposten vorbeischlüpfen, wie ich hinausgelangt bin.«

»Laß dich bloß nicht erwischen«, ermahnte sie ihn. »Ich kann kein gutes Wort für dich einlegen. Im Augenblick stelle ich nur eine kostspielige Belastung des Institutsetats dar.«

Alexander salutierte ihrer Säule und lief die Stufen hinunter, ignorierte einmal mehr den Fahrstuhl.

Tia sah ihm so lange nach, wie sie konnte, aber die anderen Schiffe und das Gerät waren ihr im Weg. Da fiel ihr ein, daß sie sich ins Sicherheitsnetz des Raumhafens einklinken könnte, um etwaige Nachrichten über einen Eindringling aufzufangen ...

Sie öffnete den Kanal, doch als sie nach einer halben Stunde immer noch nichts vernommen hatte, gelangte sie zu dem Schluß, daß Alexander es wohl geschafft haben mußte.

Die Zentralkabine wirkte sehr einsam ohne ihn. Anders als alle anderen hatte er mit seiner bloßen Persönlichkeit die ganze Kabinc ausgefüllt.

Auf jeden Fall war er lebhaft.

Sie wartete bis Nullsechshundert, dann stellte sie die Verbindung zur Cencom her. Jetzt hatte ein anderer Operator Dienst, der sich für sie und ihr Treiben nicht zu interessieren schien; tatsächlich wirkte er so unpersönlich wie eine KI. Er verband sie ohne den leisesten Kommentar direkt mit Betas Büro.

Beta war bereits anwesend, wie Tia es auch schon fast vermutet hatte. Und die ersten Worte der Frau lauteten: »Nun? Haben Sie sich einen Piloten ausgesucht, oder muß ich erst die ganze Akademie an Ihnen vorbeidefilieren lassen?«

Hypatia mußte sich beherrschen, um nicht zurückzublaffen. »Ich habe mich *die ganze Nacht* angestrengt, über die zwölf Kandidaten nachzudenken, die Sie mir präsentiert haben«, erwiderte sie in scharfem Ton. »Ich habe mich sogar der erheblichen Mühe unterzogen, die Aufzeichnungen bis zurück in die Vorschulen zu verfolgen.«

Nur eine kleine Übertreibung, sagte sie sich. *Und Alex habe ich ja tatsächlich überprüft.*

»Und?« erwiderte Beta, ganz und gar nicht beeindruckt.

»Ich habe mich für Alexander Joli-Chanteu entschieden. Er kann jederzeit an Bord kommen. Ich habe gestern alle meine Testflugsequenzen absolviert und bin startbereit, sobald mir CenCom Starterlaubnis erteilt und Sie mir meine Reiseroute nennen.«

»Sehr gut, AH-Eins-Null-Drei-Drei«, erwiderte Beta, ohne sich im geringsten beeindruckt zu zeigen. »Ich an Ihrer Stelle hätte mich allerdings nicht für Alexander entschieden. Er ist nicht so ... professionell, wie ich es mir wünschen würde. Und seine Leistungen sind ziemlich erratisch.«

»Das sind die Leistungen der meisten der Genieklasse«, versetzte Tia, die sich plötzlich bemüßigt fühlte, ihren Piloten zu verteidigen. »Wie Sie sicherlich wissen.« *Und außerdem bist du nicht in meiner Lage, werte Dame,* dachte sie, und der Ärger über Betas hochnäsigen Ton kochte in ihr, bis sie die Chemikalienzufuhr veränderte, um ihn zu dämpfen. *Ich werde meine eigenen Entscheidungen treffen, und ich wüßte es sehr zu schätzen, wenn du das nicht vergißt.*

»So heißt es, AH-Eins-Null-Drei-Drei«, erwiderte Beta unpersönlich. »Ich werde Ihre Entscheidung der Akademie mitteilen und Ihnen von CenCom den Flugplan überspielen lassen und Sie informieren, wann Sie sich für den sofortigen Start bereithalten sollen.«

Mit diesen Worten meldetet sie sich ab. Doch noch bevor Tia sich darüber ärgern konnte, ertönte wieder der CenCom-Operator.

»AH-Eins-Null-Drei-Drei – gratuliere!« sagte er, und seine ehedem unpersönliche Stimme klang warm vor Freundlichkeit. »Bevor wir uns in dem ganzen Bürokratiekram verlieren, wollte ich dich wissen lassen, daß die Operatoren hier alle der Meinung sind, daß du dir einen hervorragenden Piloten ausgesucht hast. Ich ganz besonders.«

Tia war verblüfft. »Oh ... danke«, brachte sie hervor. »Aber weshalb ... «

Der Operator lachte. »Na ja, wir sind für die gesamten Trainingsflüge der Kadetten zuständig. Manche von ihnen sind wirklich furchtbare Nervensägen – aber Alex ist immer fröhlich und jammert nie herum, wenn wir ihn mal auf Warteschlaufe stellen. Und ... na ja, dieser Donning-Typ hat versucht, mich in Schwierigkeiten zu bringen, nachdem er meine Anweisungen mißachtete und beinahe abgestürzt war, als er trotzdem landete. Alex war hinter ihm in der Warteschlange – er hat alles gesehen und gehört. Er brauchte nicht unbedingt einen Bericht zu schreiben, der mich entlastete, aber er hat es getan, und das hat mich vor einer Zurückstufung bewahrt.«

»Oh«, erwiderte Tia. Das war wirklich interessant. Zeugen von Fast-Zusammenstößen waren nicht dazu gezwungen, mit Berichten über den Vorfall in Erscheinung zu treten – ja, niemand hätte es Alex verübelt, wenn er es nicht getan hätte. Sein Vorgehen hätte ihm möglicherweise sogar eine Menge Ärger bei Donning eintragen können ...

»Du wirst deine Entscheidung nicht bereuen«, sagte der Operator. »Und jetzt ... bereithalten für komprimierte Datenübertragung ...«

Als ihre Anweisungen und der Flugplan über das Comlink kamen, fühlte Tia sich seltsam befriedigt und bestätigt. Beta gefiel ihre Auswahl nicht. Den Operatoren von CenCom dagegen schon.

Das waren beides Empfehlungen.

In bester Laune begann sie ihren Checkup für die Startvorbereitungen, und es schien ihr, als würde selbst Ted lächeln.

Also schön, Universum: aufgepaßt, wir kommen!

KAPITEL 4

»Also gut, Tia, meine Liebe, dann erkläre mir doch mal bitte, was hier los ist«, sagte Alex klagend, als Tia endlich mit dem Durcheinander von Anweisungen und Gegenanweisungen fertig war, die ihre Routinerunde von Frachtlieferungen an kleine Ausgrabungsteams unterbrochen hatten. »Wer kommt zuerst dran?«

»Und was läuft als zweites?« erwiderte Tia zerstreut. Kurz vor ihrer Abreise hatte sie ein Dataeder über Altterranische Umgangssprache und -ausdrücke und ihre Ableitung bekommen. Sie hatte nämlich mit dem Gedanken gespielt, diesen populärwissenschaftlichen Artikel zu schreiben. Wenn er in genügend Netzen veröffentlicht würde, könnte ihr das eine beachtliche Anerkennung bescheren – und keine Anerkennung, so klein sie auch sein mochte, war zu verachten. Aber ein unerwarteter Nebeneffekt der Lektüre war ihre Neigung, mit den Pointen von Witzen zu antworten, die so alt waren, daß man sie schon als Mumien bezeichnen mußte.

Aber jetzt wußte sie endlich, was der CenCom-Operator mit ›Bleib im Gewühl‹ und mit dieser Sache von der warzigen Hexe meinte, auf deren Schwester irgend jemand ein Haus geworfen hatte.

»Was?« erwiderte Alex perplex. »Nein, laß es lieber. Ich will es gar nicht wissen. Sag mir nur, wessen Befehle wir jetzt befolgen sollen. Irgendwo zwischen der fünften oder sechsten Anweisung habe ich den Faden verloren.«

»Ich habe jetzt alles sortiert; wir haben einen Doppelauftrag«, erwiderte sie. »Das Institut, mit Unterstützung der Zentrale, obwohl sie sich in den ersten vier oder fünf Anweisungen gegenseitig widersprochen haben. Eine der Ausgrabungsstätten hat sich nicht mehr gemeldet. Erst die üblichen Routinerückmeldungen, dann plötzlich nichts mehr, nicht mal ein Piepsen.«

»Du klingst nicht sonderlich besorgt«, versetzte Alex.

»Na ja, ich bin es«, erwiderte sie, während sie die schnellste Strecke durch den Hyperraum berechnete und im Geist die Tatsache verwünschte, daß sie keinen Singularitätsantrieb hatten. Andererseits gab es dort, wo sie hinwollten, ohnehin weit und breit keinen Singularitätspunkt.

»Wenn es eine Forschungsausgrabung wäre, wie meine ... wie jene, denen wir Vorräte und Post gebracht haben, würde ich mich *noch mehr* sorgen. Die sind schrecklich verwundbar. Aber eine Ausgrabung der Klasse Drei – Alex, die hier hat eine Mannschaft von zweihundert Leuten! Das ist doch mehr als genug, um jeden Ärger abzuhalten!«

»Ausgrabungsstätten der Klasse Drei haben doch ziemlich viele graduierte Studenten, nicht wahr?« fragte Alex, während sie mit Hilfe der Servomechanismen ihre Fracht verzurrte, um den Start vorzubereiten. Schade, daß die Leute am Dock keine Zeit gehabt hatten, alles ordentlich zu verstauen.

»Ganz genau. Die Studenten leisten den größten Teil der Arbeit, wenn es keine Einheimischen gibt, die entsprechende Arbeitskraft anbieten können – deshalb sind Ausgrabungsstätten der Klasse Drei auch meistens wie eine Militärstation aufgebaut. Der größte Teil des Personals ist jung, kräftig und bestens ausgerüstet. Auf dieser hier sind ...« Sie überprüfte schnell ihre Anweisungen. » ... einhundertachtundsiebzig Leute zwischen fünfundzwanzig und fünfunddreißig Jahren. Das genügt für jede Menge Lagerpatrouillen.«

Alex' Finger huschten über die vor ihm liegende Tastatur und rief Daten auf ihre Schirme. »Keine wirklich gefährlichen einheimischen Tiere. Gilt als sicheres Gebiet und ... Junge, Junge! Bis an die Zähne bewaffnet, wie?« Er warf einen Blick auf die Säule. »Ich wußte gar nicht, daß Archäologen so gefährliche Wesen sind! Das hat man mir auf der Schule aber nicht erzählt!«

»Grrr«, erwiderte sie. Sie ließ ein geblecktes Hundegebiß auf einem der Schirme erscheinen, den Alexander im Moment nicht benutzte. In den letzten Wochen hatten sie und Alex sehr viel Zeit mit Reden verbracht, hatten einander kennengelernt. Mit Alex zusammenzusein machte einfach

Spaß. Keiner von ihnen hatte allzuviel für das Standardbeige übrig, mit denen ihr Inneres dekoriert war. Während des überlichtschnellen Flugs hatte er die Zeit damit verbracht, den minimalistischen Stil des Heims seines *Sensei* zu kopieren, indem er einen großen Pinsel und etwas reine schwarze und rote Emaillefarbe nahm und ein paar Zen-Ideographien auf die Wände kopierte. Tia fand, daß es sehr gut aussah.

Seine Kabine war natürlich ein Durcheinander – aber dort brauchte Tia ja auch nicht hineinzusehen, was sie ohnehin tunlichst vermied.

Dafür hatte er seiner Freude über ihre ›funkelnde Persönlichkeit‹ Ausdruck verliehen. Gleich, was die Berater sagen mochten, sie war schon vor langer Zeit zu dem Schluß gelangt, daß sie Gefühle und Emotionen hatte, und sie empfand auch keine Scham, sich jenen gegenüber, denen sie vertraute, zu offenbaren. Alex hatte sich in den letzten Wochen vom ›Partner‹ zum ›Vertrauten‹ entwickelt, er hatten einen lebhaften Humor und liebte es, sie aufzuziehen. Und sie liebte es zu kontern.

»Zieh die Fangzähne ein«, sagte er. »Mir ist schon klar, daß sie sich nur bewaffnet haben, weil es da unten keine vernunftbegabten, empfindungsfähigen Lebewesen gibt. Was steht denn dann auf der Liste von Dingen-die-gut-bewaffnete-Archäologen-Auffressen? Ich habe das mulmige Gefühl, daß an der Archäologie eine ganze Menge dran ist, was man mir auf der Schule nicht erzählt hat!«

»Ernsthaft? Es ist eine kurze Liste, aber eine ziemlich bösartige.« Dann wurde sie wieder ernst. »Schnall dich an. Ich werde starten. Wahrscheinlich wird uns gleich einiges um die Ohren fliegen.« Mit aktivierten Triebwerken hob sie sich von der Startrampe, bestätigte die Startfreigabe der Flugleitzentrale und setzte gleichzeitig das Gespräch fort. »Ganz oben auf dieser Liste stehen beispielsweise Artefaktendiebe. Bei einer großen Ausgrabung kann man darauf wetten, daß dort Dinge gefunden werden, die für Sammler einen sehr hohen Wert haben. Dann stürmen sie heran, zerschießen die Station, landen, bringen jeden um, der sich ihnen in den Weg stellt, ergreifen die Beute und heben wieder ab, und all das binnen weniger Stunden.« *Deshalb war das Versteck auch so weit von unserer Kuppel entfernt, und deshalb haben Mum und Dad mir befohlen, mich im Falle von Schwierigkeiten dorthin zu verziehen.* »Aber normalerweise arbeiten sie in bestimmten Gebieten und tauchen nicht auf, wo die Zentrale viele Patrouillen fliegt. In dieser Gegend hat es lange keine Räuber mehr gegeben; sie wird schwer bewacht.«

»Na schön ... Was steht denn als nächstes auf der Liste?« fragte Alex, der einen Schirm für die Ausgrabungsstatistiken freigestellt hatte, während seine Finger damit beschäftigt waren, die Startabschlußaufgaben zu erledigen, die einige Piloten ihren Hirnen überlassen hätten.

Tia hatte die Startrampe hinter sich gelassen und stand im Begriff, den örtlichen Flugraum zu verlassen. Langsam wurde es Zeit, zu beschleunigen wie ›eine verbrühte Katze‹. *Das ist nun wirklich ein Ausdruck, der immer noch nützlich ist ...* »Als nächstes steht auf der Liste etwas, über das wir nicht einmal nachzudenken brauchen, nämlich eine Revolte der Einheimischen.«

»Oh, das begreife ich.« Alexanders Blick huschte von dem Sekundärschirm mit den Ausgrabungsdaten zurück auf den Primärmonitor. Keine lebenden einheimischen Sophonten auf dem Kontinent. Aber ich kann mir schon vorstellen, wie daraus eine Wiederholung der Zulu-Kriege werden könnte.«

Er nickte, und sie war froh, daß er sich geschichtlich so gut gebildet hatte.

»Ganz genau«, erwiderte Tia. »Man braucht nur genügend lebende Körper gegen die Barrikaden zu schleudern, dann wird früher oder später jede Verteidigung zusammenbrechen. Bei Aufständen Einheimischer gibt es meistens haufenweise Fanatiker, die nur zu gern für die Sache sterben und ins Paradies gelangen wollen. Beschleunigung, Alex.«

Er reckte ihr den Daumen entgegen, und sie schleuderte ihn in seinen Sessel. Er sah ihre Säule nur mit hochgezogenen Augenbrauen an und tippte weiter. »Über dieses Thema muß es einige verschiedene Variationen geben. Mal sehen ... Man könnte einen Aufstand wegen Schändung heiliger Stätten bekommen, einen Aufstand wegen des Raubs alter Schätze, eine Palastrevolte, einen Bauernaufstand. Ich begreife. Und wenn man die Basis erst einmal überrannt hat, wird es Zeit, jeden als Beispiel fremder Ausbeutung an die Wand zu stellen. Fünf Henker, keine Wartezeiten.«

»Eigentlich töten sie immer nur unfreiwillig oder im Eifer des Gefechts«, teilte Tia ihm mit. »Die meisten einheimischen Sophonten sind schlau genug, um zu begreifen, daß zweihundert Bürger des Zentralsystems, eine ganze Horde ihrer besten Köpfe *und* ihrer Familien als Geiseln ein viel besseres Faustpfand abgeben, denn als Leichen.«

»Kein großer Trost für jene, die im Eifer des Gefechts umkommen«, entgegnete er. »Na schön, welcher Bösewicht steht denn als nächster auf der Liste?«

»Der dritte, letzte und häufigste«, sagte sie etwas grimmig und bemühte sich gar nicht erst, ihren Stimmoutput zu beherrschen. »Krankheit.«

»Hoppla, Moment mal ... Ich denke, diese Stätten wurden für gefahrlos erklärt!« Er hörte auf zu tippen und erbleichte ein wenig, wozu es auch allen Grund gab. Seuchen waren die Nemesis einer Existenz im Kurierdienst. Über die Hälfte der Zeit waren KD-Schiffe damit beschäftigt, Impfmittel durch den bekannten Weltraum zu transportieren – und für jede Krankheit, die ausgerottet wurde, entstanden drei neue. Auch die Piloten waren nicht immun gegen Seuchen, die zufällig in dem Augenblick ausbrachen, da sie auf einem Planeten landeten. »Ich dachte immer, diese Stätten würden abgesprüht, bevor irgend jemand dort hinein darf!«

»Ja, aber gerade deswegen mache ich mir auch ernste Sorgen.« *Und nicht nur, weil mich auch ein Erreger heimgesucht hat.* »Das, mein lieber Alex, erzählt man euch jungen Studenten nämlich nicht, wenn ihr euch eine Archäologenkarriere überlegt. Die häufigste Todesursache von Xenoarchäologen sind Krankheiten. Viren und Protoviren sind heimtückische Viecher, sie können Jahrhunderte, Jahrtausende in Gräbern überleben.« Tia ließ einige Institutsstatistiken auf dem

Schirm aufblitzen – von der Sorte, wie man sie dem allgemeinen Publikum eben *nicht* zeigte. Die Wahrscheinlichkeit, daß ein Xenoarchäologe im Zuge seiner Laufbahn als gesundheitlich Schwerbeschädigter endete, lag bei dreißig Prozent; das Risiko zu sterben bei zwanzig. Und die Chance, daß er im Laufe seines Lebens an irgendeiner Ausgrabungsstätte erkrankte und ins Hospital eingeliefert werden mußte, lag bei hundert.

»Der Erreger ist also im Winterschlaf. Da macht der unermüdliche Forscher plötzlich den Deckel auf ...« Alex sah so grimmig aus, wie sie sich fühlte.

»Richtig.« Tia lachte. »Na ja, manchmal nimmt es auch eine glückliche Wendung. Die Cades lernten sich kennen, als sie sich gerade von Hendersons Chorea erholten ... so steht es jedenfalls in ihren Biographien im *Who 's Who.* Es könnte Schlimmeres geben, als sich vom Institut den Tropenurlaub bezahlen zu lassen.«

»Aber meistens ist das nicht der Fall.« Seine Stimme klang ebenso flach wie ihr Lachen.

»Ja. Einer meiner ... engen Freunde ist Doktor Kennet auf der *Stolz von Albion*. Er ist auf Archäologenkrankheiten spezialisiert. In Laufe der Jahre hat er einige ziemlich üble Varianten beobachtet – einschließlich einiger wirklich merkwürdiger Erreger, die nicht nur schnell an der freien Luft absterben, sondern ein ganzes, sich entwickelndes Nervensystem brauchen, um sich einzunisten.«

»Ein sich entwickelndes ... ach so, kapiere. Ein Kind oder ein Fötus, vorausgesetzt, der Erreger kann durch die Plazenta eindringen.« Alexander erschauerte, und seine Miene wirkte sehr besorgt. »Das ist ja wirklich scheußlich!«

»In der Tat, Weißer Ritter.« Tia beschloß, nicht bei diesem Thema zu verweilen. *Vielleicht später. Damit er erfährt, daß es mir nicht nur um Glück und Ruhm geht.* »Ich wollte nur, daß du vorbereitet bist, wenn wir dort eintreffen, das wird in ... vier Tagen, sechzehn Stunden und fünfunddreißig Minuten sein. Nicht schlecht für einen altmodischen überlichtschnellen Antrieb, würde ich sagen.« Sie überging die präzisen Maßangaben, die einige andere Hüllenmenschen in der ersten Woche ihrem Piloten gegenüber verwendeten. Alex brauchte diese Art von Präzision die meiste Zeit nicht; und wenn er sie brauchte, fragte er sie danach. Sie hatte sich erst Sorgen gemacht, daß er schlampig werden könnte ...

Nein, ich passe mich nur an seine Welt an. Mir macht das nichts aus. Und wenn er präzisere Daten braucht, läßt er es mich vorher wissen.

»Mal sehen, ob mir nicht noch ein Grund dafür einfällt, daß der Funkverkehr mit der Ausgrabungsstätte unterbrochen wurde ...« Alexander grinste. »Wie wäre es mit: ›Der Dinosaurier hat mein Funkgerät aufgefressen?‹«

»Hübsch.« Nun, da sich ihre Beschleunigung stabilisiert hatte und sie aus der Atmosphäre ausgetreten waren, schickte sie Servoroboter in seine Kabine, damit sie eindringen konnte, ohne ihn zu belästigen. »Alex, hebst du deine Kleider eigentlich nie auf?«

»Manchmal. Nicht, wenn man mich mit Feuer im Hintern die Treppe hochjagt mit dem Befehl des KD, mich *sofort* an Bord meines Schiffs zu melden.« Er zuckte mit den Schultern. »Ich hätte meine Kleider nicht einmal *gewechselt*, wenn dieses pompöse B-...«

»Alex«, warnte sie ihn. »Ich mache Aufzeichnungen. Die Vorschriften.« Seit dem Debakel mit den Fünf von Nyota wurden *sämtliche* Zentralkabinenfunktionen aufgezeichnet, sobald eine Normalperson anwesend war, selbst wenn es sich um einen Piloten handelte. Das war selbst auf KI-Drohnen Vorschrift. Tatsächlich waren diese Vorschriften ursprünglich für KI-Drohnen entwickelt worden, und die Verwaltung des KD war zu dem Schluß gelangt, daß es keinen Grund gab, sie für Gehirn-Schiffe zu ändern – aber dafür jeden Grund, es *nicht* zu tun. Auf diese Weise konnte niemand ›Diskriminierung‹ oder ›Nötigung‹ beanspruchen.

»Wenn diese pompöse *Berta* nicht darauf bestanden hätte, daß ich vor dem Start meine Uniform anlege.« Alexander schüttelte den Kopf. »Als ob es einen Unterschied macht, wenn ich meine Uniform trage, wie gut *du* den Start vollziehst. Das übrigens hervorragend war.«

»Danke.« Tia überlegte sich, ihm Vorhaltungen wegen seiner Unordentlichkeit zu machen, entschied sich aber dagegen. Es hatte früher schon keinen Unterschied gemacht. So ließ sie die Servoroboter lediglich Jacke und Hose aufnehmen und in den Wäschebehälter geben.

Und wahrscheinlich werde ich sie auch verstauen müssen, wenn sie wieder sauber sind. Kein Wunder, daß sie von ihm verlangt haben, sich umzuziehen. Ob ich es wohl wagen kann, sie zu ›verlieren‹? Oder einen schrecklichen Unfall vortäuschen, durch den sie sich in ein nettes, nüchternes Pflaumenblau verfärben?

Dem Gedanken würde sie später noch nachgehen können. »Kommen wir auf den Dinosaurier zurück – Funkgeräte gehen kaputt, und selbst eine Ausgrabungsstätte kann mit altem Gerät ausgestattet sein. Wenn der einzige Mitarbeiter, der allein qualifiziert ist, es zu reparieren, sich zufällig alle Knochen gebrochen hat – falls es dir noch nicht aufgefallen sein sollte, Archäologen stürzen nämlich häufig in irgendwelche Schächte und fallen von Klippen.«

»Guter Einwand.« Er beendete seine ›Haushaltspflichten‹ mit einem Schlenker der Hand und lehnte sich wieder in seinem Sessel zurück. »Sag mal, Tia, das sind doch alles Professorentypen – kann es sein, daß sie einfach viel zu aufgeregt werden und vergessen, sich per Funk zu melden?«

»Achtung, Überlichtgeschwindigkeit ...« Der Übergang in Überlichtgeschwindigkeit war für Normalpersonen zwar nicht annähernd so belastend wie der Sprung in eine Singularität, bedurfte aber doch der Vorwarnung. Alex packte die Arme seines Sessels und schloß die Augen, als sie den Sprung in den Hyperraum vollzog.

Tia selbst spürte nur ein leises Zittern – *als würde man unter eine kalte Dusche springen* –, aber Alex sah während der Übergänge immer etwas grün im Gesicht aus. Zum Glück hatte er im Hyperraum selbst keine Probleme.

Und sollte ich mir jemals einen Singularitätsantrieb leisten können, so heißt es wenigstens in seinen Akten, daß er ziemlich gut auf diese Übergänge reagiert ...

Aber das war im Augenblick noch ein bloßer Traum. Tia nahm den Gesprächsfaden wieder auf. »Das ist auf Ausgrabungsstätten der Klasse Eins zwar schon vorgekommen, aber auf großen Ausgrabungsstätten erinnert sich früher oder später doch jemand daran, daß der Bericht noch nicht abgeschickt wurde. Außerdem bedeutet das Abschicken von Berichten publizieren, und graduierte Studenten können gar nicht genug veröffentlichen. Trotzdem, wenn sie das Äquivalent zum Grab des Tut-Ankh-Amon entdeckt hätten, könnte es tatsächlich so sein, daß sie so aufgeregt wären und so beschäftigt, daß sie den Rest des Universums darüber vergessen hätten.«

Alex schluckte schwer, um seine Übelkeit zu überwinden. Sein Magen schien immer einige Minuten zu brauchen, um sich wieder zu beruhigen. »Dann ...« sagte er schließlich, » ... erzähl mir mal, warum du nicht in Panik bist, weil sie nicht geantwortet haben.«

»Artefaktenräuber hätte man wahrscheinlich schon längst gesichtet, Eingeborene, die sich erheben könnten, gibt es nicht, und Krankheiten brauchen *normalerweise* lange genug, bis sie aktiv werden, daß *irgend jemand* schon vorher um Hilfe gebeten hätte«, sagte sie. »Und deshalb war auch der KD nicht sonderlich besorgt; aus diesem Grund wurden die Anordnungen des Instituts von ihm ständig konterkariert. Aber entweder ist der Kontakt zu dieser Expedition jetzt schon so lange abgebrochen, daß selbst der KD beunruhigt ist, oder er verfügt über irgendwelche Informationen, die man uns nicht gegeben hat. Also fliegen wir hin.«

»Und stellen selbst fest, was läuft, wenn wir dort sind«, fügte Alex hinzu.

Tia führte sie so sanft aus dem Hyperraum, daß Alex so wenig wie möglich durchgeschüttelt wurde. Als sie in den Orbit eingetreten waren, schickte sie ein Signal nach unten, das den Sender der Mannschaft aktivieren sollte, sofern es dort noch etwas zu aktivieren gab. Wie sie Alex schon vor einigen Tagen mitgeteilt hatte, brachen Kommunikationssysteme auch schon mal zusammen. Sie war voll darauf eingestellt, kein Echo zu erhalten.

Statt dessen ...

Sie sind verbunden mit der Ausgrabungsmannschaft Q-Z-Fünf-Fünf-Sieben. Die Antwort des Peilsenders kam sofort auf elektronischem Wege. Dann traf die offene Trägerwelle ein.

»Alex, ich glaube, wir haben ein Problem«, sagte sie vorsichtig.

»Echo?« Alexander spannte sich an.

»Volles Echo ...« Sie strahlte das Erkennungssignal ab, mit dem die Landungsscheinwerfer aktiviert und die KI darüber informiert wurden, daß jemand *oben* war – die KI müßten den Sprechkanal öffnen, falls keine Menschen vorhanden waren, um die Kommunikation zu besorgen. Die KI meldete sich sofort, strahlte das Signal *Empfangsbereit für Anweisungen* ab.

»Schlimmer noch, sie haben volle Kommunikationsfähigkeit. Ich habe gerade ein Freigabesignal der KI empfangen.«

Sie gab einen Datenstoß aus mehreren Megabyte komprimierter Instruktionen ab, um die Kontrolle über sämtliche externen und internen Aufzeichnungsgeräte zu bekommen und alle Programme abzuschalten, die seit Errichtung der Station installiert worden waren, wie auch über sämtliche sensorischen Geräte, sofern noch irgendwelche davon funktionsfähig sein sollten.

»Sag der KI, sie soll mir Bilder senden«, sagte Alex völlig sachlich. »Falls sie das kann.«

»Kommen schon ... aha, Außenkamera drei ... das ist direkt vor der Kantine und ... *Verdammt!*«

Die Kamera zeigte ihnen eine Szene, die alles andere als einen schönen Anblick bot.

Unmittelbar vor der Kamera lagen Körper. Sie waren so reglos, daß sie nicht mehr am Leben sein konnten. Sie schienen an Ort und Stelle zusammengebrochen zu sein. Tia schaltete auf die nächste Kamera, die ihr die KI anbot: eine Ansicht des Kantineninneren. Hier war alles noch schlimmer. Gerät und Mobiliar waren umgestürzt. Der Raum war von weiteren Leichen übersät.

Ein eisiger Schauer, der nichts mit der Temperatur in ihrer

Schale zu tun hatte, packte Tia. Furcht, Entsetzen, Hilflosigkeit ...

Ihre eigenen Alpträume ...

Mit Mühe übte Tia Kontrolle über ihre innere Chemie aus; sie sagte sich, daß dies *nicht* die Krankheit sein konnte, die sie heimgesucht hatte. Diese Leute waren an Ort und Stelle umgefallen ...

Tia wollte auf eine andere Kamera gehen, als Alex sich plötzlich vorbeugte.

»Tia, warte einen Moment.« Gehorsam hielt sie das Bild aufrecht, machte es soweit schärfer, wie es die Ausrüstung, die Zeitverzögerung in den Orbit und die atmosphärische Interferenz gestatteten. Sie selbst konnte nicht mehr hinsehen.

»Es ist nichts zu essen da«, sagte er schließlich. »Schau mal ... überall sind Teller und solche Dinge, aber es ist weit und breit nichts zu essen zu sehen.«

»Räuber?« schlug sie vor. »Oder was immer ...«

Was immer sie umbrachte? Aber es gibt kein Anzeichen für eine Invasion, einen Angriff von außen ...

Alexander schüttelte den Kopf. »Ich weiß es nicht. Versuchen wir es mit einer anderen Kamera.«

Diese Kamera befand sich vor dem Vorratsgebäude – und hier entdeckten sie auch die ersten Überlebenden.

Sofern man sie noch so nennen kann. Tia registrierte wie gebannt das eintreffende Signal, zu entsetzt, um sich davon abzuwenden. Drei Menschen befanden sich in Reichweite der Kamera: ein Heranwachsender, ein junger Mann und eine ältere Frau. Sie beachteten einander nicht, ebensowenig die Leichen zu ihren Füßen und ihre Umgebung. Der Junge saß auf dem Boden der Anlage, starrte auf ein Stück grellfarbiges Papier vor sich und wiegte sich vor und zurück. Diese Kameras nahmen keinen Ton auf, aber Tia hatte den merkwürdigen Eindruck, daß er tonlos vor sich hin summte.

Der junge Mann stand in zwei Fuß Entfernung vor einem Zaun und verlagerte sein Gewicht immer wieder von einem Bein auf das andere, schwankte, als wollte er an dem Zaun vorbei, ohne zu wissen, wie er das bewältigen sollte. Und die ältere Frau schritt endlos im Kreis umher.

Alle drei waren schmutzig, ihre Gesichter waren verschmiert, die Augen ausdruckslos; in zottigen Strähnen hing ihnen das Haar in die Augen. Tia war froh, daß die Kamera keine Gerüche übertragen konnte.

»Tia, gib mir bitte eine andere Kamera«, flüsterte Alex nach einem langen Augenblick.

Kamera um Kamera zeigte dasselbe Bild: Am Boden liegende Leichen und einige wenige Überlebende, die ziellos umherwanderten. Nur eine von ihnen schien etwas anderes zu tun – eine junge Frau, die einen Beutel mit Notverpflegung gefunden hatte und ihn nun aufriß. Monoton stopfte sie sich die Rationswürfel mit beiden Händen in den Mund wie ...

»Wie ein Tier«, ergänzte Alex flüsternd ihren Gedanken. »Sie frißt wie ein Tier.«

Tia zwang sich, sachlich zu bleiben. »Nicht wie ein Tier«, berichtigte sie ihn. Sie analysierte den Anblick, als hätte sie es mit einer fremden Rasse zu tun. »Nein ... sie verhält sich wie ein Wesen, das einen Hirnschaden hat ... oder vielleicht wie ein Drogensüchtiger, der schon so lange von einem Mittel abhängig ist, daß seine höheren Hirnfunktionen weitgehend ausgeschaltet sind.« Das war nicht ›ihre‹ Krankheit.

Du hast gewußt, daß du früher oder später auch eine Seuche zu Gesicht bekommen würdest. Diese Seuche ist zwar gräßlich, aber du hast gewußt, daß es geschehen würde.

»Zombies«, flüsterte Alex, als ein weiterer Überlebender achtlos an der essenden Frau vorbeistapfte, die es inzwischen aufgegeben hatte, die Hände zu benutzen, um statt dessen das Gesicht in den aufgerissenen Rationsbeutel zu stecken.

»Du hast wohl zu viele schlechte Holos gesehen«, meinte Tia zerstreut, während sie der KI mit Hochgeschwindigkeit Befehle erteilte. Sie mußte herausbekommen, wann das geschehen war – und wie lange diese Leute sich bereits in einem solchen Zustand befanden.

Es war ein Jammer, daß die Kameras nicht auf Aufzeichnungen eingestellt waren, denn dann hätte sie eine Menge in Erfahrung bringen können: wie schnell die Erkrankung eingesetzt war und wie die Anfangssymptome aussahen. Statt dessen hatte sie nur die Aufzeichnungen der Ausgrabungsmannschaft zur Verfügung und den Zeitpunkt, an dem sie abbrachen.

»Alex, der letzte aufgezeichnete Eintrag der KI-Datenbank wurde um null Zweihundert örtlicher Zeit vor eineinhalb Wochen gespeichert«, sagte sie. »Es war einer der Graduierten, der Tonscherbenfunde eintrug. Danach – nichts mehr. Kein Bericht über Erkrankungen, nichts in den medizinischen Aufzeichnungen, keiner hat auch nur einen Stimmaktivator benutzt, um die KI um Hilfe zu bitten. Der Kantinencomputer hat den Synthetisierer programmiert, einige weitere Mahlzeiten lang Speisen herzustellen, dann hat irgend etwas den Synthetisierer zerstört.«

»Einer von ihnen«, vermutete Alex.

»Wahrscheinlich.« Sie sah sich weiter in der Datenbank um, konnte aber nichts entdecken. »Das ist auch schon so ungefähr alles. Die KI hat den Laden zwar weiter geführt, aber es kam zu keinen Interaktionen mehr mit ihr. Vergiß also alles, was ich darüber sagte, daß Erkrankungen mehrere Tage brauchen, um einzusetzen – es sieht so aus, als ob diese hier jedermann auf Station zwischen ... irgendwann in der Nacht vor Tagesanbruch erwischte.«

Hätte Tia einen Kopf gehabt, sie hätte ihn jetzt geschüttelt. »Ich kann mir nicht vorstellen, wie so etwas *allen* gleichzeitig passiert, ohne daß wenigstens einer ein paar Worte in einen Sprachaufzeichner spricht!«

»Es sei denn ... Tia, wenn sie alle schliefen? Ich meine, im Schlaf geschehen doch Dinge, Neurotransmitter, die den Traumschlaf einleiten ...« Alex hob den Blick von dem Schirm. »Wenn sie sich im Schlaf befinden mußten, um sich dieses Ding einzufangen ...«

»Oder wenn das erste Symptom der Schlaf selbst gewesen sein sollte ...« Sie konnte sich nicht beherrschen, sie wollte vor Furcht zittern. »Alex, ich muß dort unten landen. Von hier oben kannst du nichts für diese Leute tun.«

»Kein Widerspruch.« Alexander schnallte sich an. »Also gut, Lady – bring uns hinunter. Ich muß nur noch *eins* tun, ganz schnell, bevor wir noch weitere Verluste zu beklagen haben.«

Sie brach mit einer solchen Beschleunigung aus dem Orbit, daß er in seinen Sessel zurückgeworfen wurde. Er zuckte nicht einmal mit der Wimper.

»Ich muß einen Druckanzug anlegen und zu den Vorräten; ich muß Lebensmittel und Wasserkanister hinausstellen. Diese Leute sind verhungert und ausgetrocknet. Die Weltraumgeister mögen wissen, was sie die ganze Zeit gegessen und getrunken haben – es könnte durchaus sein, daß viele von ihnen an Dysenterie gestorben sind.« Er dachte laut vor sich hin; wartete darauf, daß Tia ihre eigenen Gedanken beitrug oder ihn warnte, falls er irgend etwas wirklich Dummes planen sollte.

»Öffne die Notrationsbeutel und verteile Kanister mit den Würfeln auf dem ganzen Gelände«, schlug sie vor, während sich ihre Außenhaut erhitzte, als sie in die obere Atmosphäre eindrang. »Tu das gleiche mit dem Wasser. Als würdest du Tiere füttern.«

»Genau das tue ich ja auch«, meinte er. »Und du stellst eine Verbindung zur Station Kleinman her, so schnell wie möglich.«

»Schon in Arbeit.« Eine Hyperwellenkommunikationsverbindung auf diese Entfernung herzustellen und aufrechtzuerhalten war nicht gerade einfach …

Aber deshalb war sie ja auch ein Gehirn-Schiff und keine KI-Drohne.

»Halt dich fest«, sagte sie, als sie in die erste Turbulenz geriet. »Es wird ein holpriger Abstieg!«

Die Kamera und das Außenmikrofon an Alex' Helm vermittelten ihr ein sehr viel deutlicheres Bild von den Überlebenden, als es Tia lieb war. Von der zweihundertköpfigen Mannschaft dieser Station hatten nicht mehr als fünfzig überlebt, die meisten von ihnen waren zwischen fünfzehn und dreißig Jahre alt.

Sie gingen Alex völlig aus dem Weg, versteckten sich, sobald sie ihn erblickten – kamen aber doch hervor, um sich um die Näpfe mit Nahrung und Wasser zu scharen, die er aufstellte. Dann schaufelten sie sich das Essen mit beiden Händen in den Mund. Alex hatte drei der Leichen, die er in ihren Betten vorgefunden hatte, ins Lazarettzentrum des Schiffs gebracht, und die Diagnose lautete in allen drei Fällen gleich: vollkommener Systemzusammenbruch, möglicherweise aufgrund eines Schlaganfalls. Der Rest – jene, die nicht einfach tot umgefallen waren – war an Dysenterie und Wassermangel gestorben. Es sah so aus, als ob die Hälfte der Toten einfach zusammengebrochen waren, darunter alle älteren Mannschaftsmitglieder.

Nach der dritten Leiche hatte Alex aufgehört. Statt dessen lud er die Körper in das Gefriergerät der Station. Irgendwann würde jemand kommen müssen, um sich um sie zu kümmern. Tia hatte seine Bemühungen zwar alle aufgezeichnet, brachte es aber nicht fertig, die Bilder auch anzuschauen.

Nachdem Alex sein grausiges Werk vollendet hatte, machte er sich wieder daran, sich um die Überlebenden zu kümmern. »Tia, soweit ich es feststellen kann, schlägt diese Geschichte auf zweierlei Weisen zu. Entweder man bekommt einen Schlaganfall und stirbt, oder man verwandelt sich in … das da.« Über die Helmkamera, die direkt über seiner Stirn angebracht war, konnte sie alles erkennen, was er gerade betrachtete. Im Bild war nur ein Junge, der auf allen vieren davonkroch.

»Das scheint mir fürs erste eine recht genaue Einschätzung zu sein«, stimmte sie zu. »Kannst du feststellen, was mit dem Essen passiert ist? Sind sie … sind sie schon so hinüber, daß sie sich nicht mehr daran erinnern können, wie sie an ihre Grundvorräte kommen?«

»So ungefähr«, bestätigte er müde. »Ob du es glaubst oder nicht, sie können sich nicht einmal mehr daran erinnern, wie man Rationsbeutel aufreißt – sie scheinen sich zwar noch dunkel zu entsinnen, wo das Essen gelagert wurde, haben aber nicht einmal den Versuch unternommen, die Tür zum Vorratshaus zu öffnen.« Er lief auf einen der Näpfe zu. Aus einem Beutel, den er unter seinen Arm geklemmt hatte, schüttete er Rationswürfel hinein.

Am Rande des Sichtfelds bemerkte Tia verstohlene Bewegungen; wahrscheinlich warteten die Überlebenden darauf, daß er wieder fortging, damit sie den Napf aufs neue leeren konnten. »Als sie die Notbeutel fanden, haben sie sie zwar aufgerissen, genau wie die Frau, der wir zugesehen haben. Aber oft genug scheinen sie nicht einmal zu begreifen, daß sich darin etwas zu essen befindet.«

»Es gibt zwei Arten von Opfern: Die erste ist im Schlaf davon befallen worden und gestorben«, fuhr er fort, während er auf den nächsten Napf zuschritt. »Der Rest ist dann an Wassermangel und Dysenterie gestorben, weil sie verfaultes Essen verzehrt haben.«

»Das geht hier wohl Hand in Hand«, erwiderte sie. »Wenn nichts da ist, um den Flüssigkeitsverlust durch Dysenterie aufzuhalten, setzt der Wassermangel sehr schnell ein.«

»Das habe ich mir auch überlegt.« Alex machte eine Pause, um einen weiteren Napf zu füllen. »Wahrscheinlich wären noch viel mehr von ihnen tot, an Auszehrung und Unterkühlung gestorben, nur daß die Temperatur hier nachts nie unter zwanzig Grad Celsius sinkt und tagsüber nicht über dreißig steigt. Tia – kannst du einmal nachschauen, wann dieses milde Wetter eingesetzt hat?«

»Sofort.« Er mußte irgendeine Idee haben – und sie brauchte nur einen Moment, um die KI danach zu fragen. »Ungefähr eine Woche vor dem letzten Kontakt. Kommt dir das ebenso merkwürdig vor wie mir?«

»Allerdings. Vielleicht hat es irgend etwas ausgebrütet.« Alex blickte sich für sie in der Umgebung um, und sie bemerkte, daß in der Luft eine Menge Insekten umherschwirrten.

Aber einheimische Insekten würden keinen Menschen stechen – oder? »Vielleicht gekeimt – es könnte auch eine heftige allergische Reaktion sein oder irgendeine Interaktion mit Schimmelsporen oder Pollen.« Weit hergeholt, aber nicht gänzlich unmöglich.

»Aber wieso hat dann die Mannschaft der Klasse Eins es nicht entdeckt?« entgegnete er und füllte dabei den nächsten Napf mit Rationswürfeln. ›Hundefutter‹ nannten es die Piloten. Das Grundnahrungsmittel der Welten des Zentralsystems. Tia hatte das Zeug nie gegessen; ihre Eltern hatten immer auf richtigen Mahlzeiten bestanden, aber man hatte ihr erzählt, daß es zwar einigermaßen vernünftig schmeckte und roch, daß es einen aber in den Wahnsinn treiben konnte, wenn man es allzu lange verzehren mußte. Doch jede Basis hatte überall Notbeutel mit dem Zeug versteckt, für den Fall, daß den Nahrungssynthetisierern etwas zustieß.

Die Grabungsaufzeichnungen waren glücklicherweise völlig eindeutig. »Ich habe die Antwort auf deine Frage – die Mannschaft der Klasse Eins war nur im Winter hier, sie haben binnen weniger Tage etwas entdeckt, was eine Aufwertung zur Klasse Drei erforderlich machte. Es war wirklich ein sehr großer Fund, gleich bei der ersten Probegrabung, worauf das Institut die Aufwertung schnell durchbrachte.«

»Und die ersten Erkundungstrupps haben auch nicht hier gelebt, sondern an Bord ihrer Schiffe.« Jetzt klang Alex schon etwas lebhafter.

»Die Trupps waren nur im Herbst hier«, sagte sie. »Im Frühling und im Sommer war noch kein Mensch hier oben.«

»Tia, wenn du das damit in Verbindung setzt, daß die Geschichte nach Einbruch der Dunkelheit losging, was folgerst du dann?«

»Eine Insektenhypothese?« riet sie. »Nächtlich? Ich muß zugeben, daß giftige und stechende Insekten in der Regel nach Sonnenuntergang auftreten.«

»Hört sich richtig an, finde ich. Sobald ich die Näpfe wieder gefüllt habe, hole ich mir etwas Bettzeug aus dem Lager eines der Opfer, versiegle es in einer Kiste und friere es ein. Vielleicht ist es so etwas wie ein Floh. Kannst du feststellen, ob die medizinischen Aufzeichnungen der KI irgendwelche entzündlichen Insektenstiche vermelden?«

»Das kann ich«, antwortete Tia, froh, endlich etwas tun zu können.

Die Sonne stand über dem Horizont, als Alex damit fertig war, seine Bettzeugprobe einzupacken und sie in einem Gefriercontainer zu versiegeln. Er kam wieder hervor, nachdem er den Container in eins von Tias leeren Docks verbracht hatte. Sie kümmerte sich um die Versiegelung des Frachtdecks, während er wieder hinausging, um möglichst einen der Zombies einzufangen – eine Bezeichnung, mit der er die Überlebenden gegen Tias Protest bezeichnet hatte.

Es gelang ihr schließlich, die Funkverbindung herzustellen, während er noch draußen auf dem Gelände war, mal hinter dem einen, mal hinter dem anderen Überlebenden herjagte. Der Druckanzug behinderte ihn mit seinem großen Gewicht, während sie völlig unbelastet, dafür aber von Angst getrieben waren. Er schien ihnen Entsetzen einzuflößen, und aus irgendeinem Grund brachten sie ihn nicht mit der Verteilung der Nahrung in den Näpfen in Verbindung.

»Sie benehmen sich, als wäre ich eine Art Ungeheuer«, keuchte er und beugte sich vor, um auf seine Knie gestützt wieder Luft zu holen. »Da sie aufeinander nicht so reagieren, ist es wohl dieser Anzug, wovor sie sich fürchten. Vielleicht sollte ich ...«

»*Du bleibst im Anzug*«, sagte Tia heftig. »Beim leisesten Versuch, diesen Anzug auszuziehen, schalte ich dich mit Schlafgas aus!«

»Aber Tia ...«, protestierte er.

»Ich scherze nicht.« Sie setzte ihre Unterhaltung mit dem Stationsgehirn fort – schnelle, hochkomprimierte Datenstöße und entsetzlich lange Pausen, bis die Information durch den Hyperraum übertragen war. »Du bleibst in diesem Anzug! Wir wissen nicht, was die Ursache für all ...«

Ein gräßliches Geheul unterbrach sie, und die Außenkamera machte einen Satz, als Alex heftig zusammenzuckte. Zuerst glaubte sie, daß Alex etwas Schreckliches zugestoßen sei ... Doch dann begriff sie, daß das Geräusch aus seinem Augenmikrofon kam und daß die Bewegung der Kamera von seinem eigenen erschreckten Rucken herrührte.

»*Was zum* ...« rief er, dann fing er sich wieder. »Bleib dran, Tia. Ich muß feststellen, was das ist, aber es klingt mir nicht nach einem Angriff.«

»Sei vorsichtig«, ermahnte sie ihn furchtsam. »Bitte ...«

Doch er gab keine Anzeichen törichten Heldentums; als das Geheul im Licht der untergehenden Sonne fortgesetzt wurde, sprang er von einer Deckung zur nächsten wie ein geübter Guerillakämpfer.

»Fünfzig Meter«, warnte Tia, die anhand der Lautstärke des Geheuls die Entfernung abschätzte. »Sie müssen auf der anderen Seite dieses Gebäudes sein.«

»Danke.« Alex kroch auf allen vieren weiter und spähte um die Ecke.

Tia sah genau das gleiche wie er, und so hatte sie volles Verständnis dafür, daß er scharf die Luft einzog.

Sie konnte sie nicht zählen, dazu bewegten sie sich zuviel hin und her, aber Tia hatte den Eindruck, daß jeder Überlebende sich in die Ecke des dem Sonnenuntergang am nächsten stehenden Zauns gedrängt hatte. Ihre Gesichter waren verzerrt von der ersten Gefühlsäußerung, die Tia bisher bei ihnen hatte bemerken können.

Furcht.

»Sie haben Angst, Tia«, flüsterte Alex. »Ich glaube, sie fürchten sich davor, daß die Sonne nicht wiederkehren wird.«

Das könnte wohl sein – aber Tia wurde den Verdacht nicht los, daß es vielleicht an etwas völlig anderem lag. Könnten sie vielleicht eine vage Erinnerung daran haben, daß ihnen in den Stunden der Dunkelheit irgend etwas Entsetzliches widerfahren war, etwas, das ihr Leben in eine wahre Hölle verwandelt hatte? War das der Grund, weshalb sie vor Furcht heulten und schluchzten?

Als das letzte Licht verschwunden war, verstummten sie plötzlich – um dann wie hektische Insekten dorthin davonzuhuschen, was jeder in der Umnachtung seines Geistes für einen Unterschlupf halten mochte. Im nächsten Augenblick waren sie jedenfalls alle fort.

»Du stehst vor zwei Problemen.«

Tia wußte, wie sie das Gefühl benennen sollte, das sie empfand, als die nächste Nachricht, die sie von der Basis empfing, nicht von irgendeinem anonymen KD-Arzt, sondern von Doktor Kenny selbst kam.

Erleichterung. Echte, ehrliche Erleichterung.

Obwohl Tia nicht direkt zu ihm sprechen konnte, war Doktor Kenny doch wohl der einzige, der ihnen dabei zu helfen vermochte, mit dieser Situation fertigzuwerden. Tia richtete ihre gesamte Konzentration auf die eintreffende Übertragung.

»Ihr müßt die Überlebenden einfangen und am Leben halten – und ihr müßt sie daran hindern, deinen Piloten anzustecken. Danach können wir uns mit den Symptomen und dem Rest befassen.«

Also gut, das leuchtete ein.

»Wir haben das Verhalten eurer Subjekte analysiert. Du hattest recht mit der Feststellung, daß sie sich wie hirngeschädigte Affen benehmen.«

Es war eine reine Tonübertragung; das Videoband des Signals wurde zur Übermittlung einer Vielzahl technischer Daten genutzt. Tia wünschte sich, Doktor Kennys Gesicht sehen zu können – aber sie konnte die Warmherzigkeit und Ermunterung in seiner Stimme vernehmen.

»Wir haben sämtliche verfügbaren Daten über jedes Experiment zusammengetragen, in dem sich das Verhalten der beobachteten Personen mit dem eurer Überlebenden deckt«, fuhr Doktor Kenny fort. »Geh sie einmal durch und stell fest, ob etwas von Bedeutung darunter ist. Tia, ich kann es gar nicht eindringlich genug betonen – egal, was deiner Meinung nach die Krankheit ausgelöst haben sollte, *laß Alex nicht aus seinem Anzug steigen*. Jetzt, da er hinausgegangen ist, ist seine Außenfläche kontaminiert. Ich möchte, daß du ihn bittest, in seinem Anzug zu bleiben, im Anzug zu schlafen, durch die Anzugluken zu essen und die sanitären Anlagen des Anzugs zu benutzen. Ich würde es vorziehen, wenn er selbst zum Schlafen draußen auf dem Gelände oder in deiner Luftschleuse bliebe – denn jedesmal, wenn er aus dem

Anzug steigt, laufen wir Gefahr, daß eine Dekontamination versagt. Ich glaube, du verstehst mich.«

Nur zu gut, dachte Tia grimmig und erinnerte sich an ihre lange Zeit in der Isolation.

»So, wir haben einen allgemeinen Plan für dich entwikkelt«, fuhr Doktor Kenny fort. »Wir glauben nicht, daß ihr dazu in der Lage sein werdet, die Überlebenden einzufangen, so wie sie vor Alex weglaufen. Ihr werdet ihnen also eine Falle stellen müssen. Meine Experten meinen, daß ihr Fallnetze aufbauen könntet, indem ihr Container mit Feldgeneratoren aufstellt und Eßrationen als Köder verwendet. Die technischen Einzelheiten folgen über das Videosignal, aber ich denke, du kannst es dir ungefähr vorstellen. Besonders wichtig wird es sein, die anderen nicht zu verschrecken, wenn ihr einen einfangt.«

Doktor Kennys Stimme hallte hohl in der leeren Kabine; sie dämpfte das Geräusch, damit es nicht ganz so einsam klang.

»Wir wollen einen, höchstens zwei pro Container haben. Denn wir befürchten, daß sie sich sonst gegenseitig weh tun könnten, wenn man sie zu eng zusammendrängt, und wir wissen nicht, wie aggressiv sie noch werden können. Deshalb möchten wir, daß ihr sie in den Containern im Frachtraum verstaut. Wenn ihr sie erst einmal eingefangen habt, versorgt ihr jeden Container mit ausreichend Nahrungsmitteln und Wasser für die viertägige Reise bis zur Basis – und dann laßt ihr sie in Ruhe, Tia. Unternehmt nichts mit ihnen. Laßt sie allein. Ich verlasse mich auf deine Vernunft, daß ihr keiner Versuchung nachgebt, in ihren gegenwärtigen Zustand einzugreifen.«

Doktor Kenny seufzte heftig. »Wir haben auch mit dem Gedanken gespielt, sie mit Beruhigungsmitteln auszuschalten – aber sie müssen unbedingt essen und trinken. Wenn sie vier Tage lang ausgeschaltet bleiben, könnte sie das umbringen. Du hast keine Anlagen, um fünfzig Leute in den Kälteschlaf zu versetzen. Also packt sie in Kisten, hofft darauf, daß ihnen die Kisten wie ein gutes Versteck vorkommen, gebt ihnen Nahrungsmittel und Wasser und schiebt sie in den Frachtraum. Das wäre alles, Tia. Melde uns alles, was ihr habt, dann bekommt ihr von uns, so bald es geht, die entsprechenden Antworten. Wir sind in Gedanken bei euch.«

Damit endete die Nachricht, und es blieb nur noch das Trägersignal.

Was jetzt? Ich schätze, ich werde Alex die schlechte Nachricht übermitteln müssen. Und ausrechnen, wie viele Container ich in meinem Frachtraum verstauen kann.

»Alex?« rief sie. »Hast du die Überlebenden inzwischen aufgestöbert?«

»Ich habe alle Außenscheinwerfer angeschaltet«, sagte Alex. »Ich hatte gehofft, es würde einige von ihnen herauslocken, aber es nützt nichts.« Sie aktivierte seine Helmkamera und sah mit an, wie er mit seinem Handschuh Befehle in die Tastatur der KI-Hauptkonsole eingab. Befehle höherer Prioritätsstufen mußten von Hand eingegeben werden, dazu ein entsprechender Prioritätscode. »Ich verschaffe mir gerade Zugang zu allem – vielleicht brauche ich ihn gar nicht, aber wer weiß?«

»Ich habe unsere ersten Anweisungen erhalten«, teilte sie ihm mit. »Möchtest du sie hören?«

»Klar.« In einem Druckanzug zu tippen war alles andere als leicht, und Tia beneidete ihn nicht darum. Man bedurfte unglaublicher Geduld, um mit diesen steifen Handschuhen eine normale Tastatur zu betätigen.

Sie übertrug ihm Doktor Kennys Mitteilung und wartete geduldig seine Reaktion ab.

»Ich muß also im Anzug bleiben.« Alex seufzte laut. »Na ja. Hätte wohl auch schlimmer kommen können, denke ich. Es könnte schließlich auch vierzehn Tage bis zur Basis dauern anstatt vier.« Er tippte die letzten Symbole ein und erhielt zur Belohnung die Meldung ›Voller Zugang gestattet, Sprachbefehle werden akzeptiert‹. »Ich habe wohl keine andere Wahl, wie? Hör mal, Tia, ich weiß ja, daß du dich dann einsam fühlen wirst, aber wenn ich schon in diesem Anzug verweilen muß, sollte ich auch lieber gleich hier draußen schlafen.«

»Aber …« protestierte sie, » … was, wenn sie glauben, daß du ein Feind bist?«

»Die Zombies?« Er schnaufte. »Tia, im Augenblick kauern die sich alle in die aberwitzigsten Winkel und Ecken. Die könnte ich nicht einmal mit einem Gabelstapler da rausholen. Ich weiß zwar, wo sie alle sind, aber um sie dort herauszubekommen, müßte ich ihnen ein paar Knochen brechen. Sie sind völlig verschreckt, selbst bei angeschaltetem Flutlicht. Nein, die Zombies werden mir schon nicht in der Dunkelheit nachstellen.«

»Also gut«, willigte Tia zögernd ein. Sie wußte, daß er recht hatte. Dort draußen wäre es für ihn sehr viel bequemer, denn dort hatte er mehr Bewegungsfreiheit.

»Ich werde dichter an den Zombies sein«, sagte er matt, »und ich kann mich in einem der Büros verbarrikadieren und mir aus den Lagern genug Bettzeug holen, um mir ein bequemes Nest zu bauen. Ich werde den Anzug einstöpseln, damit alles aufgeladen wird, und du kannst Mikrofon und Kamera überwachen. Ich schnarche übrigens.«

»Ich weiß«, sagte sie in einem matten Versuch, ihn zu necken.

»Natürlich.« Er drehte sich um, und die Kamera zeigte, was er gerade sah. »Schau mal, ich bin hier im Büro des Leiters. Hier gibt es sogar eine richtige nette Couch und …« Er beugte sich vor und hantierte am Boden des Möbels. »Aha. Habe ich es mir doch gedacht. In der Couch steckt ein echtes Bett. Ich wette, der alte Mann hat sich gern heimlich ein Nikkerchen gegönnt. Schau mal …« Er ließ den Blick durch das Büro schweifen. »Keine Fenster. Nur eine Tür. Ein Terminal mit vollem Zugriff. Ich werde schon klarkommen.«

»Also gut, ich glaube dir.« Sie überlegte schnell. »Ich werde mir diese Pläne für die Fallen anschauen und sie an die KI übertragen, dann werde ich ermitteln, wo alles gelagert wird. Dann kannst du morgen damit beginnen, die Mannschaft einzusammeln.«

Oder das, was von ihnen übrig ist, dachte sie traurig. *Was nicht bereits im Kühler gelagert wird.*

»Schau mal, ob du die ganze Geschichte nicht durch

Schlafgas ergänzen kannst«, schlug er vor und gähnte verstohlen. »Wenn wir sie erst einmal ausschalten können, nachdem sie in den Containern sind, anstatt sie mit Feldgeneratoren zu fesseln, dürfte das das Problem lösen, die anderen nicht zu erschrecken.«

Das war ein sehr guter Vorschlag. *Falls* sie genug Gas zur Verfügung hatte ...

Aber nein – diese Station war doch voll ausgerüstet. Vielleicht gab es noch eine andere Möglichkeit. Wo immer es Menschen gab, gab es auch Verbrechen und Nervenzusammenbrüche – manchmal war es erforderlich, jemanden zu seinem eigenen Schutz und zum Schutze anderer auszuschalten.

Sie befragte die KI und stellte fest, daß es in der Waffenkammer tatsächlich mehrere Schwachstoßnadler gab.

»Alex«, fragte sie schleppend, »bist du ein guter Schütze?«

»Wenn das hier vorbei ist, werde ich einen ethologischen Beschriftungssatz anfordern«, sagte Tia entschieden, während Alex auf dem Kantinendach kauerte und darauf wartete, daß der Hunger seines Opfers die Furchtsamkeit überwand. Die Frau zögerte unmittelbar vor dem Container – sie witterte die Nahrung und wollte sie auch haben, fürchtete sich aber davor, sich hineinzubegeben. Sie schwankte von Seite zu Seite, genau wie einer der ersten drei Überlebenden, die sie zu Gesicht bekommen hatten.

»Weshalb?« fragte Alexander. Die Frau hörte auf zu schwanken und kroch vorsichtig in den Container hinein. Alex wollte abwarten, bis sie gänzlich hineingelangt war, bevor er den Pfeil auf sie abfeuerte.

»Weil sie volle Bio-Monitor-Kontaktknöpfe haben«, erwiderte Tia. »Meistens befestigt man sie im Ohr oder an einer kahlrasierten Stelle.«

Nach einer kurzen Beratung mit der Basis Kleinman und Doktor Kenny hatten sie grünes Licht für eine Betäubung der Überlebenden erhalten – und daraufhin hatte man gleich das ganze Arrangement verändert. Die Container sollten nicht nur mit Nahrungsmitteln und Wasser ausgestattet werden, der Boden war auch mit Papierwolle ausgelegt – und an jedem Opfer sollte ein Kontaktknopf mit Verbandpflaster zwischen den Schulterblättern angebracht werden. Bei entsprechend sorgfältiger Umprogrammierung bekamen sie damit Zugang auf ein gewisses Minimum an medizinischen Informationen: Herzschlag, Atmung, Hauttemperatur. Tia hatte die Knöpfe bereits umprogrammiert. Jetzt lag es an ihrem Piloten.

»Ich hätte wirklich nie gedacht, daß meine Schießkunst sich jemals als nützlich erweisen könnte«, meinte Alex zerstreut. Die Frau mußte nur noch ungefähr einen Fuß weiterkriechen ...

»Und ich hätte nie gedacht, daß ich meinen Frachtraum einmal mit eingedosten Archäologen versehen würde.« Die Frachtcontainer würden zwar hineinpassen – aber immer nur zwei hintereinander. Alex hatte bereits die Servoroboter der Stationswerkstatt eingestellt, um in alle Container Luftlöcher zu bohren, und außerdem sollte jeder von ihnen mit einem unzerbrechlichen Bio-Leuchtstab ausgerüstet werden. Die Stäbe würden ungefähr eine Woche halten. Hoffentlich genügte die Lichtmenge, um ihre Gefangenen an einer Panik zu hindern.

»So ist es gut, Mädchen«, rief Alex der zögernden Zombiefrau zu. »Braves Mädchen. Riechst du das leckere Essen? Das ist wirklich toll. Du hast doch Hunger, nicht?« Die Frau stürmte die letzten paar Schritte vor und stürzte sich auf den Teller mit Rationswürfeln. Im selben Augenblick schoß Alex seinen Pfeil ab.

Das Beruhigungsmittel wirkte binnen Sekunden; die Frau schien nicht einmal zu merken, daß sie getroffen worden war. Sie kippte einfach zur Seite und schlief ein.

Alex ließ den Nadler auf dem Dach zurück, wo er einen Posten samt Stativ errichtet hatte, um das Gewehr zu stabilisieren. Er lief die Treppe zum Erdgeschoß hinunter und beeilte sich hinauszukommen, wo man ihn sehen konnte, bevor jemand anders das Essen roch und sich darüber hermachte. Als er auf den staubigen Hof kam, bemerkte Tia eine Bewegung am Blickfeldrand der Kamera: Dort draußen lauerte also tatsächlich noch ein Zombie.

Unter viel Protest hatte Tia damit begonnen, die Überlebenden schließlich auch als ›Zombies‹ zu bezeichnen – auf diese Weise brauchte man in ihnen nicht nur Menschen zu sehen.

»Das ist schon in Ordnung, Tia«, hatte Doktor Kenny sie bei seiner nächsten Funkübertragung beruhigt. »Auch ich muß mich manchmal darum bemühen, meine Patienten nicht als Menschen zu sehen, sondern als ›Fälle‹. Das gehört eben zu diesem Geschäft, und wir werden beide tun, was wir können, um so viele von diesen Menschen lebend zurückzuholen wie möglich.«

Tia hätte ihn gern gefragt, ob er sie selbst eigentlich auch als ›Fall‹ betrachtet hatte.

Nein, diese armen Leute als ›Zombies‹ zu bezeichnen, würde ihnen nicht weh tun, und es würde ihr dabei helfen, sich auf das zu konzentrieren, was sie für sie tun konnte, anstatt auf die Leute selbst.

Alex hatte schon den ganzen Morgen Zombies eingefangen; inzwischen hatte er ein System entwickelt. Kontrolliert von der KI, kam eine kleine Parade von Servorobotern aus dem Lager gerollt, mit Vorräten beladen, die die Frau hoffentlich die nächsten fünf bis sechs Tage in ihrem Container am Leben und bei Gesundheit halten würden. Ein Beutel mit fein zerhacktem Papier, um am Boden des Containers ein weiches Nest zu bauen. Ein ganzer Sack Rationswürfel. Eine große Flasche voll Wasser. Eine winzige chemische Toilette für den Fall, daß sie sich vielleicht doch erinnern konnte, wie man sie benutzte. Den Bio-Leuchtstab. Binnen fünfzehn Minuten hatte Alex alles, was er brauchte. Die große Wasserflasche wurde an eine Wand geschnallt, die Riemen an Ort und Stelle festgeklebt, die Flasche wiederum an die Riemen. Die Toilette wurde in einer Ecke des sechs mal sechs Fuß großen Containers am Boden verzurrt. Der Rationsbeutel wurde oben geöffnet und an der gegenüberliegenden Ecke befestigt. Das Papier wurde über den gesamten Boden ausgebreitet, die bewußtlose Frau darauf gerollt, nachdem er ihr den Kontaktknopf auf den Rücken geklebt hatte. Schließlich wurde der Bio-Leuchtstab aktiviert und mit Klebstreifen an der Decke des Containers befestigt, dann wurde der Vorderdeckel angebracht, und schon war der Container bereit für den Gabelstapler.

Das war Tias Aufgabe. Sie führte den Gabelstapler aus dem Lager heraus, tat es lieber selbst, als die Kontrolle der KI zu überlassen. Denn Alex traute der KI nicht zu, dieselbe Feinbeherrschung aufzubringen, über die Tia verfügte. Der Fahrstuhl beförderte den Container ihre Rampe hinauf, und Tia verstaute ihn bei den anderen. Jeder Container war genau acht Zoll von seinen Nachbarn entfernt, um auf allen vier Seiten eine angemessene Belüftung zu gewährleisten. Inzwischen befanden sich zwölf Container im Frachtraum. Tia hoffte, vor Einbruch der Nacht zwölf weitere verstaut zu haben. Sofern alles gut lief.

Dreißig Minuten für jeden Fang ...

Ohne Tia und die Servoroboter wäre es nicht möglich gewesen. Im Augenblick war eine Gruppe von Servos damit beschäftigt, auf dem ganzen Gelände Container aufzustellen, jeweils in Nähe der Verstecke der Zombies. Die Zombies schienen sich vor den Servos ebensosehr zu fürchten wie Alex in seinem Druckanzug. Indem sie die Servos über das gesamte Gelände verteilten, brachten sie jeden der Zombies dazu, sich zu verstecken. Sie führten die Roboter um jedes Versteck herum, bis sie bereit waren, sich in diesen Teil der Anlage zu begeben, um dort ihr Opfer zu betäuben und einzufangen. Inzwischen wurden die Zombies hungrig, was Alex und Tia zum Vorteil gereichte. Soeben wurde eine Falle mit Köder versehen – und schon war Alex auch auf dem Weg zu seinem Posten. Inzwischen patrouillierten die Servos auf dem gesamten Gelände mit Ausnahme des mit Köder versehenen Containers, was die Zombies in Schach hielt.

Bei Sonnenaufgang hatte es noch einen weiteren gefährlichen Augenblick gegeben. Die Zombies hatten sich versammelt, um mit einem weiteren Geheul die aufgehende Sonne zu begrüßen, obwohl sie diesmal etwas fröhlicher wirkten, zumindest keine verängstigten Mienen mehr zeigten.

Als der erste Servo erschien, erschreckte das die Zombies so sehr, daß sie sich wieder versteckten, und damit war der Plan perfekt.

Sie wollten so viele Zombies wie möglich bei Tageslicht einfangen. Alex hatte ihre Lieblingsverstecke letzte Nacht markiert, und inzwischen hatten die patouillierenden Servoboter die unbenutzten Verstecke blockiert. In ihrer Nähe wurden dafür weitere Container aufgestellt. Ob die Zombies sich darin versteckten? Alex nahm es an. Tia hoffte, daß er recht behielt – denn jeder Zombie, der sich in einem Container zusammenkauerte, war ein Exemplar mehr, das sie betäuben und verpacken konnten, einer weniger, den sie erst morgen einfangen würden.

Ein halbe Stunde weniger auf diesem Planeten. Sofern sie das Tempo halten konnten ...

Alex blieb ununterbrochen mit Tia in Verbindung; sie spürte, daß er ebenso verängstigt und einsam war wie sie, es sich aber nicht anmerken lassen wollte. Im Laufe des Tages offenbarte er sehr viel von sich. Der einzige, mit dem er sich wirklich unterhalten hatte, hatte Jon geheißen – der Schach- und Spielefan, den er einmal erwähnt hatte. Er hatte sehr viel Zeit mit Jon zugebracht – der ihm in seinen jüngeren Jahren bei den Hausaufgaben geholfen hatte, so daß Tia davon ausging, daß Jon älter gewesen sein mußte als Alex.

Ob älter oder nicht, Jon war ein *Freund*. Alex' Stimme klang voller Wärme, wenn er über Jon sprach, als er von der Gratulationsbotschaft erzählte, die Jon ihm zu seinem Akademieabschluß geschickt hatte ...

Na ja, Doktor Kenny, Anna und Lars waren auch meine Freunde – und sind es immer noch. Manchmal macht der Altersunterschied nicht allzuviel aus.

»He, Alex?« rief sie. Er wartete darauf, daß ein zaghafter Zombie seinem Hunger nachgab. Die Stoppuhr lief.

Er stieß ein abfälliges Geräusch aus, dann zielte er und zog den Abzughahn. Wieder einer weniger. Wie viele waren es noch?

Sie hatten zweiundfünfzig Zombies im Frachtraum verstaut, und es gab ein weiteres Opfer zu beklagen. Denn einer der Zombies hatte die Betäubung nicht überlebt, Alex war daraufhin sehr deprimiert gewesen. Tia wagte es dann auch nicht, ihm mitzuteilen, was die Kontaktknöpfe offenbarten: einigen ihrer Passagiere ging es alles andere als gut. Tia vernahm jedesmal Wimmern und Jammern im Frachtraum, sobald die Zombies allein dort unten waren. Kaum betrat einer der Servoroboter oder Alex das Frachtdeck, als die Gefangenen auch schon wieder verstummten. Aus Furcht, wie Tia vermutete.

Jetzt war der letzte Zombie in den Frachtraum verbracht worden; die Luke war versiegelt, und Tia hatte den Raum auf Körpertemperatur erhitzt. Die Ventilatoren arbeiteten mit voller Kraft. Alex war soeben in die Hauptkabine getreten.

Und griff gerade nach seinem Helmverschluß.

»*Öffne ja nicht deinen Anzug!*« fauchte Tia. Wie hatte sie nur vergessen können, es ihm zu sagen? Oder hatte sie es ihm mitgeteilt und hatte *er* es vergessen.

»Was?« fragte er. »Ach, verdammt. Das hatte ich vergessen.«

»Doktor Kenny hat gesagt, du sollst im Anzug bleiben. Er möchte nicht, daß du deinen Anzug öffnest, bevor wir die Basis erreicht haben. Alles klar?«

»Was ist, wenn mit den Zombies irgend etwas passiert?« fragte er leise. »Tia, in dem Frachtraum ist nicht genug Platz, um im Anzug darin herumzuklettern.«

»Darüber machen wir uns Sorgen, wenn es passieren sollte«, erwiderte sie. »Im Augenblick zählt nur, daß du dich anschnallst, denn *ihre* beste Chance liegt darin, so schnell wie möglich zur Basis zurückzukehren.«

Alexander schnallte sich an, und Tia jagte ohne jede Rücksicht auf ihren Treibstoffverbrauch aus der Atmosphäre. Die Zombies würden mit der ständigen Beschleunigung bis zum Eintritt in den Hyperraum irgendwie zurechtkommen müssen.

Tia hatte die ganze Zeit die beobachteten und die aufgezeichneten Symptome an Doktor Kenny und den Ärztestab auf der Basis Kleinman weitergeleitet. Sie hatte zwar schon vorher gewußt, daß die Kontaktknöpfe nicht allzuviel hergeben würden, aber auch die kleinste Information war jetzt wertvoll, ebenso die Tatsache, daß sie noch vor den Opfern dort eintraf.

Doch nun, da sie unterwegs waren, waren Tia und Alexander auf sich selbst gestellt, ohne die technischen Möglichkeiten der Ausgrabungsstation oder der Basis, die ihr Ziel war. Die Ärztemannschaft mochte zwar einige Lösungen finden – aber Tia und Alex verfügten wohl kaum über die Geräte, um sie umzusetzen.

Alex konnte sich während der Beschleunigung nicht bewegen – doch als sie die Überlichtgeschwindigkeit erreicht hatten, schnallte er sich los und ging auf die Treppe zu.

»Wo willst du hin?« fragte sie nervös.

»In den Frachtraum. Ich trage meinen Anzug – dort unten ist nichts, was mir in dem Anzug etwas anhaben könnte.«

Durch die Frachtraummikrofone vernahm Tia das Stöhnen und Rufen. Sie dachte über die Kontaktknöpfe nach, die ihr flatternde Herzen und unregelmäßige Atmung meldeten. Sie wußte, was geschehen würde, wenn er dort unten eintraf.

»In ihren Containern kannst du nichts für sie tun«, sagte sie. »Das weißt du selbst.«

Alex drehte sich zu ihrer Säule um. »Was verbirgst du vor mir?«

»N-nichts«, sagte sie zaghaft.

Er machte kehrt und warf sich in seinen Sessel, ließ die Finger über die Tasten huschen. Binnen Sekunden hatte er jeden Kontaktknopf aufgerufen und die Datenreihen auf den Schirm geholt.

»Tia, was ist dort unten los?« wollte er wissen. »Vor dem Start waren sie doch noch nicht in diesem Zustand, oder?«

»Ich glaube ...« Sie zögerte. »Alex, ich bin keine Ärztin!«

»Du hast eine medizinische Bibliothek zur Verfügung. Du hast mit den Ärzten gesprochen. Was meinst du?«

»Ich meine ... sie kommen nicht mit dem Hyperraum zurecht. Einige der Daten über hirngeschädigte Affen, die mir die Basis übermittelt hat, weisen darauf hin, daß *manche* Schädigungen jene Hirnregionen betreffen, mit denen man Dinge kompensiert ... Dinge, von denen man weiß, daß sie da sein müßten, die es aber nicht sind. Wenn man beispielsweise einen Buchstaben ergänzt, obwohl man nur Teile davon zur Verfügung hat – oder wenn man Dinge nur einmal ganz kurz aufblitzen sieht. Eine Art Aufrechterhaltung des geistigen Gleichgewichts. Wenn das jedenfalls ausgeschaltet ist ...« Sie fühlte sich entsetzlich hilflos. »Ich glaube, für sie ist das so, als wären sie in der Singularität.«

»*Vier Tage lang?*« schrie er so laut, daß es ihre Sensoren schmerzte. »Ich gehe hinunter und ...«

»Und dann was?« fauchte sie. »Was willst du schon für sie tun? Sie haben Angst vor dir in diesem Anzug!«

»Dann werde ich ...«

»Wenn du das tust, setze ich das Schiff unter Gas«, erwiderte sie sofort. »Ich meine es ernst, Alex! Leg nur einen einzigen Finger an einen Verschluß, und ich begase das ganze Schiff!«

Alex ließ sich wieder in seinen Sessel sinken. »Was können wir tun?« fragte er matt. »Es muß doch irgend etwas geben.«

»Wir haben medizinische Vorräte«, warf sie ein. »Wir können einige davon dazu verwenden, um den Luftvorrat dort unten zu erhöhen. *Hilf mir,* Alex. Hilf mir, etwas zu finden, was wir für sie tun können. Ohne daß du deinen Anzug öffnest.«

»Ich will es versuchen«, sagte er unglücklich. Aber seine Finger lagen bereits wieder auf der Tastatur, tippten Befehle an die medizinische Bibliothek ein und stahlen sich nicht mehr zu seinen Anzugverschlüssen. Sie gönnte sich eine Mikrosekunde der Erleichterung ...

Dann machte sie sich an die Arbeit.

Es kam noch drei weitere Male zu einer Krise im Frachtraum. Drei weitere Male mußte sie Alex drohen, damit er nicht hineinstürzte und versuchte, einen der Zombies zu retten, um dabei sein eigenes Leben zu riskieren. Sie verloren einen ihrer Passagiere wegen eines Mittels, von dem sie *gehofft* hatten, daß es als Beruhigungs- und nicht als Betäubungsmittel wirken würde. Vielleicht war Zombie Nummer siebenundzwanzig auf das eine oder andere allergisch; sein Kontaktknopf meldete jedenfalls sämtliche Symptome eines allergischen Schocks, bevor er starb.

Danach hatte Alex vier Stunden lang kein Wort mehr mit Tia gewechselst – es waren siebenundzwanzig in der untersten Reihe und eine Adrenalinspritze hätte den Zombie retten können, *sofern* es tatsächlich ein Allergieschock gewesen sein sollte. Aber sein Container stand weit hinter den anderen, und Alex hätte seinen ganzen Anzug ausziehen müssen, um an ihn heranzukommen. Was Tia nicht zuließ. Sie hatten keine Möglichkeit zu überprüfen, ob es sich tatsächlich um eine allergische Reaktion handelte oder ob er nur eine Weiterentwicklung des Zombieerregers war. Nummer siebenundzwanzig war ein älterer Mann gewesen, der zu den Opfern mit den schlimmsten Symptomen gehört hatte.

Obwohl Alex nicht mehr mit ihr sprach, redetet Tia weiterhin auf ihn ein, bis er schließlich nachgab. Gut so. Sein Schweigen hatte sie davon überzeugt, daß er um eine Versetzung bitten würde und sie verabscheute – und wenn ein Hüllenmensch in Tränen hätte ausbrechen können, so hatte sie kurz davor gestanden, als er schließlich wieder antwortete.

»Du hast recht«, sagte Alexander nur. »Tia, du hattest recht. Da unten sind fünfzig weitere Leute von uns abhängig, und wenn ich ebenfalls erkranken sollte, wäre damit die mobile Hälfte des Teams ausgeschaltet.« Er seufzte. Danach normalisierte es sich zwischen ihnen wieder. Gerade rechtzeitig für den Übergang in den Normalraum.

Auf der Basis Kleinman beließ man sie im Orbit und schickte eine Dekontaminationsmannschaft hinauf, um Alex und die Zombies abzuholen, so daß Tia etwa eine Stunde lang allein blieb. Es war eine sehr einsame Stunde …

Aber dann kam die nächste Dekontaminationsmannschaft an Bord, und als sie zwei Tage später wieder ging, war nichts von ihrer ursprünglichen Einrichtung mehr übrig. Sie hatten sie benebelt, begast, demontiert, poliert und wieder restauriert.

Erst dann erhielt sie die Landeerlaubnis für die Basis Kleinman, wo die Dekontaminationsmannschaft von Bord gehen konnte.

Kaum waren die Leute gegangen, als Tia an der Luftschleuse einen willkommenen Ruf vernahm.

»Tia! Bitte um Erlaubnis, an Bord gehen zu dürfen, werte Dame!«

Sie aktivierte die Schleuse so schnell, daß er geradezu hineingeschleudert worden sein mußte, dann führte sie ihn im Lift nach oben, anstatt zu warten, bis er die Stufen genommen hatte. Er kam in einem zerknitterten Anzug hereingeschlendert, gewährte ihrer Säule einen nachlässigen Salut und stellte seine Taschen ab.

»Ich habe eine gute Nachricht und eine bessere Nachricht«, sagte er und warf sich in seinen Sessel. »Welche möchtest du zuerst hören?«

»Die gute Nachricht«, erwiderte sie sofort und tadelte ihn nicht dafür, daß er die Füße auf die Konsole gelegt hatte.

»Die gute Nachricht ist rein persönlich. Ich habe einen medizinischen Persilschein bekommen und du auch. Und da die Dekontaminationsmannschaft so unverfroren meine Kleider und alles andere vernichtet hat, war ich gerade unten auf der Basis auf einem *herrlichen* Einkaufsbummel mit einem unbegrenzten Kreditkonto des KD!«

Tia stöhnte auf. »Mach bloß nicht die Taschen auf, sonst melden die bei mir noch einen Strahlungsaustritt.«

Er tat, als würde er schmollen. »Meine liebe Dame, dein Geschmack hinkt wohl ungefähr ein Jahrzehnt hinterher.«

»Lassen wir meinen Geschmack aus dem Spiel«, sagte sie. »Wie lautet die bessere Nachricht?«

»Unsere Patienten befinden sich auf dem Weg der Genesung.« Er reagierte auf ihren Ausruf mit einer warnend erhobenen Hand. »Es wird noch einige Monate dauern, vielleicht sogar ein Jahr. Und nun die ganze Story – und den Grund dafür, weshalb sie dir alles vom Leib gerissen haben, was man als Stoff hätte bezeichnen können. Sei doch mal so freundlich, deine Datenbank über terranische Entomologie aufzurufen. Dann rufst du ein gewisses Etwas namens ›Staubmilbe‹ und ein weiteres Etwas namens ›Sandfloh‹ auf.«

Verwundert tat sie, wie ihr geheißen, ließ die Abbildungen nebeneinander auf dem Zentralschirm erscheinen.

»Wie wir schon vermuteten, war es tatsächlich ein Virus. Der Bösewicht war so etwas wie ein Sandfloh, der eine Vorliebe für Warmblüter hegt. Aber er war ungefähr von der Größe einer Staubmilbe. Diese Insekten schlüpfen erst aus, wenn die Temperatur richtig ist, die Tage lang genug sind und es ein Gewitter gegeben hat. Danach kann man sie nur mit einem wirklich starken Insektizid oder wochenlanger frierender Kälte umbringen. Sie leben im Staub wie Sandflöhe. Diese Archäologen haben seit dem Gewitter die ganze Zeit im Staub herumgewühlt, und weil es keine Anzeichen für Probleme gab, haben sie es mit der Dekontamination nicht allzu genau genommen. Die Erreger sind alle innerhalb einer Stunde ausgeschlüpft und haben alles gebissen, was sie zu Gesicht bekamen, da sie immer hungrig erwachen. *Aber* – und da liegt der Haken – da sie so klein waren, haben sie keine Einstiche hinterlassen, so daß nichts darauf hinwies, daß jemand gestochen oder gebissen wurde.« Alex wies mit einem Nicken auf den Schirm. »Jedes dieser kleinen Mistdinger überträgt den Virus. Der hat eine Ähnlichkeit mit dem *E. Coli*, dem menschlichen Bazillus, und nistet sich genau wie der in den Eingeweiden ein.«

»Ich nehme an, daß jeder ungefähr zur selben Zeit gebissen wurde?« vermutete sie.

»Ganz genau«, bestätigte er. »Was dazu führte, daß alle binnen weniger Stunden an dem Virus erkrankten. Durch schieren Zufall geschah das überwiegend im Schlaf. Der

Virus selbst löst bei seinen meisten Opfern einen Allergieschock aus, was wiederum wie ein Schlaganfall aussehen kann.«

»Dann haben wir also nicht ...« Tia brach ab, bevor sie weitergegangen war, doch er beendete den Satz für sie.

»Nein, wir haben niemanden umgebracht. Das war der Zombieerreger. Und die beste Nachricht von allen lautet, daß der Zombiezustand durch eine Störung der Produktion von Neurotransmittern entsteht. Wenn man den Virus beseitigt, wird jeder schließlich wieder normal.«

»Ach, *Alex* ...« sagte sie, doch er unterbrach sie erneut.

»Noch eine hervorragende Nachricht – erstens, wir haben für die Sache eine Prämie gewährt bekommen. Und zweitens, meine Liebste, du hast mir das Leben gerettet.«

»Habe ich?« erwiderte sie benommen.

»Wenn ich meinen Anzug auch nur ein einziges Mal geöffnet hätte, wären die Erreger eingedrungen. Sie waren überall – in deinem Teppichboden, in der Polsterung. Entweder sind sie beim ersten Mal eingedrungen, als wir die Luftschleuse öffneten, oder die Standarddekontamination hat sie nicht gänzlich vom Anzug gespült. Und ich gehöre zu den fünfundsiebzig Prozent der Bevölkerung, die so heftig allergisch gegen sie sind, daß ...« Er überließ es ihr, den Satz zu Ende zu denken.

»Alex ... dich als Piloten zu haben ist mir lieber als jede Prämie auf der Welt«, sagte sie nach einer langen Pause.

»Gut«, meinte er, erhob sich und streichelte sanft ihre Säule. »Mir geht es genauso.«

Bevor die Situation zu sentimental wurde, räusperte er sich und fuhr fort. »Jetzt zu den schlechten Nachrichten: Wir sind mit unserem Lieferflug zeitlich so stark ins Hintertreffen gerate, daß sie es am liebsten hätten, wenn wir schon übergestern starten könnten. Also, bist du startbereit, kluge Dame?«

Sie lachte. »Schnall dich in deinen Sessel, Heißsporn.«

»Nun, Tia«, sagte Doktor Kenny gutgelaunt von seinem Hauptschirm aus, »ich muß schon sagen, daß es sehr viel mehr Spaß macht, von Angesicht zu Säule mit dir zu reden, als über Funknachrichten oder Duplex-Comlink.«

Er saß mit dem Gesicht zu ihrer Säule, nicht zum Schirm, und bewies dieselbe Höflichkeit, wie sie Alex immer zeigte. Alex war im Augenblick nicht an Bord; er war unten auf der Basis und gab seinen Bonus aus, während sich Tia im Orbit im Wartungsdock befand. Aber da die *Stolz von Albion* so nahe war, hatte Doktor Kenny der Versuchung nicht widerstehen können, seiner erfolgreichsten Patientin einen persönlichen Besuch abzustatten.

Das neue Modell seines Stuhls war vervollkommnet worden. Plattform und Sitz verbargen die Hauptenergiequelle, ein glänzendes Exoskelett bedeckte seine Beine bis zur Hüfte. Tia fand, daß er eine gewisse Ähnlichkeit mit alten Kriegerkönigen auf einem Thron hatte.

»Meine Klassenkameraden verstehen keine Witze«, sagte sie kichernd. »Sie scheinen nicht allzuviel Humor zu haben. Deshalb muß ich sie mit euch Normalpersonen teilen.«

»Die meisten deiner Klassenkameraden sind auch so steif wie KIs«, entgegnete er. »Keine Sorge, in ein bis zwei Jahrzehnten werden sie schon etwas lockerer werden – jedenfalls behauptet Lars das. Nun, wie lebt es sich mit einem Partner? Wenn ich mich richtig erinnere, war das doch eine deiner Hauptsorgen, daß du irgendwann mit doppelt so hohen Schulden enden könntest wie Moira, nur weil du ständig deine Piloten wechselst.«

»Ich mag Alex wirklich, Kenny«, sagte Tia langsam. »Vor allem nach der Zombie-Fahrt. Ich gestehe es nur ungern, aber ... ich mag ihn sogar noch mehr als dich oder Anna oder Lars. Und deshalb wollte ich auch gern mit dir sprechen, als du mich neulich angerufen hast. Ich ... vertraue wirklich deinem Urteil.«

Kenny nickte. »Und da ich nicht zum Programm gehöre,

bin ich auch nicht durch Vorschriften daran gebunden, dich zu melden, wenn du mir sagst, wie sehr du dich zu deinem Piloten hingezogen fühlst.« Ironisch zwinkerte er der Säule zu.

Tia entspannte sich ein wenig. »Etwas in der Art, ja«, gestand sie. »Kenny, ich weiß einfach nicht, was ich denken soll. Er ist schlampig, er ist vergeßlich, er ist ein bißchen impulsiv; was Kleidung betrifft, hat er den schlimmsten Geschmack, den man sich denken kann, doch ich möchte lieber ihn zum Partner haben als irgend jemanden sonst in der Galaxie. Ich möchte mich lieber mit ihm unterhalten als mit meinen Klassenkameraden, und dabei soll doch die Freundschaft zu den Klassenkameraden die stärkste Verbindung sein, zu der ein Hüllenmensch fähig ist!«

»Nun, Tia, du hast die ersten sieben Jahre als Normalperson zugebracht«, warf Kenny sanft ein. »Du hast nie geglaubt, daß du einmal in einer Schale enden könntest, daß deine Klassenkameraden niemals etwas anderes als ihre eigenen Schalen und ihre Lehrer kennen könnten. Es ist wie bei einem schlüpfenden Küken – es verliebt sich in das erste, von dem es geprägt wird.«

»Ich ... ich habe nicht gesagt, daß ich mich verliebt habe«, stammelte sie plötzlich beunruhigt.

Kenny bewahrte die Ruhe. Er musterte ihre Säule mit einem Blick, den sie nur zu gut kannte. Der Blick, der ausdrückte, daß sie nicht die ganze Wahrheit sagte und daß er es wußte.

»Na ja ... vielleicht ein wenig«, gestand sie sehr leise. »Aber ... es ist ja nicht so, als wäre ich selbst ein Normalie ...«

»Man kann einen Freund durchaus lieben, mußt du wissen«, warf Kenny ein. »Das weiß man schon seit Jahrhunderten – selbst unter steifen Psychotherapeuten. Denk an die griechischen Philosophen – sie waren der Auffassung, daß es drei Arten von Liebe gibt, und daß nur eine davon etwas mit dem Körper zu tun hat. *Eros, philos* und *agapé*.«

»Geschlechtliche, brüderliche und religiöse«, übersetzte sie und fühlte sich schon ein wenig besser. »Als gut. Dann eben *philos*.«

»Lars übersetzt es als ›Liebe um den Körper‹, ›Liebe um den Geist‹ und ›Liebe um die Seele‹. Das paßt in deinem Fall sogar noch besser«, meinte Kenny. »Hier treffen sowohl *philos* als auch *agapé* zu.«

»Du hast wohl recht«, meinte sie verlegen.

»Tia, meine Liebe«, sagte Kenny ohne die leiseste Spur von Herablassung, »es ist nichts Verkehrtes daran, zu gestehen, daß du deinen Piloten liebst – die ersten Worte, die du mir aus deiner neuen Schale übertragen hast, falls du es vergessen haben solltest, lauteten: ›Doktor Kenny, ich liebe dich.‹ Ehrlich gesagt bin ich sehr viel glücklicher *das* von dir zu hören als irgend etwas ›Schickliches‹.«

»Zum Beispiel?« fragte sie neugierig.

Er hob die Stimme um eine Oktave. »Nun, Doktor Kennet«, sagte er verkniffen, »ich bin mit der Performanz meines Piloten Alexander durchaus zufrieden. Ich glaube, wir können gut zusammenarbeiten. Während dieses letzten Auftrags war unsere Kooperation recht annehmbar.«

»Du hörst dich an wie Kari.« Tia lachte. »Ja, aber stell dir doch einmal dieses Gespräch mit einem meiner Psychoberater vor!«

Er schnitt eine Grimasse und schlug die Hände über dem Kopf zusammen. »Oh, welch Entsetzen!« rief er, und seine Miene paßte sich der gespielten Empörung in seiner Stimme an. »Wie *konntest* du nur beichten, *irgend etwas* zu empfinden? AH-Eins-Null-Drei-Drei, ich *muß* dich leider wegen *Labilität* melden!«

»Ganz genau«, erwiderte sie ernüchtert. »Manchmal glaube ich, daß sie uns als eine Art überlegene KI wollen.«

»Es ist für sie eine schwierige Gratwanderung, meine Liebe«, teilte er ihr ebenso nüchtern mit. »Deinen Klassenkameraden geht etwas ab, was du einmal hattest – die körperliche Fürsorge von Eltern. Sie haben nie etwas berührt, haben nie etwas anderes gekannt als eine sehr künstliche Umgebung. Sie verstehen Emotionen nicht wirklich, weil es ihnen nie gestattet war, sie zu erleben oder sie auch nur aus der Nähe betrachten zu können. Ich denke nicht, daß ich mir etwas darüber vormache, was es für sie bedeutet, wenn sie zum erstenmal in unsere menschliche Welt eintreten. Es bedeutet nämlich, daß sie im buchstäblichen Sinne in eine Welt kommen, die so fremdartig und unverständlich ist wie jede Alien-Kultur. In gewisser Weise wäre es das Beste, wenn sie alle nur Berufe einschlügen, in denen sie es nie mit einzelnen Menschen zu tun bekämen.«

»Warum ...« Sorgfältig wählte sie ihre Worte. »Warum gibt man dann keine Erwachsenen in die Schalen?«

»Weil Erwachsene oft nicht mit der Tatsache zurechtkommen, daß ihr Körper nicht mehr funktioniert und daß sie niemals mehr diese *Menschlichkeit* besitzen werden.« Er seufzte. »Davon habe ich auch schon sehr viel zu sehen bekommen. Du bist eine Ausnahme, meine Liebe. Aber das warst du ja schon immer.« Er lehnte sich in seinem Stuhl zurück und dachte nach. Sie unterbrach ihn nicht dabei. »Tia, es gibt Dinge im Ausbildungsprogramm der Hüllenmenschen, mit denen ich nicht einverstanden bin. Aber du bist jetzt nicht mehr im Ausbildungsbereich, sondern in der wirklichen Welt. Dort wirst du feststellen, daß selbst die Psycho-Berater eine völlig andere Einstellung haben können. Sie sind bereit zu akzeptieren, was funktioniert, und nicht etwa nur das, was in den Regelbüchern steht.«

Sie überlegte einen Moment, bevor sie antwortete. »Kenny, was soll ich tun ... bevor die Dinge in den *Eros* abgleiten? Ich meine, ich werde schon nicht aus meiner Säule steigen, aber ...«

»Helva«, sagte Kenny gerade heraus. »Denk an Helva. Sie und ihr Pilot hatten eine Liebesbeziehung, die noch heute den ganzen bekannten Weltraum beherrscht. Wenn so etwas geschehen sollte, Tia, dann laß es eben geschehen. Und wenn es das *nicht* tut, dann beklage es nicht. Genieße die Tatsache, daß dein Pilot dein bester Freund ist; so sollte es ja schließlich auch sein. Ich vertraue auf deinen Menschenverstand und deine Sensibilität, das habe ich schon immer getan. Du wirst schon klarkommen.« Er hüstelte. »Zufällig ... kann ich dir von ähnlichen Gefühlen berichten. Anna und ich sind so etwas wie ein Gespann geworden.«

»Wirklich?« Sie versuchte nicht einmal, die Schadenfreude aus ihrer Stimme wegzumodulieren. »Das wurde aber auch Zeit! Was hat sie denn getan, deinen Stuhl umgekippt, damit du mal Pause machst, um dich auf der Stelle zu verführen?«

»Das ist ungefähr Wort für Wort dasselbe, was auch Lars gesagt hat«, erwiderte Kenny und errötete dabei heftig. »Nur daß er noch ein paar andere spitze Bemerkungen hinzufügte.«

»Das kann ich mir vorstellen.« Sie kicherte. Lars war über zweihundert Jahre alt und hatte in dieser Zeit eine Menge zu sehen bekommen. Tatsächlich jede Art von Drama, zu dem empfindungsfähige Lebewesen in der Lage waren – schließlich war er der Hauptaufseher einer der größten Krankenhausstationen im Zentralsystem. Wenn es überhaupt einen Ort für Dramen gab, in denen es um Leben und Tod ging, so war es das Hospital – wie die Holomacher in der ganzen Galaxie nur zu gut wußten. Vom kleinsten Vorfall bis zum ernstesten war Lars zum Zeugen, manchmal aber auch zum Beteiligten geworden.

Er leitete die *Stolz von Albion* bereits seit ihrer Erbauung. Man hatte ihn in die Station selbst eingebaut. Er würde sie niemals verlassen und das auch nie wollen. Zynisch, brillant – und von unerwartet gütigem Herzen. Das war Lars ...

Er konnte die sanfteste Person sein, der Tia je begegnet war. Dennoch ließ er keine Gelegenheit aus, seinen Kollegen mit seinem scharfsinnigen Witz zuzusetzen.

»Aber Kenny ...« Sie zögerte, unsicher, wie weit sie gehen durfte. »Kenny, wie neugierig darf ich jetzt sein, was dich und Anna betrifft?«

»Tia, ich weiß alles, was es über dich zu wissen gibt, von deinem normalen Herzrhythmus bis zur genauen Zusammensetzung der Chemikalien in deinem Blut, wenn du unter Streß stehst. *Mein* Arzt weiß das gleiche über mich. Wir sind es beide gewöhnt, daß man in uns herumstochert ...« Er machte eine Pause. » ... und du bist mir eine sehr, sehr liebe Freundin. Wenn es irgend etwas gibt, was dich neugierig macht, dann frag nur.« Seine Augen funkelten. »Aber erwarte nicht von mir, daß ich dir erzähle, wie es bei den Bienen zugeht.«

»Du bist ... als wir uns kennenlernten, hast du dich einen ›Arzt auf der Halbschale‹ genannt. Du bist eine halbe Maschine. Wie ... empfindet Anna das?« Wenn Tia hätte erröten können, sie hätte es getan, so indiskret fühlte sie sich.

Doch Kenny schien das nicht so zu sehen. »Gute Frage. Die Antwort, meine Liebe, ist allerdings etwas, das auf dich nicht zutreffen kann. Wenn ich nicht gerade an meinen Stuhl geschnallt bin, bin ich ein zwar unvollkommenes, aber durch und durch menschliches Wesen.« Er lächelte.

»Das wäre also so, als würde man Steine mit Bonbons vergleichen.« Damit hatte sie nicht gerechnet. »Oder Wasser mit Walzmetall.«

»Gute Vergleiche. Du bist übrigens nicht die erste, die mir diese Frage stellt. Also brauchst du auch deine Neugier nicht für einzigartig zu halten.« Er streckte sich und grinste. »Anna und ich verbringen eine Menge Zeit mit ... Partnerberatung meiner anderen behinderten Patienten.«

»Wenigstens bin ich keine Art ... Voyeur.«

»Du sitzt allerdings auch in einem völlig anderen Boot als meine anderen Patienten«, ermahnte er sie. »Was für sie gilt, gilt noch nicht unbedingt für dich.« Er schüttelte den Kopf. »Ich will es dir offen sagen. Du hast vom Hals abwärts keine funktionsfähigen Nerven, keine sensorische oder motorische Kontrolle. Und nach allem, was ich gesehen habe, war dein willkürliches Nervensystem ohnehin schon angeschlagen, bevor wir dich stabilisierten. Nach den Modifikationen, die man an dir durchführte, als du in die Schale kamst, bist du jetzt abhängig von lebenserhaltenden Systemen. Ich glaube nicht, daß du außerhalb der Schale würdest überleben können. Und ich weiß mit Sicherheit, daß du da nicht glücklich wärst.«

»Oh. Also gut.« In gewisser Weise war sie zugleich enttäuscht und erleichtert. Erleichtert darüber, daß sie sich in ihrer gegenwärtigen Partnerschaft über diesen Faktor keinen Gedanken zu machen brauchte. Enttäuscht – nein eigentlich nicht sehr. Sie hatte eigentlich nicht wirklich geglaubt, daß es eine Möglichkeit gab, den Weg umzukehren, der sie in diese Säule geführt hatte.

»Ich habe einige Berichte über die Dinge mitgebracht, an denen ich gearbeitet habe, um sie dir zu zeigen – Hilfsmittel für einige unserer unfreiwillig Amputierten. Ich dachte, es könnte dich interessieren, rein akademisch natürlich.« Kenny schob ein Dataeder in ihr Lesegerät, und Tia holte das Display auf den Schirm. »Diese junge Dame war Berufstänzerin – bei einem Erdbeben wurde sie tonnenweise von Mauerwerk verschüttet. Als die Ärzte und Sanitäter sie erreichten, war das ganze Bein bereits abgestorben. Es war nicht mehr zu retten.«

Der Videoteil der Aufnahme zeigte eine schöne junge Frau in Trikot und Strumpfhosen, die gerade etwas ausprobierte, das wie ein normales Bein aussah – nur daß es sich sehr steif bewegte.

»Das Problem bei den künstlichen Gliedmaßen, die wir Amputierten gegeben haben, besteht darin, daß wir zwar den größten Teil der Gewichts- und Bewegungsprobleme gelöst haben, daß sie aber immer noch völlig nutzlos für jemanden wie eine Tänzerin sind, die sich auf Sinneswahrnehmungen verläßt, um festzustellen, ob ihr Fuß sich in der richtigen Stellung befindet oder nicht.« Kenny lächelte zufrieden, während er dem Mädchen auf dem Bildschirm zusah. »Das ist Lila, wenige Minuten nachdem ihre Prothese angebracht worden ist. Einer Hüftprothese, darf ich hinzufügen. Die nächste Aufnahme zeigt sie nach drei Wochen und dann drei Monate später.«

Der Bildschirm flackerte, während Tia feststellte, wie das Mädchen ihre Aufmerksamkeit fesselte. Jetzt arbeitete es offensichtlich an Ballettübungen, und zwar recht gut, soweit Tia das beurteilen konnte. Dann flackerte der Schirm ein drittes Mal auf …

Und das Mädchen stand auf der Bühne, zusammen mit einem Partner in einem klassischen Ballettstück – und wenn Tia nicht gewußt hätte, daß ihr linkes Bein ein Cyborg-Produkt war, hätte sie es niemals erraten.

»Hier ist ein Tasteninstrumentspieler, der seine Hand verloren hat«, fuhr Kenny fort, drehte sich dabei aber zu der Säule um. »Mit meinen Forschungen und den Entwicklungen von Moto-Prothesen haben wir das Problem des sensorischen Inputs gelöst, Tia«, verkündete er stolz. »Lila hat mir mitgeteilt, daß sie die Choreographie so weit geändert hat, damit sie einige der schwierigeren Bewegungen auf dem linken statt auf dem rechten Fuß durchführen kann. Die Zehen des linken bekommen keine Blasen, es brechen keine Knochen, die Sehnen reißen nicht, das Knie gibt nicht nach, und der Knöchel kann nicht einknicken. Der einzige Unterschied, den *sie* zwischen dem Cyborgbein und ihrem natürlichen sehen kann, besteht darin, daß das linke ein wenig schwerer ist – was für sie aber keinen Unterschied macht, solange sie die Choreographie verändern kann.«

Auf dem Schirm erschienen weitere Patienten Doktor Kennys, doch keiner der beiden schenkte ihnen Beachtung.

»Es muß doch auch Probleme geben«, meinte Tia schließlich. »Ich meine, nichts ist vollkommen.«

»Wir haben keine *volle* Duplikation des sensorischen Inputs erreicht. In Lilas Fall haben wir es im gesamten Fuß, im Fußknöchelbereich und in den Kniegelenken geschafft, die Beinpartien dazwischen aber weitgehend ignoriert. Das Gewicht stellt ein weiteres Problem dar. Je mehr sensorische Nerven wir nachmachen, um so größer das Gewicht. Eine zehn Kilo schwere Hand beispielsweise kann eine Menge Probleme machen.« Kenny wechselte seine Stellung im Stuhl. »Aber all das kommt geradewegs aus den Laborschulen, Tia! Und das meiste entspringt dem Gehirn-Schiff-programm – wir haben für diese Prothesen die gleiche Technologie eingesetzt, wie sie dir den sensorischen Input der Schiff-Systeme vermittelt.«

»Das ist ja wunderbar!« sagte Tia hocherfreut für ihn. »Da hast du wirklich etwas geleistet, Doktor Kennet!«

»Oh, es gibt noch sehr viel zu tun«, erwiderte er bescheiden. »Ich habe noch keine von Lilas Mittänzern gehört, die um eine Doppelamputation betteln würden, um sich neue Beine anpassen zu lassen. Lila hat durchaus ihre Probleme, und selbst nach Beendigung der Heilung ist sie nicht völlig schmerzfrei. In gewissem Sinne war es gut, daß unsere erste Beinprothese ausgerechnet für eine Tänzerin gedacht war, denn Lila war es gewöhnt, mit Schmerzen zu leben – das sind alle Tänzer. Und es ist auch *äußerst* teuer. Sie hatte Glück, weil ihre Versicherungsgesellschaft zu dem Urteil gelangte, daß es teurer gekommen wäre, für ihre beendete – äußerst lukrative – Karriere aufkommen zu müssen als für eine Beinprothese. Obwohl ... angesichts der hohen Lebenserwartung von euch Hüllenmenschen, verglichen mit jener von uns, die wir immer noch in unseren genetisch entworfenen Behältnissen leben ... nun, ich könnte mir schon einen Tag vorstellen, da wir alle unser Gehirn in einer Minischale verstauen, wenn der alte Körper vergeht, und daß wir uns dann nicht mehr fragen, welche Kleider wir tragen, sondern welchen Körper wir anlegen sollen.«

»Oh, ich glaube nicht, daß es wirklich dazu kommen wird«, entschied Tia. »Wenn es schon für ein Glied so teuer ist, wäre ein ganzer Körper doch völlig unerschwinglich.«

»Das stimmt natürlich«, pflichtete Kenny ihr bei. »Aber um die Wahrheit zu sagen, handelt es sich neben dem Finanziellen nicht in erster Linie um ein technisches Problem. Wir könnten schon heute einen voll funktionsfähigen künstlichen Körper bauen. Tatsächlich wäre das sogar leichter, als einzelne Gliedmaßen zu konstruieren. Oh, damit meine ich natürlich einen mit vollem sensorischen Input.«

Er sagte nichts mehr, zwinkerte ihr aber zu und grinste dabei spitzbübisch. »Und mit ›vollem sensorischen Input‹ meine ich genau das, woran du gerade denkst, du ungezogene junge Dame.«

»Ich?« fragte sie in völlig gespielter Empörung. »Ich weiß *überhaupt nicht*, wovon du da redest! Ich bin so unschuldig wie ... wie ...«

»Wie ich«, ergänzte Kenny. »Du hast mich schließlich über mich und Anna ausgefragt.«

Sie schwieg. Er grinste weiterhin, und sie wußte, daß er sich nicht im mindesten hatte täuschen lassen.

»Jedenfalls besteht das Problem darin, für ein nacktes Gehirn ein Lebenserhaltungssystem herzustellen.« Er zuckte mit den Schultern. »Das schaffen wir nicht ganz – im Augenblick besteht die einzige Möglichkeit, mit einem

Traum wie deinem umzugehen, darin, einen ganzen Körper in eine lebenserhaltende Schale zu implantieren. Und die bekommen wir nicht in einen Körper menschlicher Größe.«

»Oh, du könntest uns ganz große Körper machen und eine ganze Rasse von Riesen erschaffen«, scherzte sie. »Nach allem, was du mir erzählt hast, wäre das wohl sogar einfacher.«

Er hob den Blick und überraschte sie etwas mit seinem plötzlichen Zorn. »Ob du es glaubst oder nicht, es gibt einen Kerl, der genau das vorhat, nämlich für die Holos. Er will riesige, vollsensorische Körper von ... ach, Dinosauriern, Ungeheuern, was auch immer ... herstellen, einen Hüllenmenschen als Schauspieler anheuern und das Ganze für seine Geschichten verwenden.«

»Das ist doch nicht wahr!« rief sie.

»Ich schwöre es«, sagte er und legte dabei die Hand aufs Herz. »Es ist wahr, jedes Wort. Und ob du es glaubst oder nicht, er hat auch das Geld dazu. Holostars verdienen mehr als du, meine Liebe. Ich glaube, wenn sich demnächst ein Hirn aus dem aktiven Schiffsdienst zurückziehen will, vor allem eins, das seinen Vertrag unterschrieben hat, könnte dieser Bursche wirklich versucht sein, es in einem Holo einzusetzen.«

»Erstaunlich.« Sie überlegte einen Moment. »Wie hoch wären denn die Chancen, einen lebensgroßen Körper mit einer Art Hirnstamm herzustellen, der eine Fernverbindung zu einer Schale hat?«

»Wie ein Funkgerät?« fragte er. »Gute Frage. Ein echtes Problem. Diese Nerven müssen wirklich sehr viele Informationen übermitteln – man würde für alles getrennte Kanäle brauchen, aber ... nun, der Wirkungsradius wäre sehr, sehr klein, sonst liefe man Gefahr, daß die Signale unterbrochen werden. Das war auch ein Problem bei diesem Gerät hier«, endete er und zeigte mit einem Nicken auf seine gepanzerten Beine. »Es muß immer im selben Raum bleiben wie ich, sonst ... griechische Statue!«

Tia lachte.

»Außerdem würde die ganze Apparatur wahrscheinlich

soviel kosten wie ein Gehirn-Schiff, das ist also nicht sonderlich realistisch«, fuhr er fort. »Nicht einmal für mich, und mich bezahlt man wirklich sehr gut.«

Für mich ist es auch nicht sonderlich realistisch, dachte sie und verwarf den ganzen Gedanken. Realistisch bedeutete für ein Gehirn-Schiff, sich aus seinem Vertrag freizukaufen. Und wenn sie die Freiheit haben wollte, sich dem Institut als aktive Forscherin anzuschließen und auf eigene Faust EsKas zu jagen, würde sie sich nun einmal freikaufen müssen.

»Na ja, Geld ... das ist der andere Grund, weshalb ich mit dir sprechen wollte«, sagte sie.

»Und schon erhebt die Hydra des Gehirn-Schiffprogramms ihr häßliches Haupt«, intonierte er und grinste. »Ach, was werden sie wütend auf dich sein. Du bist genau wie all die anderen, wirklich Guten. Du willst dich aus diesem Vertrag freikaufen, nicht wahr?«

»Ich glaube nicht, daß es allzu viele KD-Schiffe gibt, die das *nicht* früher oder später tun wollen«, entgegnete Tia. »Wir sind Menschen, keine KI-Drohnen. Wir möchten uns gern aussuchen, wohin wir gehen. Also, hast du irgendeine Idee, wie ich meinen Kontostand erhöhen kann? Moira hat den Markt der Entdeckungen möglicher neuer Ausgrabungsstätten aus Orbit und Atmosphärenräume so gut wie besetzt.«

»Die Idee hast du ihr doch gegeben, nicht wahr? Weißt du denn nicht, daß man der Konkurrenz nie seine Ideen verraten sollte?«

»Damals war sie noch keine Konkurrenz«, versetzte Tia.

»Nun, du hast ja jetzt einen kleinen Bonus für die Zombie-Fahrt bekommen, nicht wahr?« fragte er. »Was hältst du davon, ihn in irgend etwas anzulegen?«

»In was denn?« fragte sie. »Ich verstehe nichts von Geldanlagen.«

»Angesichts meines bescheidenen Erfolgs bei der Anlage meines eigenen Gelds in Moto-Prothesen kann ich nur sagen, daß du sehr beachtliche Resultate erzielen kannst, wenn du dein Wissen nutzt, um entsprechend zu investieren.« Er tippte mit den Fingern seitlich auf seinen Stuhl. »Es geht nicht um Insiderhandel, falls du das befürchten solltest. Ich würde mir überlegen, mein Geld dort anzulegen, wo dein Interesse und dein Fachwissen liegen.«

»Virtuelles Kopfschütteln«, erwiderte sie. »Ich habe nicht die geringste Vorstellung, worauf du hinauswillst. Was weiß ich denn?«

»Hör mal ...« Kenny beugte sich vor, seine Augen leuchteten intensiv. »Ein Archäologe weiß *immer* um langfristige Muster. Und was den Sophonten jeder Rasse fast immer ein Bein stellt, ist die Tatsache, daß sie eben *nicht* langfristig denken. Halt Ausschau nach dem, was ein Freund von mir einmal ›Katastrophen in Wartestellung‹ nannte, und investiere in die Firmen, die dabei helfen werden, sich von diesen Katastrophen zu erholen.«

»Schön, das klingt zwar in der Theorie sehr gut«, meinte sie zweifelnd. »Aber in der Praxis? Wie soll ich denn solche Situationen aufspüren? Ich bin doch nur allein und habe bereits einen Arbeitsplatz.«

»Tia, dir steht die Rechenleistung eines gesamten Gehirn-Schiffs zur Verfügung«, versetzte Kenny eindringlich. »Und du hast Zugang zu den Institutsunterlagen über jeden bewohnten Planeten, auf dem es auch Ruinen gibt. Setze beides ein. Halt Ausschau nach Problemen, die die Alten hatten, und beobachte, ob sie in gegenwärtigen Kolonien erneut auftreten werden.«

Na ja, ihr fiel zwar nicht sofort etwas dazu ein, aber mit der Zeit würde das schon kommen. Und Kenny hatte recht.

Er warf einen Blick auf sein Armbandchronometer. »Nun, mein Shuttle müßte sich jetzt bald bei dir melden, ungefähr ...«

»Jetzt«, beendete sie seinen Satz. »Es wird gleich andokken: vier Öffnungen von mir entfernt, rechts von der Schleuse. Danke, daß du gekommen bist, Kenny.«

Er lenkte seinen Stuhl zum Lift. »Danke, daß du mich empfangen hast, Tia. Es war mir ein Vergnügen.«

Als er den Fahrstuhl erreichte, drehte er sich grinsend zu ihr um. »Übrigens brauchst du dir nicht die Mühe zu machen, meine medizinischen Daten zu überprüfen. Bisher hat sich Anna nie über mein Leistungsvermögen beschwert.«

Wenn Tia hätte erröten können ...

Während Alex seine Zeit mit einigen seiner alten Klassenkameraden verbrachte – wahrscheinlich ihrem Klassenmotto ›Die Party endet nie‹ folgend, von dem er ihr erzählt hatte –, stürzte Tia sich in die Institutsaufzeichnungen. Das Institut gewährte ihr ungehinderten, kostenfreien Zugang zu allem, was sie wollte; vielleicht weil man sie als eine Art Mitglied-Forscherin wertete, vielleicht weil sie an der Zombieerreger-Rettung teilgenommen hatte – vielleicht aber auch ganz einfach nur deshalb, weil der Zugriff durch Gehirn-Schiffe im Sicherheitssystem nicht vorgesehen und daher auch nicht gesperrt war. Normalerweise berechneten sie etwas für jede Datei, die aus dem Hauptarchiv abgerufen wurde. Es war ihr gleich; es gab jede Menge einzusehen.

Aber zuerst – zu ihrer persönlichen Suche. Es dauerte nicht allzu lange, da hatte sie sich mit allem vertraut gemacht, was über die alten EsKa-Forschungen publiziert worden war. Von den existierenden Ausgrabungsstätten gab es nicht viel Neues zu berichten, und so überprüfte sie, was Pota und Braddon im Augenblick taten, um sich dann mit brandneuen EsKa-Funden zu befassen.

Dort stolperte sie ganz zufällig über etwas.

Wenn man es genau bedachte, war es ziemlich amüsant. Es ging um den Bericht von einer Ausgrabung der Klasse Zwei, die die Gruppe verfaßt hatte, die diese Grabungsstelle übernommen hatte, welche bei der Erkundungsmannschaft für helle Aufregung gesorgt hatte. Sie hatten nämlich einen EsKa-Fund gemeldet – der erste auf einer nicht dem Mars ähnlichen Welt. Daraufhin hatte man in aller Eile ein EsKa-Sichtungsteam zusammengestellt.

Die Sache sollte sich als Fehlkategorisierung herausstellen. Bei den Funden handelte es sich nicht um solche der EsKa-Kultur, sondern um die einer völlig anderen Rasse, der Megalt Tresepts, die für das Institut nicht annähernd so interessant gewesen war. Man wußte so gut wie alles über die Megalts; sie hatten in der fernen Vergangenheit überlichtschnelle Raumschiffe ausgeschickt, und einige ihrer Kolonien existierten noch. Manche ihrer Artefakte glichen EsKa-Arbeiten, und wenn es in der Umgebung keinen Hinweis auf die Anwesenheit von Megalts gab, konnte ein solcher Irrtum leicht vorkommen.

Der Planet war erstaunlich terra-ähnlich – was eine EsKa-Fundstätte, wäre es wirklich eine gewesen, noch viel wertvoller gemacht hätte.

Obwohl es sich überhaupt nicht um eine EsKa-Stätte handelte, las Tia den Bericht aus reiner Neugier zu Ende. Largo Draconis war ein merkwürdiger kleiner Planet: mit einer exzentrischen Umlaufbahn, die etwa einmal pro Jahrhundert für ein ziemlich erbärmliches Jahrzehnt sorgte. Davon abgesehen, war er durchaus bewohnbar und tatsächlich sogar angenehm, ja er hatte zwei Erntezeiten pro Jahr zu bieten. Die gegenwärtigen Siedlungen waren zwar auf das schreckliche Jahrzehnt vorbereitet, wie es im Bericht hieß, aber das waren die Megalts auch gewesen.

Und doch hatten die Megalts ihre Siedlungen im Stich gelassen. Was für diese logische, systematische Rasse überhaupt nicht typisch gewesen war.

Im ersten dieser zehn schlechten Jahre waren beide Megalt-Siedlungen auf dem Planeten verlassen worden. Nicht etwa, weil die Nahrungsmittel ausgingen, wie Tia zunächst gedacht hatte. Sie hatten mehr als genug gelagert, um auch ohne Ernten überleben zu können.

Nein; nicht weil die *Siedler* nichts mehr zu essen hatten – sondern weil die einheimischen Nager verhungerten.

Neugierig geworden, was damals vorgefallen sein mochte, hatten die Sichtungsmannschaften Siedlungsaufzeichnungen ausgegraben, die die ganze Geschichte auf den dünnen Metallblättern schilderten, auf denen die Megalts ihre dauerhaften Aufzeichnungen führten. Die Siedlungen waren in einer solchen Hast im Stich gelassen worden, daß sich niemand mehr die Mühe gemacht hatte, die Aufzeichnungen zu suchen und mitzunehmen.

Es war gut gewesen, daß die Megalts Metall für ihre Aufzeichnungen verwendeten; denn nichts anderes hätte überlebt, was den Siedlungen widerfuhr. Die Nager waren in beide Kolonien geschwärmt. Zuerst nur ein paar wenige, kaum mehr als eine Belästigung. Aber dann, scheinbar aus dem Nirgendwo, eine Flut von Nagern, die die Siedlungen überschwemmte. Sie überwanden die Schutzanlagen – auch die elektrischen Zäune – und fraßen sich buchstäblich ihren Weg in die Gebäude hinein. Nichts hatte sie aufgehalten. Es hätte auch nichts bewirkt, sie in Scharen auszumerzen. Sie fraßen einfach ihre eigenen Toten auf und stießen weiter vor.

Alles wies auf einen periodischen Wandel im Verdauungssystem der Nagetiere hin, der es ihnen ermöglichte, *alles* auf zellulose- oder petrochemischer Grundlage zu vertilgen, bis hinauf zum Plastik.

Der Bericht endete mit den letzten Worten der Sichtungsmannschaft zur Position der damaligen Regierung von Largo Draconis in Form einer persönlichen, im Anhang angehefteten Notiz.

»Fred: Ich bin froh, daß wir hier rauskommen. Wir haben dem Amt des Siedlungsgouverneurs alles berichtet, doch sie ignorieren uns. Sie denken, nur weil ich ein Archäologe bin, hätte ich meine Nase so tief in der Vergangenheit vergraben, daß ich keinen Bezug mehr zur Gegenwart hätte. Im Gouverneursbüro hat man mir gesagt, daß die Schutzfelder mehr als ausreichend seien, um die Ratten abzuhalten. Völliger Unsinn. Wir reden hier von pelzigen Heuschrecken, und ich glaube kaum, daß sie die Schutzfelder überhaupt beachten werden. Ich sage dir, Fred, diese Leute werden in einem Jahr in große Schwierigkeiten geraten. Die Megalts haben hier schon das Handtuch geworfen, und die waren nicht halb so rückständig, wie der Gouverneur glaubt. Vielleicht hält dieses Schutzfeld die Ratten ja doch ab, aber ich glaube nicht daran. Und ich möchte auch nicht erst feststellen, daß er sich geirrt hat, indem ich unter einer Decke von Ratten erwache. Sie haben die Megalts zwar nicht aufgefressen – aber ihre *Kleider*. Ich habe auch nichts für die Vorstellung übrig, mich mit meinem, den sanften Brisen ausgelieferten Hintern in ein Shuttle zu drängen – die Brisen dürften um diese Jahreszeit nämlich ungefähr fünfzig Kilometer pro Stunde schnell sein und minus zwanzig Grad Celsius kalt. Kann also sein, daß ich noch früher zu Hause bin als dieser Bericht. Halt mir das Bier kalt und den Kamin warm.«

Na ja! Wenn irgend etwas zu dem paßte, was Doktor Kenny vorgeschlagen hatte, so war es ja wohl dies.

Um sicherzugehen, überprüfte sie auch noch einige weitere Quellen – nicht auf die Richtigkeit des Berichts, sondern darauf, wie weit die Kolonie auf die ›Ratten‹ und das sich verschlimmernde Wetter vorbereitet war.

Alles, was sie entdeckte, stützte die Schilderung des unbekannten Autors in seiner Notiz an ›Fred‹. Die Schutzfeldgeneratoren waren Standardware, keine Hochleistungsgeräte. Die Lagerhäuser besaßen Metalltüren – und viele Seitenverkleidungen waren aus Plastik oder Holz. Die Wohnhäuser bestanden aus einheimischem Stein und waren gegen die Kälte isoliert, hatten aber Plastik- oder Holztüren. Zwar hatte man Lebensmittel gehortet, doch was würden die Kolonisten tun, wenn die ›Ratten‹ sich durch die Lagerhausmauern fraßen, um an die Vorräte zu gelangen? Die vergangenen zwanzig Jahre lang war die Kolonie von Nahrungsmitteln abhängig gewesen, die auf dem Planeten angebaut wurden. Es gab keine Infrastruktur zur Einfuhr von Lebensmitteln und keine größeren Synthetisierer. Sie besaß zwar Proteinfarmen – doch was, wenn die ›Ratten‹ in diese hineingelangten und zusammen mit allem anderen auch die Hefebasis auffraßen? Was würden sie tun, wenn die gehorteten Nahrungsmittel aufgebraucht waren? Und selbst wenn es ihnen gelänge, die Nahrungsmittel zu retten – was würden sie tun, wenn die ›Ratten‹, wie Fred schon erwähnt hatte, sich durch ihre Türen fraßen und ihre Kleider, ihre Decken, ihre Möbel vertilgten ...

Soviel zu den offiziellen Berichten. Gab es denn irgend jemanden auf dem Planeten, der ihre Leute aus ihrer Katastrophe retten konnte?

Es kostete sie einen ganzen Tag der Recherche in Firmenverzeichnissen, bevor sie die Antwort darauf hatte. Ein planetenansässiger Hersteller von spezialisierter Schutzausrüstung – einschließlich Hochleistungsabschirm- und Schutzfeldgeneratoren – könnte entsprechenden Schutz bieten, sobald der Planetengouverneur das Problem einräumte. Zwar würden die Regierungsmittel möglicherweise nicht ausreichen, um für den Schutz aller Kolonisten aufzukommen – aber über achtzig Prozent der Bewohner hatten eine Gefahrenversicherung, und die Versicherungsgesellschaften dürften für den Schutz ihrer Kunden bezahlen.

Das war die eine Hälfte der Antwort. Und die andere?

Eine weitere Firma mit Verbindungen zu mehreren Planeten und einem Lager altmodischer Synthetisierer in einem Lagerhaus in Schiffsflugentfernung. Die Geräte produzierten zwar nicht sonderlich viel, doch wenn man sie mit Rohmaterialien fütterte, mit Kohlenstoff aus Kohle oder Öl, mit Mineralien, mit Proteinen aus Hefe und Pflanzenfasern sowie aus anderen tankgezüchteten Produkten, so erhielt man Grundstoffe für die Verpflegung, die Kleidung oder die Herstellung von Wohnutensilien ...

Tia begann ihr Netz zu spinnen. Doch nicht durch Beta, ihre Vorgesetzte, sondern durch Lars und seine Verbindungen.

Bevor Alex zurückkehrte, hatte sie bereits alle Arrangements getroffen; und sie hatte auch sorgfältig formulierte Briefe an die beiden von ihr ausgesuchten Firmen beigelegt – dazu sämtliche öffentlich verfügbaren Aufzeichnungen. Sie versuchte, ihnen eine Warnung zukommen zu lassen, ohne wie eine wahnwitzige Hysterikerin zu klingen.

Natürlich würde die Tatsache, daß sie in ihre Firmen investierte, wenigstens andeuten, daß sie eine Hysterikerin mit Geld war ...

Wenn sie auch nur einen Funken Vernunft hatten, würden sie an Hand der Aufzeichnungen zwei und zwei zusammenzählen und ihr glauben. Hoffentlich waren sie dann vorbereitet, wenn es soweit kam.

Tia übertrug ihre letzten Nachrichten, als Alex an ihrer Luftschleuse eintraf.

»Erbitte Erlaubnis, an Bord kommen zu dürfen, werte Dame«, rief er fröhlich, als sie die Luke für ihn öffnete. Er lief die Treppe hinauf, und als er schließlich in die Hauptkabine stürmte, sagte sie sich, daß die Mode sich bestimmt bald ändern würde – denn er trug einen chromgelben Kittel mit neonroter Bordüre, dazu neonrote Hosen mit chromgelber Borte. Beides grell genug, um den Augen weh zu tun und die Aufnahmegeräte zu blenden, und sie war froh über die Möglichkeit, die Empfindlichkeit ihrer visuellen Rezeptoren herunterdrehen zu können.

»Wie war euer Wiedersehen?« fragte sie, nachdem sie sich an das Leuchten seiner Kleidung gewöhnt hatte.

»Es war nur ein halbes Dutzend von ihnen da«, erzählte er ihr und ging durch den Gang zu seiner eigenen Kabine. Er stellte beide Taschen aufs Bett und kehrte zurück. »Wir haben Chria um ein Haar verpaßt. Aber es war nett.«

»Ich bin überrascht, daß du nicht mit einem Kater zurückkommst.«

Seine Augen weiteten sich überrascht. »Ich doch nicht! Ich bin doch der Stammfahrer der Akademie – jedenfalls sorge ich dafür, daß die Leute alle ihren richtigen Shuttle erwischen. Ich rühre das Zeug nie an. Verklebt nur die Synapsen.«

Tia empfand eine irrationale Freude, als sie das vernahm.

»Und, hast du mich vermißt? Ich habe *dich* nämlich vermißt. Hattest du genug zu tun?« Er warf sich in seinen Sessel und legte die Füße auf die Konsole. »Ich hoffe, du hast nicht die ganze Zeit damit verbracht, Institutsberichte zu lesen.«

»Nun«, erwiderte sie locker, »ich habe noch ein paar andere Dinge gefunden, um mich zu beschäftigen.«

Das Comlink war aktiv, und Alex bemühte sich um vorbildliches Verhalten. Er saß ruhig in seinem Sessel, das Sinbild eines nüchternen Akademieschülers und verantwortungsbewußten KD-Piloten.

Tia überlegte, daß es ganz gut gewesen war, ihn zu dieser Uniform zu zwingen. An der Übertragung nahm Professor

Barton Glasov y Verona-Gras teil, der Direktor des Instituts; ebenso ein grauhaariger, dunkel gekleideter Mann, den er als Sektorenverwaltungschef der Zentralsysteme Joshua Elliot-Rosen y Sinor, vorstellte. Ein sehr hohes Tier in der Verwaltung. Und im Augenblick sehr besorgt wegen irgend etwas, obwohl er seine Sorge sehr gut zu verbergen wußte. Als sein Konterfei auf dem Schirm erschien, war Alex in Habachtstellung gerutscht.

»Alexander, Hypatia – wir werden Ihnen eine lange Datei voller Standbilder und Holos senden«, fing Professor Barton an. »Aber im Augenblick steht der Gegenstand, den Sie hier auf meinem Schreibtisch sehen, stellvertrend für unser Problem.«

Der fragliche ›Gegenstand‹ war eine wirklich wunderhübsche kleine Vase. Sie schien aus mehrschichtigem Glas oder Keramik zu bestehen. Und sie besaß auch jene Patina, wie sie nur etwas entwickeln konnte, das schon seit langer Zeit im Boden vergraben gewesen war.

Oder wie etwas mit einer chemisch gefälschten Patina. Doch hätte der Professor sie persönlich angerufen, wenn er sich um gefälschte Antiquitäten sorgte? Unwahrscheinlich.

Das einzige Problem mit dieser Vase bestand darin, daß sie stilistisch keinem Artefakt in Tias Dateien glich.

»Sie wissen ja selbst, daß der Schmuggel und der Ausgrabungsdiebstahl schon immer ein großes Problem für uns war«, fuhr Professor Barton fort. »Es ist sehr niederschmetternd, auf eine Ausgrabungsstelle zu kommen und feststellen zu müssen, daß sie bereits ausgeplündert wurde. Aber das hier – das hier ist gleich doppelt frustrierend. Denn der Stil dieses Stücks gleicht keinem anderen irgendeiner uns bekannten Zivilisation.«

»Vor einigen Wochen haben Hunderte von Artefakten dieses Stils den Schwarzmarkt überflutet«, schloß sich Sinor an. »Die Analyse zeigt, daß sie sehr alt sind – dieses Stück hier entstand beispielsweise in der Zeit von Ramses II.«

Der Professor rang zwar nicht gerade die Hände, aber sein Kummer war doch unübersehbar. »Es gibt *Hunderte* von diesen Objekten!« platzte er heraus. »Alles, von Bechern bis

Votivtafeln, von Schmuck bis zu Statuetten! Wir wissen nicht nur nicht, woher sie kommen, wir wissen nicht einmal etwas über das Volk, das sie erschaffen hat!«

»Die meisten dieser Objekte sind natürlich nicht so gut erhalten«, fuhr Sinor fort, der mit jener unglaublichen Unbeweglichkeit dasaß, wie sie nur ein Politiker oder ein Schauspieler beherrschte. »Aber abgesehen davon, daß sie unglaublich wertvoll sind und nicht nur nebenbei Geld in die kriminelle Subkultur einschleusen, haben diese Artefakte auch noch etwas anderes an sich, das großen Grund zur Beunruhigung bietet.«

Kaum hatte der Mann diese Worte ausgesprochen, da wußte Tia bereits, worum es gehen mußte: Seuchen.

»Eine Seuche«, sagte er feierlich. »Bisher war die Krankheit noch nicht tödlich, jedenfalls nicht für die Leute, die diese kleinen Schmuckstücke kauften. Offensichtlich verfügen *die* über Privatärzte und hausinterne Medizincomputer.«

Hochfamilien, riet Tia. *Also sind die Hochfamilien darin verwikkelt.*

»Die Gegenstände sind nicht wirklich gefährlich, wenn sie erst einmal die richtigen Dekontaminationsprozesse durchlaufen haben«, fügte der Professor hastig hinzu. »Aber wer immer diese Dinge ausgräbt, macht sich nicht einmal die Mühe, sie einer UV-Kanone zu unterziehen. Er räumt sie einfach nur ab ...«

Tia zuckte zusammen und sah, wie Alex äußerlich das gleiche tat. Einem Archäologen mitzuteilen, daß ein Schmuggler ein Artefakt ›abgeräumt‹ habe, war so, als würde man einem Münzsammler mitteilen, daß sein kleiner Neffe gerade die Stahlbürste gezückt hatte, um seine Sammlung für ihn aufzupolieren.

» ... räumt sie ab, verstaut sie in Taschen und verkauft sie.« Professor Barton seufzte. »Ich habe keine Ahnung, weshalb seine Helfer nicht daran erkranken. Vielleicht sind sie immun dagegen. Was auch immer der Grund sein mag, die Empfänger dieser Stücke jedenfalls *werden* krank, sie sind nicht glücklich darüber und sie wollen, daß etwas unternommen wird.«

Seine Miene sagte Tia mehr als seine Worte. Die Hochfamilien, die die Artefakte erworben hatten, mußten gewußt haben, daß sie geschmuggelt, möglicherweise auch gestohlen waren, und irgendwelche Mitglieder ihres Kreises waren darüber krank geworden. Und da das Institut die offizielle Organisation darstellte, die für Antiquitäten zuständig war, erwarteten sie nun vom Institut, daß es den Schmuggler ausfindig und dingfest machen möge.

Nicht daß irgendeiner von ihnen uns verraten würde, wie und woher er von diesen Schätzen erfuhr. Auch würden sie niemals zugeben, gewußt zu haben, daß es sich dabei um Schwarzmarktware handelte. Und wenn sie aufhörten, geschmuggelte Artefakte zu kaufen, würden sie auch nicht krank werden.

Doch all das bedeutete natürlich überhaupt nichts, sobald es um Hochfamilien ging, die sich doch nie mit solch schlichten Konzepten wie das Prinzip von Ursache und Wirkung abgaben.

»Obwohl diese Stücke die Gefahr der Erkrankung in sich bergen, werden sie immer noch sehr viel verlangt«, sagte Sinor.

Weil irgend jemand in den Hochfamilien die Nachricht verbreitet hat, daß man die Dinger nach dem Kauf besser dekontaminieren sollte, damit man die hübschen Stücke auch behalten kann, ohne sich dafür eine Strafe einzuheimsen. Aber irgend etwas stimmte an dieser Geschichte nicht. Irgend etwas paßte nicht ins Bild. Sie konnte allerdings nicht genau ausmachen, was es war.

In der Zwischenzeit wurde die Übertragung fortgesetzt. »Aber ich muß wohl keinem von Ihnen mitteilen, wie gefährlich es ist, diese Dinger dort draußen zu haben«, fügte Professor Barton hinzu. »Es ist ziemlich offensichtlich, daß die Schmuggler nicht einmal die einfachsten Vorsichtsmaßnahmen im Umgang mit den Artefakten beherzigen. Mit jedem zu einem hohen Preis verkauften Stück wächst die Wahrscheinlichkeit, daß irgend jemand auch eins stehlen wird oder herausbekommt, wo sich die Quelle dafür befindet, oder daß er es in ein benachteiligtes Gebiet bringt, um es dort zu verkaufen.«

Sie meinen wohl ein Elendsviertel, Professor. Ob er das zu sehr betonte?

Tia beschloß zu zeigen, daß sowohl sie als auch ihr Pilot tatsächlich aufmerksam zuhörten. »Ich kann mir schon denken, was dann geschieht, meine Herren«, entgegnete sie. »In solchen Gebieten breiten sich Krankheiten sehr schnell aus, und was für einige wenige vielleicht nicht gefährlich sein mag, dürfte die Mittellosen *umbringen*.«

Und dann hätten wir es mit einer ausgewachsenen Seuche samt dazugehöriger Panik zu tun. Aber er mußte doch wissen, wie sie dazu stand. Denn er wußte mit Sicherheit, wer sie war – es gab nicht allzuviele ›Hypatias‹ auf der Welt, und er war der unmittelbare Vorgesetzte von Potas und Braddons Vorgesetztem gewesen. Er mußte ihre Geschichte kennen. Wahrscheinlich spekulierte er auch darauf.

»Genau, Hypatia«, sagte Sinor.

»Ich hoffe, Sie planen nicht, uns als Schmugglerjäger einzusetzen«, erwiderte Alex. »Ich würde niemals als Mitglied der Hochfamilien durchgehen, also könnte ich auch nicht als Käufer auftreten. Und Bewaffnung ist uns nicht gestattet – aber ich will auf keinen Fall diesen Schmuggler angehen müssen, ohne Waffen dabeizuhaben!«

»Mit anderen Worten, meine Herren, wir sind nicht dumm, wir sind nicht verzichtbar, und wir gehen nicht hin.« Aber all das klang viel zu glatt, ein wenig zu sehr geplant. Wenn Sinor ihnen jetzt sagte, daß man *nicht* von ihnen erwartete, die Schmuggler selbst zu fangen …

»Nein …« sagte Sinor beruhigend – und ein wenig zu hastig. »Nein, wir haben schon einige Polizeimannschaften daran gesetzt, einzugreifen. Allerdings besteht durchaus die Möglichkeit, daß die Quelle dieser Artefakte jemand ist, der in einer Forschungs- oder Begutachtungsmannschaft tätig sein könnte. Da die Artefakte als erstes in diesem Sektor auftraten, ist es nur logisch davon auszugehen, daß sie auch hier entstanden sind.«

Viel zu glatt. Das ist doch alles ein Märchen. Aber wozu?

»Also möchten Sie, daß wir die Augen offenhalten, während wir unsere Lieferungen transportieren«, ergänzte Alex.

»Sie beide sind gut dafür geeignet«, wies Barton ihn hin. »Sie haben beide Kenntnisse der Archäologie. Hypatia, Sie wissen aus nächster Nähe, wie es bei Ausgrabungen zugeht. Wenn Sie erst einmal diese Artefakte identifizieren können, wenn Sie auch nur eine Spur davon erblicken – Scherben oder zerbrochene Schmuckstücke –, werden Sie sofort wissen, worum es sich dabei handelt und wo sie herkommen.«

»Das können wir tun«, erwiderte Tia vorsichtig. »Ich denke, wir können ein wenig herumschnüffeln, ohne Verdacht zu erregen.«

»Gut. Genau das brauchten wir auch.« Professor Barton klang sehr erleichtert. »Ich nehme an, ich brauche nicht eigens zu erwähnen, daß darin für Sie auch ein Bonus steckt.«

»Mit einem Bonus kann ich leben«, erwiderte Alex fröhlich.

Die beiden VIPs verabschiedeten sich, und Alex wandte sich sofort Tia zu.

»Ist dir das auch alles so falsch vorgekommen wie mir?« wollte er wissen.

»Na ja, die Objekte, die sie haben wollen, sind schon wirklich genug«, erwiderte sie und spulte dabei noch einmal die Aufzeichnung des Gesprächs ab, um jedes Wort zu analysieren. »Aber ob es wirklich Artefakte sind, steht auf einem anderen Blatt. Auf jeden Fall steckt wesentlich mehr dahinter, als sie uns mitteilen wollen.«

Alex lehnte sich in seinen Sessel zurück und verschränkte die Hände hinter dem Kopf. »Ob mit diesen Dingern Spionage oder Rebellion finanziert wird?« überlegte er. »Oder werden damit Waffen gekauft?«

Tia brach ihre Aufzeichnung ab. Irgend etwas an dem Artefakt störte sie. Sie vergrößerte das Bild und warf es auf den Schirm.

»Was ist daran verkehrt?« wollte sie wissen. Alex beugte sich vor, um es sich anzuschauen.

»Ist das ein Loch, was da in den Boden gebohrt wurde?« fragte er. »Erst gebohrt, dann überdeckt?«

»Das könnte sein.« Sie musterte ihr Bild noch einmal. »Findest du nicht auch, daß der Boden furchtbar dick ist?«

»Könnte sein«, erwiderte auch er. »Weißt du ... wir haben ja *nur* ihre Versicherung, daß es sich um ›Alien-Artefakte‹ handelt. Was, wenn sie nichts dergleichen sein sollten?«

»Dann wären sie nicht allzuviel wert ... es sei denn ...«

Sie kam so schnell auf die Antwort, daß sie auf dem Schirm ein eigenes Feuerwerk abspielte. »Ich habe es!« rief sie und öffnete schnell den Zugang zur Institutsbibliothek, um ein bestimmtes, altes Nachrichtenprogramm abzurufen.

Sie konnte sich noch aus ihrer Kindheit daran erinnern; weil es eine raffinierte Schmuggelmethode gewesen war und weil Pota sie dabei erwischt hatte, wie sie es sich ansah.

Einer der Institutsarchäologen war von einem großen Drogenschmuggler umgedreht worden, der nach einer Möglichkeit suchte, seine Ware zu den Zentralwelten zu schaffen. In einem anderen Fall, wo es auf ein und demselben Planeten sowohl Kolonien als auch Ausgrabungsstätten gab, war der Archäologe von einer stimmungsverändernden Droge namens ›Paradies‹ abhängig geworden und wurde dadurch anfällig für Erpressung.

Die Erpressung kam von dem Beschaffer und Produzenten persönlich. Dort draußen am Rande der Galaxie war es alles andere als schwierig, seine Schmuggelware in normalen Frachtschiffen mit landwirtschaftlichen Gütern zu verbergen, doch je mehr man sich der Zivilisation näherte, um so schwieriger wurde es. Öffentliche Verkehrsmittel standen da nicht zur Debatte.

Aber es gab auch andere Schiffsladungen, die genau ins Herz der Zivilisation befördert wurden. Ladungen, die so unschuldig und zerbrechlich wirkten, daß sie keinen Zollinspektor zu Gesicht bekamen. Beispielsweise ... Institutsartefakte.

Also hatte der Drogenhändler sein Produkt wie Töpferscherben geformt. Und der Archäologe vor Ort sorgte dafür, daß sie wie alle anderen Artefakte eingepackt und abgeschickt wurden – obwohl man sie nie katalogisierte. Als die

Lieferung im Institut ankam, stellte ein Arbeiter im Annahmetrakt die Kisten der besonderen Markierung beiseite und ließ sie über Nacht auf dem Ladedeck. Dort verschwanden sie dann, doch da sie nie katalogisiert worden waren, vermißte sie auch niemand.

Der einzige Grund, weshalb der Archäologe erwischt worden war, war ein übereifriger Graduierter gewesen, der die falschen Scherben *doch* katalogisierte, so daß später im Institut die Polizei gerufen wurde, als man die Scherben vermißte.

Tia spielte die Nachrichtenmeldung für Alex ab, der sie aufmerksam las. »Was meinst du dazu?« fragte sie, als sie damit fertig war.

»Ich denke, unser Freund in dem langweiligen blaugestreiften Jackett sah merkwürdig gut aus. Er roch nach Polizei.« Alex nickte. »Ich glaube, du hast recht. Irgend jemand versucht wieder einen Artefakttausch, nur daß er diesmal in den Schwarzmarkt vorstößt.«

Tia stellte schnell eine Verbindung zu den Netzen her und machte sich auf die Suche nach einem Politiker namens Sinor. Sie fand auch einen – aber der glich *nicht* dem Mann, der bei der Übertragung zu ihnen gesprochen hatte.

»Der Trick besteht wahrscheinlich darin, daß jemand, der eine Kiste mit geschmuggelten Glaswaren erblickt, dabei nicht gleich an Drogen denkt.« Tia war sehr zufrieden mit ihrer Deduktion und damit, daß sie Sinor als Mitglied eines Rings entlarvt hatte. Natürlich konnte sie nicht wissen, ob sie wirklich richtig geraten hatte, aber dennoch ... »Das Schlimmste, was einem Artefaktschmuggler passieren kann, ist eine Geldbuße. Das wird nicht sonderlich ernstgenommen, obwohl es dabei um durchaus ernstzunehmende Geldsummen geht und die Schmuggler möglicherweise jemanden umgebracht haben, um an ihre Ware zu kommen.«

»Das setzt voraus, daß die Inspektoren die Artefakte überhaupt aufspüren. Gut, und was haben wir damit zu tun?« Alex fuhr sich mit der Hand durchs Haar. »Glauben die, daß wir diesen Burschen finden werden?«

»Ich glaube, sie denken, daß er wieder mit einem Komplizen auf einer kleinen Ausgrabungsstelle zusammenarbeitet. Übrigens hattest du recht, was Sinor anging. Das heißt, der Sinor, den wir gesehen haben, ist nicht derselbe, der in den Akten steht.« Da fiel ihr etwas anderes ein. »Weißt du ... ihre Geschichte könnte durchaus wahr sein. Wer immer diese Sache durchführt, hat vielleicht damit *angefangen* auf eigene Rechnung Artefakte herauszuschmuggeln – dann geriet er in die Fänge irgendeines Verbrechersyndikats und ist jetzt dazu gezwungen, die gefälschten, Drogen enthaltenden Artefakte zusammen mit den echten zu verkaufen.«

»Das scheint mir wirklich Sinn zu geben!« rief Alex. »Es paßt zu sämtlichen Daten. Werden wir immer noch mitspielen?«

»Ja«, erwiderte Tia. »Aber in einem sehr beschränkten Ausmaß, würde ich sagen. Wir haben keine Waffen. Wenn wir irgend etwas entdecken, melden wir es und verschwinden sofort.«

»Das klingt gut, Lady«, erwiderte Alex mit unverkennbarer Erleichterung. »Ich bin zwar kein Feigling – aber dumm bin ich auch nicht. Und ich habe mich nicht zu diesem Programm gemeldet, um von irgendeinem zweitklassigen Schläger aus den Textilien gehoben zu werden. Wenn ich *das* gewollt hätte, hätte ich bloß in bestimmte Gegenden zu schlendern brauchen, um etwas Glitzerkram vorzuzeigen. Tia – weshalb dann dieser ganze Unsinn mit der Seuche?«

»Wahrscheinlich, um uns zu ködern«, sagte sie nach einem kurzen Augenblick des Nachdenkens. »Sie wissen, daß wir das Team sind, das den Zombieerreger aufgespürt hat – da ist es wahrscheinlich, daß wir auf Seuchen anspringen. Und um uns daran zu hindern, die Objekte zu berühren. Wenn wir nicht an ihnen herumfummeln, erfahren wir auch nichts über die Drogengeschichte.«

Alexander machte ein angewidertes Geräusch. »Man hätte doch erwarten können, daß sie uns die wirkliche Geschichte auftischen. Ich würde die ganze Sache gern abblasen, nur weil sie es nicht getan haben. Ich werde es zwar nicht tun ...« fügte er hastig hinzu, »aber Lust hätte ich schon dazu.«

Er begann damit, zur Vorbereitung auf den Start die Konsolen warmlaufen zu lassen. Tia stellte eine Verbindung zur Flugleitzentrale her – doch während sie das tat, fragte sie sich stumm, ob nicht vielleicht *noch mehr* hinter der Geschichte stecken mochte, als sie bisher erraten hatte.

Irgend etwas machte Alex zu schaffen, und während die beiden ihrer Routine nachgingen, versuchte er es zu bestimmen. Erst nachdem er die Aufzeichnung der Übertragung mit Professor Barton und dem falschen ›Sinor‹ noch einmal abgespielt hatte, erkannte er, was es war.

Tia hatte gewußt, daß Professor Barton echt war – ohne es erst überprüfen zu müssen. Und Barton hatte wiederum Dinge gesagt, die darauf hinwiesen, daß er wußte, wer sie war.

Alex hatte sich nie wirklich Gedanken über ihre Herkunft gemacht. Er hatte immer angenommen, daß sie ein ganz normaler Hüllenmensch war, wie alle anderen, die er kennengelernt hatte.

Aber was hatte der Professor genau gesagt? *Sie verfügen beide über archäologisches Grundwissen. Hypatia, Sie wissen aus nächster Nähe, wie es bei Ausgrabungen zugeht.*

Nach allem, was Jon Chernov erzählt hatte, war das Schulungsprogramm der Hüllenmenschen so dicht gepackt, daß es nicht die geringste Zeit für Hobbys ließ. Hobbys legte sich ein Hüllenmensch erst zu, nachdem er in die wirkliche Welt entlassen worden war und die entsprechende Freizeit zur Verfügung hatte. Das Programm der Laborschule war so intensiv, daß selbst Spiele nur nach Plan stattfanden. Da gab es keinen Spielraum für ein ›Interesse‹ an Archäologie. Und auf dem normalen Lehrplan stand sie auch nicht.

Die einzige Möglichkeit zu erfahren, wie es auf Ausgrabungen zuging, bestand darin, selbst dort zu arbeiten.

Oder wenn man da Kind von Archäologen war, die einen auf Ausgrabungen mitnahmen.

Da fiel ihm wieder etwas ein, das Tia einmal gesagt hatte: *Die Cades lernten sich kennen, als sie sich gerade von Hendersons*

Chorea erholten. Das war keine Information, wie sie jemand besaß, für den Archäologie nur ein Hobby darstellte. Einzelheiten aus dem Leben von Archäologen interessierten nur die Leute, die sie persönlich kannten.

Unter dem Vorwand, die EsKa-Ausgrabungsstätten durchgehen zu wollen, ließ er sich die Personallisten auf den Schirm holen – bis zur letzten EsKa-Ausgrabung, an der die Cades teilgenommen hatten.

Und da war es auch schon: C-121. Aktives Personal: Braddon Maartens-Cade, Pota Andropolous-Cade. Kinder: *Hypatia* Cade, Alter: sieben.

Hypatia Cade, von einer KI-Drohne des medizinischen Dienstes zur Hospitalstation *Stolz von Albion* transportiert. Opfer einer unbekannten Erkrankung. Braddon und Pota in Quarantäne verbracht – nie wieder die geringste Nachricht über Hypatia. Vielleicht war sie gestorben – aber das war nicht wahrscheinlich.

In der Galaxie konnte es nicht viele Mädchen mit dem Namen ›Hypatia‹ geben. Die Wahrscheinlichkeit, daß zwei von ihnen in dasselbe Hospitalschiff evakuiert worden waren, war gering; die Wahrscheinlichkeit, daß der beste Freund *seiner* Tia, Doktor Kennet Uhua-Sorg – seines Zeichens Chef der Neurologie und Neurochirurgie – derselbe Arzt war, der sich um den Fall jener anderen Tia kümmerte, war so mikroskopisch klein, daß er sich nicht einmal die Mühe machte sie auszurechnen.

Er legte die Datei wieder ab und loggte sich aus den Informationsbrettern aus, hatte dabei ein Gefühl, als hätte ihm gerade jemand mit einer Holzlatte auf den Hinterkopf gehauen.

Als sie mich zum Piloten nahm, habe ich einen Trinkspruch auf unsere Partnerschaft ausgebracht – »möge sie so dauerhaft und so fruchtbar sein wie die der Cades«. Ach, verdammt! Ich bin überrascht, daß sie mich nicht sofort an Ort und Stelle aus der Luftschleuse geschmissen hat.

»Tia«, sagte er mit sorgfältiger Betonung in die stumme Kabine hinein. »Ich … ich würde mich gern entschuldigen …«

»Aha, du hast also herausgefunden, wer ich bin, wie?« Zu seiner Überraschung und großen Erleichterung klang sie *amüsiert*. »Ja, ich bin Hypatia Cade. Ich habe mir überlegt, ob ich es dir sagen soll, aber dann habe ich befürchtet, daß du ein mieses Gefühl wegen deiner Bemerkung damals haben könntest. Du weißt doch wohl, daß du keine Daten über mich abrufen kannst, ohne daß ich es merke?«

»Und ich habe gedacht, ich wäre wirklich ganz raffiniert vorgegangen.« Es gelang ihm ein mattes Grinsen. »Ich glaubte, ich hätte meine Spuren sehr geschickt verdeckt, so daß du es nicht bemerken würdest. Ich ... es tut mir wirklich leid, wenn ich dir weh getan habe.«

»Ach, Alex, es wäre nur dann widerlich und geschmacklos gewesen, wenn du es mit Absicht getan hättest.« Sie lachte. Er hatte ihr Lachen lieben gelernt. Oft erzählte er ihr nur Witze, um es hören. »So etwas kommt eben vor. Ich vermute, daß du jetzt neugierig bist. Was willst du über mich wissen?«

»Alles!« platzte er heraus und lief vor Verlegenheit rot an. »Es sei denn, du möchtest lieber nicht darüber sprechen.«

»Alex, ich habe überhaupt nichts dagegen! Ich hatte eine *sehr* glückliche Kindheit, und es wird sehr viel angenehmer sein, über Mum und Dad zu sprechen, ohne den Versuch zu unternehmen, sie vor dir zu verbergen.« Diesmal kicherte sie leise. »Manchmal habe ich das Gefühl gehabt, als würde ich einen heimlichen Liebhaber versteckthalten!«

»Dann hältst du also immer noch Kontakt zu deinen Eltern?« Alex war fasziniert: Das verstieß wirklich gegen *alles*, was man ihm über Hüllenmenschen gesagt hatte. Hüllenmenschen hatten keine Familien; ihre Familien bestanden allenfalls aus ihren Mentoren und Klassenkameraden.

»Natürlich halte ich noch Kontakt zu ihnen. Ich bin ihr größter Anhänger. Sofern Archäologen überhaupt Anhänger haben können.« Ihr Zentralschirm leuchtete auf. Darauf erschien eine Aufnahme von Pota und Braddon, die stolz einen reichverzierten Brustpanzer zur Schau stellten. »Hier ist etwas aus ihrem letzten Brief; sie haben gerade die Waffenkammer freigelegt, und was sie dort entdeckt haben, stellt die ganze akademische Welt auf den Kopf. Das sind Eisenplatten auf einer Rüstung der Bronzezeit.«

»Das gibt es doch gar nicht!« Alex starrte das Bild fasziniert an. Er sah Pota und Braddon, wie sie lächelten und winkten, so wie es alle Eltern mit ihrem Kind getan hätten. Pota deutete auf etwas an der Rüstung, während Braddons Mund sich bewegte. Tia hatte den Ton abgestellt und die Auflösung war nicht hoch genug, als daß Alex die Worte hätte erraten können.

»Das ist aber nicht mein eigentliches Interesse«, fuhr sie fort. »Ich habe dir die Wahrheit gesagt. Ich bin hinter der Heimatwelt der EsKas her, aber ich will sie finden, weil ich auch den Erreger finden will, der mich zum Krüppel gemacht hat.« Die beiden Seitenschirme flackerten auf, zeigten ältere Bilder. »Und bevor du danach fragst, mein Lieber, das bin ich. Das Bild auf der Rechten zeigt meine Geburtstagsfeier, als ich sieben wurde; links siehst du mich mit Theodor Bär und Moiras Piloten Tomas – Ted war ein Geschenk der beiden.« Sie hielt kurz inne. »Ich habe gerade etwas überprüft. Ja, das ist das letzte gute Bild, das von mir aufgenommen wurde. Die anderen wurden alle im Krankenhaus geschossen, und die würde ich allenfalls einem Neurologen zumuten.«

Alex studierte die beiden Bilder, die dasselbe elfengleiche Kind mit den wachen Augen zeigten. Ein unglaublich *hübsches* Kind, mit dunklen Haaren und blauen Augen, einem hageren, zerbrechlichem Gesicht und einem Lächeln, das nicht aufhören wollte. »Wie bist du dann ins Programm gekommen?« fragte er. »Ich dachte immer, die nehmen niemanden, der älter als ein Jahr ist!«

»Das haben sie auch nicht getan, bis ich kam«, antwortete sie. »Dafür haben Doktor Kenny und Lars, der Systemmanager des Krankenhauses, gesorgt. Sie waren überzeugt davon, daß ich flexibel genug sei, um den Übergang zu schaffen – da ich intelligent genug war, zu *begreifen*, was mit mir geschehen war und was es bedeutete. Nämlich …« fügte sie hinzu, » … vollkommene Abhängigkeit von lebenserhaltenden Systemen. Keinerlei Mobilität.«

Er erschauerte. »Ich begreife schon, weshalb du nicht möchtest, daß so etwas noch einmal jemandem widerfährt.«

»Ganz genau.« Tia löschte die Schirme, bevor er Gelegenheit hatte, die Bilder noch eingehender zu studieren. »Nachdem ich solche guten Ergebnisse aufwies, hat die Laborschule auch ältere Kinder in Erwägung gezogen. Bisher haben sie schon drei aufgenommen, aber keins so alt wie ich.«

»Nun, meine Dame – so bemerkenswert du heute bist, so bemerkenswert mußt du wohl auch schon als Kind gewesen sein«, warf er ein.

»Schmeichler«, sagte sie, klang aber erfreut.

»Ich meine es wirklich so«, beharrte er. »Ich habe auch Interviews mit zwei anderen Schiffen gehabt, weißt du. Keins davon hatte deine Persönlichkeit. Ich habe nach jemandem wie Jon Chernov gesucht; *die* dagegen waren eher wie KI-Drohnen.«

»Du hast Jon schon öfter erwähnt ...«, erwiderte sie verwundert. »Was hat er denn eigentlich mit uns zu tun?«

»Habe ich dir das denn nicht gesagt?« platzte er heraus – dann schlug er sich mit der Hand an die Stirn. »Verdammt, das habe ich tatsächlich nicht! Jon ist auch ein Hüllenmensch. Er war Aufseher und Systemmanager der Forschungsstation, auf der meine Eltern arbeiteten!«

»Oh!« rief sie. »*Deshalb* also ...«

»Deshalb was?«

»Deshalb behandelst du mich so, wie du es tust – indem du dich meiner Säule zuwendest, um Erlaubnis bittest, an Bord zu kommen, mich fragst, welche Musik ich gern in der Hauptkabine hören würde ...«

»Ja, darauf kannst du wetten!« sagte er grinsend. »Jon hat genau darauf geachtet, daß ich gute Umgangsformen gegenüber Hüllenmenschen entwickle, bevor er mich an die Akademie gelassen hat. Er hätte mir ganz schön den Hintern versohlt, wenn ich jemals vergessen hätte, daß du dort drin bist – und daß du der Teil der Mannschaft bist, der sich nicht in seine eigene Kabine zurückziehen kann, um einmal allein zu sein.«

»Erzähl mir von Jon«, ermunterte sie ihn.

Er mußte angestrengt nachdenken, bis es ihm wieder einfiel, wann er sich zum erstenmal mit Jon unterhalten hatte. »Ich glaube, mir wurde zum erstenmal klar, daß er da war, als ich ungefähr drei Jahre alt war, vielleicht auch zwei. Meine Eltern sind Chemotechniker auf einer der Lily-Baer-Forschungsstationen – damals gab es dort nicht allzu viele Kinder, weil es eine neue Station war. Der größte Teil des Personals war ledig. Daher gab es auch nicht viele Einrichtungen für Kinder, und ich vermute, daß Jon sich wahrscheinlich erboten hat, gewissermaßen den Babysitter zu spielen, während meine Eltern auf der Arbeit waren. Das war nicht besonders schwierig – im Prinzip mußte er lediglich dafür sorgen, daß meine Zimmertür verriegelt blieb, wenn er nicht gerade Servoroboter hineinschickte, um mich zu füttern. Aber ich schätze, ich habe ihn irgendwie fasziniert, und da hat er begonnen, mit mir zu sprechen, mir Geschichten zu erzählen – und dann hat er die Servoroboter angewiesen, mit mir zu spielen.« Er lachte. »Eine Weile lang glaubten meine Eltern, daß ich durch die ›Unsichtbarer Freund‹-Phase ginge. Dann begannen sie sich Sorgen zu machen, weil ich ihr nicht entwuchs, und schickten mich zu einem Seelenklempner. Als sie gerade den Termin ausmachen wollten, hat sich Jon eingemischt und ihnen mitgeteilt, daß *er* der unsichtbare Freund war.«

Tia lachte. »Du wußtest ja bereits, daß Moira und ich uns schon lange kannten – na ja, sie war das KD-Schiff, das immer die Ausgrabungen meiner Eltern versorgte, so habe ich sie kennengelernt.«

»Man gewöhnt sich dadurch an einen Freund, den man nicht sehen, mit dem man aber sprechen kann«, stimmte Alex zu. »Nun, als ich in die Vorschule kam, verlor Jon für eine Weile das Interesse, bis ich anfing, Schach zu lernen. Er selbst ist wirklich ein sehr guter Spieler; und als er sah, daß ich den Computer regelmäßig schlug, erinnerte er sich an mich und mischte sich ein, mitten im Spiel. Bis er das Spiel übernahm, gewann ich noch«, erinnerte er sich, immer noch ein wenig wütend.

»Was soll ich sagen?« fragte sie rhetorisch.

»Ich schätze, ich sollte mich wohl nicht beklagen. Er wurde mein bester Freund. Er war es, der mein Interesse an Archäologie förderte – und als es offensichtlich wurde, daß meine Eltern es sich nicht würden leisten können, für alle Universitätskurse aufzukommen, verhalf er mir zur Akademie. Wußtest du eigentlich, daß die Empfehlung eines Hüllenmenschen doppelt soviel zählt wie jede andere mit Ausnahme von PHD-Mitarbeitern und noch höheren Tieren?«

»Nein, das wußte ich nicht!« Sie klang überrascht und belustigt. »Anscheinend vertrauen sie auf unser Urteil.«

»Nun, du hast ja seine Nachrichten vernommen. Wahrscheinlich ist er ebenso zufrieden darüber, wie sich die Dinge entwickelt haben, wie ich es bin.« Er spreizte die Hände. »Und das ist auch schon alles, was es über mich zu wissen gibt.«

»Wohl kaum«, erwiderte sie trocken. »Aber es bringt doch etwas Licht in einige Geheimnisse.«

Als Alex sich in dieser Nacht in seine Koje legte, hatte er Schwierigkeiten einzuschlafen. Er hatte Tia immer als Person gesehen – doch nun besaß sie zu ihrem Namen auch noch ein Gesicht.

Jon Chernov hatte ihm einmal gezeigt, wie Jon ausgesehen hätte, wenn er außerhalb einer Schale hätte überleben können. Alex hatte vorher gewußt, daß es scheußlich sein würde, und so hatte er sich nicht erschauernd abgewandt, doch hatte es ihn eine große Willensanstrengung gekostet. Danach war es ihm leichter gefallen, der Stimme kein Gesicht mehr zuzuordnen. Denn es gab völlig unhumanoide Rassen, die menschlicher aussahen als der arme Jon.

Tia dagegen war ein bezaubernd hübsches Kind gewesen. Als Erwachsene wäre sie wunderschön geworden. *Ach was, im Inneren ihrer Schale ist sie wahrscheinlich auch eine wunderschöne Erwachsene. Ein wunderschöne, leblose Erwachsene. Wie eine Marionette ohne Fäden; ein Androide ohne Systemschaltungen.* Alexander hatte kein Verlangen, ihre Säule zu öffnen, er fühlte sich von leblosen Dingen nicht angezogen. Fühlie-Pornos hatten ihn angewidert, und sein einziger, jugendlicher Versuch mit einem Sex-Androiden hatte ihn mit dem Gefühl zurückgelassen, beschmutzt und benutzt worden zu sein.

Doch das verschärfte nur die Tragödie, die ihr widerfahren war. Jons Verunstaltungen waren solcherart, daß sein Aufenthalt in der Schale für jeden eine Erleichterung darstellte. Tia dagegen ...

Aber sie war glücklich. Sie war ebenso glücklich wie jeder seiner Klassenkameraden auf der Akademie. Wo war da also die Tragödie?

Nur in seiner Vorstellung ...

KAPITEL 6

Wenn es nach Alex gegangen wäre, hätten die letzten zwölf Stunden auch ausfallen können.

Nach einer ereignislosen Reise war er mit Tia zur Basis Diogenes zurückgekehrt und hatte damit gerechnet, daß sie wieder auf eine der üblichen Fahrten losgeschickt würden. Doch dann erfuhren sie, daß sie auf der nächsten Reise Passagiere mitnehmen mußten. Die Passagiere befanden sich gerade auf einem kommerziellen Passagierschiff auf dem Weg von der Zentrale und dem Institut und würden erst in ein paar Tagen eintreffen.

So hatte er Gelegenheit zu einem kleinen Landbummel gehabt, noch dazu in einer Stationsstadt, die einen ziemlich großen Umschlag an Raumverkehr kannte.

Jetzt tat es ihm leid, daß er das getan hatte ... Nein, natürlich nicht aus irgendwelchen schlimmen Gründen. Er hatte sich nicht betrunken, war nicht überfallen worden oder sonstwie in Schwierigkeiten geraten. Nein, er hatte sich nur blamiert.

In der Raumhafengegend hatte er sich Gesellschaft gesucht, war durch Kneipen und Restaurants gezogen. Er hatte auch mehr als nur ein Angebot erhalten, angenommen aber hatte er nur jenes einer elfengleichen Kreatur mit dunklem Haar und blauen Augen. ›Bet‹, wie sie hieß, war Raumfahrerin in der vierten Generation und folgte der rastlosen Tradition ihrer Familie.

Er hatte sich nicht gefragt, was seine Auswahl bestimmt hatte, hatte sich nicht einmal darüber gewundert, daß er diesmal so sehr von seinem normalen ›Typ‹ der braunhaarigen, braunäugigen und athletischen Frau abgewichen war. Er hatte eine schöne Zeit mit dem Mädchen verbracht, das Mannschaftsleiterin an Bord eines KI-Frachters war. Sie hatten sich zusammen eine Show angesehen, waren Essen gegangen – und schließlich in einem Hotelzimmer gelandet.

Er hatte sich noch immer keine Gedanken über seine Wahl gemacht, als plötzlich der Augenblick der Offenbarung kam.

Als er nämlich plötzlich zu ihr ›Tia‹ gesagt hatte.

Am liebsten wäre er auf der Stelle tot umgefallen. Glücklicherweise erwies sich die junge Dame als verständnisvoll. Bet kicherte lediglich, nannte ihn ihrerseits ›Giorgi‹, und dann hatten sie weitergemacht. Und als sie sich trennten, gab sie ihm einen Kuß, teilte ihm mit, daß seine ›Tia‹ ein glückliches Mädchen sei und daß er ihr Bets Grüße ausrichten solle.

Den Geistern des Alls war es gedankt, daß er ihr nicht die Wahrheit zu sagen brauchte. Sie hatte nur die KD-Uniform zu sehen bekommen. Er hätte irgend etwas sein können. Mit Sicherheit hatte sie nicht an einen Piloten eines Gehirn-Schiffs gedacht, als sie ihn aufgegabelt hatte, und er hatte ihr auch nicht erzählt, welche Stellung er im Kurierdienst innehielt.

Anstatt sofort zum Schiff zurückzukehren, hatte Alex verzögert. Er war in einen multi-virtuellen Freizeitpark gegangen und hatte sich fünf der wildesten Abenteuer reingezogen, die dort geboten wurden.

Doch nichts konnte die wahre Bedeutung dessen ausradieren, was er getan hatte. Und es war sein Glück, daß seine Partnerin nicht gewußt hatte, wer Tia war. Man hatte Piloten schon aus weitaus geringfügigerem Anlaß in die Psychotherapie überwiesen. Der KD hatte einen üblen Ruf, was seinen Umgang mit solchen Ausrutschern betraf. Er war nicht bereit, einen seiner kostbaren Hüllenmenschen durch jemanden gefährden zu lassen, der so besessen von ihm war, daß er versuchen könnte, an den physischen Körper zu gelangen.

Mit sehr gemischten Gefühlen kehrte Alexander zu den Docks zurück; er hatte keinerlei Vorstellung, was er deswegen unternehmen könnte, falls es überhaupt etwas geben sollte.

Tia begrüßte ihren Piloten fröhlich, als er an Bord kam, gewährte ihm aber etwas Zeit, um sich ein wenig einzufinden. »Ich habe die Passagierliste«, sagte sie, nachdem er seine Ausrüstung verstaut hatte. »Möchtest du sie sehen, möchtest du wissen, mit wem wir die nächsten paar Wochen verbringen werden?«

»Na klar«, erwiderte Alex und wurde lebhafter. Er hatte müde ausgesehen, als er kam; Tia vermutete, daß er seinen Landurlaub wohl ein wenig zu heftig gefeiert hatte. Er war zwar nicht verkatert, sah aber so aus, als hätte er seinen zweitägigen Landurlaub bis zum Exzeß ausgelebt, um zweiundzwanzig von vierundzwanzig Stunden dem Vergnügen zu widmen. Alex ließ sich in seinen Sessel sinken, und sie führte ihm die Liste auf den Schirmen vor.

»Hier ist unser Mannschaftsleiter, Doktor Izak Hollister-Aspen.« Der Leiter der Auswertungsmannschaft war ein älterer Mann; vierfacher Doktor, dünn wie ein Grashalm, glattrasiert, weißhaarig und so zerbrechlich, daß Tia schon befürchtete, er könnte beim ersten scharfen Windstoß in Stücke fallen. »Er hat vier Doktorgrade, hat zwölf Bücher und ungefähr zweihundert Aufsätze veröffentlicht und hat bereits an die zwanzig Mannschaften geleitet. Er scheint auch durchaus Humor zu haben. Hör mal.«

Sie spielte ein Dateifragment ab. »Ich muß zugeben«, sagte Aspen mit zitternder Stimme, »daß es eine ganze Menge Kollegen gibt, die der Auffassung sind, ich sollte mich hinter einen Schreibtisch setzen und diese Ausgrabung jüngeren Leuten überlassen. Nun«, fuhr er mit einem Lächeln fort, »ich habe auch vor, etwas Ähnliches zu tun. Ich werde hinter meinem Schreibtisch in meiner Kuppel sitzen und es den jüngeren Leuten meiner Mannschaft überlassen, die Grabungsarbeiten durchzuführen. Ich meine doch, das kommt dem wohl nahe genug, um es gelten zu lassen.«

Alex lachte. »Er gefällt mir bereits. Ich hatte schon befürchtet, daß es eine langweilige Reise wird.«

»Unwahrscheinlich, mit ihm an Bord. Nun, hier ist unser stellvertretender Leiter, Doktor Siegfried Haakon-Fritz. Und wenn dieser Bursche die Leitung gehabt hätte, wäre es wohl wirklich eine ziemlich scheußliche Reise geworden.« Sie zeigte das Bild von Fritz, einem kantigen, stahläugigen Monument mit strenger Miene. Er hätte als Modell für jedes Denkmal eines Helden der Arbeit dienen können. Die Miene des Mannes zeugte von keinerlei Humor. »Mehr habe ich nicht, nur fünf Minuten stummen Starrens. Er hat kein einziges Wort gesagt. Aber vielleicht hält er ja nichts davon, aufgenommen zu werden.«

»Weshalb nicht?« fragte Alex neugierig. »Ist er paranoid, was Aufzeichnungen angeht?«

»Er ist Darwinist«, erklärte sie ihm.

»Ach, du meine Güte«, antwortete Alex abgestoßen. Die Darwinisten hatten ihren eigenen Ruf, und Tia war ehrlich überrascht, überhaupt einen von ihnen im Institut vorzufinden. Im allgemeinen konzentrierten sie sich auf die weichen Wissenschaften – sofern sie überhaupt wissenschaftliche Laufbahnen einschlugen. Tia hielt Politikwissenschaft eigentlich nicht für sonderlich wissenschaftlich …

»Sein politischer Hintergrund ist etwas zweifelhaft«, fuhr sie fort, »aber da ihm niemand etwas anhängen kann, heißt es in seiner Akte lediglich, daß seine politischen Ansichten nicht immer die des Instituts gewesen seien. Das ist eine weitschweifige Formulierung für jemanden, dem sie lieber nicht vertrauen würden, bei dem aber kein Grund vorliegt, ihn von gewissen Positionen fernzuhalten.«

»Verstanden.« Alex nickte. »Gut, dann werden wir in

seiner Gegenwart eben keine Politik erwähnen und dafür sorgen, daß es in der Hauptkabine auf die Leute verbotener Themen gesetzt wird. Wer kommt als nächster?«

»Das sind unsere jungen Talente. Sie haben ihre Doktorgrade in den harten Wissenschaften und arbeiten nun an ihren archäologischen Dissertationen.« Sie teilte ihren Mittelschirm und zeigte beide gleichzeitig. »Rechts ist Les Dimand-Taylor, menschlicher Herkunft; zur Rechten siehst du Treel rish-Yr nal-Leert, Rayanthaner. Treel ist weiblich. Les hat einen Doktor in Biologie, Treel einen in Xenologie.«

»Wäre Xenologie für Treel nicht eigentlich das Studium der *Menschen*?« warf Alex ein. Les war ein sehr angespannter Bursche, dünn, sonnengebräunt, sehr muskulös, aber mit gehetztem Augenausdruck. Treel besaß einen Pelz aus sehr feinem, braunem Haar, der sich bis zu ihren Wangenknochen zog. Ihre runden schwarzen Augen blickten geradewegs in die Linse, schienen alles zu sehen und vermittelten dem Betrachter den Eindruck, daß sie auch alles katalogisierte.

»Keine Audioaufzeichnung, nur statische Dateibilder«, fuhr Tia fort. »Sie gehören zu Aspen.«

»Nicht zum alten Steingesicht?« fragte Alex. »Egal. Jeder Doktorand, den der hätte, würde sowieso nur eine geklonte Kopie von ihm sein. Ich kann mir nicht vorstellen, daß irgend jemand sonderlich lange bei ihm bleiben würde.«

»Und hier sind unsere Graduierten.« Wieder teilte Tia den Schirm auf. »Sie arbeiten noch an ihrer ersten Dissertation. Beide männlich. Aldon Reese-Tambuto, menschlicher Herkunft; und Fred aus Dushayne.«

»*Fred*?« brüllte Alex los. Das war verständlich. Der Dushaynese hätte gar nicht nicht-menschlicher aussehen können. Er hatte einen Quadratschädel; eine flache Schädelplatte, flaches Gesicht, flache Seiten. Er war grellgrün und hatte keinen Mund, nur ein winziges Loch unter seinen Nasenschlitzen. Dushaynesen waren Vegetarier; auf ihrer Heimatwelt lebten sie von Baumharzen und Fruchtsäften. Draußen in der großen Galaxie gediehen sie sehr gut mit Glukosewasser und anderen Flüssigkeiten. Insgesamt hatten sie einen sehr hochentwickelten Humor.

»*Fred?*« wiederholte Alex.

»Fred«, sagte Tia entschieden. »Nur wenige Menschen wären dazu in der Lage, seinen richtigen Namen wiederzugeben. Sein Stimmorgan ist eine vibrierende Membran im oberen Teil seines Kopfs. Er kommt gut mit menschlicher Sprache zurecht, aber wir können seine nicht sprechen.« Sie löschte die Schirme. »Ich will dir ihre Reden ersparen. Es sind sehr eifrige, sehr typische junge Doktoranden, und dies wird ihre erste Ausgrabung.«

»Meine Güte ...« stöhnte Alex.

»Sei nett«, sagte sie eindringlich. »Nimm ihnen keine Illusionen. Überlaß das lieber den nächsten beiden Jahren.«

Er wedelte heftig mit den Händen. »Mir liegt fern, sie wissen zu lassen, welch greuliches Schicksal ihrer harrt. Wie hoch war die Todesrate bei Ausgrabungen? Zwanzig Prozent? Und es sind sechs?«

»Die Wahrscheinlichkeit, nicht zu Tode zu kommen, ist sehr viel höher«, warf Tia ein. »Genaugenommen geht die Ehre, im Feld zu fallen, meistens an die Doktoranden oder die stellvertretenden Leiter. Denn die führen die Haupterkundungen durch, wenn man bei einer Ausgrabung auf so etwas wie ein Grab stößt.«

Alex bekam keine Gelegenheit mehr, darauf zu antworten, denn in diesem Augenblick trafen Fred und Aldon, die ersten beiden Mannschaftsmitglieder, an der Luftschleuse ein, und so begab er sich mit dem Lift nach unten, um sie an Bord zu begrüßen, während Tia die Servoroboter anwies, den größten Teil ihres Gepäcks im letzten freien Frachtraum zu verstauen. Als sie im Fahrstuhl hinaufkamen, plapperten beide junge ›Männer‹ gerade im Maschinengewehrtempo vor sich hin. Tia beschloß Alex zu erlösen.

»Willkommen an Bord, Fred, Aldon«, sagte sie und unterbrach das Geschnatter mit ihrer eigenen, schrillen Stimme.

Beide Doktoranden verstummten plötzlich, blickten sich nach der Sprecherin um.

Fred erfaßte die Lage als erster, und wenn seine Miene auch völlig ausdruckslos blieb, hatte er doch schon gelernt, wie man menschenähnliche Gefühle ausdrückte. »Meiner

Treu!« rief er entzückt. »Sie sind ein Gehirn-Schiff, nicht wahr, werte Dame?«

Zu allem Überfluß hatte er sich auch noch einen künstlichen britischen Akzent zugelegt.

»In der Tat, mein Herr«, erwiderte sie. »AH Eins-Null-Drei-Drei zu Ihren Diensten, gewissermaßen.«

»Mann!« erwiderte Aldon in unverhohlener Ehrfurcht. »Wir fahren auf einem Gehirn-Schiff? Sie haben uns tatsächlich ein Gehirn-Schiff zugewiesen? Mann, nicht einmal PHD-Beamte werden mit Gehirn-Schiffen transportiert! Ich habe noch nie ein Gehirn-Schiff gesehen, bevor – äh, hallo, wie heißen Sie wirklich?« Er drehte sich langsam um, versuchte herauszubekommen, in welche Richtung er schauen sollte.

»Hypatia, abgekürzt Tia«, erwiderte sie. »Machen Sie sich keine Sorgen, wo Sie hinblicken sollen, gehen Sie einfach davon aus, daß ich das ganze Schiff bin. Ich habe meine Augen sogar in Ihren Kabinen ...« Sie kicherte, als Aldon verlegen errötete, » ... aber keine Sorge, ich werde sie dort nicht verwenden. Ihre Privatsphäre ist uns sehr wichtig.«

»Ich kann Ihnen die Kabinen zeigen, dann können Sie sich eine aussuchen«, erbot sich Alex. »Sie sind alle gleich; ich habe nur die Kabine, die der Zentralkabine am nächsten liegt, für Doktor Hollister-Aspen reserviert.«

»Das ist ja kosmisch!« freute sich Aldon. »Mann, das ist ja noch besser als das Passagierschiff, mit dem wir gekommen sind! Ich mußte mir eine Kabine mit Fred und zwei anderen Typen teilen.«

»Völlig richtig«, bestätigte Fred. »Aldons Gesellschaft war mir zwar angenehm, aber die beiden anderen waren verwöhnte junge Bälger. Tödliche Langeweiler, das kann ich Ihnen versichern, und ein wenig Abgeschiedenheit ist uns nur lieb. Wollen wir?«

Die beiden waren damit beschäftigt ihr Handgepäck auszupacken, als die beiden anderen Doktoranden eintrafen, diesmal einzeln. Treel kam als erste. Sie nahm die Begrüßung mit der gelassenen, intensiven Haltung eines Zenmeisters hin und akzeptierte die erste Kabine, die ihr angeboten wurde.

Les Dimand-Taylor war ein ganz anderer Fall. Noch bevor er Tias Säule instinktiv salutierte, wußte sie, daß er früher beim Militär gewesen sein mußte. Er bestätigte ihre Vermutung, sobald Alex ihm eine Kabine anbot.

»Die nächstbeste wird schon reichen«, sagte er mit einer nervösen Fröhlichkeit. »Immer noch besser als die Kaserne, soviel ist sicher. Es sei denn ... werte Dame Tia, Sie haben nicht zufällig hier irgend etwas an Bord, das mitten in der Nacht unerwartete Geräusche von sich gibt, oder? Ich fürchte ...« Er lachte etwas zaghaft, » ... ich fürchte, ich reagiere ein wenig nervös auf Geräusche, wenn ich schlafe. Was man euphemistisch ›unglückliche Erfahrungen‹ nennt. Ich werde meine eigene Tür schließen, damit ich selbst niemanden störe, aber ...«

»Gib ihm die Kabine neben Treels, Alex«, entschied sie. »Doktor Dimand-Taylor ...«

»Les, meine Liebe«, erwiderte er mit dünnem Lächeln. »Für Sie und Ihre Kollegen immer Les. Eines Ihrer Teams hat mich mal aus der Patsche geholt. Und außerdem, wenn die Leute meinen Titel hören, fangen sie meistens an, mir etwas über ihre Rückenschmerzen zu erzählen. Nur ungern kläre ich sie darüber auf, daß ich mich nur um ihren Rücken kümmern würde, wenn das viel zu feste Fleisch darauf schon seit tausend Jahren vom Knochen geschmolzen wäre.«

»Also Les«, sagte sie. »Ich nehme an, Sie kennen Treel?«

»Sehr gut. Eine nette und zuvorkommende Dame. Wenn Sie sie mir als Nachbarin zugeteilt haben, ist das gut, sie ist so leise, daß ich nicht einmal merken werde, daß sie dort ist.« Er schien erleichtert, daß Tia ihn nicht weiter nach der ›Patsche‹ ausfragte, in der er gesteckt hatte.

»Diese Kabine und ihre liegen in der Schallabdämmung um die Frachträume«, erzählte Tia ihm. »Dort sollten Sie eigentlich nichts hören – und ich kann nachts für Sie auch weißes Rauschen generieren.«

Er entspannte sich merklich. »Das wäre wirklich furchtbar nett von Ihnen, vielen Dank. Mein Vorgesetzter, Dr. Aspen, hat den anderen von meinen kleinen Eigenarten erzählt, daher wissen sie, daß sie mich nicht erschrecken sollen. Es dürfte als alles prima laufen.«

Er machte sich ans Auspacken, und Alex kehrte in die Hauptkabine zurück.

»Kommandounternehmen«, sagte Tia knapp.

»Steht das in seinen Akten?« wollte Alex wissen. »Ich bin überrascht, daß sie das dort dringelassen haben. Aber wahrscheinlich steht nicht wo, oder?«

»Wenn du weißt, wo du zu schauen hast und wonach, findet sich die Tatsache, daß er zu einer Kommandotruppe gehörte, *tatsächlich* in seinen Akten«, klärte sie ihren Piloten auf. »Aber wo – das steht in keiner Institutsakte. Wahrscheinlich ist es irgendwo verschlüsselt. Vergiß nicht, nicht zu leise zu schleichen, mein Lieber.«

»Da ich keinen Wert darauf lege, einen Karatehieb an die Kehle zu bekommen, klingt mir das nach einer guten Idee.« Er überlegte einen Augenblick und kehrte in seine Kabine zurück, um mit einer Art Armband wiederzukommen, an dem sich eine Glocke befand. »Diese Dinger waren vor ein paar Monaten Mode, da habe ich mir eins gekauft, aber es gefiel mir nicht.« Er beugte sich vor und befestigte es an seinem Stiefel. »So. Jetzt wird er mich kommen hören, falls ich vergessen sollte laut aufzustampfen.« Die Glocke war zwar nicht sehr laut, gab aber ein deutlich vernehmbares Geräusch von sich.

»Gute Idee – aha, da kommt der Mann persönlich. Alex, er braucht etwas Hilfe.«

Alex eilte zum Fahrstuhl und half Doktor Aspen mit seinem Gepäck. Es war zwar nicht viel, aber Doktor Aspen hätte es dennoch nicht allzu lange tragen können. Tia fragte sich, was nur in das Institut gefahren war, es diesem Mann zu gestatten, wieder in die Feldarbeit zu gehen.

Die Antwort darauf erhielt sie fast sofort, kaum daß er an Bord war. Sein Stab beeilte sich, sich um ihn zu scharen, voller Begeisterung, sobald er sich in seiner Kabine eingerichtet hatte. Er bat Tia und Alex um Erlaubnis, die Versammlung in die Zentralkabine zu verlegen und einen ihrer Schirme benutzen zu dürfen.

»Gern«, antwortete Tia, als Alex auf sie verwies. Sie war sehr eingenommen von Doktor Aspen, der sie ›meine

Dame‹ nannte und ihr die gleiche Aufmerksamkeit und Höflichkeit zollte, die er seinen Studenten und Untergebenen widerfahren ließ.

Als sie in den Hauptraum traten, wandte Doktor Aspen sich an ihre Säule. »Man hat mir gesagt, daß Sie einige Ausbildung in Archäologie haben, meine Dame Tia, und sich auch dafür interessieren«, sagte er, während er in einem Sessel in der Nähe eines der Seitenbildschirme Platz nahm. »Und Sie ebenfalls, Alex. Da Sie schon mit uns im Feld sein werden, scheuen Sie sich bitte nicht, daran auch teilzunehmen. Und falls Sie irgend etwas wissen, was auch wir wissen sollten, oder falls Ihnen etwas auffällt, was uns entgeht, so scheuen Sie sich auch nicht, es uns mitzuteilen.«

Alex war offensichtlich überrascht, Tia dagegen nicht. Sie hatte einiges davon bereits den Akten entnehmen können. Aspens Studenten blieben bei ihm, unternahmen gewaltige Anstrengungen, mit ihm auf Ausgrabungen zu reisen, schlugen später ihre eigene Karriere ein und waren stets voller warmherziger Bewunderung für ihren Mentor. Aspen war offensichtlich eine jener seltenen Ausnahmen: der außergewöhnliche, begeisternde Lehrer, der zugleich ein sorgfältiger Forscher und Wissenschaftler war.

Binnen weniger Augenblicke hatte Aspen sie alle bezaubert, die Aufzeichnungen des ersten Teams aufgerufen und seine Studenten und sogar Alex zu Bemerkungen aufgefordert. Tia allerdings behielt ein wachsames Auge, was das fehlende Mannschaftsmitglied anging, denn sie hatte das Gefühl, daß Haakon-Fritz sein Eintreffen zeitlich absichtlich so gelegt hatte, daß es mit der Versammlung von Aspens Studenten zusammentraf. Tia vermutete, daß er nach einer Entschuldigung suchte, sich gekränkt fühlen zu können. Doch die würde sie ihm nicht bieten.

Tia konnte sich in das Raumhafenüberwachungssystem einklinken und tat es auch. Und so erblickte sie Haakon-Fritz schon lange, bevor er in Reichweite ihrer eigenen Sensoren war. Ihr blieb genug Zeit, die lebhafte Diskussion mit dem subtilen Satz: »Doktor Haakon-Fritz kommt über die Landebahn«, zu unterbrechen.

Treel und Les wechselten einen vielsagenden Blick, sagten aber nichts. Aspen lächelte lediglich und erhob sich aus seinem Sessel, während Tia die Aufzeichnung am Schirm einfror, die sie soeben gemustert hatten. Alex eilte die Treppe hinunter, um Haakon-Fritz vor dem Lift abzufangen.

Anstatt also zur Begrüßung auf die angeregt Diskutierenden zu treffen, wurde der Mann vom Piloten des Kurierdienstes empfangen, dann vor dem Lift von dem Rest seiner Mannschaft, und wurde besonders herzlich von seinem Vorgesetzten begrüßt.

Seine Miene machte zwar nicht die leiseste Veränderung durch, aber Tia hatte das deutliche Gefühl, daß er verärgert war. »Willkommen an Bord, Doktor Haakon-Fritz«, sagte Tia, als er den anderen Mitgliedern seiner Mannschaft die Hand gab. »Wir haben eine Auswahl aus fünf Kabinen für Sie, wenn Sie möchten ...«

»Wenn Sie mehr als eine Kabine zur Verfügung haben«, unterbrach Haakon-Fritz sie unhöflich, »möchte ich sie mir alle erst anschauen, bevor ich die Wahl treffe.«

Tia kannte Alex gut genug, um zu wissen, daß er inzwischen wütend geworden war, aber er überspielte es wunderbar. »Ganz gewiß doch, Professor«, sagte er und sprach Haakon-Fritz mit dem geringeren seiner Titel an. »Wenn Sie mir bitte folgen wollen ...«

Er führte ihn hinaus in den Kabinentrakt und ließ Haakon-Fritz sein eigenes Gepäck tragen.

Treel stieß ein leises Knurren aus, das angewidert klang; Fred rollte die Augen, was seine größte Annäherung an einen Gesichtsausdruck bedeutete. »Meiner Treu«, sagte Fred, und seine Stimme war voller Überraschung. »*Das* war aber nun wirklich unhöflich!«

»Er ist ein praktischer Darwinist«, erwiderte Treel mit geschürzter Lippe. »Verzeihung«, sagte sie an Aspen gewandt. »Ich weiß, daß Sie meinen, daß er ein guter Wissenschaftler ist, aber ich bin froh, daß er hier nicht das Sagen hat.«

Fred war immer noch verblüfft. »Praktischer Darwinist?« fragte er. »Hätte vielleicht irgend jemand einmal die Güte, einem verwunderten jungen Vegetarier zu erklären, was das genau sein könnte und *weshalb* er so unhöflich zu der Dame Tia war?«

Seufzend nahm Les den Handschuh auf. »Ein Praktischer Darwinist ist jemand, der daran glaubt, daß Darwins Gesetz für *alles* gilt. Wenn jemand einen Unfall hat, sollte man ihm nicht helfen, wenn eine Stadt von einem Erdbeben dem Boden gleichgemacht wird, sollte man keine Hilfe hinschikken, wenn eine Seuche ausbricht, sollten nur die Gesunden geimpft werden. Die Opfer sollten isoliert werden und es überleben oder auch nicht, wie es eben kommt.«

Freds beunruhigter Blick auf ihre Säule bewegte Tia dazu, Les die Peinlichkeit zu ersparen, das Offensichtliche auszusprechen. »Und wie Sie zweifellos erraten haben, empfindet der fanatische Darwinist die Existenz von Hüllenmenschen als *entsetzlich* abstoßend. Wenn er die Wahl hätte, würde er nicht einmal zugeben, daß wir existieren.«

Professor Aspen schüttelte traurig den Kopf. »Ein brillanter Wissenschaftler, aber vom Fanatismus tragisch geblendet«, sagte er, als er wieder Platz nahm. »Deswegen wird er auch nicht mehr weiterkommen. Er hatte seine Chance – man hat ihm die alleinige Leitung einer Erkundungsausgrabung übergeben, doch er hat sich geweigert, irgendwelches Beweismaterial gelten zu lassen, das nicht auf seiner persönlichen Parteilinie lag. Nun bleibt ihm nichts mehr als der Posten eines Verwaltungschefs bei Ausgrabungen wie unserer.« Er warf einen nüchternen Blick in die Gesichter seiner vier Studenten. »Lassen Sie sich das eine Lehre sein, meine Wesen. Lassen Sie sich niemals vom Fanatismus verblenden, bis Sie die Wahrheit nicht mehr erkennen.«

»Mit anderen Worten«, warf Tia fröhlich ein, »das Problem des Fanatikers besteht darin, daß sich sein Gehirn in Tofu verwandelt und er nichts mehr als Wahrheit akzeptieren kann, was nicht seinen vorgegebenen Ideen entspricht. Gefährlich werden diese Leute nicht etwa dadurch, daß *sie* bereit wären, für den Beweis ihrer Wahrheit zu sterben, sondern daß sie *Sie* sterben lassen würden, um sie zu beweisen.«

»Gut formuliert, meine Dame.« Doktor Aspen richtete seine Aufmerksamkeit wieder auf den Schirm. »Da ich nun aus früheren Erfahrungen weiß, daß Haakon-Fritz bis zum Start schmollend in seiner Kabine zubringen wird – wollen wir unsere Diskussion fortsetzen?«

Der Erkundungstrupp hatte die Ausgrabungsstätte in einem guten Zustand zurückgelassen: Das Gerät war verstaut, die Kuppeln aufgepumpt, aber versiegelt, die offenen Gräben abgedeckt, um sie zu schützen. Die Bestimmungsmannschaft errichtete zudem in kurzer Zeit zwei neue Wohnkuppeln und eine zweite Laborkuppel, um sich dann an die Arbeit zu machen.

Alles schien unter Kontrolle zu sein. Jetzt, da sich die Mannschaft vor Ort befand, fügte sich selbst der mürrische Haakon-Fritz ein und übernahm seinen Teil der Pflichten. So gab es eigentlich keinen Grund, weshalb AH Eins-Null-Drei-Drei noch länger auf dem Planeten verbleiben sollte, wenn sie doch in dieser Zeit ebensogut die Rundreise zu ›ihren‹ regulären Ausgrabungsstätten hätten absolvieren können.

Aber die Vorschriften sahen etwas anderes vor, und sowohl Tia als auch Alex wußten, warum, auch wenn es die Mannschaftsmitglieder nicht taten. Die Vorschriften eines dem Institut zugewiesenen KD-Schiffs enthielten einen sorgfältig verborgenen zweiten Zusatz, der für den Fall galt, daß ein Schiff ein neues Erkundungs- oder Auswertungsteam absetzte.

Archäologische Mannschaften wurden mit großer Sorgfalt ausgewählt; nicht nur wegen der stark begrenzten Mannschaftsstärke, sondern auch wegen ihrer Isoliertheit. Sie waren einer ganzen Reihe von Gefahren ausgesetzt – all jenen, die Tia Alex bei ihrer ersten Mission aufgelistet hatte. Da wäre es unklug gewesen, sie auch noch Gefahren von innen bestehen zu lassen.

So unterzog man die möglichen Mitglieder einer vorgesehenen Mannschaft gründlichster Untersuchungen und psychologischen Analysen, was ihre individuelle und interaktive Stabilität anging. Doch konnte es auch dabei zu Fehleinschätzungen kommen. Manchmal führten solche Fehleinschätzungen bis zum Mord oder wenigstens zum Mordversuch.

Wenn es zu psychologischen Problemen kam, geschah das meistens gleich zu Anfang der Feldarbeit, nachdem die erste Eingewöhnungsphase vorbei war und der Alltag begann. Wenn in dieser Hinsicht etwas schiefging, dann meistens zu diesem Zeitpunkt. Die Mannschaft hatte dann bereits mehrere Wochen unter beengten Verhältnissen beim Anflug hinter sich, um interpersönliche Beziehungen zu entwickeln. Das waren ideale Bedingungen für Kabinenkoller. Ideale Bedingungen dafür, daß Streß ans Tageslicht trat, der zu schweren interpersönlichen Problemen führen könnte.

Daher besagten die Vorschriften, daß der Kurier, ob es sich nun um ein Gehirnschiff-Team oder um eine volle Mannschaft handelte, irgendeinen Vorwand finden sollte, um noch mehrere Tage zu bleiben, die Ausgrabungsstätte vom Schiff aus zu überwachen. Dabei sollte man Ausschau nach offensichtlichen Persönlichkeitskonflikten und neuen Verhaltensstörungen halten, die drohten, sich von einer ›Störung‹ zu einer ›Psychose‹ zu entwickeln. Sie sollten sicherstellen, daß es nichts gab, was irgendwann zu einem mitternächtlichen Mordanschlag mit einer Axt führte. Es wäre nicht das erste Mal gewesen, daß jemand unter Streß durchdrehte.

Alex machte sich die größten Sorgen um Les, murmelte etwas von post-traumatischen Syndromen und der Labilität von Kriegsveteranen. Tia hatte ihre eigenen Sorgenkandidaten für den Fall, daß es tatsächlich Ärger geben sollte – entweder Fred oder Aldon, denn keiner von beiden war jemals auf einer kleinen Ausgrabungsstätte gewesen. Trotz seines unangenehmen Betragens ihr gegenüber war Haakon-Fritz dagegen brillant und fähig, und er hatte schon einige Ausgrabungen ohne jede Schwierigkeit absolviert. Und nun, da sie alle vor Ort waren, hielt er zwar auf Distanz, war aber auch voll kooperationsbereit. Es gab keinen Hinweis darauf, daß er seinen fanatischen Glauben in sein berufliches Leben überführen würde. Fred und Aldon waren bisher nur Mitglieder einer Ausgrabungsmannschaft von mehreren hundert Seelen gewesen – dort hatte es also mehr Leute gegeben, mit denen sie hatten interagieren können, eine geringere Wahrscheinlichkeit für Persönlichkeitsstreß und keine echte Herausforderung außer der monotonen Langeweile der Alltagsarbeit.

Die ersten paar Tage schien alles hervorragend zu laufen. Tia und Alex atmeten beide erleichtert auf.

Viel zu früh.

Denn in dieser Nacht begann der Winterregen.

Tia war einige Dateien durchgegangen, die sie auf der Basis kopiert hatte, suchte nach weiteren potentiellen Anlagemöglichkeiten wie Largo Draconis. Es war spät, sehr spät sogar schon – die Ausgrabungsstätte war ruhig und dunkel, und Alex hatte sich hingelegt. Er war in seiner Kabine, und Tia überlegte, ob sie abschalten sollte, um ihre vorgeschriebenen drei Stunden Tiefschlaf zu absolvieren – als der Sturm losschlug.

›Losschlug‹ war eine treffende Bezeichnung, denn plötzlich prallte eine Wand aus Wind und Regen gegen ihre Außenhaut, kräftig genug, um sie für einen Augenblick durchzuschütteln, gefolgt von Blitzen und einem Donner, der Alex aus der Koje fallen ließ.

»He!« schrie er und erwachte aus dem Schlaf. »Wie? Was?«

Er schüttelte den Kopf, als schon das nächste Donnergrollen Tias Wände vibrieren ließ. »Was geht hier vor?« fragte er, während sich Tia Landedornen in den Boden bohrte, um ihre Position zu stabilisieren. »Werden wir angegriffen?«

»Nein, es ist ein Sturm, Alex«, erwiderte sie zerstreut und überzeugte sich davon, daß alles abgeschlossen war und sich ihre Servoroboter an Bord befanden. »Ein unglaubliches Gewitter. So etwas habe ich noch nie erlebt!«

Sie schaltete ihre Außenkameras ein und speiste ihr Bild auf die Schirme, damit sie zusehen konnte, während sie sicherging, daß sie gegen die Blitze isoliert war und daß auf der Ausgrabungsstätte alles zum Besten stand. Alex kam in die Hauptkabine geschlendert und nahm in seinem Sessel Platz, sprachlos musterte er das Schauspiel nackter Naturgewalt, das um sie herum stattfand.

Blitze umzuckten sie auf allen Seiten. Ständig grollte Donner, heulte der Wind, prasselten Regentropfen und machten dabei jeden Versuch zunichte, die Ausgrabungsstätte visuell zu beobachten oder irgendwelche anderen Überprüfungen auszuführen. Bei so vielen Blitzen hatte es nicht einmal Zweck, einen Funkruf zu versuchen.

»Wie steht es unten bei der Ausgrabung?« fragte Alex besorgt.

»Das läßt sich nicht sagen«, erwiderte Tia zögernd. »Die Erkundungsmannschaft hat diese Regenfälle bereits einmal überstanden, deshalb vermute ich, daß die Ausgrabungsstelle selbst wohl kaum davongespült oder -gerissen wird. Und was den Rest betrifft – die Kuppeln sind zwar gegen Blitzschlag isoliert, aber wer weiß schon, wie sich das auf die Geräte auswirkt? Vor allem bei so viel Statik in der Luft.«

Ihre Worte erwiesen sich als prophetisch; denn obwohl der Regen kaum länger als eine Stunde anhielt, ging diese Sintflut doch mit einem Temperatursturz von vierzig Grad einher.

Als das Gewitter endete, traf schlechte Nachricht von der Ausgrabungsstätte ein. Der Blitz war nicht nur in den Schutzfeldgenerator eingeschlagen, er hatte ihn auch ausgeschaltet. Jetzt war er nur noch ein halbgeschmolzener Klumpen Plastahl und Permalegierung. Tia begiff nicht, wie ein einziger Blitzschlag soviel Schaden hatte anrichten können; der Generator mußte immer und immer wieder getroffen worden sein. Das Reservegerät war zu verrostet, um noch repariert werden zu können, obwohl Haakon-Fritz und Les den größten Teil der Nacht daran arbeiteten.

Am nächsten Morgen beriet sich Tia persönlich mit Doktor Aspen. Von ihrem Landeplatz aus war zwar wenig zu erkennen, doch die Schäden ließen sich nicht übersehen. Kein Schutzfeldgenerator mehr. Kein Schutz vor der einheimischen Fauna, von Insektoiden bis zu großen Caniden. Und sollten die riesigen Äser, die die Größe eines ausgewachsenen Elchs hatten, aggressiv werden, würde es keinerlei Möglichkeit geben, sie vom Lager fernzuhalten. Gewöhnliche Zäune konnten dem Ansturm einer Herde entschlossener Äser nicht widerstehen, das hatte die letzte Mannschaft bereits bewiesen.

»Ich habe auch kein Reservegerät in meinen Frachträumen«, teilte Tia dem Ausgrabungsleiter mit. »Ich habe nicht einmal die Hälfte der Teile, die Sie brauchen würden, um den verrosteten Generator wiederherzustellen. Die Aufzeichnungen der letzten Mannschaft haben keine solchen Gewitter erwähnt, aber wir sollten lieber davon ausgehen, daß es noch mehr davon geben wird. Wie viele werden Sie noch durchstehen? Der Winter naht, und ich kann nicht voraussagen, wie sich die einheimischen Tiere verhalten werden. Wollen Sie die Mannschaft abziehen?«

Doktor Aspen schürzte nachdenklich die Lippen. »Ich wüßte keinen Grund, weshalb wir das tun sollten, meine Dame«, erwiderte er. »Das einzige Außengerät, das ungeschützt geblieben ist, war der Schutzfeldgenerator. Die erste Mannschaft ist den ganzen Winter über ohne Zwischenfall hiergeblieben – soweit ich das feststellen kann, gibt es hier nichts, was groß genug wäre, um uns ernsthaft zu bedrohen. Bis zu den ersten starken Frösten werden wir vielleicht ein paar Insekten bekommen – und ich kann mir auch vorstellen, daß diese schakalähnlichen Tiere herumlungern und zu einer Belästigung werden. Aber eine Bedrohung stellen sie wohl kaum dar.«

Alex, der die Füße wie immer auf die Konsole gelegt hatte, pflichtete dem Archäologen bei. »Ich kann hier auch keine großen Bedrohungen erkennen.«

Tia gefiel die Sache zwar nicht, widersprach aber nicht. »Wenn Sie das so wollen«, willigte sie ein. »Aber wir bleiben für alle Fälle so lange, bis die Regenfälle aufhören.«

Und so blieben sie, doch es war das erste und letzte heftige Gewitter gewesen. Nach diesem einzigen, spektakulären Regenfall tröpfelte der Regen nur noch sanft, zwischen Mitternacht und Sonnenaufgang, und es gab kaum je ein Donnern, das laut genug gewesen wäre, um Alex aufzuwecken. Tia mußte daraus folgern, daß der erste Sturm ein zufälliges Ereignis gewesen war, etwas, das niemand hätte vorhersehen können, und nun verflog ihr Ärger darüber, daß die erste Mannschaft keine hinreichenden Warnungen ausgesprochen hatte.

Doch das war immer noch keine Entschuldigung für den verrosteten Generator.

Das Wetter blieb allerdings kalt, und der kalte Regen bedeckte alles mit Eis. Das würde zwar bis zum Spätvormittag geschmolzen sein, bewirkte aber, daß die Mannschaft ihre Arbeitszeiten ändern mußte. Nun begannen sie um zehnhundert und endeten gegen zweiundzwanzighundert. Obwohl er sich in der Aufzeichnung anders geäußert hatte, beharrte Doktor Aspen darauf, Seite an Seite mit seinen Studenten zu arbeiten, und niemand, nicht einmal Haakon-Fritz, wollte riskieren, daß er auf dem Eis stürzte.

In der Zwischenzeit bemerkte Tia eine beunruhigende Entwicklung. Der plötzliche Kälteeinbruch hatte den größten Teil des Kleinwilds und der Schädlinge in seine Verstecke oder in den Winterschlaf getrieben. So hatten die Schakalhunde keine Beute mehr, weshalb sie sich für den Winter zusammenscharten, um sich gemeinsam über die großen Äser hermachen zu können.

Beunruhigend daran war, daß sich eine sehr große Meute um das Lager zu scharen begann.

Jetzt bedauerte Tia die Wahl ihres Landeplatzes. Die Ausgrabungsstätte lag zwischen ihr und dem Lager. Das war zwar sehr gut, wenn man das Team bei der Arbeit beobachten wollte, aber die Hunde lauerten in den Hügeln um das *Lager*. Und ohne Schutzfeldgeneratoren, um sie abzuhalten …

Tia teilte Alex ihre Bedenken mit, doch er wies darauf hin, daß die Tiere sich schnell zu zerstreuen pflegten. Sie wiederholte ihre Feststellung gegenüber Doktor Aspen, der die

Vermutung äußerte, daß die Tiere wahrscheinlich nur nach etwas zu fressen Ausschau hielten und sich bald vom Lager zurückziehen würden, sobald sie feststellten, daß es dort nichts zu fressen gab.

Sie hatte keine Gelegenheit mehr, es noch einmal zu erwähnen.

Bei zwei Monden, die beide unterschiedliche Phasen hatten, war es in der Nacht niemals völlig dunkel, sofern es nicht regnete. Doch auch dann vertrieben die Flutlichter an der Ausgrabungsstätte die Dunkelheit. In letzter Zeit waren die Nächte auch niemals still; die Schakalhunde heulten vom Sonnenuntergang bis zum Augenblick, da der Regen einsetzte. Tia lernte schnell zu deuten, was dieses Geheul bedeutete: das kläffende, belanglose Geheul, der langgezogene Schlachtruf und der tiefe, dröhnende Ruf zur Jagd. Sie konnte allein an ihren Geräuschen ausmachen, wo die Tiere sich befanden, ob sie jagten und ob das Beutetier ihnen entkam oder nicht.

Tia war nicht allzu glücklich darüber; die Meute zählte inzwischen an die sechzig Mitglieder. Offensichtlich hatte die Aktivität an der Ausgrabungsstätte die größeren Äser vertrieben, die die Schakale normalerweise rissen, so daß die kleineren Gruppen sich zu einer großen Meute vereint hatten – auf diese Weise gab es zwar immer etwas zu essen, aber niemand bekam sehr viel davon. Die Äser, die sie jagten, pflegten fünf von sechs Malen zu entkommen – und mehr als zwei Jagdzüge pro Nacht schafften die Schakale nicht.

Soll ich vorschlagen, daß die Mannschaft sie füttert? Vielleicht einen Gravitationsschlitten nimmt und etwas schießt, um es alle paar Tage herbeizuschaffen? Aber würde das nicht möglicherweise später Probleme schaffen? Das würde die Meute an die Abhängigkeit vom Menschen gewöhnen, und das wäre auch nichts Gutes. Ob sie die Meute vielleicht in ein anderes Gebiet lokken könnten? Oder würde eine Fütterung dazu führen, daß sie ihre Furcht vor den Menschen verloren? Tia konnte sich nicht so recht entscheiden; die wenigen Blicke, die sie vor Sonnenuntergang auf die Meute hatte werfen können, hatten sie an bestimmte russische Volkserzählungen erinnert – an Troikas im Schnee, Pferde, die in Panik schäumten, und Wölfe, die nach den Läufen schnappten. Mittlerweile wagte sich die Meute jede Nacht ein kleines Stück näher ans Lager, bevor die Tiere schließlich wieder in der Dunkelheit verschwanden.

Wenigstens war es jetzt Zeit, daß die Mannschaft ihre Arbeit für die Nacht abbrach. Wenn sie sich erst einmal in die Kuppeln begeben hatten, waren sie in Sicherheit.

Wie als Antwort auf ihren Gedanken schwenkten die riesigen Scheinwerfer fort von der Ausgrabungsstätte, wie es ihrem Programm entsprach, um der Mannschaft einen Weg zu ihrem Lager zu zeigen. Wenn alle sicher in den Kuppeln eingetroffen waren, würde Les die Scheinwerfer per Fernbedienung abschalten. Bisher hatte nur das Licht die Schakale in Schach gehalten. Sie hatten sich zwar am Rand des Lichtstreifens bewegt, sich aber noch nie hineingewagt.

Jetzt jedoch begann die Meute aufzuheulen, als die ersten Mannschaftsmitglieder aus der überdachten Ausgrabungsstätte traten. Es klang schrecklich nahe …

Tia suchte das Gebiet schnell mit Infrarotgeräten ab.

Die Meute war wirklich furchtbar nahe – direkt auf der Hügelkuppe rechts von der Stätte!

Die Tiere starrten auf die Mannschaft hinunter – und wieder heulte ihr Anführer. Es gab keinen Zweifel, was dieses Heulen zu bedeuten hatte: Es war der Jagdruf. Beute in Sicht, Zeit für die Hatz.

Und der Anführer starrte auf die Archäologen hinunter. Das Team spürte, daß heute abend etwas anders war. Niemand rührte sich, weder die Archäologen noch die Schakalhunde. Die Augen der Tiere glitzerten rot in der Dunkelheit, reflektierten die Arbeitslampen.

»Alex«, sagte Tia angespannt. »Front und Zentrum. Alarmstufe.«

Eilig kam er aus der Kabine, warf einen knappen Blick auf den Schirm und stürzte zum Frachtdeck, wo der Antigravschlitten untergebracht war.

Da stürmte die Meute den Hügelhang hinab.

Haakon-Fritz spurtete davon und ließ die anderen zurück.

Verdammt! Aspen kann nicht laufen ...

Aber Les und Treel wollten nicht zulassen, daß Aspen als Delikatesse auf der Speisekarte endete. Als hätten sie die Bewegung eingeübt, packten sie den alten Wissenschaftler rechts und links am Arm und rissen ihn buchstäblich von den Beinen, während sie sich in Bewegung setzten. Fred und Aldon ergriffen Schaufeln, um die Nachhut zu sichern. Während die Schakale mit jedem Augenblick näher kamen, jagte die ganze Gruppe auf die schützende Unterkunft zu.

Sie hatten erst ein Viertel der Strecke zurückgelegt, als Haakon-Fritz die nächstgelegene Unterkunft erreichte. Krachend schlug er gegen die Kuppel und riß die Tür auf. Er stürmte hinein ...

... und schlug sie zu. Das rote Licht über dem Türrahmen zeigte an, daß er sie verriegelt hatte.

»*Alex!*« rief Tia gequält, während die Schakale ihrer Beute entgegenstürmten. »Alex, *unternimm* etwas!« Noch nie hatte sie sich so entsetzlich hilflos gefühlt.

Gravitationsschlitten waren selbst zwar lautlos – aber sie verfügten über Dataeder-Abspielgeräte und starke Lautsprecher, um auf die schnelle aufgezeichnete Mitteilungen verbreiten zu können. Plötzlich ertönte unter Tia laute Musik – und sie schaltete noch rechtzeitig ihre Kameras ein, um mitanzusehen, wie Alex mit Höchstgeschwindigkeit im Schlitten davonjagte.

Der unvertraute Lärm hinter ihnen erschreckte die Schakale einen Augenblick; sie zögerten, um schließlich abrupt stehenzubleiben und über die Schulter zu lugen.

Die Rockmusik war so fremdartig, daher wußten sie nicht, wie sie reagieren sollten. Alex fuhr mitten durch die Schar hindurch. Die Tiere sprangen rechts und links aus dem Weg.

Er würde es zwar niemals schaffen, die fünf Wissenschaftler einzuholen, ohne daß die ganze Meute sie gleichzeitig erreichte – doch während er mit jaulender Musik fuhr, zögerten die Schakalhunde, ihn anzugreifen. Und während er ihnen auf diese Weise zusetzte, war ihre Aufmerksamkeit auf ihn und nicht auf ihre Beute gerichtet.

Das war sein Plan: die Tiere zu erschrecken, um dem Rest der Mannschaft die Flucht in die Sicherheit der zweiten Kuppel zu ermöglichen. Während die Archäologen ignorierten, was hinter ihnen vorging, und direkt auf die zweite Kuppel zuhielten, fuhr Alex immer wieder auf die Meute zu und bewegte den Schlitten immer zwischen ihnen und der Mannschaft. Es war ein kompliziertes Flugmanöver – Stunts mit einem Gravitationsschlitten, Schlenker, Haken und Schlaufen in weniger als einem Meter Flughöhe. Da gab es nicht viel Spielraum für Fehler.

Alex schlug einen wilden Haken, legte den Schlitten auf eine Seite, flog in engen Schleifen über den Boden, vollzog eine Finte in Richtung des Anführers und jagte im letzten Augenblick beiseite, bevor das Tier Gelegenheit hatte, in den Schlitten zu springen. Alex forderte die Schakale mit der einzigen Waffe heraus, die ihm zur Verfügung stand: mit dem Schlitten. Tia sehnte sich nach einer Waffe. Mit einem Lähmungsnadler hätte sie einen Teil der Meute ausschalten können.

Die Tiere mußten davon ausgehen, daß die Attacke sie vertreiben oder töten sollte. Sie mußten hungriger sein, als alle vermutet hatten, denn als sie bemerkten, daß Alex ihnen nichts antat, versuchten sie ihn zu bedrängen und zu Boden zu reißen.

Plötzlich begriff Tia auch warum. Alex hatte sich soeben vom ›Miträuber‹ in ein ›Beutetier‹ verwandelt. Die Schakale waren es gewöhnt, daß äsende Bullen sie aggressiv angriffen, um sie zu vertreiben. Alex imitierte das Verhalten der Bullen, obwohl er nichts davon wußte – und in besseren Zeiten hätte die Meute wahrscheinlich durchaus reagiert, indem sie sich leichterer Beute zuwandte.

Alex war jetzt in ernster Gefahr.

Doch Alex war auch ein besserer Pilot, als Tia je geglaubt hätte. Er bewegte den Schlitten in unberechenbaren Kreisen und Drehungen.

Da machte eines der größten Tiere der Meute einen Satz – und landete mit um sich schlagenden Läufen auf der hinteren Stoßstange des Schlittens.

»*Alex!*« kreischte Tia erneut. Er blickte über die Schulter und bemerkte die Gefahr.

Er ließ den Schlitten in einer Spirale wirbeln. Die Schutzblockaden kreischten. Auch der Schakal kämpfte, krallte die Hinterpfoten gegen die Permalegierung der Stoßstange. Über die Schulter gewandt sah Alex verzweifelt zu, wie die Klauen des Tiers einen Halt fanden und es begann, sich an der Stoßstange hochzuziehen, um ihn zu erreichen.

Plötzlich aktivierte Alex die Bremsmotoren. Der Schlitten kam mitten in einer Halbdrehung zum Halten ...

... schleuderte den Schakal mitten in die Meute, wo er mindestens ein Dutzend weiterer Tiere mit sich riß.

In diesem Augenblick erreichte die Mannschaft die zweite Kuppel.

Das Aufblitzen des Lichts beim Öffnen der Tür teilte Alex mit, daß sie in Sicherheit waren. Mit Höchstgeschwindigkeit raste er auf Tia zu; sie öffnete die Frachtluke, aktivierte die Schutzfelder und hoffte darauf, daß er rechtzeitig würde bremsen können, ohne gegen das hintere Schott zu schlagen. Bei seiner Eintrittsgeschwindigkeit würden die Bremsfelder nicht viel ausrichten können.

Er bremste nicht einmal, als er durch die Luke kam, die er gleich hinter sich zuschlug. Statt dessen schaltete er auf einmal die Energiezufuhr ab und führte den Schlitten funkensprühend auf dem Bauch in den Frachtraum. Der Schlitten schlingerte zur Seite und krachte gegen das hintere Schott – doch Alex' eigenes Manöver und die Bremsfelder fingen den Aufprall so weit ab, daß er nur eine Beule in die Frachtraumwand schlug. Wieder wurde Alex seitlich gegen seine Sitzgurte geschleudert. An der Frachtluke schepperte es; offensichtlich schlugen die Schakale dagegen, weil sie nicht mehr rechtzeitig bremsen konnten.

Alex blieb einen Augenblick sitzen, dann sackte er keuchend über das Steuerrad. Tias Sensoren meldeten nichts, was auf eine Verletzung hinwies, und so wartete sie, bis er wieder zu Atem kam.

Als seine Atmung sich normalisierte und er den Blick hob, konzentrierte sie sich auf sein Gesicht. Es war gerötet, zeigte aber keinerlei Anzeichen von Schock oder Schmerz.

»Na«, sagte sie mit ruhiger Stimme, »du hast wirklich ein Händchen für spektakuläre Auftritte!«

Er blinzelte – dann lehnte er sich in seinem Sitz zurück und fing an zu lachen.

Am nächsten Tag gab es allerdings nichts mehr zu lachen, als Haakon-Fritz aus seinem Versteck hervorkam und sich dem Rest seiner Mannschaft stellen mußte. Er hatte keine andere Wahl: Tia hatte gedroht, seine Kuppel zu durchlöchern, damit die Raubtiere hineingelangen konnten.

Bevor er irgend etwas sagen konnte, packte Les ihn mit einem Nahkampfgriff, der ihn lähmte, um ihn ins Schiff zu bugsieren.

Nach allgemeiner Übereinkunft warteten alle, bis Les und Tia Haakon-Fritz in einer ihrer Kabinen festgesetzt hatten, so daß er zwar noch Einblick in das Geschehen in der Hauptkabine bekam, ohne jedoch selbst eingreifen zu können. Sollte er mit einer seiner Tiraden beginnen, könnte sie ihm jederzeit das Wort abschneiden.

Als sich die anderen schließlich in der Hauptkabine sammelten, wirkte besonders Doktor Aspen erschüttert und matt, während Tia sich darauf vorbereitete, ihnen die Nachricht mitzuteilen.

»Wir rufen Sie nicht ab«, sagte sie, »obwohl wir dazu befugt sind. Wir verstehen Ihre Sorge, diese Ausgrabungsstätte zurückzulassen und dadurch im Prinzip zwei Jahre Arbeit zu verlieren, und wir teilen sie.«

»Das war die gute Nachricht«, sagte Alex, bevor irgend jemand etwas antworten konnte. »Und jetzt folgt die schlechte. Damit Sie hierbleiben können, werden wir Ihnen befehlen, so lange in Ihren Kuppeln zu verbleiben, bis das nächste Kurierschiff mit Ihrem neuen Generator und den Ersatzteilen für den alten aufkreuzt. Wir haben eins für Sie angefordert, als der alte ausgeschaltet war; das Kurierschiff sollte also in ein bis zwei Monaten mit dem neuen hier eintreffen.«

»Aber ...« Doktor Aspen wollte etwas einwenden.

»Doktor, entweder tun Sie das, oder wir rufen Sie auf der Stelle ab«, sagte Tia entschieden. »Wir werden Sie nicht diesen streunenden Schakalen überlassen. Sie haben nicht gesehen, wie diese Tiere Alex in seinem Schlitten angegriffen haben. Sie werden sich ohne jedes Zögern auf Sie stürzen, und ich würde nicht darauf zählen, daß sie es erst bei Nacht tun.«

»Was ist wohl besser?« fragte Alex nüchtern. »Zwei Monate Arbeit zu verlieren oder zwei Jahre?«

»Wenn Sie uns nur ein paar verdammte Gewehre gäben ...« murmelte Les halblaut.

»Auf dem anderen Kontinent gibt es Sophonten. Ich habe die Regeln nicht aufgestellt, Les«, erwiderte Tia. »Aber ich werde sie durchsetzen. Und wenn es nach diesen Vorschriften ginge, müßte ich Ihnen allen befehlen, sofort einzupacken.«

»Da wir gerade beim Packen sind ...« Alex nahm das Stichwort auf. »Wir möchten, daß Sie Haakon-Fritz' Habe einpacken und sie im Frachtraum verstauen. Er wird mit uns zurückkehren.«

Nun machte Les keinen Hehl mehr aus seiner Freude, doch Doktor Aspen wirkte bedrückt. »Ich sehe keinen Grund ...« fing er an.

»Tut uns leid, Doktor, aber wir sehen einen Grund«, unterbrach Alex ihn. »Haakon-Fritz hat schließlich gegen die Vorschriften verstoßen. Es ist für uns beide ziemlich offensichtlich, daß er versucht hat, seine politischen Ansichten in die Realität umzusetzen.«

In seiner Kabine begann Haakon-Fritz vor Wut loszubrüllen. Tia schnitt ihm das Wort ab, genau wie sie es ihm angedroht hatte – ließ aber die Aufzeichnungsgeräte weiterlaufen. Im Augenblick konnten sie noch nicht *beweisen*, was der Mann im Schilde geführt hatte, als er seine Kollegen aussperrte. Mit etwas Glück würden ihn seine eigenen Worte jetzt endgültig ans Messer liefern.

»Doktor, gleich welche Motive er gehabt haben mag, er hat uns im Stich gelassen«, warf Les entschlossen ein. »Ein Kämpfer mehr hätte für die Meute schon einen Unterschied machen können – und es bleibt die Tatsache, daß er, nachdem er den Schutz erreicht hatte, uns nicht etwa geholfen hat, sondern hineingelaufen ist *und die Tür verriegelte*.«

»So dürfte es der Untersuchungsausschuß wohl auch sehen«, stimmte Tia ihm zu. »Wir werden dafür sorgen, daß ihm Gerechtigkeit widerfährt, aber es darf ihm nicht gestattet werden, einen anderen noch einmal auf eine solche Weise in Lebensgefahr zu bringen.«

Nach einem kurzen Streitgespräch willigte Doktor Aspen schließlich ein.

Die Mannschaft verließ das schützende Schiff, sammelte an der Ausgrabungsstelle zusammen, was sie dort noch finden konnte, und kehrte in die Kuppeln zurück. Lange vor Sonnenuntergang kamen Les und Fred mit einem Gravitationsschlitten ans Schiff, der mit Haakon-Fritz' Habe beladen war – das Klappern in diesen Kisten zeigte, daß sie sich nicht allzu große Mühe gegeben hatten, die Sachen sorgfältig zu sichern.

Auch Tia hatte nicht vor, besondere Sorgfalt auf die Kisten zu verwenden.

»Sie werden doch wohl dafür sorgen, daß alle in den Kuppeln bleiben, oder?« fragte Tia Les besorgt. »Auf Sie zähle ich am meisten. Ich vertraue nicht darauf, daß Doktor Aspen seine Neugier allzu lange wird in Schach halten können.«

»Das sehen Sie schon richtig, liebe Dame«, erwiderte Les und warf die letzte Kiste vom Schlitten, damit der Servoroboter sie aufheben konnte. »Aber wir anderen sind uns bereits einig. Treel hätte am ehesten noch länger durchgehalten, aber selbst sie hat sich von Ihrer Schilderung des Angriffs der Schakale überzeugen lassen.«

»Was wird mit dem armen Haakon-Fritz geschehen?« fragte Fred neugierig.

»Das hängt vom Ausschuß ab«, antwortete Tia ihm. »Ich habe eine Aufzeichnung von ihm, wie er in seiner Kabine herumtobt und er ziemlich wortgetreu die extremistische Version des Praktischen Darwinismus vertritt. Das wird ihm nicht gerade helfen, aber wieviel davon zulässig ist, weiß ich nicht.«

»Vor Gericht wahrscheinlich gar nichts«, räumte Les ein. »Aber dem Ausschuß wird das nicht gefallen.«

»Es wurde schon alles per Funk übermittelt«, teilte sie ihm mit. »Wahrscheinlich wird er von der Polizei in Empfang genommen, auch wenn man ihn schließlich vielleicht nicht unter Anklage stellen wird.«

»Nach diesem kleinen Debakel wird er mindestens aus der Liste von Kandidaten für eine Ausgrabung der Stufe Drei gestrichen werden«, bemerkte Fred fröhlich. »Wenn sie vernünftig sind, werden sie ihm seinen Vorgesetztenstatus aberkennen und degradieren. Dann verbringt er den Rest seines Lebens beim Sortieren von Tonscherben.«

»Immer vorausgesetzt, daß er überhaupt jemanden findet, der es noch mit ihm versuchen will«, erwiderte Alex. »Worauf ich nicht unbedingt wetten möchte.«

Er strich über Tias Säule. »Seien Sie bloß froh, daß Sie nicht mit uns zurück müssen«, schloß er. »Falls Sie geglaubt haben sollten, daß die Hinreise mit einem schmollenden Haakon-Fritz schon unangenehm genug war, dann stellen Sie sich erst einmal die Rückkehr vor!«

KAPITEL 7

Als Tia mit Doktor Haakon-Fritz schließlich zur Basis der Zentrale zurückkehrte, wurde sie dort von einer Nachricht erwartet. Sie bestand nur aus den Worten: ›Diese Nummer anrufen‹. Eine Personalnummer verriet ihr, daß es sich nur um eine Mitteilung von Lars handeln konnte.

Was hatte Lars denn vor?

Verwundert speicherte sie die Nachricht ab, bis Alex die Übergabe ihres Gefangenen abgeschlossen und ihn mit Duplikaten ihrer Berichte zur Planetenoberfläche begleitet hatte. Erst als sie allein war, tätigte sie den Anruf.

»Friesner, Sherman, Stirling und Huff«, meldete sich eine Sekretärin nach dem ersten Klingeln. Es gab keine Verzögerung, so daß Tia davon ausging, daß sich das Büro irgendwo auf einem der halben Dutzend Stationen oder in den nahegelegenen L-5-Kolonien befand. »Finanzmakler.«

»Mir wurde gesagt, ich soll diese Nummer anrufen«, sagte Tia vorsichtig. »Ich ... mein Name ist Hypatia Cade ...« Sie zögerte und hätte fast ihre Schiffsnummer anstelle ihres Nachnamens genannt.

»Ah, Frau Cade, natürlich«, sagte die Sekretärin und klang erfreut. »Wir haben schon auf Ihren Anruf gewartet. Lassen Sie mich das Rätsel auflösen. Friesner, Sherman, Stirling und Huff spezialisieren sich auf Anlagen für Hüllenmenschen wie Sie. Ein Herr Lars Mendoza von der *Stolz von Albion* hat hier ein Konto auf Ihren Namen eröffnet, um die Anlagen zu verwalten, die Sie bereits getätigt hatten. Wenn Sie kurz warten möchten, will ich einmal nachsehen, ob einer unserer Partner frei ist ...«

Tia verabscheute es zwar, in der Warteschlaufe zu landen, aber es dauerte nicht länger als eine Sekunde. »Frau Cade«, sagte eine beherzt klingende Männerstimme, »ich bin Lee Stirling. Ich bin Ihr Makler, und ich habe eine gute Nachricht für Sie. Ihre Investitionen auf Largo Draconis haben sich *sehr* gut entwickelt. Wahrscheinlich sehr viel besser, als Sie erwartet haben.«

»Das weiß ich nicht so recht«, meinte Tia unsicher. »Meine Erwartungen waren nämlich ziemlich hoch gesteckt.« Irgend etwas an dieser Stimme kam ihr zwar bekannt vor, sie konnte es jedoch nicht festmachen. War es ein Akzent?

»Aber haben Sie auch damit gerechnet, Ihr eingesetztes Gesamtkapital gleich zu verdreifachen?« entgegnete Lee Stirling.

»Äh ...« sagte sie, so überrascht, daß sie nicht wußte, wie sie reagieren sollte. »Was meinen Sie mit Gesamtkapital?«

»Oh ... Ihre Firmen haben in Ihrer Abwesenheit zwei Kapitalerhöhungen vollzogen. Sie hatten die Möglichkeit, sich in bar oder in Aktien auszahlen zu lassen, und wir haben uns für Aktien entschieden, solange der Wert immer noch stieg.« Stirling versuchte nüchtern zu klingen, konnte aber eine gewisse Freude nicht verbergen. »Diese Aktien sind dreimal soviel wert wie nach der letzten Aufstockung.«

»Aufstockung?« wiederholte sie matt. »Ich ... weiß eigentlich nicht wirklich, was das bedeutet. Ich bin ... neu in der Branche.«

Geduldig erklärte Stirling ihr genau, was mit ihren Anlagen geschehen war. »Jetzt stehen Sie vor der Frage, ob Sie verkaufen wollen, während der Wert der Aktien noch steigt, oder ob Sie lieber abwarten möchten.«

»Wie sieht es auf Largo Draconis denn aus?« fragte sie. Schließlich hatte ihre Anlage auf der Annahme beruht, daß etwas in der wirklichen Welt geschehen würde und nicht allein im seltsamen und unberechenbaren Universum des Aktienmarkts.

»Ich dachte mir, daß Sie das fragen würden. Ihre Firmen haben den Markt weitgehend gesättigt«, teilte Stirling ihr mit. »Die Situation hat sich stabilisiert – kurz vor der Katastrophe, dank dieser Firmen. Die Aktienpreise steigen zwar, aber inzwischen sehr viel langsamer. Ich an Ihrer Stelle würde aussteigen.«

»Dann tun Sie das«, sagte Tia knapp. »Ich möchte, daß Sie meinen ganzen Gewinn bei Moto-Prothesen investieren, Vorzugsaktien mit Stimmrecht. Halten Sie das Anfangskapital, bis ich mich mit Ihnen in Verbindung setze.«

»Wird schon erledigt. Alles schon eingegeben, Hypatia. Ich bin gespannt zu sehen, in was Sie als nächstes investieren werden.« Stirling klang recht zufrieden. »Ich hoffe, Sie bleiben bei uns. Wir sind eine neue Firma, aber wir sind solide, haben sehr viel Erfahrung und möchten unseren Klienten mit Integrität dienen. Frau Friesner war früher Seniorpartnerin bei Weisskopf, Dixon, Friesner und Jacobs, und wir anderen waren ihre handverlesenen Schützlinge. Sie ist unser Paradenormalie.«

»Parade – ... oh! Sie sind alle ...«

»Hüllenmenschen, ja, alle bis auf Frau Friesner. Wir waren schon alle am Aktien-, Anleihen- und Rohstoffmarkt tätig, aber als Systemmanager. Wir durften zwar nicht selbst investieren, aber Frau Friesner erklärte sich bereit, sich uns anzuschließen, als wir uns freikauften.« Stirling lachte auf. »Wir haben die Sache lange geplant. Jetzt verlassen wir uns auf die Buschtrommel innerhalb des Netzes, um jene unter uns zu erreichen, die, aus welchen Gründen auch immer, investieren wollen – und die das lieber nicht über ihre Berater, ihre Mentoren oder ihre Fürsprecher tun wollen. Schließlich sind wir Erwachsene. Wir können für uns selbst denken. Nur weil wir an einen bestimmten Ort oder an ein bestimmtes Gebäude gebunden sind, bedeutet das nicht, daß wir einen Hüter brauchen.«

»Einige von uns brauchen das schon – aber wohl niemand, der schon länger als fünfzig Jahre auf der Welt ist. Nun, ich werde ein paar Freunden von Ihnen erzählen, soviel ist sicher.«

»Mundpropaganda, wie ich schon sagte.« Stirling lachte. »Ich muß Ihnen sagen, nach diesem phänomenalen Start sind wir alle sehr neugierig auf Ihre nächste Anlageentscheidung.«

»Die werde ich Ihnen spätestens in zwei Tagen mitteilen«, versprach sie und meldete sich ab.

Nun, jetzt war wirklich die Zeit gekommen, sich um diese nächste Wahl zu kümmern, und sie durfte nicht darauf hoffen, daß es wieder auf solch zufällige Weise geschehen würde wie beim letzten Mal.

Daher konzentrierte sie sich darauf, jene Kolonien auszusortieren, die keine hundert Jahre alt waren. Das schränkte das Feld schon erheblich ein – es bedeutete aber auch, daß sie ihre Suche nach Kategorien einteilen mußte. Als erstes fielen ihr Überschwemmungen ein, und so rief sie die geologischen und klimatologischen Aufzeichnungen ihrer sämtlichen Kandidaten auf und analysierte sie auf Überschwemmungszyklen.

In der Zwischenzeit befaßten sie und Alex sich auch noch mit den Behörden im Fall Haakon-Fritz – der die Praktischen Darwinisten wahrscheinlich aus dem Geschäft drängen würde, zumindest was die Öffentlichkeit betraf. Tia war entschlossen, diesmal nicht wieder zu starten, ohne mit einer ethologischen Kategorisierungsausrüstung versehen worden zu sein. Und Alex war es leid, jede Krise mit unbewaffneter Hand bewältigen zu sollen.

Er verlangte, mit Feuerwaffen ausgerüstet zu werden. »Was wäre gewesen, wenn Haakon-Fritz durchgedreht wäre?« fragte er. »Wenn diese Caniden noch aggressiver gewesen wären?«

Der Kurierdienst hatte nichts dagegen, doch das Institut sperrte sich. Die alten Prinzipien des Pazifismus standen einer solchen Forderung entgegen. Das Verbot war eindeutig: An jeder Ausgrabungsstelle, in deren Nähe sich Sophonten auf einer Entwicklungsstufe der Eisenzeit oder höher befanden, durfte Institutspersonal niemals Waffen tragen. Und da die Kuriere bei jeder Rundreise mindestens eine Ausgrabungsstätte besuchten, die unter dieses Verbot fiel, durften sie *nie* bewaffnet sein. Tia stellte sich hinter ihren Piloten und bemühte sich beim KD und der Laborschule um Unterstützung. Schließlich hing ja auch ihr eigenes Überleben davon ab. Das Institut dagegen legte sich quer, weil manche seiner Mitglieder schon die Anwesenheit von kleinen Faustfeuerwaffen an Bord des Kurierschiffs im schlimmsten Sinne interpretierten.

Tia konnte diese Haltung zwar verstehen – andererseits waren die Kuriere des Instituts aber auch die einzigen, die völlig unbewaffnet blieben. Sie konnten jederzeit auf Schmuggler treffen, die *auf jeden Fall* bewaffnet wären. Wenn der KD es zur Vorschrift machte, könnte das Institut sie nicht mehr umgehen.

Was Haakon-Fritz betraf, gerieten die Dinge in Bewegung. Irgendwie waren die Aufnahmen von seinem olympiareifen Sprint zur schützenden Kuppel an die Medien gelangt, dazu die Aufzeichnung von Alex' heroischer Hilfeleistung mit dem Antigravschlitten. Für einen Tag war Alex eine kleine Berühmtheit – doch er ging den Medien aus dem Weg. Haakon-Fritz mied die Medien nicht, er suchte förmlich die Verbindung – und wurde zum allgemeinen Lieblingsschurken. Das Institut konnte den Vorfall nicht vertuschen. Die Praktischen Darwinisten eilten zur Rettung ihres Anhängers herbei und verschlimmerten alles noch mit ihren öffentlichen Erklärungen. Die Leute hörten es nicht gern, daß sie Schwächlinge, Versager waren und daß man sie zum Wohle der Rasse beseitigen sollte. Es sah so aus, als würde es zu einer öffentlichen Verhandlung kommen, so sehr das Institut sich auch darum bemühte, das zu verhindern.

Am Vorabend dieses Prozesses entdeckte Tia schließlich ihr nächstes Anlageprojekt, und zwar der dritte Planet im Azteca-System, bekannt als Quetzecoatl.

Die Interstellare Teleson, eine der größten Kommunikationsfirmen in ihrem Raumquadranten, hatte soeben den Hauptsitz ihrer Sektorenabteilung nach Quetzecoatl verlegt. Für diese Verlegung sprach sehr viel: die zentrale Lage und das gute Klima. Das war jedoch nicht der Grund für die Verlegung gewesen.

Tia hegte keinen Zweifel daran, daß hier weitaus mehr auf dem Spiel stand als nur das Gebiet. Irgend jemand war offensichtlich einem anderen einen Gefallen schuldig – irgend jemand wollte, daß etwas anderes geheimgehalten wurde, und das war der Preis dafür.

Sie war sich ihrer Sache erst recht sicher, als der neue Ort im Zuge ihrer geologischen Recherche als Rotzone eingestuft wurde. Die Untersuchungen zeigten, daß diese wunderschöne, flache Ebene ein Flutbassin war. Quetzecoatl hatte zwar nicht die exzentrische Umlaufbahn eines Largo Draconis – nur eine leichte Schräglage. Eine, die niemanden in den Hauptsiedlungen berührte. Doch alle hundert Jahre legte sich die Polachse etwas länger in die Ekliptik als sonst. Dann fingen die Gletscher an zu schmelzen. Die Ebene wurde zwar nicht richtig ›überflutet‹, sie wurde jedoch ganz langsam immer feuchter – um dann, wenn die Frühlingsregen einsetzten, binnen ein bis zwei Wochen von Wasser bedeckt zu werden.

Die Firmenvorschriften der Interstellaren Teleson besagten allerdings, daß die empfindlichsten Daten und Instrumente sowie das gesamte dazugehörige Computergerät dauerhaft in unterirdischen Bauten, die mindestens vier Stockwerke tief sein mußten, aufbewahrt werden mußten, um jede erdenkliche Störung und Schädigung auszuschließen. Wer immer dieses Projekt geleitet hatte, hatte die geologischen Gutachten völlig ignoriert. Die Bauingeneure beklagten sich über Versumpfung und warnten vor Überflutung; dafür wurden zusätzliche Pumpen installiert. Die Pumpen hielten den unterirdischen Trakt zwar im Augenblick noch trocken, doch Tia schätzte, daß sie schon ununterbrochen arbeiten mußten, um auch nur das Grundwasser zu bewältigen. Mit der Flut würden sie nicht fertigwerden.

Den meteorologischen Daten zufolge standen die Gletscher im Begriff zu schmelzen, und die Frühlingsregenfälle sollten in ein paar Monaten einsetzen.

Inzwischen gab es einen halben Kontinent entfernt eine Katastrophenrettungsfirma, die sich auf die Wiederherstellung von Daten und Geräten spezialisiert hatte. Sie machte damit Reklame, daß sie ein bestehendes System binnen eines Monats duplizieren konnte und Daten aus Geräten zurückzugewinnen vermochte, die über ein Jahr in Salzwasser getaucht gewesen waren oder in Großfeuern erhebliche Schäden erlitten hatten. Die Interstellare Teleson würde sie bald brauchen und wußte es nicht einmal. Außerdem gefiel Tia der Name. Wer immer diese Leute sein mochten, sie hatten jedenfalls eine Menge Humor.

Leise vor sich hin lachend rief Tia Lee Stirling an und gab ihre Anweisungen bekannt – dann schickte sie einen weiteren sorgfältig formulierten Brief an die *Krach-und-Brenn-Datenrettung GmbH.*

Der öffentliche Prozeß gegen Doktor Haakon-Fritz wurde zu einem zehntägigen Zirkus – doch inzwischen hatten Tia und Alex sehr viel ernstere Sorgen und keine Zeit, sich mit einem solch trivialen Schauspiel zu befassen.

Tias Aufzeichnungen sowohl an der Ausgrabungsstätte wie auch in der Hauptkabine waren inzwischen öffentlich bekannt, und darauf beruhte die gesamte Anklage. Das Institut wollte nunmehr nicht allzu dumm dastehen. Im Gegenzug zu dem Arsenal von Handfeuerwaffen, die Alex verlangte, wollte man, daß er vor Gericht nicht aussagte, da alles, was er hätte sagen können, diese Aufzeichnungen nur gestützt hätte. Sie wußten beide, was die Institutsleute dachten: Aufzeichnungen waren eine Sache, aber ein heldenhafter Beteiligter, der auch nur *eine Spur* leidenschaftlich klang – nein, so etwas wollten sie lieber nicht sehen. Alex war bereit, sich auf diesen Handel einzulassen – der Preis erschien ihm nicht zu hoch. Außerdem hätte er nur wenig hinzufügen können und hätte nur wieder im Mittelpunkt der Medien gestanden. Während sich also die Medien versammelten, versuchten die Rechtsanwälte des Instituts, den gesamten Vorfall herunterzuspielen. Alex bekam seinen Waffenschrank und Tia ihre ethologische Ausrüstung im Gegenzug für ihre Nichtaussagen. Als sie sich darauf vorbereiteten, eine weitere Rundreise anzutreten, erhielten sie eine dringende Meldung.

Der KD hatte eine andere Aufgabe für sie, weil sie das einzige HM-Schiff auf der Basis waren.

Und so fanden sie sich plötzlich nicht nur mit einem neuen Auftrag wieder – sondern auch noch mit einem völlig neuen Arbeitgeber.

»Kenny, worum geht es hier?« wollte Tia wissen, als die Flut von Anweisungen und Nachträgen schließlich endete und sie mit einem einzigen Ziel, einem leeren Flugplan und einer ›Anweisungen abwarten‹-Mitteilung zurückließ. Hier waren sie nun, angedockt an der *Stolz von Albion*, und die Anweisung kam von Doktor Kennet Uhua-Sorg.

»Um das hier«, erwiderte Doktor Kennet grimmig und übertrug ihr die Kameraaufnahme eines der Quarantänezimmer.

Alex blieb die Luft weg. Tia konnte es ihm nicht verübeln.

Der Anblick, den Doktor Kennet ihnen von diesem neuesten Quarantänepatienten der *Stolz von Albion* gewährte, war glücklicherweise nur sehr kurz. Er war einmal menschlich gewesen. Jetzt war er nur noch ein humanoider Körper. Irgendwo in dieser Masse schwärender Wunden gab es

Augen, einen Mund, ein Gesicht. Das dort waren einmal Hände gewesen – und Füße.

Tia fing sich als erste wieder ein. »Wer ist das«, fragte sie in scharfem Ton, »und was ist mit ihm geschehen?«

»Wer das ist, wissen wir nicht«, erwiderte Kenny, und seine Miene war völlig ausdruckslos. »Er stammt von einem Trampfrachter, der ihn zurückließ, als er nicht rechtzeitig zum Start kam. Wir wissen nicht, ob die mit so etwas gerechnet haben oder ob sie sich nur Sorgen gemacht haben, weil plötzlich ein Mitglied ihrer Mannschaft fehlte, jedenfalls sind sie mit einer ungeheuren Geschwindigkeit von der Station Yamahatchi gestartet. Er hatte natürlich falsche Papiere – und es ist nicht genug von seinen Fingern und seinen Retinae übrig, um ihn zu identifizieren. Und wenn er noch nie unter Mord- oder Gewalttatverdacht gestanden haben sollte, könnte es Jahre dauern, seine DNS-Muster mit den Geburtsaufzeichnungen zu vergleichen.«

Alex nickte. Es wäre nicht allzu schwergefallen, sein Schiff zu identifizieren. Jeder, der sich in einem Stationshotel einschrieb, mußte nicht nur seine Papiere abgeben, sondern auch sein Heimatschiff nennen. Diese Informationen wurden sofort mit dem Schiff überprüft. Das Schiff mußte die Identität seines Mannschaftsmitglieds bestätigen, sonst wurde es nicht aufgenommen. Passagiere stiegen natürlich in völlig anderen Hotels ab.

»Eine solche Startgeschwindigkeit weist auf einen Piraten oder Schmuggler hin«, meinte Alex.

»Ich denke, daran besteht wohl kaum ein Zweifel«, antwortete Kenny. »Nun, als seine gebuchte Zeit in der billigen Herberge abgelaufen war, öffnete man die Tür zu seinem Zimmer – fand *das hier.*«

»Was ist mit dem Herbergspersonal?« fragte Tia.

»Wir haben sie alle in Quarantäne gesteckt, aber bisher weist keiner Anzeichen der Infektion auf.«

»Was hat er denn genau?« wollte Tia wissen und bemühte sich um eine ruhige, gelassene Stimme.

Kenny zuckte mit den Schultern. »Wieder eine Seuche ohne Namen. Die Symptome sind eindeutig genug. Entzündungen, die zu schwärenden Wunden werden, die immer nur verheilen, um wieder aufs neue aufzubrechen. Ein Komplex von Viren und Bakterien, verstärkt durch einen Defekt im Immunsystem. Bisher keine Heilung möglich. Die Dekontamination hat den Herbergsraum völlig sterilisiert, und wir kennen bisher niemanden, der auch davon erwischt wurde. Und die Aufzeichnungen des Portiers zeigen, daß er nach seinem Bezug des Zimmers die Herberge nicht mehr verlassen hat.«

»Es gibt keinen Grund, weshalb ein Pirat von so etwas niedergestreckt werden sollte«, warf Tia ein, »dagegen ein Artefaktschmuggler …«

»Das ist auch genau der Grund, weshalb ich euch beide angefordert habe«, bestätigte Kenny. »Und weshalb das Institut euch an uns ausgeliehen hat. Ach, Alex, falls du dich wundern solltest … ich stecke in der Sache drin, weil ich trotz meiner Spezialisierungen anscheinend zum Experten für archäologiebedingte Erkrankungen geworden bin.«

Alex warf der Säule einen fragenden Blick zu. Tia wußte, was er damit ausdrücken wollte. Könnte dies dieselbe Krankheit sein, von der ihnen der geheimnisvolle ›Sinor‹ erzählt hatte? Könnte es sein, daß der Mann ihnen zwar nicht seinen wirklichen Namen, aber eine wirkliche Geschichte geliefert hatte?

Sie ließ ihre lautlose Antwort unter Doktor Kennys Bild erscheinen. *Das ist ein Zufall. Nicht dasselbe, wie Sinors Pseudoseuche – er wäre völlig in Panik geraten, wenn er wirklich hiermit zu tun bekommen hätte.*

Mit den Augen fragte er: Warum?

Immunschwäche. Kontakt- oder Luftübertragung. Denk einmal darüber nach.

Seine Augen weiteten sich, und er nickte langsam. Der Alptraum, der die Menschenwelt seit dem zwanzigsten Jahrhundert heimsuchte; das Gespenst einer durch Luft oder einfachen Kontakt übertragenen Immunschwäche.

»Ihr beide stellt eine einzigartige Kombination dar, von der ich glaube, daß sie die beste Chance hat, um diese Sache bis zu ihrem Ursprung zu verfolgen«, meinte Kenny. »Der

Gesundheitsdienst wird zwar gleich mehre Mannschaften darauf ansetzen – aber ihr seid die einzige HM-Mannschaft, die im Augenblick zur Verfügung steht. Das Institut möchte nicht, daß einer seiner Leute auf die harte Weise über die Seuche stolpert, deswegen hat man euch an den GD ausgeliehen. Ich will die Planung der Suche an euch delegieren. Habt ihr irgendwelche Vorstellungen, womit man anfangen sollte?«

»Also gut«, erwiderte Alex. »Wenn du das willst, dann tun wir es auf die kluge und nicht auf die harte Weise. Zunächst einmal: Wie hoch stehen die Chancen, daß das von einer defekten Station *oder* einem entsprechenden Schiff draußen in dem harten Vakuum stammen könnte?«

»Die Chancen? Sehr gering. Im harten Vakuum sterben alle beteiligten Erreger ab. Damit würden aber auch Asteroiden und EsKa-Szenarien wegfallen, nicht wahr?«

Kenny wirkte überrascht und zugleich erfreut. »Ich werde Lars miteinschalten. Er hat den armen Teufel unter Bewachung.«

Es dauerte einige Augenblicke, bis Lars sich hinreichend freimachen konnte, um einen Stimmkanal zu öffnen. In dieser Zeit überlegte Tia sich einige Fragen, die sie ihm stellen wollte.

»Lars, hat er irgend etwas *gesagt*?« fragte sie, sobald Lars auf die Konferenzanforderung antwortete. »Irgend etwas, das uns einen Hinweis geben könnte?«

»Er hat hauptsächlich deliriert – meinst du, du könntest daraus etwas entnehmen?« Lars klang ziemlich skeptisch. »Es ist ja nicht so, als wäre er ein Astrogator oder so etwas. Die meiste Zeit hat er über das Wetter gejammert, ansonsten nur über das Übliche: entweder über Schmerzen oder über Schätze und Gold.«

»Über das Wetter?« erwiderte Tia sofort. »Was ist damit?«

»Hier, ich überspiele dir, was ich habe – natürlich so gefiltert, daß du es verstehen kannst.«

Eine neue Stimme kam über den Schaltkreis: harsch und mit guturalem Akzent. »Schatz ... Gold ... nie so viel gesehen. Haufen über Haufen ... Kein Mond, gottverdammt, wie soll man da was sehen ... irgendwas da draußen. Kein Mond. Verrücktes Wetter. Nichts als verrücktes Wetter ... Schnee, Regen, Schnee, Graupelschauer, Schlamm – wie soll man das Zeug in so etwas ausgraben?«

»Das ist es auch schon im wesentlichen«, erläuterte Lars und brach die Wiedergabe ab. »Er spricht über Schätze, mondlose, dunkle Nächte und verrücktes Wetter.«

»Warum nicht annehmen, daß er sich über den Ort beklagt, an dem er war? Nehmen wir eine Atmosphäre dazu, und dann ...?« warf Tia ein. »Was erhalten wir dann?«

»Richtig. Möglicherweise eine exzentrische Umlaufbahn, möglicherweise eine extreme Achsenneigung, terratypischer dritter Planet und keine Satelliten.« Lars klang erfreut. »Ich werde die Kartographie daransetzen.«

»Wie steht es mit der wahrscheinlichen Reichweite des Schiffs, das ihn zurückgelassen hat?« wollte Tia wissen. »Überprüfe CenSec und das Militär. Die Docks von Yamahatchi müßten Außendaten über dieses Schiff besitzen. Was haben sie für einen Treibstoff getankt? Die Docks müßten auch Außenaufnahmen haben. Das Militär sollte auf der Grundlage dieser Daten ihre Reichweite bestimmen können. Damit würden wir das Suchgebiet einkreisen.«

»Gut.« Kenny machte sich Notizen. »Ich habe noch eine Reichweite – wie lange unser Opfer wahrscheinlich brauchte, um nach seiner Infizierung zu erkranken. Wenn wir die Daten zusammentragen, müßten wir den Umkreis von Yamahatchi bestimmen können.«

»Kenny, *im* Raum kann er unmöglich schon Symptome gezeigt haben, sonst hätten sie ihn aus der Luftschleuse geworfen«, wandte Tia ein. »Das bedeutet, daß er seine Inkubationszeit wahrscheinlich während des überlichtschnellen Flugs durchlief und die Symptome erst bei Eintreffen im Hafen entwickelte.«

»Richtig. Ich lasse das für dich berechnen und besorge dir die kartographischen Berichte über diesen Umkreis, dann seid ihr und die anderen Mannschaften dran.« Kenny meldete sich ab, und Alex drehte sich mit seinem Sessel zu Tias Säule um.

»In diesem Gebiet gibt es kaum Informationen«, versetzte er. »Yamahatchi liegt am Außenrand des bekannten Raums. Die Kartographen sind dort noch an der Arbeit ... es wird Wochen, Monate, möglicherweise sogar Jahre dauern, bis die Information hier eintrifft. Wir brauchen ein *Suchnetz*, nicht nur ein paar Suchmannschaften.«

»Also – wie wäre es, wenn wir Kenny nicht nur den Gesundheitsdienst, sondern auch die Dekontamination anfordern lassen?« fragte sie. »Die haben zwar auch keine HM-Teams, aber wenigstens besitzen sie KI-Drohnen und medizinische Mannschaften. Die könnten das Netz ebensogut leiten wie wir. Vielleicht etwas langsamer, aber das muß nicht unbedingt schlimm sein.«

»Ich mache mich daran«, erwiderte Alex sofort. »Er kann jedes freie Schiff und Team mobilisieren, das augenblicklich zur Verfügung steht, während wir die wahrscheinlichen Ziele berechnen.«

»Und den Geheimdienst!« fügte sie hinzu, als Alex erneut den Kontakt zu Kenny und seiner Mannschaft herstellte. »Sag Kenny, er soll sich mit dem Geheimdienst in Verbindung setzen, damit sie ihre Leute innerhalb dieses Umkreises nach weiteren Opfern Ausschau halten lassen, nach Gerüchten über Seuchen oder Schiffen, die auf geheimnisvolle Weise die Hälfte ihrer Mannschaft verloren haben!«

»Oder Schiffe, die plötzlich verschwinden und keinen Hafen mehr anfliegen«, ergänzte Alex grimmig. »Irgendwo wird dieser Trampfrachter in den Hyperraum eintreten und nie wieder hervorkommen. Oder hervorkommen, ohne daß noch jemand das Steuer bedient.«

Tia wünschte sich, erschauern zu können. Statt dessen hatte sie ein Gefühl, als wäre die Temperatur ihrer Außenhülle plötzlich auf den absoluten Nullpunkt gesunken.

Kein Computer konnte es mit dem geschulten Geist aufnehmen, wenn es darum ging, eine Möglichkeit auf der Grundlage der Beobachtungsdaten zu identifizieren oder zu verwerfen. Alex und Tia nahmen sich jeweils Segmente der berechneten Reichweitenkugel vor und begannen ihre eigene Art von Analyse der möglichen Kandidaten, die die Computersuche ermittelte.

Einige waren offensichtlich: geologische Instabilität, die Verstecke auf unberechenbare Weise freilegen oder verschwinden lassen würde; Klima ohne Schneefall, Klima ohne Regen; bewohnte Planeten mit relativ dichter Besiedlung oder Planeten ohne Kontinente, mit winzigen Inselketten.

Andere waren nicht ganz so offensichtlich: Gebiete ohne wirkliche oder nur stark veränderliche Landschaftsmerkmale; Gebiete mit Schnee und Regen, in denen sich der Schnee im Winter jedoch zwölf Fuß hoch türmte; das wäre zu tief zum Graben gewesen. Der ursprüngliche Fundort mußte zufällig freigelegt worden sein – vielleicht während des Baus einer Basisstation.

Orte mit freien Schürffirmen kamen auf die Liste, Ackerbaukolonien dagegen nicht. Orte, die vom Institut zur Erforschung markiert wurden, gehörten darauf, Orte mit vollen Institutsmannschaften nicht. Wenn Tia auch nicht ausschließen mochte, daß jemand, der persönliche Probleme hatte, Funde an Schmuggler verkaufte, glaubte sie doch nicht, daß jemand eine *derart* schrecklich ansteckende Krankheit würde vertuschen wollen.

Sobald sie einen Raumkegel analysiert hatten, bekam eine Mannschaft den Auftrag, ihn zu durchkämmen. Sich selbst hatten Alex und Tia eine andere Aufgabe zugedacht: Sie wollten die Freihäfen nach weiteren Opfern absuchen. Die Häfen konnten sie sehr viel schneller checken als jedes von einer KI oder einer Normalperson gesteuerte Schiff. Schneller wäre nur ein Schiff mit Singularitätsantrieb gewesen. Da diese aber alle im Einsatz waren, war es unwahrscheinlich, daß man eins für sie abstellen würde. Also mußte AH Eins-Null-Drei-Drei tun, was möglich war – versuchen, den ›Frachter‹ zu seinem Ursprungsort zu verfolgen.

Es war ein Wettlauf gegen die Zeit, und jeder, der an dem Projekt beteiligt war, wußte das. Wenn diese Krankheit sich in einer großen, raumfahrenden Population ausbreiten sollte, stünde es schlecht um die Möglichkeit, sie einzudämmen, bevor sie Millionen von Opfern gefordert hatte.

»Alex«, rief Tia zum dritten Mal und drehte die Lautstärke etwas höher. Diesmal antwortete er.

»Was ist, meine Liebe?« fragte er zerstreut, den Blick auf den Schirm mit der topographischen Karte geheftet, obwohl er kaum noch die Augen offenhalten konnte.

Sie bemächtigte sich der Bildschirmkontrolle und ließ den Schirm vor ihm erlöschen. Er blinzelte und drehte sich mit mattem Vorwurf zu ihr um.

»Weshalb hast du das getan?« fragte er. »Ich war gerade dabei, die Geographie zu studieren ...«

»Alex!« sagte sie empört. »Du hast den Bildschirm die letzte halbe Stunde nicht mehr gewechselt; wahrscheinlich hast du ihn kein einziges Mal überhaupt richtig angeschaut. Alex, du hast seit mehr als sechs Stunden nichts mehr gegessen, du hast zwanzig Stunden nicht mehr geschlafen, und du hast dich achtundvierzig Stunden lang weder *gebadet* noch umgezogen!«

Er rieb sich die Augen und linste zu dem leeren Schirm empor. »Mir geht es gut«, protestierte er matt.

»Das tut es nicht«, konterte sie. »Schau dir mal an, wie deine Hand zittert! Kaffee ist doch kein Ersatz für Schlaf!«

Er ballte die Faust, um das Zittern seiner Hand zu beenden. »Mir geht es gut«, wiederholte er stur.

Tia stieß ein abfälliges Geräusch aus und ließ ihre Schirme blitzen, bis er eine Grimasse schnitt. »Da, siehst du? Du kannst nicht einmal deine Reaktionen beherrschen. Wenn du nichts ißt, wirst du krank, wenn du nicht schläfst, wird dir irgend etwas Wichtiges entgehen, und wenn du nicht badest und die Kleidung wechselst, werde ich dich der Dekontaminationsabteilung übergeben.«

»Also gut, meine Liebe«, seufzte er und beugte sich vor, um ihre Säule zu tätscheln. »Mach mir irgend etwas warm. Ich gehe gleich in die Kombüse.«

»Wie gleich?« fragte sie scharf.

»Solange es braucht, um mich zu duschen und frische Kleider anzulegen.« Er stemmte sich aus dem Sessel und wankte zu seiner Kabine. Kurz darauf hörte sie die Dusche rauschen – und als sie verstohlen nachschaute, stellte sie fest, daß er das Wasser, genau wie sie es vermutet hatte, kalt laufen ließ.

Du versuchst wohl, wachzuwerden, wie? Aber nicht, wenn ich will, daß du dich entspannst. Sie überging seine Einstellungen und brachte das Wasser zwar nicht ganz auf Körpertemperatur, aber stellte es doch warm genug ein, daß es nicht einem Eisregen glich. Es mußte funktioniert haben: Als er frisch gekleidet in die Kombüse hinaustaumelte, gähnte er.

Sie verabreichte ihm Speisen, die mit Tryptophan versetzt waren; er war zu müde, um es zu bemerken. Und obwohl er Kaffee anwählte, bekam er nur entspannende Kräutertees.

Alex strich über ihre Hilfskonsole – diesmal tat er es so, als wollte er ihre Aufmerksamkeit erringen. Das hatte er in letzter Zeit häufiger getan – und er hatte auch ihre Säule immer wieder wie den Arm einer alten, lieben Freundin berührt. »Tia, Liebe, weißt du denn nicht, daß wir fast fertig sind? Es sind nur noch zwei Raumkegel – drei, wenn du den einen mitzählst, an dem ich gerade arbeite …«

» … und den ich für dich beenden kann«, sagte sie entschieden. »Ich brauche nicht zu essen, und ich brauche nur drei Stunden Tiefschlaf. Ja, das weiß ich. Aber du wirst keine Mannschaften schneller hinausbringen, indem du dich selbst umbringst – und wenn du so lange arbeitest, bis du völlig erschöpft bist, wird dir noch entgehen, was der wichtigste Hinweis von allen sein könnte.«

»Aber …« protestierte er, brach aber ab, weil er gähnen mußte.

»Keine Einwände«, erwiderte sie. »Ich kann dir die Daten auch vorenthalten, und das werde ich tun. Keine weiteren Daten für die nächsten acht Stunden! Betrachte die Dateien als gesperrt, Partner. Ich übergehe dich, und wenn es sein muß, hole ich mir dabei von der Medizinischen Unterstützung.«

Alex war zu müde, um wütend zu werden. In den vergangenen Tagen hatte er jeweils nur ungefähr vier Stunden geschlafen und war aufgrund seiner Nervosität immer viel zu früh erwacht. Aber der Streß verlangte seinen Preis. Tia war sicher, daß er diesmal acht Stunden schlafen würde, ob er es wollte oder nicht.

»Du wirst nichts erreichen, wenn du dich halbtot arbeitest«, erinnerte sie ihn. »Du weißt doch, was man auf der Akademie sagt: Mach es richtig oder gar nicht.«

»Ich gebe auf.« Er warf die Hände hoch und schüttelte den Kopf. »Du bist zu viel für mich, Geliebte.«

Mit diesen Worten begab er sich zurück in seine Kabine und ließ sich auf die Koje fallen. Im nächsten Augenblick schlief er auch schon ein.

Tia tat etwas, was sie noch nie getan hatte: Sie überwachte ihn durch ihr Kameraauge in seiner Kabine, versuchte zu begreifen, was die letzten Tage geschehen war.

Sie hatte vergessen, daß sie in einer Säule war, nicht nur gelegentlich, sondern manchmal stundenlang. Sie hatten sich unterhalten und benommen wie ... wie gewöhnliche Leute, nicht wie ein Gehirn und ein Pilot. Irgendwie waren während dieser Zeit die unausgesprochenen, unbewußten Barrieren zwischen ihnen verschwunden.

Und er hatte sie ›Liebe‹ oder ›Geliebte‹ genannt und hatte ihre Konsole oder ihre Säule ziemlich häufig gestreichelt – als würde er eine Hand streicheln, um Aufmerksamkeit zu erhaschen oder zu trösten.

Tia bezweifelte, daß er wußte, was er da tat. Es wirkte sehr zerstreut. Deshalb war sie sich erst recht nicht sicher, was sie davon halten sollte. Es könnte einfach Zuneigung sein; manche Leute benutzten Kosenamen ja sehr beiläufig. Das hatte Alex zwar bisher noch nicht getan, aber vielleicht hatte er sich in ihrer Gegenwart bisher nur noch nicht behaglich genug gefühlt, um es zu tun. Wie lange kannten sie einander denn auch schon? Nur ein paar Monate – auch wenn es ihr schon vorkam wie ein ganzes Leben.

Nein, sagte Tia sich entschieden, *es hat nichts zu bedeuten. Er hat mich jetzt lediglich gut genug kennengelernt, um alle seine Hemmungen fallenzulassen.*

Doch je eher sie ihre Suche beendeten und wieder ins All hinauskamen, um so schneller würden die Dinge sich wieder normalisieren.

Mal sehen, ob ich nicht zwei von diesen drei Kegeln fertigbekomme, bevor er aufwacht..

Wie zu erwarten, gab es in dem Hafen, den der mysteriöse Tramp-Frachter als nächstes Ziel angegeben hatte, keine Unterlagen über sein erwartetes Erscheinen. Tia hatte auch nicht wirklich damit gerechnet; diese Tramps änderten ihre Flugpläne oft sehr häufig, und wenn es ein Schmuggler gewesen sein sollte, hatte er *mit Sicherheit* nicht angegeben, wohin er wirklich als nächstes wollte.

Tia hoffte inständig, daß er nur nicht aufgekreuzt war, weil der Kapitän gelogen hatte – und nicht, weil sie inzwischen irgendwo draußen im All herrenlos umhertrieben. Sie überließ Alex das Reden. Er entwickelte langsam ein bemerkenswertes schauspielerisches Talent und schaffte es sehr raffiniert, die Wahrheit zu sagen, zugleich aber einen völlig gegenteiligen Eindruck zu vermitteln.

In diesem Fall wiegte er den Stationsmanager in dem Glauben, daß er Agent einer Inkasso-Agentur sei, der das ganze Schiff kassieren wollte, sobald er es eingeholt hatte.

Alex beendete die Verbindung zu dem Stationsmanager und drehte seinen Sessel wieder ihrem Schirm zu.

»Wie machst du das?« fragte Tia schließlich. »Wie schaffst du es, sie dazu zu bringen, etwas völlig anderes als die Wahrheit zu glauben?«

Er lachte, während sie die örtliche Landkarte aufrief und als holographisches Bild projizierte. »Seit ich denken kann, war ich in Theatergruppen. Das ist mein *zweites* Hobby, das ich allerdings nie allzu ernst genommen habe, obwohl man mir sagte, daß ich ziemlich gut sei. Ich versuche lediglich, mir die Person vorzustellen, die ich sein möchte, und überlege mir dann, welcher Teil der Wahrheit zu diesem Bild paßt.«

»Na ja«, sagte sie, während sie die möglichen Ziele des Schiffs studierte, »wenn ich ein Schmuggler wäre, wohin würde ich mich dann begeben?«

»Station Lermontow, Station Presley, Station Korngold, Station Tung«, erwiderte er und zählte sie an seinen Fingern ab. »Sie könnten natürlich auch woanders aufkreuzen, aber auf den anderen gibt es überall Geheimdienstleute. Von denen würden wir es sofort erfahren, falls sie eintreffen sollten.«

»Vorausgesetzt, daß der Geheimdienstmann vor Ort sein Geld wert ist. Wieso Station Presley?« wollte sie wissen. »Das ist doch nur der Firmensitz einer Gesellschaft für Asteroidenabbau.«

»Eine Hochfamilienresidenz«, erwiderte Alex. Er lehnte sich in seinem Sessel zurück und verschränkte die Hände hinter dem Kopf. »Geld für wertvolle Artefakte. Bergbauarbeiter mit Geld – und nicht alle von denen sind Felsratten.«

»Ich dachte, Bergarbeiter wären alle ... na ja, ziemlich primitiv«, erwiderte sie.

Er schüttelte den Kopf. »Es gibt viele Bergarbeiter, die eine Stange Geld machen wollen – und viele von ihnen rüsten ihre kleinen Schlepper so aufwendig aus, daß die Yacht einer Hochfamilie dagegen geradezu armselig wirkt. *Sie* haben Geld für hübsche Dinge und scheren sich nicht sonderlich darum, woher sie stammen. Das Presley-Lee y Black-Konsortium kauft Erze außerdem von jedermann.«

»Zuerst nach Lermontow, dann nach Tung, dann nach Presley, ja?« schlug Tia die Route vor.

»Wie du möchtest, Liebe«, erwiderte er gutgelaunt und schickte eine sorgfältig formulierte Notiz an das Nachrichtenbrett der nächsten Station. Sie wollten zwar keine Panik auslösen, doch sollten die Leute ihnen auch jeden Hinweis über den Verbleib des Frachters melden. Und sie wollten auch nicht, daß sie jemand dabei infizierte. Deshalb besagte die Nachricht, daß sich das fragliche Schiff möglicherweise mit Anthrax 3 kontaminiert hatte, einer ernsten, aber nicht tödlichen Variante des alten terranischen Anthrax.

Als er fertig war, drehte er sich wieder zu ihr um. »Du bist die Pilotin. Ich bin ja nur der Passagier.«

»Das wäre der effizienteste Vektor«, erwiderte sie und meldete ihren Flugplan bei der Raumflugleitzentrale an. »Drei Tage bis Lermontow, einer bis Tung, eineinhalb bis Presley.«

Trotz Alex' Behauptung, daß er ja nur Passagier sei, verbrachten die beiden die nächsten drei Tage nach Lermontow keineswegs im Müßiggang. Statt dessen gingen sie alle Berichte durch, die sie bisher von den anderen Mannschaften bekommen hatten, suchten nach Spuren und Hinweisen darauf, daß ihr rätselhaftes Schiff möglicherweise einen anderen Hafen angelaufen hatte. Und als sie schließlich Lermontow erreichten, begab sich Alex hinunter zur Station auf Jagd.

Diesmal gab er sich als undurchsichtiger Artefaktenhändler aus, der ganze Schiffsladungen billig aufkaufen wollte. Es gab viele Leute wie ihn, Händler, die eine Menge billiger Artefakte erwarben und die entsprechenden Papiere fälschten, um sie auf dem offenen Markt an einfache Sammler zu verkaufen, die ihre Freunde und Vorgesetzten mit ihrem Geschmack und ihrer Bildung beeindrucken wollten. Große Piraten gaben sich nicht mit ihnen ab – jedenfalls nicht, was die wirklich wertvollen Stücke betraf. Aber Matrosen, die eine Ladung Töpferwaren oder irgend etwas anderes aufgegabelt hatten, wären nur zu glücklich, mit Alex zu sprechen. Für diesen Fall war es auch sehr nützlich, daß Tias Hülle ein älteres Modell ohne Singularitätsantrieb war, denn so sah sie völlig unscheinbar aus, genau wie ein Schiff, das jemand für eine Reise an den Rand des bekannten Raums chartern würde.

Lermontow war eine typische Station für Tramp-Frachter und Schiffe mit dubioser Registrierung. Es war zwar keine richtige Piratenstation, da es sich in der Nähe eines Singularitätspunkts befand, und es besaß immer noch Stationsmanager, die allerdings beide Augen zudrückten, wenn bestimmte Schiffsarten einliefen. An den Docks wurde Bargeld im voraus akzeptiert und die Papiere nicht zu genau kontrolliert. Außerdem gab es Bars und Restaurants, wo man ohne Furcht vor Aufzeichnungsgeräten Geschäfte abwickeln konnte.

Dorthin begab sich auch Alex – in einem seiner Neonanzüge. Tia grauste bei dem Gedanken, daß man ihn durchschauen könnte, doch konnte sie nichts dagegen unternehmen. Er durfte nicht einmal einen Kontaktknopf tragen, denn die Anti-Überwachungsanlagen in jeder dieser Kaschemmen würden ihn schon beim Eintritt ausschalten. So blieb ihr nichts anderes übrig, als die Nachrichtenbretter der Station nach weiteren Hinweisen auf ›ihr‹ Schiff abzusuchen und darauf zu hoffen, daß Alexanders schauspielerisches Talent tatsächlich so gut war, wie er glaubte.

Alex hatte schon vor langer Zeit gelernt, wie man mit jemandem zusammen trank, wenn man gleichzeitig nüchtern bleiben wollte. Man ließ das Opfer austrinken, vertauschte dann die Gläser, ließ es auch das nächste austrinken und bestellte eine weitere Runde. Nach drei Runden bemerkte der andere schon gar nicht mehr, daß man selbst nichts trank, vor allem nicht, wenn man *selbst* die Runden ausgab.

Den Raumgeistern sei Dank für mein Kreditkonto des Gesundheitsdienstes.

Alex begann im ›Rosa Kometen‹, dessen Neondekorationen es mit seinem Einteiler aufnehmen konnten. Er erfuhr schon bald, daß die Ware, nach der *er* Ausschau hielt, hier nicht angeboten wurde. Tatsächlich wurden hier eher halblegale Dienstleistungen offeriert. Der Barkeeper wußte zwar nicht genau, wer das haben konnte, was Alex wollte, und so schickte er ihn weiter zum ›Randläufer‹.

Mehrere Runden später kam es zu einem komischen Intermezzo, als Alex jemandem begegnete, der glaubte, daß er Fühliepornos und Sexandroiden kaufen wollte; schließlich begegnete er einer alten Felsratte, die darauf bestand, daß er eigentlich keine Artefakte brauche, sondern primitive Kunst. »In diesen Artofackten liegt doch kein Geld mehr«, beharrte der alte Knabe und hieb mit einer knorrigen Faust auf den Tisch. »Diese Buchhalter wollen keine Artofackte mehr, der ganze gottverdammte Markt ist doch förmlich getränkt damit! Ich sag es dir – der nächste Renner ist primmi-tiefe Kunst!«

Alex mußte den Alten erst völlig betrunken machen, bevor er ihn wieder loswurde. Bis dahin hatte er immerhin in Erfahrung gebracht, daß der Schuppen, den er wirklich aufsuchen mußte, das ›Felsenmauer‹ war.

Im ›Felsenmauer‹ stieß er dann schließlich wirklich auf Grund – doch nicht unbedingt auf das, wonach er gesucht hatte.

Die Bar hatte ein merkwürdig ruhiges Ambiente: ein nüchterner, nichtmenschlicher Barkeeper, ein unauffälliger Rausschmeißer, dazu eine Reihe kleiner Nischen, in denen die Akustik so beschaffen war, daß kein Geräusch hinausgelangte. Die Beleuchtung war gedämpft, das Lokal makellos sauber, die Preise nicht überhöht. Was immer hier für Geschäfte laufen mochten, es geschah diskret.

Alex gab dem Barkeeper bekannt, wonach er suchte, dann nahm er an einem der Tische Platz. Schon bald war sein Kreditkonto ziemlich belastet. Er hatte nacheinander betanische Bestattungsurnen, zwanzig Specksteinfigurinen rg'kedanischer Schlangengöttinnen, drei exquisite kleine Kristallschalen aus Kanath und eine Kachinafigur des Eulentänzers der Hopi von der alten Terra erworben. Das letzte Artefakt war wahrscheinlich einem anderen Mannschaftsmitglied gestohlen worden. Alex gab sich selbst das Versprechen, den Besitzer aufzuspüren und ihm sein Eigentum zurückzugeben.

Für diese Dinge war sein Kreditkonto aufgekommen – aber die Leute, mit denen er Geschäfte machte, wurden in bar ausbezahlt. Das ging sehr einfach, wie er gleich bei der ersten Transaktion bemerkte. Der Verkäufer bestellte einen ›Rock 'n' Run‹ – worauf der Barkeeper mit einer Geldkassette kam. Alex unterzeichnete einen Kreditkartenbeleg plus zehn Prozent Provision für die Bar; daraufhin zahlte der Barkeeper den Verkäufer aus. Und so waren alle zufrieden.

Alex hatte mit einigen Matrosen verschiedenster Schiffe gesprochen, hatte Antworten provoziert, die von Gerüchten über Krankheiten oder Seuchenschiffe handelten. Er bekam alte Geschichten zu hören, die er schon kannte, vom *betanischen Holländer*, von der *Heimkehr*, von der *Alice Bee*. Alles Schiffe und Erzählungen aus früheren Jahrzehnten; nichts Neues.

Er blieb bis zum Lokalschluß und provozierte die Dienstwesen zu einem Streit darüber, wer ihn in Anbetracht seiner hohen Trinkgelder beim nächsten Mal bedienen dürfte. Er erinnerte sich daran, was Jon Chernov ihm einmal über

Geheimdienstleute gesagt hatte: *Die müssen jede halbe Währungseinheit abrechnen, die sie ausgeben, deshalb sind sie so geizig wie ein Firmenbuchhalter zum Steuertermin. Wenn du jemals Geheimdienstarbeit machst, gib großzügig Geld aus. Dann wird man dich nie verdächtigen. Und besser ein eingesackter Lohnscheck wegen überhöhter Spesen, als den letzten Blick in die Mündung eines Nadlers zu tun.*

Es war kurz vor Lokalschluß, als der ruhige Mann eintrat. Er tat es so unauffällig, daß Alex seine Gegenwart gar nicht bemerkte, bis er ihn erblickte, wie er mit dem Barkeeper sprach. Und er merkte auch nicht, daß er auf Alex' Tisch zukam.

»Ich habe gehört, daß Sie Gegenstände kaufen«, hauchte der ruhige Mann. »Ich habe einige ... Gegenstände.«

Er öffnete kurz die Hand, um eine winzige Vase oder Flasche zu zeigen, ein wunderschönes Ding mit einem regenbogenfarbenen Schimmer und einem Stil, der Alex merkwürdig bekannt vorkam, ohne daß er ihn bestimmen konnte.

»Für solche Waren interessiere ich mich in der Tat«, sagte Alex freundlich. »Das Problem ist nur, daß das gute Stück ein wenig zu teuer für meine Brieftasche aussieht.«

Der ruhige Mann setzte sich mit einem Nicken Alex gegenüber. »Nicht so teuer, wie Sie denken«, erwiderte er. »Der Markt hier ist gesättigt mit dem Zeug.« Das Äußere des Mannes paßte zu seiner Sprechweise: grauer Einteiler, fahle Haut, farblose Augen, völlig durchschnittliche Gesichtszüge. »Ich habe etwa einhundert dieser kleinen Stücke, und ich konnte sie nicht loswerden, um die Wahrheit zu sagen.«

»Ich weiß Ihre Ehrlichkeit zu schätzen«, sagte Alex zu ihm.

Der ruhige Mann zuckte mit den Schultern. »Sie würden es früher oder später ohnehin erfahren. Die Bosse wollen nur das große Zeug. Einige der anderen haben Schmuck gekauft. Ich dachte erst, die wären verrückt, denn es war schließlich nur Titan, und dic Stücke ließen sich nicht besonders bequem tragen. Aber eine der früheren Mannschaften muß diese Parfümfläschchen mitgebracht haben, weil ich nicht einmal eine einzige habe loswerden können. Ich hatte gehofft, daß Sie Interesse haben könnten, wenn Sie für einen anderen Raumsektor einkaufen. Ich kann Ihnen ein gutes Angebot für die gesamte Ladung machen.«

»Was für ein Angebot?« fragte Alex.

Der ruhige Mann sagte es ihm, dann begann das Feilschen. Es dauerte bis eine gute halbe Stunde nach Lokalschluß, aber da Alex bereit war, Schnapspreise für Obstsaft zu bezahlen, hatte der Barkeeper nichts dagegen, weiterzumachen. Kellner begannen um sie herum sauberzumachen, bis Alex schließlich mit einem Handschlag das Geschäft mit dem ruhigen Mann besiegelte.

»Es sind keine wirklich antiken Artefakte«, gestand der ruhige Mann. »Aber mit einem kleinen Säurebad kann man sie dazu bringen, so auszusehen. Sie sind ... na ja ... vielleicht neunhundert Jahre alt. Sie stammen von einem Planeten, der von einem der wirklich frühen menschlichen Schiffe besiedelt wurde. Am Anfang ging es der Kolonie ganz gut, dann kam die Religion und mit ihr ein Religionskrieg, bis sie sich so weit gegenseitig ausgelöscht hatten, daß sie aus eigener Kraft nicht mehr überleben konnten. Wir schätzen, daß die letzten Mitglieder vor ungefähr zweihundert Jahren ausgestorben sein dürften.«

Alex musterte seine Neuerwerbung mit gewissem Erstaunen. »Das ist von Menschen erschaffen? Sieht gar nicht so aus!«

Der ruhige Mann zuckte mit den Schultern. »Keine Ahnung. Die Bosse sagten, daß die Kolonisten irgendwelche Künstler waren. Sie hatten so einen Ableger einer Erdreligion mit sakramentalen Halluzinogenen, um es interessant zu machen, bis irgend jemand beschloß, *er* sei jetzt der nächste große Prophet, und die Hälfte der Kolonie das anders sah. Ich meine, bei solchen Leuten muß man doch mit allem rechnen. Verrückte.«

»Na ja, ich kann mir ja irgend etwas ausdenken, was ziemlich exotisch klingt«, meinte Alex fröhlich. »Meinen Kunden ist das reichlich egal. Also, wie wollen Sie nun liefern?«

»Sie heuern einen Hebewagen und einen Jungen von den Weltraummützen an«, sagte der ruhige Mann sofort. »Ich tue das gleiche. Die beiden treffen sich morgen um zwölfhundert hier. Ihr Junge gibt meinem den Kreditkartenbeleg, meiner gibt Ihrem die Kiste. Stellen Sie den Beleg wie üblich auf die Bar aus.«

Da Alex genau die gleichen Vereinbarungen für Beerdigungsurnen getroffen und dabei nur eine andere Zeit bestimmt hatte, willigte er ein, und danach verließ er mit dem ruhigen Mann die Bar, bis schließlich beide ihrer Wege gingen.

Als er zum Schiff zurückgekehrt war, nahm er die Treppe anstelle des Fahrstuhls und versuchte die ganze Zeit sich daran zu erinnern, wo er nur den Stil der Vasen schon einmal gesehen hatte.

»Du siehst sehr fröhlich aus!« meinte Tia; die Erleichterung über seine Heimkehr war nicht zu überhören.

»Ich habe einige Artefakte auf dem Schwarzmarkt aufgegabelt, von denen ich sicher bin, daß das Institut sie gern bekommen möchte.« Er leerte seine Taschen von allen Gegenständen bis auf die ›Parfümflasche‹ und legte seine ›Beute‹ an eine Stelle, wo Tia ihre Nahsichtkameras auf die Gegenstände richten konnte. »Und das hier, vermute ich, ist gestohlen ...« Er wickelte die Kachina aus. »Schau mal, ob du den Besitzer ermitteln kannst, ja?«

»Kein Problem«, erwiderte sie zerstreut. »Ich habe dein Kreditkonto über die ganze Station verfolgt. So konnte ich dich im Auge behalten. Alex, die beiden Schädel rechts und links sind Fälschungen, aber der mittlere ist echt und so viel wert wie alles, was du heute abend ausgegeben hast.«

»Freut mich zu hören.« Alex lachte. »Ich war mir nicht sicher, was ich dem Institut und der Medizinischen mitteilen sollte, wenn sie feststellten, was ich für Trinkgelder gegeben und Lokalrunden spendiert habe! Also gut, und hier ist mein letzter Fund, und davon kommt morgen noch eine ganze Ladung. Kannst *du* dich noch erinnern, was das ist?«

Er legte die kleine Vase vorsichtig auf die Konsole. Tia stieß ein seltsames, unverständliches Geräusch aus.

»Alex!« rief sie. »Das ist doch eins von *Sinors* Artefakten!«

Er schlug sich mit der Hand an die Stirn. »Natürlich! Deshalb konnte ich mich auch nicht erinnern, in welchem Buch ich so etwas schon einmal gesehen habe! Bei allen Raumgeistern – Tia, ich habe gerade ein Geschäft mit dem Matrosen des Schiffs geschlossen, das diese Dinger hier einschleppt. Er hat gesagt: ›Die Bosse wollten nur das größere Zeug.‹ Es sind keine wirklichen Artefakte, sie stammen aus irgendeiner gescheiterten menschlichen Kolonie.«

»Ich rufe die Kontaktnummer an, die Sinor uns gegeben hat«, entschied sie. »Spar dir deine Erklärungen, bis ich jemanden auf Leitung habe.«

Tia war schon bereit gewesen, aus lauter Nervosität ihre Servoroboter loszuschicken, um die Flusen vom Teppichboden aufzusammeln, bis ihr einfiel, daß sie Alex' Aufenthaltsort ausfindig machen könnte, indem sie in der Stationsdatenbank Ausschau nach seiner Kreditnummer hielt. Auf diese Weise verfolgte sie ihn in drei verschiedene Bars, bis er schließlich in einer mit dem Namen ›Felsenmauer‹ landete. Sie rief die dortigen Getränkepreise auf und stellte sofort fest, daß er ein Artefakt erworben hatte, indem sie einfach nur überprüfte, welche Zahlen sich nicht aus einer Kombination der Getränkepreise ergeben konnten. Einige Male waren die Käufe auch sehr eindeutig: Kein noch so großes Saufgelage hätte solche Summen gekostet, wie er sein Spesenkonto belastete.

Sie hatte sich einige Sorgen gemacht, als er nicht sofort bei Lokalschluß zurückkehrte – doch dann wurden weiterhin Getränke abgebucht, und sie überlegte, daß er wahrscheinlich wirklich ein sehr heißes Geschäft aufgetan hatte.

Als er schließlich summend zurückgekehrt war, hatte sie gewußt, daß er auf irgendeine Spur gestoßen sein mußte.

Die Artefakte, die er erworben hatte, genügten, um das Institut zufriedenzustellen – doch als er die kleine Vase hervorgeholt hatte, hatte sie schon geglaubt, daß ihre Schaltkreise gleich durchschmoren würden.

Für *sie* war die Bestimmung des Dings so offensichtlich, daß sie es zunächst nicht glauben konnte, daß er nicht von selbst auf diese Verbindung gekommen war. Doch dann erinnerte sie sich wieder, wie fehlerträchtig das Gedächtnis von Normalpersonen war …

Nun, es spielte keine Rolle. Schließlich war das ja auch einer der Gründe, weshalb sie überhaupt hier war. Sie öffnete einen Kommunikationskanal und gab die Kontaktnummer ein, die Sinor ihr gegeben hatte.

Tia wußte zwar nicht genau, wohin ihre Mitteilung gelangte – doch die Antwort kam so schnell, daß sie den Verdacht hegte, es müsse irgend jemand im selben Realraum wie Lermontow sein. Natürlich empfingen sie kein Videosignal – was ihre Überzeugung stark erschüttert hätte, hätte sie immer noch daran geglaubt, daß sie tatsächlich einer Institutsdirektive folgten. Aber da sie wußte, daß sie wahrscheinlich mit der Drogenfahndungsabteilung zu tun hatten, spielte sie das höfliche Spiel mit, als ob der Videoschaltkreis an ihrem Ende nicht funktionierte, und ließ Alex die Einzelheiten des Geschäfts wiedergeben, das er abgeschlossen hatte, während sie lediglich eine Nahaufnahme der kleinen Vase übertrug.

»Führen Sie es durch«, sagte ihr Kontaktmann, als Alex fertig war. »Sie haben ausgezeichnete Arbeit geleistet und werden den Bonus bekommen. Machen Sie weiter und nehmen Sie die Lieferung in Empfang. Dann kümmern wir uns um den Rest und gleichen auch die Überziehung Ihres Kontos für Sie aus. Und machen Sie sich keine Sorgen, man wird nie erfahren, daß Sie kein gewöhnlicher Ankäufer waren.«

Kein Wort mehr von irgendwelchen Seuchen, nicht die geringste Andeutung, daß sie sich gegen Kontamination schützen sollten. Alex warf ihr einen vielsagenden Blick zu.

»Also gut«, sagte er dann förmlich. »Ich hoffe, wir haben hier etwas für Sie erreicht.«

»Das haben Sie«, erwiderte der Unbekannte und meldete sich ab.

Alex nahm die kleine Vase auf und drehte sie immer wieder in den Händen, während er in seinem Sessel saß und die Füße auf die Konsole gelegt hatte. Tia bestellte die beiden Boten zum Schiff, um ihre Kreditbelege abzuholen und zur

Bar zu bringen, wo sie die Ware übernehmen sollten – glücklicherweise nicht zur selben Zeit. Das dauerte nur wenige Sekunden, und sobald sie fertig war, richtete sie ihre Aufmerksamkeit wieder auf Alex.

»War das jetzt alles ein dummer, glücklicher Zufall, oder hat man uns geleimt?« fragte sie mißtrauisch. »Und wo war dieser Agent?«

»Ich will mal raten«, antwortete Alex vorsichtig. »Als erstes würde ich vermuten, daß wir tatsächlich einfach etwas Glück gehabt haben. Der ruhige Mann hat alle *sicheren, gängigen* Abnehmer für seine Ware versucht, Kanäle, über die die Polizei nichts weiß, und mußte feststellen, daß sie übersättigt waren. Er war verzweifelt genug, um es mit jemandem wie mir zu versuchen. Ich vermute, daß sein Schiff morgen oder übermorgen starten wird.«

»Gut – aber warum verkauft er an dich, wenn er dich doch gar nicht kennt?« fragte Tia.

»Weil ich in der richtigen Bar war, mich genau richtig verhalten habe und mich nicht benahm wie die Polizei oder der Geheimdienst.« Alex rieb mit dem Daumen über den Bauch der Vase. »Ich war bereit, über den Barkeeper zu zahlen, was der Geheimdienst wohl nicht täte. Ich habe den richtigen Eindruck gemacht, und ich vermute, daß er mich beobachtet hat, um zu sehen, ob irgendeiner seiner Kumpel verhaftet wurde, nachdem er an mich verkaufte. Schließlich hatten wir einmal mehr Glück. Denn *er* weiß nicht, wozu seine Bosse die gefälschten Artefakte benutzen. Er glaubte, daß man ihm allenfalls auf die Finger klopfen könnte, wegen unverzollter Einfuhr von Kunstgegenständen.«

»Vielleicht benutzen *seine* Bosse die Artefakte ja auch gar nicht zum Schmuggel«, warf Tia ein. »Vielleicht leiten sie sie ja nur an eine zweite Partei weiter.«

»Auf dieser Station ist das eine reale Möglichkeit.« Alex setzte die Vase vorsichtig wieder ab. »Jedenfalls vermute ich, daß die Behörden diese Stationsgruppe schon die ganze Zeit unter Verdacht hatten und daß irgendwo dort draußen ein Schiff von ihnen ist – weshalb wir so schnell Kontakt bekamen. Ich dachte mir eigentlich schon, daß das eine Schiffskontaktnummer war, als ich sie sah, aber ich habe nichts gesagt.«

Tia ging alle Möglichkeiten durch und gelangte zu einer möglichen Antwort. »Und jetzt machen sie nur den Boten ausfindig, der sich am Mittag von einem anderen Schiff zur ›Felsenmauer‹ begibt, um dieses Schiff dann zu observieren? Oder ist das zu einfach?«

Alex gähnte und streckte sich. »Wahrscheinlich«, sagte er. »Wahrscheinlich wird er den Boten nicht von seinem Schiff losschicken. Irgendwie werden sie ihre Spionagearbeit schon ausführen. Wir haben ihnen gegeben, was sie bisher nicht hatten, einen Kontaktpunkt. Die Sache liegt nicht mehr in unserer Hand, was auch ganz gut ist, denn ich möchte lieber nicht in eine Schießerei zwischen Schmugglern und Geheimdienst geraten. Ich bin *müde*.«

»Dann solltest du dich ausruhen«, erwiderte sie sofort. »Und schaff diesen Einteiler aus meiner Kabine, bevor er mir noch die Optik versengt.«

Alex lachte – begab sich aber auch sofort in seine Koje.

Tia machte sich nicht einmal die Mühe, ihren Piloten aufzuwecken, als sie die Station Presley anflog und sich bei der Raumflugleitzentrale meldete. Sie erwartete die übliche, automatisierte KI, wie sie die meisten Bergbaustationen besaßen. Statt dessen war es ein Mensch. Obwohl es nur eine reine Tonübertragung war, gab es keinen Zweifel daran, daß es sich um einen echten Menschen und keine KI-gestützte Aufzeichnung handelte.

»AH Eins-Null-Drei-Drei, wir müssen Ihnen mitteilen, daß wir unter Quarantäne nach Code 5 stehen«, sagte der Kommunikationsoffizier mit einem Zögern, das den Gedanken nahelegte, daß er nicht sehr oft am Mikrofon saß. »Wir können Sie andocken lassen und mit Servos betanken, dürfen Ihnen aber nicht gestatten, Ihre Luftschleuse zu öffnen. Und sollten Sie über entsprechende Reserven verfügen, wäre es uns lieber, wenn Sie eine andere Station anfliegen könnten.«

Das Andocken kann er uns unter Code 5 nicht verbieten, aber er hat Angst. Und er möchte wirklich sehr gern, daß wir verschwinden.

Tia fällte eine schnelle Kommandoentscheidung. »Station Presley, wir teilen Ihnen mit, daß wir im Auftrag der Medizinischen von CenCom unterwegs sind. Referenzen folgen.« In einem Datenstoß übermittelte sie ihre Beglaubigungen. »Wir legen an und würden es schätzen, wenn Station Presley mit uns kooperiert. Wir möchten während des Andockmanövers eine Verbindung zu Ihrem Amtsarzt, bitte.«

»Äh ... ich ...« Ein kurzes Brummen, als würde er mit jemand anderem sprechen, dann wandte er sich wieder dem Mikrofon zu. »Das können wir machen. Halten Sie sich bereit für das Andocken.«

In diesem Augenblick schaltete sich der Mensch aus der Verbindung, und die KI übernahm die Kontrolle. Tia weckte Alex und brachte ihn auf den neusten Stand, dann gab sie ihm Gelegenheit, sich anzuziehen, während sie sich mit der Andockprozedur befaßte. Als sie den Anweisungen der KI Folge leistete, fragte sie sich, was auf Station Presley wohl tatsächlich los sein mochte.

War es der Beginn einer Seuche oder nur ein falscher Alarm?

Oder – war dies nur ein Ausbruch von vielen?

Ungeduldig wartete sie darauf, daß der Kommunikationsoffizier wieder auf Schaltung ging, während Alex drei Tassen Kaffee hinunterstürzte und sich aus dem Nebel seines unterbrochenen Schlafs schüttelte. Es dauerte Ewigkeiten, wenigstens kam es ihr so vor.

Endlich meldete das Comlink sich. »AH Eins-Null-Drei-Drei, wir haben Verbindung zum Amtsarzt für Sie hergestellt.« Es war eine andere Stimme, die mit größerer Autorität sprach. Bevor Tia etwas erwidern konnte, erwachten Stimme und Videokanäle zum Leben, und mit einemmal blickten Alex und sie in das Gesicht eines Mannes, der in Medizinerweiß gekleidet war und das Abzeichen eines Arztes trug.

»Hallo?« sagte der Mann zögernd. »Sie ... Sie sind vom Gesundheitsdienst? Sie sehen gar nicht aus wie ein Arzt.«

»Ich bin auch kein Arzt«, erwiderte Alex prompt. »Ich bin vom Gesundheitsdienst der CenCom autorisiert, den möglichen Ausbruch einer neuen Infektionskrankheit zu untersuchen, die eine Schwächung des Immunsystems bewirkt. Wir haben Grund zu der Annahme, daß es irgendwo in dieser Gegend einen Infektionsherd gibt, und wir versuchen, die Spur des letzten bekannten Opfers zurückzuverfolgen.«

Kein Zweifel: Der Doktor erbleichte. »Lassen Sie mich Ihnen unseren Patienten zeigen«, flüsterte er und griff nach etwas unter seinem Bildschirm. Nun traf ein zweites Signal ein, das Tia in ihren Seitenmonitor einspeiste.

Der Patient wies eiternde Schwären auf, die den Wunden von Kennys Opfer glichen; der einzige Unterschied bestand darin, daß die Krankheit diesen Mann noch nicht so weit erfaßt hatte.

»Ja, er zeigt die gleichen Symptome des Opfers, dessen Spur wir verfolgen«, sagte Alex ruhig, während Tia hektisch ihre chemische Blutzusammensetzung korrigierte, um ihr Herz zu beruhigen. »Ich hoffe doch, daß Sie ihn in Quarantäne halten.«

»Ihn *und* sein Schiff«, erwiderte der Arzt sichtlich erschüttert. »Wir haben zwar noch keine weiteren Fälle, aber wir wissen einfach nicht, was es ist und welche Bedingungen dazu führen oder ...«

»Ich übertrage Ihnen gerade eine Kontaktnummer«, unterbrach Alex ihn und tippte etwas ein. »Sobald Sie die Leitung zu mir unterbrochen haben, rufen Sie dort an. Es ist eine Duplexverbindung zum Gesundheitsdienst und einem gewissen Doktor Kennet Uhua-Sorg. Er ist dafür zuständig. Der erste bekannte Fall befindet sich in seiner Behandlung, und er wird alles darüber wissen, was es zu wissen gibt. Wir möchten folgendes von Ihnen: Unsere Mannschaft ist dafür zuständig, diese Sache zu ihrem Ursprung zurückzuverfolgen. Wissen Sie irgend etwas darüber, woher dieser Patient kommt, was er getan hat ...«

»Nicht viel«, antwortete der Doktor, den es augenscheinlich zu erleichtern schien, daß es bei CenCom jemanden gab, der für diesen Krankheitsausbruch ›zuständig‹ war. Tia brachte es nicht übers Herz, ihm mitzuteilen, wie wenig Kenny in Wirklichkeit wußte. »Er ist ein wilder Prospektor. Er traf mit einer Fracht hier ein, die wir versiegelt haben; er kroch zwar noch mit eigener Kraft durch die Luke, brach aber auf dem Dock zusammen, sobald er das Schiff verlassen hatte, um nach einem Sanitäter zu schreien. Als wir ihn andocken ließen, wußten wir natürlich noch nicht, daß er krank war ...«

Der Mann redete unkontrolliert vor sich hin, sonst hätte er nicht diesen Ausrutscher begangen. Die interstellaren Gesetzesvorschriften verlangten, daß man Kranken sichere Unterkunft in Quarantäne gewährte, aber Tia hatte keinen Zweifel, daß der Prospektor keine Koje erhalten hätte, wenn die Flugleitzentrale nicht von einer KI geleitet worden wäre. Im besten Fall hätte man ihm das Andocken verweigert, im schlimmsten einen Jäger losgeschickt, um ihn zu keimfreien Atomen zu zertrümmern.

» ... als er zusammenbrach und einer der Dockarbeiter die Schwären erblickte, schlug er Alarm, wir versiegelten das Dock und schickten eine Mannschaft in Dekontaminationsanzügen hinaus, um ihn in Quarantäne zu bringen. Ich habe eine Meldung mit Prioritätsstufe Eins an unseren PHD-Verwalter geschickt, aber es dauert lange, bis man von denen mal eine Antwort bekommt ...«

»Hat der Erkrankte gesagt, wo er glaubt, sich das zugezogen zu haben?« unterbrach Alex ihn wieder.

Der Doktor schüttelte den Kopf. »Er hat nur gesagt, daß er nach einer guten Schürfstelle gesucht hat, als er plötzlich über etwas stolperte, das wie eine Art interstellarer Trödelmarkt aussah, und er vermutet, daß er sich dort angesteckt hat. Er wollte allerdings nicht erläutern, was er mit einem ›interstellaren Trödelmarkt‹ gemeint hat. Nur, daß es eine Menge ›Zeug‹ gewesen sei, das er nicht erkannte.«

Das entsprach ihrer Vermutung über das letzte Opfer.

»Können wir mit ihm sprechen?« fragte Tia.

Der Arzt zuckte mit den Schultern. »Sie können es versuchen. Ich werde eine audiovisuelle Verbindung zu seinem Zimmer für Sie herstellen. Er ist bei Bewußtsein, aber ob er bereit ist, Ihnen etwas zu erzählen, weiß ich nicht. Uns will er jedenfalls nicht viel sagen.«

Es war ziemlich offensichtlich, daß er darauf drängte, sich an ein Funkgerät zu setzen und Kontakt zum Gesundheitsdienst herzustellen, um auf diese Weise das Problem wenigsten symbolisch zu überantworten. Wenn seine Vorgesetzten sich dafür interessieren sollten, wo der Mann sich angesteckt hatte, so hatten sie *ihm* jedenfalls nichts davon gesagt.

Was auch nicht weiter überraschte. Er war Firmenarzt. Eigentlich bestand die Aufgabe dieses Arztes darin, die leitenden Angestellten wegen Verdauungsstörungen zu behandeln, während seine Untergebenen die Bergbauarbeiter nach Kneipenschlägereien und Berufsunfällen wieder zusammenflickten und ihre gebrochenen Knochen schienten. Es wurde nicht von ihm erwartet, sich mit einer richtigen Seuche zu befassen. Die Flugleitzentrale sollte alle etwaigen Seuchenschiffe daran hindern, sich der Station auch nur zu nähern.

»Danke für Ihre Kooperationsbereitschaft, Doktor«, sagte Alex freundlich. »Stellen Sie doch bitte diese Verbindung für uns her, dann überlassen wir Sie wieder Ihrer Arbeit.«

Der Arzt meldete sich ab – immer noch, ohne sich ausgewiesen zu haben, aber darüber machte Tia sich keine Sorgen. Ihre Aufzeichnungen genügten vollauf für rechtliche Zwecke, und nun, da er die Verfügungsgewalt an sie übertragen hatte, war er ohnehin unbedeutend. Sie brauchte nicht mehr mit ihm zu sprechen.

»Also gut, Alex«, sagte sie, als der Schirm erloschen war. »In diesen Dingen bist du viel mehr Experte als ich. Wie bekommen wir eine Felsenratte dazu, uns mitzuteilen, was wir wissen wollen?«

»Hank, mein Name ist Alex«, sagte der Pilot und behielt dabei den Bildschirm und sämtliche Patientendaten im Auge. »Ich bin ein Pilot vom KD, im Augenblick an den Gesundheitsdienst ausgeliehen. Gleich hörst du noch eine zweite Stimme, das ist mein Gehirn-Schiff Tia.«

»Hallo, Hank«, sagte sie, froh darüber, daß sie sich in ihrer Säule befand und Hank keine ihrer Reaktionen bemerken konnte. Alex war ein guter Schauspieler, sie würde es ihm nie gleichtun können. Hank auch nur anzublicken machte sie nervös und bereitete ihr Unbehagen; alles Gefühle, von denen sie nicht gewußt hatte, daß sie sie überhaupt noch haben konnte. »Ich weiß nicht, ob sich jemand die Mühe gemacht hat, es dir zu sagen, aber man hat uns hierher geschickt, weil es noch jemanden gibt, der das gleiche hat wie du. Es ist sehr ansteckend, und wir versuchen gerade, eine Seuche zu verhindern. Wirst du uns dabei helfen?«

»Wir erzählen ihm die ganze Geschichte«, hatte Alex gesagt. Kenny hatte dem zugestimmt, als sie ihn schließlich erreichten, nachdem der Arzt ihn angerufen hatte. *»Es hat keinen Zweck zu versuchen, ihn reinzulegen. Wenn er erst einmal erfährt, wie schlimm es aussieht, ist er vielleicht zur Mitarbeit bereit.«*

Da die Schwären sich immer nur verschlimmerten, wenn sie verbunden wurden, lag Hank auf einem Gelbett. Das Gel war ein Mittel gegen Verbrennungen, das Kenny bei dem anderen Opfer angewandt hatte. Dieser Kranke war zwar noch am Leben, aber in keinem besseren Zustand als bei ihrem Abflug.

Hank blickte zu dem Bildschirm in seiner Zimmerecke hinüber, sein Gesicht war grotesk geschwollen. »Diese Penner wollen mir nicht sagen, was Sache ist«, antwortete er heiser. »Die versuchen nur, mich zu pudern. Wie schlimm steht es wirklich um mich?«

»Eine Heilung gibt es nicht«, sagte Alex ganz offen. »Es gibt ein weiteres bekanntes Opfer. Der andere Mann ist schlimmer dran als du, und bisher hat man nichts gefunden, um seinen Zustand umzukehren. Das ist die ungeschminkte Wahrheit.«

Hank fluchte hilflos vier bis fünf Minuten lang vor sich hin, bis ihm die Luft ausging. Dann legte er sich einige weitere Minuten mit geschlossenen Augen zurück auf sein Gelbett.

Tia beschloß, das Schweigen zu brechen. »Ich weiß nicht, wie sehr dich der Rest des Universums interessiert, Hank, aber … wir müssen unbedingt wissen, wo du dir das zugezogen hast. Wenn sich das in irgendeiner Bevölkerungsgruppe ausbreiten sollte …«

»Schon in Ordnung«, unterbrach er sie mit immer noch geschlossenen Augen. »Du brauchst keine Eulen nach Athen zu tragen. Wenn ich jetzt noch den Mund halte, habe ich auch nichts mehr davon.« Er seufzte, es klang wie ein Schluchzen. »Ich habe die Stelle zufällig gefunden, ich bin nicht einmal sicher, ob ich sie wiederfinden würde – aber vielleicht schafft ihr Burschen das ja. Ich gebe euch alle Daten, die ich habe. Ich fände es wirklich nicht gut, auch noch ein Kind in meinem Zustand erblicken zu müssen.«

»Danke, Hank«, sagte Alex in ruhiger Dankbarkeit. »Ich wünschte, es gäbe etwas, was wir für dich tun können. Möchtest du gern irgend etwas haben?«

Hank schüttelte leise den Kopf. »Ich sage euch was: Ich habe ziemlich schlimme Schmerzen, und das Zeug, das die mir geben, bringt nicht viel, weil sie Angst haben, ich könnte abhängig werden. Bringt diese Penner dazu, mir alle Schmerzmittel zu geben, die ich haben will – und sollte ich jemals gesund werden, mache ich *dann* den Entzug. Meint ihr, das könntet ihr für mich tun?«

»Ich werde es autorisieren«, entschied Tia. Als sie Alex' erhobene Augenbraue sah, ließ sie auf dem Schirm die Worte erscheinen: *Kennys Vollmacht umfaßt auch Patientenbehandlungen. Wir haben diese Autorität, und mir scheint es grausam, ihm diese Erleichterung zu verweigern.*

Alex nickte. »Okay, Hank, meine Partnerin meint, daß sie die Ärzte dazu zwingen kann. Dann schieß mal los. Wir zeichnen auf. Es sei denn, du möchtest sofort etwas haben.«

»Nein. Ich will lange genug auf diesem Planeten bleiben, bis ich euch die Informationen gegeben habe, die ich besitze.« Hank hustete. »Zunächst einmal, mein Boot ist ein altes Wrack. Fällt die ganze Zeit aus dem Hyperraum raus, und die Aufzeichnungen funktionieren auch nicht mehr alle, wenn es einen Sprung macht. Im Prinzip ist sie mal herausgefallen, und plötzlich war da ein Planet vom Typ Terra, ganz unweit der Austrittsstelle. Meine Frachtdecks waren ziemlich leer, also dachte ich mir, daß ich mal nachschaue, ob es da irgendwas zu holen gibt. An einer Stelle habe ich dann etwas entdeckt, das wie ein eingefallenes Gebäude aussah, und da bin ich dann gelandet, um nachzuschauen.«

»Dort hast du dich dann angesteckt?« fragte Alex.

»Da komme ich noch drauf. Dort gab es keinerlei Anzeichen von Leben, klar? Aber es gab da einige Gebäude, alt und irgendwie kaputt, rund, wie sie die Ufo-Leute mal sahen – da dachte ich mir, vielleicht finde ich irgendeine Stelle, wo die Archies noch nicht waren, vielleicht könnte ich dort ja irgend etwas aufgabeln, das ich verkaufen könnte. Also bin ich weitergeflogen und gelandet, okay? Nur daß ich etwas fand, das so aussah, als wäre jemand anders schon vor mir dagewesen. Es sah aus wie ... ich weiß nicht, als hätte jemand dort seit langer, langer Zeit Sachen gesammelt und gebunkert, das Zeug in Höhlen neben den Gebäuden verstaut, und auch in den Gebäuden, die nicht kaputt waren. Manches davon war bereits ausgegraben, anderes hatte irgend jemand angefangen auszugraben.«

»Wie meinst du das?« fragte Alex.

»Als ob ... wie eine Art Versteck für einen Schatz. Höhlen, haufenweise, manche waren ausgegraben, wahrscheinlich waren alle mal voll mit irgendwelchem Zeug.« Hank wirkte erschöpft, doch schien er bereit, weiterzureden, und so ließ Tia ihn gewähren.

»Jedenfalls bin ich runter und habe mir einiges von dem guten Zeug unter den Nagel gerissen, habe haufenweise Holos geschossen, damit ich irgendwann, wenn ich mal herausgefunden hatte, wo das Ganze lag, einen rechtsgültigen Claim anmelden könnte.« Er seufzte. »Ich habe den Mund gehalten, weil ich diesen Pennern nicht traue und weil ich darauf gehofft habe, dorthin zurückzukehren, sobald ich wieder gesund bin.« Er hustete niedergeschlagen. »Na ja, sieht nicht danach aus, als würde ich allzu bald wieder gesund werden, wie?«

»Ich kann dir nichts anderes versprechen als die Schmerzmittel, Hank«, sagte Tia sanft.

»Ja.« Er fuhr sich mit der Zunge über die rissigen,

geschwollenen Lippen. »Hört mal, begebt euch doch in mein Schiff. Schaut einmal, ob das gottverdammte Aufzeichnungsgerät vielleicht doch funktioniert hat. Holt euch die Holos, wenn ihr daran erkennen könnt, wo ich sie gemacht habe. Ihr beide seid KD, dem KD kann man vertrauen, das weiß ja jeder. Und wenn ich da irgend etwas rausholen kann, seht mal, was ihr tun könnt, ja?«

»Hank, soviel kann ich dir garantieren – du hast kooperiert, und der Gesundheitsdienst erteilt Leuten Belohnungen, die dabei helfen, Seuchen einzudämmen«, sagte Alex, nachdem er kurz die Vorschriften überprüft hatte. »Dazu gehört die gesamte medizinische Versorgung – einschließlich Prothesen und Rehabilitationsmaßnahmen – sowie eine volle Entschädigung für beschlagnahmtes oder vernichtetes persönliches Eigentum. Das sollte dein Schiff und die Fracht einschließen. Wenn wir können, werden wir dabei vom *echten* Wert deiner Fracht ausgehen.«

Hank seufzte leise – aber es klang erleichtert. »Gut«, erwiderte er, und seine Stimme wurde immer schwächer vor Erschöpfung. »Wußte ich doch, daß ich ... dem KD trauen kann. Hört mal, kann ich jetzt vielleicht etwas Schmerzmittel bekommen?«

Tia aktivierte die Servokrankenschwester. »Kommt schon, Hank«, meldete sie. Der Mann drehte leise den Kopf, als er das Winseln des Motors hörte, und sein Blick folgte dem Hypospray, bis es seinen Arm berührte. »Von jetzt an kannst du den Servo mit der Stimme aktivieren – du brauchst nur ›RZ-Tia‹ zu sagen, dann weiß er, was er dir geben soll.« Sie vernahmen ein Zischen – und dann verzogen sich seine geschwollenen Lippen zu einer Art Lächeln. Tia speicherte die ›Rezept‹-Autorisation ein und beendete die Verbindung. Diese Anordnung konnte jetzt nur noch vom Gesundheitsdienst der CenCom aufgehoben werden.

In der Zwischenzeit hatte Alex sich mit dem Dockdienst in Verbindung gesetzt und ihn schließlich dazu gebracht, ihnen Zugang zu den Kontrollen der Dockservos und ferngesteuerten Apparaturen zu gewähren. Als dieser Zugang erst einmal hergestellt war, brauchte Tia allerdings nur noch wenige Augenblicke, um die Kontrolle über einen mit einer Kamera ausgerüsteten Servomechanismus zu übernehmen, der sich immer noch im unter Quarantäne stehenden Gebiet befand, und ihn ins Schiffsinnere zu schicken.

Sie suchte sich den vielseitigsten Roboter aus, der zur Verfügung stand: mit einer Kriechplattform, mehreren Greifarmen von unterschiedlicher Größe sowie einer leistungsfähigen optischen Aufzeichnungseinrichtung. »Wir wollen ihnen doch wohl noch nicht verraten, daß das harte Vakuum die Erreger abtötet, oder?« fragte sie, während sie den Servomechanismus aktivierte und ihn auf das verlassene Dock zukriechen ließ.

»Machst du Witze?« Alex schnaubte. »So, wie die hier den Schwarzen Peter herumreichen, erzähle ich es ihnen vielleicht nie. Soll Kenny es doch tun, wenn er will, aber ich wette, sobald wir es ihnen mitteilen, sperren sie das Gebiet ab, brechen die Siegel auf und plündern alles aus Hanks Schiff, bevor wir Gelegenheit zur Inventur bekommen haben.«

»Die Wette gehe ich lieber nicht ein«, erwiderte Tia, während sie den Kriechroboter die Rampe hinauf zur offenen Luftschleuse führte.

Hank hatte nicht übertrieben, als er sein Schiff als Wrack bezeichnete. Es hatte mehr zusammengeschusterte Teile, als sie bei einem funktionstüchtigen Raumschiff für möglich gehalten hätte. Auf der Innenseite der Luke fehlte die Hälfte der Wandplatten, und die Bodenplatten waren von drei verschiedenen Farben. Und als sie den Kriecher in die Kontrollkabine führte, gewann sie den Eindruck, daß wahrscheinlich das ganze Schiff in diesem Zustand war.

Überall lagen lose Drähte herum; die ursprünglichen Kontrollpaneele waren schon vor langer Zeit durch Konsolen ersetzt worden, die aus mindestens einem Dutzend Schiffen ausgeschlachtet worden waren. Kein Wunder, daß das Schiff stets drohte, aus dem Hyperraum zu fallen; Tia war überrascht, daß es *überhaupt* jemals im Hyperraum blieb, wenn sie an die ganzen falschen Signale dachte, die von diesen Paneelen übermittelt werden dürften.

»Meinst du, das Aufzeichnungsgerät hat dort funktioniert, wo er war?« fragte Alex zweifelnd, als er sich den Bildschirm anschaute. Die Beleuchtung befand sich in einem ebenso erbärmlichen Zustand wie der ganze Rest, doch Tia verfügte über einige hochentwickelte Lichtverstärker. Der Zustand des Flugschreibers, der eigentlich alles hätte aufzeichnen müssen, war genauso erbärmlich wie der Rest des Schiffes.

»Entweder es hat geklappt oder nicht«, meinte sie stoisch. »Immerhin haben wir eine ungefähre Angabe, wohin er eigentlich hätte fliegen sollen, als er unser kleines Seuchennest verließ. Damit dürften wir das ungefähre Gebiet einigermaßen bestimmen können.«

»Ja, und da wir den Planetentyp kennen, werden wir auch wissen, wo es ist, sofern er jemals kartographiert wurde.« Alex nickte, während seine Finger über die Tastatur huschten und Tia bei der Steuerung des komplizierten Servoroboters halfen. »Schau mal, das ist, glaube ich, die Kommunikationskonsole. Führ den Servo ein wenig dichter heran, dann stelle ich eine Verbindung her.«

»In Ordnung.« Sie manövrierte den Kriecher zwischen zwei Sesseln hindurch, aus deren Rissen die Polsterung hervorquoll, bis er schließlich dicht genug vor der Konsole stand, daß Alex sie mit einem der Servoarme erreichen konnte. Während er ihren Zugangscode eintippte, aktivierte sie den Flugschreiber, stöpselte den Servo ein und stellte ihn mit einem weiteren Roboterarm auf Upload. Das Gerät war nicht nur auf eine unglaubliche Weise provisorisch zusammengeschustert worden, es sah sogar so aus, als ob viele der Operationen, die eigentlich automatisch ablaufen sollten, gezielt auf manuellen Betrieb umgestellt worden waren.

»Das kann ich einfach nicht glauben«, sagte sie schließlich. »Er muß dieses Wrack mit Händen und Füßen geflogen sein!«

»Wahrscheinlich«, bemerkte Alex. »Viele der alten Jungs machen das. Sie vertrauen den KIs nicht. Je länger sie draußen bleiben, um so eigensinniger werden sie.«

»Und da macht sich CenCom Sorgen, daß *wir* durchdrehen könnten«, erwiderte Tia. »Sieht mir eher so aus, als würden diese alten Felsenratten weitaus mehr Grund zur Sorge bieten ...«

»Nur daß es bisher noch keinen Fall gab, wo einer von ihnen durchdrehte und dabei mehr als ein paar Leute gefährdete«, versetzte Alex. Ungefähr im selben Augenblick begann der Dateneinstrom. »So. Sind wir auf Leitung, Geliebte?«

»Ja, und ich downloade jetzt.« Der schwarze Kasten gab stotternd seinen Inhalt preis, so daß Tia mehr als eine Lücke in seinem Gedächtnisspeicher argwöhnte. *Na ja. Vielleicht haben wir ja trotzdem Glück.* »Sollen wir jetzt die Frachtdecks überprüfen?«

»Nicht die Decks, die Kabinen«, korrigierte Alex sie. »Die Decks sind wahrscheinlich halbvoll mit Metallen oder Bergungsschrott. Er wird seine Beute in den Kabinen verstaut haben.«

»Ist mir recht.« Tia manövrierte den Servo vorsichtig zurück, damit er sich nicht in irgend etwas verhedderte. Sie schaffte es sogar, war sich aber selbst nicht sicher, wie. Sie hatte kein echtes ›Gespür‹ für diesen Servoroboter, fühlte nicht, wo sich seine Gliedmaßen befanden, bekam kein Feedback von den Kriechfüßen. Um so mehr wußte sie ihren eigenen Schiffskörper zu schätzen. Durch den kinästhetischen Input ihrer Hautsensoren und der Innengeräte wußte sie stets, wo sich alles befand, ganz so als wäre sie selbst in diesem Körper großgeworden.

Außer der Hauptkabine gab es noch zwei weitere. Die erste war eindeutig Hanks eigener Schlafraum, und Tia war überrascht, wie ordentlich und sauber es dort war. Irgendwie hatte sie eine Art Rattennest erwartet. Doch dann erinnerte sie sich an die Bilder vom Kontrollraum, während sie den Servo auf die gegenüberliegende Luke zufahren ließ, und bemerkte erst jetzt, daß die Kontrollkabine ebenso sauber und aufgeräumt gewesen war ...

Nur die vielen Flickstellen hatten den Eindruck eines Durcheinanders vermittelt. Tatsächlich gab es hier keinen Müll – Deck und Wände waren peinlich sauber.

Die zweite Luke war verschlossen. Alex machte sich gar nicht erst die Mühe der Finesse. Hanks Schiff würde sowieso zerstört werden, gleichgültig, was sie taten. Einer der Roboterarme war zugleich ein Schweißbrenner, und Alex nutzte ihn, um das Schloß damit zu entfernen.

Die Luke schwang von allein auf, als sie nicht mehr vom Schloß festgehalten wurde. Plötzlich konnte Tia sich vorstellen, wie sich Lord Carnavon fühlte, als er in die Begräbniskammer von Tut-ankh-Amon spähte.

»Wunderbare Dinge!« hauchte sie.

Hank mußte wie ein Wahnsinniger geschuftet haben, um alles in diese Kabine zu schaffen. Es war im wahrsten Sinne des Wortes ein Schatz. Es gab nichts in dieser Kabine, das nicht von Edelmetallen oder der glatten Eleganz meisterhaften Kunsthandwerks geglitzert hätte. Das größte Stück war eine Statue von etwa einem Meter Höhe, die eine Art stilisiertes Flügelwesen darstellte. Das kleinste war dagegen wohl einer der Ringe in den Bergen von Schmuck, die sich in den geschnitzten Steinbehältern auf dem Boden der Kabine türmten – und die für sich schon Kunstwerke waren. Wenn Hank auch nur einen Bruchteil von alledem für sich beanspruchen könnte, würde er sich davon ein brandneues Schiff kaufen können.

Sofern er lange genug lebte, um seinen Reichtum noch zu genießen.

Hank hatte seine Beute sehr sorgfältig verstaut, erkannte Tia. Jede Schmuckkiste war sorgfältig am Boden verzurrt, jede Vase gesichert. Jede Statue lag auf der Koje und war festgeschnallt.

»Haben wir jetzt genügend Aufnahmen?« fragte Alex matt. »Langsam überwältigt mich das Goldfieber. Ich würde mir gern diese Holos anschauen, bevor meine Habgier stärker wird als mein gesunder Menschenverstand.«

»Erledigt!« sagte Tia hastig und fuhr den Servo wieder hinaus. Die Luke schlug hinter ihm zu, und Alex atmete vor Erleichterung auf.

»Entschuldige, Liebe«, sagte er. »Ich hätte nie gedacht, daß ich so reagieren könnte.«

»Du bist ja auch noch nie mit einigen Millionen Zahlungseinheiten allein in Goldwerten konfrontiert worden«, erwiderte sie tröstend. »Ich mag nicht einmal daran denken, was das Ganze hier wirklich wert ist. Meinst du, daß er die Holos in seiner Kabine aufbewahrt hat?«

»Draußen in der Kontrollkabine gibt es jedenfalls keinen Stauraum dafür«, bemerkte Alex.

Einmal mehr erwies sich Hanks methodisches Wesen als Rettung, und nun wußte Tia auch, weshalb er sich nicht erst die Mühe gemacht hatte, ihnen zu sagen, wo er seine Aufzeichnungen aufbewahrte. Als sie in seine Kabine traten, erblickten sie neben einem kleinen Terminal eine Schublade mit der Aufschrift ›Aufzeichnungen‹, und darin befanden sich die Claimpapiere, die er hatte abgeben wollen und die Holos aus einem Sektor, die er mit ›Mögliche Claims‹ beschriftet hatte.

»Heute ist das Glück aber auf unserer Seite«, rief Alex erstaunt. Tia stimmte ihm zu. Es wäre sehr viel wahrscheinlicher gewesen, daß sie an irgendein Opfer geraten wären, das sich geweigert hätte, irgend etwas preiszugeben – oder an jemanden, der einfach überhaupt keine Aufzeichnungen gemacht hatte.

Ihre Glückssträhne hielt an: Hank hatte von allem Dataeder-Kopien angefertigt, die Holos eingeschlossen, und diese Kopien ließen sich nach AH Eins-Null-Drei-Drei übertragen. Auf diese Weise würden sie nichts aus dem unter Quarantäne stehenden Dockgebiet hinausschleusen müssen.

Sie brauchten mehrere Stunden, bis sie das Lesegerät in der Kontrollkabine in Gang gesetzt hatten, um es mit dem Kommunikationssystem zu koppeln, doch als die Leitung endlich stand, war es nur noch eine Frage von Nanosekunden, bis die kostbaren Aufzeichnungen ihnen gehörten.

Sie lenkte den Servoroboter auf die Schleuse zu und schwenkte die Optik zu einer letzten Aufnahme herum – als Tia plötzlich begriff, daß sie über den Servo immer noch die volle Kontrolle über die Schiffsfunktionen besaß.

»Alex«, sagte sie schleppend, »stell dir vor, die Luftschleuse würde sich schließen und verriegeln, das wäre doch furchtbar, nicht wahr? Das würde doch bedeuten, daß die Stationsmannschaft selbst dann, wenn sie den Abschnitt aufbrechen würden, um ihn zu dekontaminieren, nicht in das Schiff gelangen würde – oder es auch nur vom Dock abkoppeln könnte. Sie würden niemals genau erfahren, was sich an Bord befindet.«

Alex blinzelte einen Augenblick verwirrt, dann begann er zu grinsen. »Ja, das wäre wirklich schrecklich!« stimmte er ihr zu. »Na ja, Tia, ich vermute, daß sie sich dann wahrscheinlich um das Schiff scharen würden, bis jemand von CenCom aufkreuzt – jemand, der dazu befugt ist, es zu beschlagnahmen, zu dekontaminieren und zu begutachten.«

»Natürlich«, fuhr Tia fort und schickte dem Servo einen Datenstoß, der ihn darauf programmierte, die Luftschleuse zu schließen und zu verriegeln. »Und weißt du was: Diese alten Schiffe sind doch *so* unzuverlässig – was ist, wenn den Schiffssystemen nun etwas zustieße, so daß es entlüftet wird? Selbst wenn die Stationsmanager dann versuchen sollten, das Schleusenschloß kurzzuschließen, könnten sie es nicht gegen das harte Vakuum öffnen. Dann müßten sie Vakuumschweißgeräte heranführen und die Schlösser aufschneiden – was aber ihr eigenes Dock beschädigen würde. Das wäre wirklich außerordentlich unangenehm.«

»Das wäre es wirklich ...« meinte Alex und unterdrückte ein Lachen.

Sie schickte weitere Befehle an das Schiff und sah schadenfroh mit an, wie es sich auf der raumzugewandten Seite entlüftete. Es dauerte nicht allzu lange, da meldete einer der Servosensoren auch schon hartes Vakuum.

Zufrieden, daß nun niemand mehr in Hanks Schiff einbrechen und seinen Schatz plündern konnte, gab sie dem Servoroboter letzte Instruktionen und schaltete ihn so lange ab, bis sie einen Aktivierungscode eingab. Ohne ihre Kooperation würde jetzt niemand mehr in dieses Schiff gelangen.

Hank würde mindestens einen Finderlohn erhalten. Und es würde der *wirkliche* Wert seines Funds sein und nicht nur das, was die Besitzer der Station Presley von seiner Beute übrigließen.

»Nun«, sagte Tia schließlich, als sie fertig war, »wir sollten uns wohl besser an die Arbeit machen. Kannst du überhaupt Flugschreiberaufzeichnungen entschlüsseln?«

»Einigermaßen«, antwortete Alex. »Ich mache dir einen Vorschlag: Du analysierst die Holos, während ich mich mit den Flugschreiberdaten herumplage, und danach tauschen wir.«

»Vorausgesetzt, du gerätst nicht wieder in Goldrausch«, ermahnte sie ihn und überspielte die Daten auf seinen Monitor.

Die Holos zeigten genau das gleiche, was Hank berichtet hatte: Eine Reihe von Höhlen, die künstlich in die Felswände neben den Gebäuderuinen gehauen worden waren. Die ersten Höhlen waren völlig ausgegraben und geplündert worden, doch dahinter lag noch eine weitere Reihe von Höhlen, deren Öffnungen zu erkennen waren und die immer noch Schätze bargen. Keine dieser Höhlen war etwa ein Grab, sondern nichts anderes als ein Versteck. Die beiden Höhlen, die auf der ersten Aufnahme der Holokamera am nächsten waren, enthielten sakrale Gegenstände aus zwei Kulturen, die Lichtjahre voneinander entfernt waren – und aus Zeitaltern, da beide Zivilisationen noch nicht einmal interplanetare Raumfahrt entwickelt hatten.

Je länger Tia die Holos studierte, um so mehr gelangte sie zu dem Schluß, daß die ursprünglichen Verstecke recht alt waren. Die Gesteinsablagerungen, die sie auf den Holos erblickte, hatten sich nur über Jahrhunderte, möglicherweise sogar Jahrtausende aufbauen können. Und die Gebäude auf einem der anderen Holos waren wirklich *sehr* alt.

Tia konnte auch keinen Hinweis darauf entdecken, wer sie hätte erbauen können.

Und wer mochte für das Anhäufen dieser ganzen Schätze verantwortlich gewesen sein? Weshalb hatte man sie vergraben? Und weshalb hatten sie sie nie wieder abgeholt?

Um die Höhlen herum gab es einige Hinweise, daß die Plünderer den Versuch unternommen hatten, ihre Funde wieder zu vergraben. Aber hatten sie das getan, um sie wieder zu verstecken – oder war es ein Versuch gewesen, die Krankheit auszumerzen? Wie viele von den Plünderern hatten sich ihr ausgesetzt? Nach der Zahl der Höhlen zu schließen, schien es, als wären hier eine Menge Leute am Werk gewesen ...

Tia wünschte sich, daß sie sich zurücklehnen und nachdenken könnte. Jetzt hatte sie nur Fragen und keine Antworten. Und das Leben anderer Leute konnte davon abhängen.

Es gab nur eine Möglichkeit, eine Antwort auf alle diese Fragen zu finden. Sie mußten Hanks rätselhaften Planeten aufspüren und es selbst herausbekommen.

KAPITEL 8

Tia vertraute nicht auf die Integrität der Kommunikationszentrale der Station Presley. Jedenfalls rechnete sie damit, daß alles, was sie abstrahlte, von den Besitzern und ihren Untergebenen überwacht werden würde. Leider waren sie auf dieser Mission nicht für Geheimübertragungen ausgerüstet; sie verfügte über keinerlei Codes und Verzerrer. Es hatte keinen Grund für die Annahme gegeben, daß sie einer solchen Geheimhaltungsmöglichkeit bedürfen würden, und so mußte sie alles im Klartext senden. Nur um sicherzugehen, stellte sie auch noch eine eigene Verbindung her und sendete alles ein zweites Mal, doch wußte sie, daß alles, was sie auf diese Weise abstrahlte, durch die Übertragung von einer abgelegenen Relaisstation zur nächsten Verzögerungen ausgesetzt sein würde.

Wie sie erwartet hatte, reagierten die Besitzer der Station schnell auf die Information, daß Hanks Schiff einen Schatz enthielt, obwohl doch niemand ihre Nachrichten an Kenny und die anderen hätte lesen dürfen. Sie war nur dankbar dafür, daß deren erster Gedanke dem vor ihrer Haustür liegenden Schatz galt und sie nicht versuchten herauszubekommen, wo Hank gewesen war.

Der erste Hinweis darauf, daß die Funkmeldungen angezapft worden waren, offenbarte sich, als die Stationstechniker versuchten, das Schiff und seinen gesamten Inhalt für sich zu beanspruchen, und vor dem Gerichtshof des Zentralsystems die Beschlagnahmung beantragten. Als sie feststellen mußten, daß Tia das Schiff und seinen Inhalt bereits zu Hanks Gunsten gesichert hatte, verfuhren sie völlig anders.

Sie schickten Mannschaften auf die Docks, die versuchen sollten, in das Schiff einzudringen und es auszuschlachten. Tias Umsicht machte dieses Vorhaben jedoch zunichte.

Bis sie eine ernste Gefahr für Hanks Eigentum darstellten, würde der KD, so überlegte Tia, bereits einen Vertreter geschickt haben. In der Zwischenzeit mußten sie und Alex selbst einige Rätsel lösen: Wo befand sich nur Hanks rätselhafte Welt?

Leider gab es noch viele andere Leute, die an diese Information herankommen wollten.

Und ohne daß die beiden davon wußten, waren diese Leute bereits zu dem Schluß gelangt, daß Alex und Tia schon darüber verfügten.

Tia hielt stets ein wachsames Auge auf die Aktivitäten in der Umgebung ihres Schiffs. Im Augenblick wußten nur drei Leute mit Sicherheit, daß sie ein Gehirn-Schiff waren: Hank, der Fluglotse und der Arzt. Sie war sich ziemlich sicher, daß der Arzt es seinen Vorgesetzten gegenüber nicht erwähnt hatte; sie wußte, daß Hank niemandem davon erzählt hatte, und der andere Mann war so verstört gewesen, daß er es wahrscheinlich vergessen hatte.

Jedenfalls sprach keiner ihrer Besucher *sie* persönlich an, und sie achtete peinlich genau darauf, daß die Besucher den Eindruck gewannen, es mit einer KI zu tun zu haben. Bisher schienen sie auf diese Finte hereingefallen zu sein. Denn niemand verlangte von einer KI, daß sie Gefahren ebenso sicher erkannte, wie es ein wirklich vernunftbegabtes Wesen vermochte. So konnte sie sich in die optischen Scanner des Dockgebiets um das Schiff einschalten, ohne daß jemand ihre Überwachung auch nur erahnte. Sie achtete auch darauf, ihre drei bis vier Stunden Tiefschlaf in Alex' Wachphase zu verlegen, nahm sie meistens während seines ›Morgens‹, als er ziemlich mundfaul war. Und nach dem Erwachen ging sie zusätzlich noch einmal die während ihrer Schlafphase laufenden Aufzeichnungen durch, um sicherzustellen, daß ihr nichts entgangen war.

Deshalb bemerkte sie auch einige Tage nach ihrem Gespräch mit Hank den Mann in der Uniform der Dockmannschaft, der gerade Doppelschicht zu arbeiten schien. Nur daß hier sonst niemand eine Doppelschicht einlegte ...

Irgend etwas stimmte da nicht, und er verließ auch nie die unmittelbare Umgebung ihres Schiffs. Was hatte er hier zu suchen? Schließlich war sie kein Frachter, der beladen oder gelöscht werden mußte, und auch kein Passagierschiff. Ebensowenig bedurfte sie einer Wartung. Er kam auch nie dicht genug heran, daß sie genau erkennen konnte, was er da tat – aber es schien ihr, als würde er eine Menge Arbeit nur vortäuschen ...

Sie behielt ihn im Auge, wie er durch die Docks schlenderte – zielstrebig, aber ohne, daß er etwas erreicht hätte, was ihr aufgefallen wäre. Doch nach und nach arbeitete er sich immer dichter an ihr Schiff heran, und als sie ihn beobachtete und bemerkte, wie er immer wieder aus dem Augenwinkel auf ihre Luftschleuse blickte, gingen bei ihr die Alarmanlagen los.

Um sechzehnhundert beobachtete sie ihn dabei, wie er Kontrollpaneelabdeckungen freilegte, um dahinter saubèrzumachen. Das war eine viel zu empfindliche Arbeit, um sie einem bloßen Servo anzuvertrauen.

Nur daß er genau die gleiche Stelle schon vor zwei Stunden gereinigt hatte.

Das war sinnlos. Die Vorschriften verlangten, daß die Paneele nur alle zwei *Wochen* gereinigt wurden.

Außerdem stimmte auch irgend etwas an seiner Uniform nicht. Sie hatte nicht genau den gleichen Grauton wie die anderen, sie sah brandneu aus, und die Abzeichen waren eine Spur zu hell. In der Kleiderkammer von Presley gab es jede Menge Uniformen, so daß es für niemanden einen Grund gab, sich eine neue anfertigen zu lassen.

Als es siebzehnhundert geworden war und alle Dockmannschaften Pause machten, tauchte noch ein Mann in einer ebenfalls neuen Uniform auf.

»Alex?« fragte sie beunruhigt. »Dort draußen geht irgend etwas vor, was mir nicht gefällt.«

Er hob den Blick von Hanks Holos, die er hatte ausdrukken lassen, um sie auf dem ganzen Boden zu verteilen. »Was ist los?«

Tia erläuterte es ihm schnell, als eine dritte und vierte Person in der gleichen Uniform aufs Dock geschlendert kam.

Nun befanden sich schon vier Dockarbeiter während der Essenspause auf Station. Und alle vier waren sie in einem Dockabschnitt, wo es weder Schiffe zu beladen noch zu löschen gab.

»Tia, das gefällt mir auch nicht«, erklärte Alex. Er stand auf und schritt zur Hauptkonsole. »Ich möchte, daß du den Stationsmanager auf Leitung holst und schaust, was ...«

Wie auf ein Signal ließen die vier Männer plötzlich alles fallen und stürmten auf ihren Anlegeplatz zu.

Binnen Sekundenbruchteilen fällte Tia ihre Entscheidung. Sie schlug ihre Luftschleuse zu, doch einer der Männer hielt eine schwarze Kiste in der Hand; sie mußte damit rechnen, daß die Männer ihre Kontrollen ausschalteten. »Alex!« schrie sie, während sie gleichzeitig panisch ihre Triebwerke hochfuhr. »Sie kommen an Bord!«

Alex warf sich auf seine Andruckliege, während sie dem Stationsmanager einen Datenstoß übertrug und die Notsteuerung auf *ihrer* Seite des Docks aktivierte.

Die dockseitigen Schleusenluken schlugen den Männern buchstäblich vor der Nase zu. Ein weiterer Datenstoß an die Andockkontrollen löste eine Notentkopplung aus – es gab nicht allzu viele Piloten, die diese Notsteuerung kannten. Tia aktivierte ihre Höhenschubwerke und löste sich gänzlich vom Dock. Hastig schaltete sie die externe Optik an und hielt Ausschau nach einem freien Weg hinaus in den Tiefenraum.

Als ihr Adrenalinspiegel in die Höhe schoß, steigerte sich auch ihr Reaktionstempo, während alles um sie herum nur noch wie in Zeitlupe zu geschehen schien. Alex segelte unelegant durch die Kabine, sprang auf seinen Sessel zu. In Tias Subsystemen liefen Rechenoperationen, die sie kaum bemerkte, als sie von Kamera zu Kamera schaltete.

»Zum Sessel, Alex«, preßte sie hervor – gerade rechtzeitig, um eine Baudrohne auszumachen, wie sie für Montagearbeiten an der Station verwendet wurden, die direkt auf sie zuhielt. Dahinter schritten zwei Männern in schwebenden Schweißanzügen. Irgend jemand hatte Stationsgeräte gestohlen oder requiriert; man wollte in ihr Schiff eindringen, egal um welchen Preis.

Raumunfälle ließen sich so leicht arrangieren ...

Alex war noch nicht angeschnallt. Doch Tia konnte nicht warten.

Sie wirbelte herum, riß ihn dabei von den Beinen und sprengte aus dem Stationsraum.

Alex schlug mit dem Gesicht auf die Liege, schrie schmerzerfüllt auf und klammerte sich mit beiden Händen fest.

Ein weiteres kleines Fahrzeug kam wie ein Rammbock auf sie zu. Tia erhöhte die Geschwindigkeit, während alle Alarmanlagen und SOS-Signale aufheulten und Alex sich stöhnend umdrehte und anschnallte. Blut quoll aus seiner Nase hervor.

Tia tauchte unter den Bug eines Schleppers, zwang ihren Verfolger, einen Moment innezuhalten.

Wer steckte dahinter? Etwa die Hochfamilien?

Bestimmt nicht ...

Sie beschleunigte noch weiter, strahlte ihre Notsignale sogar den Relais entgegen, gab alle paar Sekunden Echtzeitmeldungen in Datenstößen ab. Vor ihr nahte ein weiterer Schlepper, sie wich ihm im letzten Augenblick aus, schoß so dicht an dem KI-gesteuerten Schiff vorbei, daß es seine Neigungsdüsen in alle Richtungen gleichzeitig aktivierte, weil die KI durch ihr wirres Flugmanöver völlig verwirrt wurde.

Das Schiff hinter ihr hielt immer noch Schritt; es holte zwar nicht auf, hing aber auch nicht mehr zurück.

Doch bei dem Getöse, das Tia veranstaltete, konnte nicht einmal die Station Presley die Tatsache ignorieren, daß jemand versuchte, sie zu entführen. Vor allem nicht angesichts der Tatsache, daß jeden Tag Inspektoren vom Zentralsystem eintreffen konnten – und in Anbetracht Tias Taktik, den Relais ihre Aufzeichnungen zu überspielen. Falls ›sie‹ mit der Station unter einer Decke stecken sollten, würden ›sie‹ es nicht schaffen, alles abzufangen und auszulöschen. Sollte AH Eins-Null-Drei-Drei verschwinden, würde es ihnen jedenfalls außerordentlich schwerfallen, die Behauptung aufrechtzuerhalten, alles sei nur ein ›Versehen‹ gewesen …

Hoffe ich jedenfalls.

Während Tia weiterhin dem Tiefenraum entgegenflog, erschien endlich ein Patrouillenboot und schob sich zwischen sie und ihren Verfolger, der nun eine Wende flog, um zu fliehen.

Tia bremste und brachte das Schiff zum Stehen, hielt die Position, während das Adrenalin in ihrem Blut verebbte.

Ich erinnere mich ans Keuchen. Ich erinnere mich ans Zittern. Beides würde ich jetzt tun, wenn ich könnte. Statt dessen tänzelten erratische Impulse durch ihre Sensoren.

Ganz langsam, Herz. Es ist alles in Ordnung. Nach und nach kehrte ihre Wahrnehmung wieder in die Echtzeit zurück und die Außenwelt ›beschleunigte‹ sich. In diesem Augenblick rief der Stationsmanager sie persönlich über Funk.

»*Natürlich* bin ich sicher, daß sie versucht haben einzubrechen«, fauchte Tia zur Antwort auf seine Frage und übersandte ihm ihre Aufzeichnungen samt Nahaufnahmen der verdächtigen Ausbuchtungen unter den Einteilern, die genau die richtige Größe und Plazierung für Nadler und andere Waffen hatten. Dann schloß sie mit der Arbeitsdrohne und den beiden Männern in ihren Schweißanzügen ab, wie sie unmittelbar auf sie zugehalten hatten. »Und diese Verfolgerfahrzeuge habe ich mir bestimmt nicht eingebildet!« Ihre Stimme wurde zugleich lauter und schriller. »Ich habe nicht die Angewohnheit, mir Dinge einzubilden!«

Wieder ein Adrenalinstoß – diesmal aus Wut. Sie hatten

in echter Gefahr geschwebt, man hätte sie umbringen können! Und dieser Idiot sprach mit ihr, als wäre sie irgendeine Teenagerin!

»Das habe ich auch nie behauptet, meine Dame«, erwiderte der Stationsmanager etwas verblüfft. »Ich ...«

»Was führen Sie überhaupt für eine Station, wo ein KD-Fahrzeug derartigen Sicherheitsmängeln ausgesetzt wird?« fuhr sie zornig fort und überrollte ihn einfach, da sie nun im Vorhalt und verbal richtig in Fahrt geraten war. »Ich werde das über mein *eigenes* Comlink an den Sektorenkoordinator der Zentralwelten weitermelden!«

»Das brauchen Sie doch nicht zu tun, mei...«

»Und *außerdem* halte ich mich so lange von der Station fern, bis Sie mir einen *Hochsicherheitsstatus* zusichern können!« fuhr sie fort. »Mein Pilot hat überall blaue Flecke, so sehr hat es ihn durchgeschüttelt, und wir können von Glück sagen, daß es nichts Schlimmeres ist! Ich will, daß Sie diese Leute *festnehmen* ...«

»Darum kümmern wir uns gerade, mei...«

»Und ich will *alles* erfahren, was Sie aus ihnen herausholen, *bevor* ich noch einmal andocke!« endete sie mit einem Stoß statischem Geräusch, das ihre Worte unterstrich. »Bis dahin werde ich hier draußen warten und Ihre Zugangswege blockieren; es ist mir gleichgültig, ob Ihnen das gefällt oder nicht!«

Mit diesen Worten stellte sie ihn auf ›Aufnahme‹ und ließ ihn in einen Dataeder poltern, während sie ihre Aufmerksamkeit auf Alex richtete.

Ihr Pilot hatte sich inzwischen einen Stoß Papiertücher ins Gesicht gepreßt, um den Blutstrom einzudämmen, während seine Augen über dem Papier anzuschwellen begannen und sich dunkel verfärbten. Es würde nicht lange dauern, bis er aussah wie ein Waschbär mit einer doppelten Maske schwarzer Augen.

Offenbar war er mit dem Gesicht gegen die Andruckliege geprallt.

»Alex?« sagte Tia zaghaft. »Ach, Alex, es tut mir so leid ... ich wollte nicht ... es war keine Zeit mehr ...«

»Ist schon in Ordnung«, erwiderte er mit belegter Stimme. »Hast du gut gemacht. Hast keine Wahl gehabt.«

Diskret schickte sie ihm einen Servoroboter ins Lazarett, wo er dann verschwand, und einen zweiten, der sich um die Hauptkabine kümmerte. Im Grunde war alles noch einmal gutgegangen. Hätte Alex aufrecht gestanden, als sie diese Wende flog und beschleunigte, anstatt unterwegs zur Andruckliege zu sein ...

Sie wollte lieber nicht darüber nachdenken. Statt dessen befahl sie der Küche, geeiste Gelpackungen vorzubereiten.

Sie starteten, sobald die KD-Mannschaft eingetroffen war und sich kurz von ihnen hatte Meldung machen lassen. Die KD-Leute erschienen in sehr viel größerer Mannschaftsstärke, als selbst Tia erwartet hatte. Nicht nur Beamte vom Gesundheitsdienst des Zentralsystems und aus der Verwaltung, sondern auch ein CenSec Militärhirnschiff, die CP Eins-Null-Vier-Eins. Mit vielen Waffen ...

Und zweifellos mit der jüngsten und größten Version des Singularitätsantriebs ausgerüstet, dachte Tia etwas verbittert. *Der Himmel allein mag wissen, was* diese *Version alles kann. Hat wahrscheinlich einen eigenen eingebauten Singularitätspunkt.*

Wenn die Verwalter der Station Presley geglaubt haben sollten, überhaupt mit irgend etwas davonzukommen, erwies sich das schon bald als gründliche Täuschung. Die erste Person, die von Bord des CenSec-Schiffs ging, war ein Vizeadmiral, dicht gefolgt von einer bewaffneten Eskorte. Er verhängte das Kriegsrecht über die Station und marschierte ins Büro des Managers.

Tia war noch nie in ihrem Leben so glücklich gewesen, jemanden zu sehen. Binnen einer Stunde befanden sich sämtliche Zeugen und Schuldigen in Militärhaft, und Tia wartete zuversichtlich darauf, daß jederzeit jemand an Bord kommen könnte, um ihre Meldungen entgegenzunehmen.

Alex sah immer noch aus, als hätte man ihn mit einem Gummiknüppel verhört, und so nahm Tia den ersten Anruf des Gehirn-Schiffs entgegen und ließ ihn weiterhin seinen schmerzenden Kopf und die Wunden verarzten.

Die Schiffsnummer lag sehr dicht bei ihrer, obwohl das Militär vielleicht ja auch nicht die üblichen KD-Gehirn-Schiff-Bezeichnungen verwendete.

»Tia, du bist es doch, oder?« waren die ersten Worte, die über das Comlink ertönten. Die ›Stimme‹ war ihr mit ihren scharfen Obertönen äußerst vertraut.

»Pol?« fragte sie und staunte nur, wie gering die Wahrscheinlichkeit für ein solches Zusammentreffen doch war.

»In Stellung und bereit, jemandem den Hintern zu versohlen!« antwortete Pol fröhlich. »Wie, zum Teufel, geht es dir? Haben gehört, daß du hier oben etwas Ärger hattest, und die großen Tiere meinten ›Los!‹, da sind wir im Laufschritt hergekommen.«

»Ärger ... das kann man wohl so nennen.« Sie übertrug ihm ihre Aufzeichnungen von dem kurzen, aber haarsträubenden Flug als kurzen Datenstoß. Er ging sie ebenso schnell durch und schickte einen wortlosen Stoß aus Farbe und Geräusch, der ein Gemisch aus Bewunderung und Überraschung vermittelte.

»Kein schlechter Flug!« meinte er. »Ganz anständig, wie du unter diesem Schlepper hindurchgeschossen bist – vielleicht hättest du dich doch zur CenSec oder zum Militär melden sollen.«

»Das glaube ich kaum«, erwiderte Tia. »Das war mir mehr als genug Aufregung für die nächsten zehn Jahre.«

»Wie du meinst.« Pol lachte, als würde er ihr nicht glauben. »Mein Pilot möchte mit deinem sprechen. Es wird Zeit für die Berichterstattung.«

Sie rief Alex herbei, der mit einem Eisbeutel auf dem Gesicht auf seiner Koje gelegen hatte. Er torkelte hinaus zu seinem Sessel und ließ sich hineinfallen. Diesmal würde ausnahmsweise niemand seine zerknitterte Uniform bemerken – nicht angesichts der schwarzblaupurpurgrünen Pracht seines zerschundenen Gesichts, die nun den Schirm beherrschte.

»Verbindung hergestellt«, teilte sie Pol mit und aktivierte die Videoschaltung.

Und wie sie es nach der Kandidatenbeurteilung schon fast

erwartet hatte, war es Chria Chance, die nun auf dem Monitor erschien. Sie trug noch immer ihre Lederuniformen, bemerkte Tia – ein starker Hinweis darauf, daß ›Chria‹ ein Sproß der Hochfamilien war. Kleine Eigenarten wie maßgeschneiderte Uniformen konnten übersehen werden, wenn jemand zwar zu den Hochfamilien zählte, aber auch ausgezeichnete Leistungen aufbot. Und Tia hegte keine Zweifel daran, daß Chrias Liste der Errungenschaften herausragend war.

Tia bemerkte auch einen Unterschied zwischen den Schiffen des Kurierdienstes und den CenSec-Kurieren, der über die Bewaffnung hinausging. Unmittelbar neben Chria befand sich eine zweite Konsole mit einem weiteren Kommandosessel. Darin saß ein dünner Mann mit scharfen Gesichtszügen, der eine Uniform genau wie Chrias trug, mit einem ledernen Zierband oder Kragen um den langen Hals. Er sah ebenso barbarisch aus wie sie.

Kurzum, er und Chria kamen wahrscheinlich so gut miteinander aus, als wären sie für einander geschaffen worden.

»Gottverdammte Nova!« rief Chria, nachdem sie Tias Piloten eine Weile angestarrt hatte. »Alex, was ist denn mit *dir* passiert? Deine Meldungen haben nie etwas erwähnt von … oder doch …«

»Mich hat niemand in die Mangel genommen, Brünhilde«, sagte Alex müde, aber mit einem Anflug seines gewohnten Humors. »Also mach dir nicht gleich einen Knoten in die Strumpfhose. Es ist alles meine Schuld. Oder vielleicht auch nur die Schuld schlechter Zeitabstimmung. Es ist das Ergebnis vom Aufprall meines Gesichts auf meinen Sessel bei … was war das für eine Beschleunigung, Tia?«

»Ungefähr 2g«, sagte sie bedauernd.

Chria schüttelte ungläubig den Kopf. »Also gut, dann schießt mal los – ich war schon richtig wild darauf, zur Station hinunter zu kommen und ein paar Beulen zu verteilen, um diesen Hinterwäldlern endlich mal Manieren beizubringen.« Sie lehnte sich in ihrem Sessel zurück und grinste ihn an. »Tut mir leid, Fliegerjunge. Schnall dich das nächste Mal lieber an.«

»Vielleicht gibt es nächstes Mal ja ein wenig Vorwarnung«, meinte er. »Diese Clowns haben nämlich versucht, uns zu entführen. Die neuen Vorschriften sollten unbedingt mindestens eine vierundzwanzigstündige Vorwarnzeit festlegen. Und Antragsformulare in vierfacher Ausführung.«

Chria lachte. »Genau. Ihr beide habt meine Leute sehr glücklich gemacht, wußtet ihr das? Sie haben dir den Spitznamen ›Vogelhund‹ gegeben, weil du uns soviel Wild hast zukommen lassen.«

»Zweifellos.« Alex ahmte ihre Körperhaltung nach, nur daß er nicht die Hände vor dem Kinn verschränkte wie sie, sondern seine Schläfe rieb. »Darf ich annehmen, daß es sich hier nicht um einen reinen Höflichkeitsbesuch handelt? Eher um ›Rapportzeit‹?«

»Ja und nein.« Sie zuckte mit den Schultern, aber ihre Augen leuchteten. »Euren Bericht brauchen wir eigentlich gar nicht, aber ich habe ein paar Befehle an euch weiterzuleiten. Als erstes habe ich den Befehl, euch mitzuteilen, daß ihr, solltet ihr inzwischen herausbekommen haben, wo die Schatzkammer eurer Felsenratte ist, uns die Koordinaten senden sollt, damit wir wissen, wohin ihr fliegt, dann aber so schnell wie möglich euern Hintern abheben sollt. Wir schicken dann eine Nachhut, aber im Augenblick müssen wir hier erst einmal ein paar hochrangige Ärsche versohlen.«

»Sehr großzügig von euch«, bemerkte Alex trocken. »Uns erst einmal losziehen zu lassen, um zu schauen, in was für ein Sperrfeuer wir da rennen. Sind wir immer noch ein ›Vogelhund‹ oder hat man uns inzwischen zum ›Ärgermagneten mit Selbstantrieb‹ befördert?«

Chria lachte nur.

»Komm schon, Fliegerjunge, schließ dich ruhig dem Team an. Da draußen gibt es immer noch ein Seuchennest, und ihr seid diejenigen, die es am ehesten aufspüren werden. Wir hätten doch nicht die geringste Ahnung, wonach wir überhaupt Ausschau zu halten hätten.« Sie sah ihn mit erhobener Augenbraue an, und er nickte stumm. »Und wenn ihr ihn entdeckt habt, wißt *ihr* auch, wie ihr damit umgehen sollt. Wenn ich das richtig verstanden habe, wollen eure

Leute einerseits, daß die Seuche aufhört, andererseits wollen sie aber auch ihre Statuen sicherstellen. Was sollten Neil und ich denn da tun, den Erreger vielleicht abknallen? Neil ist zwar ziemlich schießwütig, aber im Mikrobenschießen ist er noch nicht besonders gut!«

Der scharfgesichtige Mann hinter ihr zuckte bedauernd mit den Schultern und grinste.

»Wenn ihr also ein Ziel habt, laßt es uns wissen, damit wir ein Auge auf euch behalten können. Ansonsten ...« Sie spreizte die Hände. » ... können wir euch nicht gebrauchen. Fliegt davon in Freiheit, Vögelchen – die Aufzeichnungen, die ihr so vorsorglich über den gesamten Sektor verteilt habt, genügen vollauf, um diese Penner hier zu überführen, sie einzutüten und dort hineinzustopfen, wo man das Tageslicht mit Pumpen einbringen muß.«

»Hier sind unsere bisherigen Ergebnisse«, sagte Tia, bevor Alex etwas erwidern konnte. Sie schickte Pol Kopien ihrer wahrscheinlichsten Vermutungen. »Wie ihr sehen könnt, haben wir es auf drei wirklich gute Kandidaten reduziert. Nur auf einem von ihnen hat man Ruinen entdeckt, deshalb halten wir ihn für den wahrscheinlichsten. Ich wünschte, die würden mal etwas anderes eintragen als nur ›Bauten vorhanden‹.«

»Die Kartographie«, warf Pol ein. »In der Kartographieabteilung gibt es haufenweise Blindgänger. Na ja, was will man auch erwarten, monatelang von einem Planeten zum anderen hüpfen, um Satelliten abzuwerfen, und nichts als eine KI als Gesellschaft ... Wundere mich manchmal, daß sie nicht viel öfter in den Teppich beißen, wenn man mal alles zusammennimmt. Ich würde es tun.«

Pol wirkte sehr viel umgänglicher, als Tia ihn je erlebt hatte, und er schien vollauf zufrieden mit *seinem* Piloten zu sein; und Chria hatte den entspannten Ausdruck eines Piloten mit einem vollkommenen Partner. Aber dennoch – Chria war schon ziemlich merkwürdig gewesen, und das Militär und der Sicherheitsdienst der Zentrale ließen ihre Gehirn-Schiffe nur dann ihre Piloten wechseln, wenn es dafür gewichtige Gründe gab. *Ob Pol wohl wirklich glücklich war?*

»Pol«, strahlte Tia ihn allein an, *»hast du eine gute bekommen?«*

Pol lachte und antwortete auf gleiche Weise. *»Die beste! Ich würde Chria oder Neil gegen keine andere Mannschaft im Dienst eintauschen. Hier bei uns sind wir immer dein Dreiergespann, mußt du wissen – zwei Piloten und ein Hirn. Eine Sicherheitsvorkehrung, weil wir ja bewaffnet sind. Chria ist die dienstältere Offizierin und Neil ist der Kanonier, aber Neil hat sich weitergebildet und kann bei allem für sie einspringen. Das ist wohl nicht häufig so, nach allem, was ich höre.«*

»Weshalb hat er sich dann nicht sein eigenes Gehirn-Schiff besorgt?« fragte sie verwundert. *»Wenn er voll qualifiziert ist, müßte er doch eigentlich befördert werden?«*

»Wer weiß das schon?« fragte Pol abwertend. *»Chria und er teilen sich die Kabine. Vielleicht ist es eine Hormonsache. Wie steht es denn mit dir – du hast doch damals gesagt, daß du ziemlich wählerisch sein wolltest, wenn es um deinen Piloten geht. Hast du einen guten bekommen?«*

Darauf hätte sie hundert Dinge zu antworten gewußt – von denen viele sie in äußerste Schwierigkeiten gebracht hätten, wenn sie sie so begeistert vorgebracht hätte, wie es ihr am liebsten gewesen wäre. *»Alex ist schon in Ordnung – wenn er nicht gerade seine Visage in Sessel preßt«*, erwiderte sie so flapsig, wie sie konnte. Pol lachte, während Alex und Chria sich um die letzten anstehenden Einzelheiten kümmerten.

Sie waren das einzige Schiff, das die Erlaubnis erhielt, den Raum um Station Presley zu verlassen – Chria hatte es ernst gemeint, als sie davon sprach, daß die Ereignisse hier unten mit äußerster Gründlichkeit untersucht werden sollten. Andererseits war es auch einmal sehr schön, sich nicht mit anderem Flugverkehr herumplagen zu müssen.

Wenn sie doch nur einen Singularitätsantrieb hätten …

Dieser Planet hatte noch nicht einmal einen Namen – nur eine Kartenbezeichnung: Epsilon Delta 177.3.3. Pol hatte den Nagel auf den Kopf getroffen: Wer immer diesen Planeten kartographiert hatte, mußte ein Blindgänger gewesen sein, sonst hätte er wenigstens versucht ihn zu taufen.

Kein Zweifel, diese Welt besaß alle Merkmale eines Planeten, wie sie ihn suchten: eine exzentrische Schräglage, eine dichte Wolkendecke, die von Regen oder Schnee kündete. Als Tia auf dem Flug ins innere System die Geschwindigkeit drosselte, wußte sie plötzlich, daß sie ins Schwarze getroffen hatten.

Eigentlich hätte hier ein Beobachtungssatellit um ihre heiße kleine Nummer kreisen müssen. Dieser Planet war vom Typ Terra, da würde ihn selbst bei seiner exzentrischen Neigung früher oder später irgend jemand für sich beanspruchen. Der Satellit hätte oben Daten über den Planeten Nummer Drei, über das gesamte System und über etwaige Geschehnisse innerhalb dieses Systems sammeln müssen. Er hätte nahenden Schiffen Warnungen hinsichtlich des Systemstatus übermitteln müssen: Kartographiert, aber unerforscht; unter Bio-Quarantäne stehend, bis Überprüfungen etwas anderes ergaben; möglicherweise gefährlich; einheimische vernunftbegabte Wesen unbekannt; Landung verboten.

Der Satellit fehlte, oder er war verstummt.

»Es gibt auch schon mal Unfälle«, meinte Alex vorsichtig, als Tia dichter heranging und den Eintritt in den Orbit vorbereitete. »Manchmal brechen diese Dinger auch auseinander.«

Tia stieß ein Geräusch des Unglaubens aus. »Nicht oft. Und wie wahrscheinlich ist das? Man sollte uns *wenigstens* den Navigationspeiler übermitteln, statt dessen gibt es hier nichts, absolut gar nichts.« Sie suchte nach dem Satelliten, während sie ihre eigene Erdumlaufbahn auswählte in der Hoffnung, daß sie etwas aufschnappen könnten.

»Ach, Tia ... schau dir nur diese Rotation an, diese Umlaufbahn! Er könnte durch irgend etwas vom Himmel geholt worden sein ...« fing er an.

»Könnte, war aber nicht. Ich weiß es, Alex«, sagte sie selbstzufrieden. »Ich habe ihn gefunden! Der Satellit ist toter als eine ausgebrannte Leuchtstoffröhre.«

Sie paßte ihre Umlaufbahn an die des irrelaufenden Trabanten an, um ihn sich näher anzuschauen. Er war ungefähr halb so groß wie sie, so daß eine Innenbergung ausschied.

Äußerlich war nichts an ihm beschädigt.

»Keine Spur von Rost, und geschossen wurde auch nicht darauf«, bemerkte Alex und seufzte. »Kein Anzeichen von einem Brandausbruch oder einer Explosion. Du hast wahrscheinlich schon versucht ihn zu reaktivieren, nicht wahr?«

»Er antwortet nicht«, sagte Tia mit fester Stimme. »Weißt du was? Du bekommst Gelegenheit zu einem Spaziergang.«

Alex murmelte etwas vor sich hin und begab sich zu seinem Druckanzug. In den ersten paar Tagen seit ihrem Eintritt in den Hyperraum hatte sein Gesicht zu heilen begonnen. Tia nahm an, daß es dem Rest von ihm wahrscheinlich kaum besser ging – aber es war auch offensichtlich, daß er sich selbst kräftigst bemitleidete.

Seit Chrias Anruf war er nicht sonderlich gut gelaunt gewesen. Hatte er immer noch Schmerzen? Oder war es etwas völlig anderes? Die Körpersprache der Normalpersonen verfügte über so viele Signale, die sie noch nie zu deuten gelernt hatte, aber irgend etwas war während dieses Gesprächs passiert – allerdings nicht unbedingt zwischen Alex und Chria. Es war wohl eher so, daß in Alex etwas *wegen* Chria vorging.

Noch bevor sie sich entscheiden konnte, war Alex in voller Montur an der Luftschleuse und wartete darauf, daß sie die Innenluke für ihn schloß.

Sie tadelte sich für ihre Nachlässigkeit und entlüftete die Schleuse, hielt besorgt ein Auge auf ihn gerichtet, während sie das Gebiet gleichzeitig nach unerwarteten – und höchstwahrscheinlich unwillkommenen – Besuchern absuchte.

Das sähe uns ähnlich, wenn die Plünderer ausgerechnet jetzt auftauchten.

Er schoß zur Zugangsluke des Satelliten hinüber und öffnete sie ohne Schwierigkeiten.

Einen Moment mal – hätte er sie nicht erst aufsperren müssen?

»Tia, die Zugangsluke war manipuliert«, sagte er keuchend, während er die Luke zurückschob und verriegelte.

»Du hast die ganze Zeit recht gehabt. Der Satellit ist sabotiert worden. Ziemlich primitive Arbeit, sie haben einfach nur die Verbindung zwischen Solarzellen und Geräten gelöst. Er kann zwar immer noch Flugbahnkorrekturen durchführen, aber das ist auch schon alles. Keine Ahnung, warum sie ihn nicht gleich vom Himmel geputzt haben. Vielleicht haben sie aber auch gedacht, daß das Katasteramt irgendeine Art Verbindung zu ihm hält und hier aufkreuzen würde, wenn er abstürzen sollte.«

»Was sollen wir tun?« fragte Tia verunsichert. »Ich weiß zwar, daß du ihn reparieren kannst, aber wäre das richtig? Wir brauchen zwar einige Informationen, die er uns liefern könnte, aber wenn du ihn reparierst, müßten die sich doch überlegen, daß die Kartographie dagewesen ist, nicht wahr? Oder kann es sein, daß es ihnen gar nicht auffallen würde?«

»Ich möchte den Alarmmechanismus nicht wiederherstellen, bevor wir nicht abflugbereit sind, sonst merken sie mit Sicherheit, daß jemand an ihrem Brei genascht hat«, erwiderte er langsam, während er halb in der Luke schwebte. »Wenn der Satellit sie warnt, daß sie fliehen sollen, sobald sie in den Orbit kommen, wird es für sie ziemlich eindeutig sein, daß irgend jemand von den Behörden da war. Aber du hast recht, und ich möchte auch nicht nur wissen, ob jemand im Orbit aufkreuzt, während wir am Boden sind, ich möchte auch die Nahraumaufnahmen haben, die er gemacht hat, bevor sie ihn abgeschaltet haben; und ich will, daß er weiterhin alles überwacht und aufzeichnet. Die Frage ist nur, ob ich schlau genug bin, das alles hinzubekommen?«

»Ich will die Planetenaufzeichnungen«, sagte Tia. »Mit etwas Glück dürften die Ruinen auf den Bildern zu sehen sein. Vielleicht sogar Anzeichen für Aktivitäten, wo die Plünderer gegraben haben. Und was die Frage betrifft, ob du schlau genug bist – wenn du die Solaranlage wieder anschließen kannst, kann ich sämtliche Funktionen neu programmieren. Ich bin schließlich vom KD. Wir arbeiten manchmal für die Kartographie, deshalb habe ich auch die Zugangscodes für die Beobachtungssatelliten. Keine Sorge, es wird schon funktionieren, denn die Kartographie scheint nie daran zu denken, daß jemand tatsächlich einen ihrer Satelliten sabotieren würde, deshalb werden die Zugangscodes auch nie abgeändert.«

»Guter Einwand.« Alex hing einen Augenblick mit dem Kopf nach unten. »Schön, dann gib mir ein paar Minuten Zeit, um ein paar Kabel zu spleißen.« Für eine Weile ertönte nur noch Keuchen. »Gut. War nicht ganz so schlimm, wie ich erwartet hatte. Solaranlage wieder in Betrieb. Ah, ich habe Verbindung zum Datenspeicher hergestellt. Ja, alles ist wieder aktiv, jedenfalls sieht es von hier so aus.«

Tia aktivierte die Speicherübertragung; alles kam in komprimiertem Modus klar und deutlich herüber: sämtliche Nahraumaufnahmen und alle geophysikalischen Aufzeichnungen vor dem Abschalten des Planeten; dazu die Aufnahmen unter allen Wetterbedingungen, die der Satellit bei zahlreichen Umrundungen des Planeten gespeichert hatte.

Doch davon abgesehen – nichts. Wer immer den Satelliten ausgeschaltet hatte, hatte genau gewußt, was er tat: Der Speicher, der die Aufnahmen etwaiger Besucher hätte enthalten müssen, war gelöscht. Tia versuchte auf verschiedenste Weise, dennoch Zugang dazu zu bekommen, gelangte aber zu dem Schluß, daß der Datenträger vollständig neuformatiert worden war, bevor der gesamte Speicher mit unsinnigen Pseudodaten überschrieben wurde. Nicht einmal ein Experte hätte da noch etwas davon retten können.

»Kannst du den Nahbereichsalarm an unser Kommunikationssystem ankoppeln?« fragte sie.

»Ich glaube ja.« Er stemmte sich gegen die Luke und schob sich ein Stückchen weiter hinein. »Ja, es ist alles modular aufgebaut. Ich kann allein den Alarm aktiviert halten, und wenn sie nicht gerade auf dieser Frequenz mithören, werden sie nicht merken, daß hier oben jemand herumhantiert hat.«

Einige Augenblicke später fing sie ein Signal auf einem der systeminternen Hochfrequenzcomlinks auf, das eine fremde Präsenz in der Satellitenumlaufbahn anzeigte. Ihr Herz raste plötzlich, und sie stand in Begriff, in Panik zu geraten –

... dann machte sie sich Vorhaltungen, weil sie so nervös

war. Natürlich registrierte der Satellit jetzt *ihre* eigene Anwesenheit!

Alex schloß die Luke und verriegelte sie so, wie er sie vorgefunden hatte, dann holte er sich selbst an der Fangleine ein. Einen Augenblick später wurde die Luftschleuse belüftet, und er kehrte in die Hauptkabine zurück, streifte seinen Helm ab und wand sich aus dem Druckanzug.

Tia verbrachte einige Zeit darauf, den Satelliten umzuprogrammieren, schaltete den Warnmelder ab und aktivierte dafür sämtliche Nahraumbeobachtungen und -aufzeichnungen. Dann widmete sie ihre Aufmerksamkeit den bisherigen Aufzeichnungen.

»Was haben wir denn da?« fragte Alex, während er versuchte, den Anzug über seine Hüften zu streifen. »Haben wir Glück gehabt?«

»Es gibt eine ganze Menge von diesen Ruinen«, sagte sie vorsichtig und bemerkte mit einem Anflug von Neid, daß der Beobachtungssatellit tatsächlich schärfere und detailliertere Bildaufnahmen machen konnte als sie selbst. Andererseits hatte er aber auch nur ein sehr begrenztes Einsatzspektrum.

»Nun, das ist ja in gewissem Sinne vielversprechend.« Er schlüpfte in den Sessel, ließ den Druckanzug in einem zerknitterten Haufen am Boden liegen. Sie wartete einen Moment, bis er sich ganz auf den Bildschirm konzentriert hatte, dann schickte sie diskret einen Servoroboter an die Stelle, um den Anzug und den Helm aufzunehmen.

»Ich würde sagen, entweder hier oder dort«, sagte er schließlich und deutete auf zwei der Ruinen, von denen sich eine im Gebirge, die andere in seiner Nähe befand. »Dort hätten wir den Regen und den Schnee, von dem das erste Opfer geredet hat. Schau mal, in manchen Jahreszeiten bekommt man hier an einem Tag Schneefall am Morgen, Regen am Nachmittag und Schneefall nach Nachteinbruch.«

Sie hob die Ruinen optisch am Monitor hervor – entdeckte aber gleich noch drei weitere Möglichkeiten, die sich alle in Gebieten befanden, wo die Neigung der Polachse denselben klimatischen Effekt hervorrief. Sie markierte auch diese Ruinen, und Alex nickte zustimmend.

»Also gut. Das muß der Planet sein. Sonst gäbe es keinen Grund, den Satelliten auszuschalten. Selbst wenn das Institut jemanden hierher geschickt haben sollte, hätte der einfach nur die Warnmeldung verändert, aber nicht den gesamten Satelliten deaktiviert.« Er atmete tief durch. »Nun geht es nur noch darum, die richtige Stelle zu finden.«

Das war Arbeit für die Computer, während Tia schlief. Sie verglichen ihre markierten Gebiete miteinander und suchten nach Veränderungen, die weder auf die Jahreszeiten noch auf das Fallen oder Ausbleiben von Schnee zurückzuführen waren. Oberste Priorität hatten dabei Veränderungen bei schneebedecktem Boden. Grabungen mußten ihn dunkel färben, wie sehr die Plünderer auch immer versuchen mochten, die Spuren ihrer Anwesenheit zu verwischen.

Binnen einer Stunde hatten sie ihren Ort – es gab keinen Zweifel daran, daß er regelmäßig besucht wurde. Einige Gebäude waren baulich verändert worden. So hatte man ein Dach repariert.

»Weshalb sollten sie so etwas tun?« fragte Tia sich laut, während sie die Vergrößerung optimierte. »Soviel Raum brauchen die doch bestimmt nicht – und wie konnten sie das Dach innerhalb von vierundzwanzig Stunden reparieren?«

»Das haben sie nicht«, erwiderte Alex knapp. »Was da über das Loch gespannt wurde, ist Plastik. Und der Grund dafür ... das Loch ist ungefähr groß genug, um mit einem Schiff von zwanzig Mann darin landen zu können. Das ist dann ihr Hangar und Versteck.«

Tia manövrierte sich in eine stationäre Umlaufbahn über ihrem Ziel. Die detaillierten Untersuchungen der Stelle wiesen darauf hin, daß sie in letzter Zeit keinen Besuch bekommen hatte. Der Schnee war immer noch jungfräulich weiß, und dem Gebäude, das Tia aufgefallen war, fehlte wieder ein Großteil des Dachs.

»Das ist es«, sagte Alex schließlich.

Tia stöhnte. »Wir wissen es ... aber wir können es nicht

beweisen. Wir wissen genau, daß jemand sich an dem Ort zu schaffen macht, können aber nicht beweisen, daß es das Seuchennest ist. Nicht ohne zu landen.«

»Ach, komm schon, Tia, wo bleibt denn deine Abenteuerlust?« fragte Alex matt. »Wir wußten doch, daß wir höchstwahrscheinlich landen müssen. Wir müssen nur hinuntersteigen, um ein paar Holos von der Gegend zu schießen, die genauso aussehen wie Hanks. Dann haben wir unseren Beweis.«

»Meine Abenteuerlust ist mir vergangen, als ich beinahe entführt wurde«, erwiderte sie entschieden. »Ich kann ganz gut ohne Abenteuer leben.«

Und sie konnte nicht anders, sie mußte Ausschau nach einem Schiff halten ...

Ob es bewaffnet sein würde? Sie mußte an Pol denken, wie er von Waffen strotzte, und stellte sich vor, wie diese Waffen sich auf sie richteten.

Unbewaffnet. Ungepanzert. Nicht einmal besonders schnell.

Andererseits war sie aber auch ein Gehirn-Schiff, nicht wahr? Das Produkt einer umfangreichen Ausbildung. Wenn sie schon nicht schneller fliegen oder besser schießen konnte als diese Leute, konnte sie doch sicherlich besser denken ...

Sicherlich.

Nun, wenn sie es schon mit ihrem Intellekt versuchen wollte, sollte sie wohl als erstes eine Möglichkeit finden, unbemerkt zu bleiben. Es war also Zeit, die verstärkten Systeme des Satelliten zu ihrem Vorteil zu nutzen.

»Was tust du da?« fragte Alex, als sie mehrere Minuten schwieg und die manuelle Schaltung des Satelliten per Funk deaktivierte, um die Scanner benutzen zu können.

»Ich suche nach einem Versteck«, erläuterte sie ihm. »Dieses Spiel können auch zwei spielen. Und ich bin kleiner als ihre Schiff, ich brauche nicht unbedingt ein Gebäude dafür. Aber ich warne dich lieber gleich, es kann sein, daß ich ein gutes Stück abseits der Verstecke parken muß, was einen längeren Fußmarsch bedeuten würde.«

Es dauerte eine Weile: mehrere Stunden intensivster

Suche, während Alex sich, so gut er konnte, auf die Reise unten auf der Planetenoberfläche vorbereitete. Das beschränkte sich weitgehend darauf, seinen Druckanzug für einen langen Aufenthalt fertig zu machen, ihn mit kondensierter Nahrung und Wasser auszurüsten und sicherzustellen, daß die Druckanzugsysteme zur Not auch einen einwöchigen Marsch durchstanden, und die Kraftzellen wiederaufladen. Alex tat alles, was in seiner Macht stand. Sie wußten beide, daß er vom Augenblick, da er ihre Luftschleuse verließ, bis zu seiner Rückkehr und der Dekontamination im Anzug bleiben mußte.

Schließlich fand sie am Spätnachmittag ›örtlicher‹ Zeit, wonach sie gesucht hatte.

»Ich habe mein Versteck«, sagte sie in die Stille hinein. »Bist du bereit?«

»Bereiter denn je«, sagte Alex, ein wenig zu fröhlich. War das nur ihre Einbildung, oder war er tatsächlich etwas bleich geworden? Nun, wäre sie selbst dazu in der Lage gewesen, wäre wohl dasselbe passiert.

»Dann schnall dich an«, sagte sie nüchtern. »Wir fliegen direkt in ein Schlechtwettergebiet hinein. Der Flug dürfte ziemlich rauh werden.«

Alex nahm sich die Zeit, nicht nur sich selbst anzuschnallen: Er schritt durch das Kabineninnere und stellte sicher, daß alle Gegenstände ordentlich verstaut waren, bevor er seinen Platz im Kommandosessel einnahm. Erst dann, als er sich doppelt angeschnallt hatte, zündete Tia die Triebwerke, und der Landeanflug begann.

Der Eintritt in die Atmosphäre verlief noch sehr glatt, bis sie schließlich in eine Schlechtwetterzone gerieten. Die wilden Sturmwinde eines Blizzards stießen sie heftig umher. Böen, die aus dem Nirgendwo kamen und sie hinunterwarfen, nur nicht in die Richtung, in die sie wollten. In grimmiger Entschlossenheit bahnte Tia sich ihren Weg, fragte sich, wie die Plünderer nur so weit gekommen waren. Bei solchen Winden mußten einer Normalperson doch die Kontrollelemente aus der Hand gerissen werden!

Natürlich könnten sie auch KI-gesteuert landen. War der

Kurs erst einmal programmiert, würde die KI ihn auch halten. Und in gewissen Grenzen würde sie auf dem Weg zur Planetenoberfläche auch mit unerwarteten Bedingungen zurechtkommen.

In gewissen Grenzen – da lag der Haken. Wenn sie zu weit vom einprogrammierten Kurs abkäme, wüßte eine KI nicht mehr genau, was zu tun war.

Ein Stück tiefer bekam Tia es nicht mehr nur mit dem Wind zu tun, sondern auch mit dem Schnee. Ein Blizzard vereiste ihre Außenhaut und zwang sie, während des ganzen Abstiegs ununterbrochen den Kurs zu korrigieren.

Und dann, ganz plötzlich, als sie auf das Tal zukam, das sie sich ausgesucht hatte, erstarb der Wind zu einem lauen Lüftchen. Schnee fiel in bilderbuchreifen Vorhängen herab. Tia drosselte die Heckschubtriebwerke und ging auf 0 g; das zehrte zwar schrecklich an den Treibstoffreserven, aber es war die einzige Möglichkeit, zu diesem Zeitpunkt die erforderliche Kontrolle aufrechtzuerhalten. Die Stelle, an der sie landen wollte, war gerade groß genug für sie, und direkt darüber baute sich, sofern ihre Messungen nicht täuschten, eine dicke Schneeschicht auf.

Kaum eine Handbreit von den Talwänden entfernt, stieg sie vorsichtig hinab. Als sie einen kurzen Blick auf Alex warf, sah sie, welch ein ernstes Gesicht er machte. Er konnte die Instrumente ebensogut lesen wie sie. Nun, sie war noch nie auf einer derart engen Stelle gelandet. Und schon gar nicht unter Witterungsbedingungen, die sich jeden Augenblick ändern konnten ...

Wenn dieser Blizzard hinter ihnen in dieses Tal fegen sollte, könnte er sie packen und gegen die Wand schleudern.

So. Sie setzte auf dem Talboden auf und spürte, wie ihre ›Füße‹ durch den Schnee auf den darunterliegenden Fels sanken. Hübscher, fester Fels. Zu beiden Seiten schneebedecktes Felsgestein.

Und darüber – der Schneegipfel. Abwartend.

Jetzt geht es los ...

Sie aktivierte einen Außenlautsprecher und beschallte die Landschaft mit lauter Rockmusik, die Bässe auf Maximum gedreht …

Und die Welt brach zusammen.

»Wirst du da wirklich durchstoßen können?« fragte Alex zum zehnten Mal, als der nächste Servoroboter aus der Luftschleuse kam, um sich wieder aufzuladen.

»So schlimm ist es gar nicht«, sagte sie zuversichtlich. Sie fühlte sich *sehr* viel glücklicher mit einer vier Meter dicken Schneedecke zwischen sich und dem kahlen Himmel. Lawinen gab es ständig, und so würde nichts an diesem Tal den Plünderern signalisieren, daß sie entdeckt worden waren und daß sich ein Schiff hier versteckte. Die Plünderer könnten sogar *oben auf ihr herumlaufen*, ohne zu erraten, daß sie da war, solange sie nicht den Tunnel entdeckten, den ihre Servoroboter soeben an die Oberfläche gruben. Doch Tia glaubte kaum, daß einer von ihnen den Mut haben würde, in einen Tunnel hineinzukriechen, der möglicherweise einem großen Raubtier gehörte.

»Wenn es nicht zu schlimm ist«, versetzte Alex unruhig, »warum braucht es dann ganze Ewigkeiten, nun einen Tunnel freizuschmelzen?«

»Weil niemand jemals vorgesehen hat, daß diese kleinen Servos so etwas tun könnten«, erwiderte sie so geduldig wie möglich. »Das sind *Schweißer*, keine Schneeräumer. Und sie müssen den Tunnel mit Plastikstreben abstützen, damit er dir nicht über dem Kopf zusammenbricht und du festsitzt.« Alex schüttelte den Kopf, und Tia gab es auf, ihm noch mehr zu erklären. »Außerdem sind sie schon bald fertig«, teilte sie ihm mit. »Es wird Zeit für dich, den Anzug anzulegen.«

Das würde ihn beschäftigt halten.

»Die Sache wird mir langsam viel zu vertraut«, beschwerte er sich. »Langsam bekomme ich häufiger dieses Ding von innen zu sehen als meine eigene Kabine.«

»Niemand hat etwas davon gesagt, daß es auf dieser Fahrt eine Unterkunft erster Klasse geben würde«, zog sie ihn auf und versuchte, sich ihre eigene Nervosität nicht anmerken zu lassen. »Ich mache dir einen Vorschlag. Wie wäre es, wenn ich dir von einem der Servos einen hübschen Satz Gardinen für deinen Helm anfertigen lasse?«

»Danke. Ich denke darüber nach.« Er schnitt eine Grimasse. »Also eins sage ich dir: Wenn ich schon soviel Zeit in dem gottverdammten Ding zubringen muß, will ich auch einige Bequemlichkeiten eingebaut haben – oder sie sollen mir ein besseres Modell geben.« Er drehte und wand sich, überprüfte die Bewegungsfähigkeit seines Anzugs. »Die sanitären Anlagen lassen sehr viel zu wünschen übrig.«

»Ich werde deine Beschwerde an den Schiffssteward weiterleiten«, teilte sie ihm mit. »Und außerdem – der Durchbruch ist fertig.«

»Klingt wie mein Stichwort.« Alex seufzte. »Ich hoffe, die Sache wird nicht so kalt, wie sie aussieht.«

Alex kroch den langen, schrägen Tunnel zur Oberfläche hinauf und leuchtete den Weg mit seiner Helmlampe aus. Nicht daß es sehr viel zu sehen gab – nur einen weißen, schimmernden Tunnel, der sich endlos in die kalte Finsternis dehnte. Die Plastikstützen waren genauso weiß wie der Schnee und nicht zu erkennen, wenn man nicht Ausschau nach ihnen hielt. Dennoch war er froh, daß sie da waren. Ohne sie könnten jeden Augenblick tonnenschwere Massen aus Schnee und Eis auf ihn herabkrachen ...

Hör auf damit, ermahnte er sich scharf. *Jetzt ist nicht die Zeit für Platzangst.*

Trotzdem schien der Tunnel nicht enden zu wollen – und Alex war kalt, aber er fror nicht eigentlich. Es war nur die Kälte der Leere, der Einsamkeit ...

Was war das – wurde der Schnee um ihn herum plötzlich *heller*? Er schaltete den Helmscheinwerfer aus und stellte fest, daß es stimmte: Ein kühles blaues Licht filterte jetzt durch Eis und Schnee herein. Ja, da war der Tunnelausgang, ein rundes weißes ›Auge‹, das auf ihn herabstarrte!

Er beschleunigte sein Tempo, begierig hinauszugelangen.

Der Rückweg würde *nichts* sein, verglichen mit diesem langen, nervtötenden Kriechen – da würde er sich einfach nur hinsetzen und abstoßen müssen, um direkt in die Luftschleuse hinunterzugleiten!

Er trat in den Schnee hinaus und sah, daß die Servos bessere Arbeit (als erwartet) geleistet hatten; denn der Tunnelausgang lag außerhalb des Lawinengebiets unter einem Felsvorsprung. Dort mußte sich auch der Schnee aufgetürmt haben. Kein Wunder, daß er Tia vier Meter tief unter sich begrub, als sie die Lawine auslöste! Glücklicherweise ließ Schnee sich schmelzen. Wenn sie starten mußten, würde Tia ihre Triebwerke zünden und außerdem die Temperatur ihrer Außenhaut anheben, um damit alles in Wasser und Dampf zu verwandeln.

Vorausgesetzt, daß der Regen nicht vorher ihre Deckung wegschmolz.

Tia ging davon aus, daß es später Nachmittag war und er bis zum Einbruch der Dunkelheit das Ziel erreicht haben müßte. Dann würde er sich nur irgendwo eine Deckung suchen und zur Nacht zusammenkauern können.

Mit Hilfe des Stirndisplays in seinem Helm orientierte er sich und machte sich auf den Marsch zum Ziel.

»Tia«, rief er. »Tia, melden!«

»Empfange dich laut und deutlich, Alex«, erwiderte sie sofort. Merkwürdig, wie leicht es ihm fiel, an sie zu denken, wie an einen Menschen, der im Schiff saß, die Augen auf den Bildschirm mit seiner Position geheftet, die Hände ruhig auf den Comlink-Kontrollen …

Hör auf damit. Das mag ja vielleicht ein nettes Bild sein, aber es kann dich noch tiefer in Schwierigkeiten bringen, als du ohnehin schon bist. »Tia, wir haben wirklich den richtigen Ort gefunden.« Er schaltete auf seine externe Anzugkamera und zeigte ihr das Panorama von seinem Aussichtspunkt oberhalb des Tals, von dem er auf die Stelle hinunterblicken konnte. Es war nicht zu übersehen, daß es hier einige ziemlich schwere Winterstürme gab. Die Gebäude waren alle im Windschatten der Hügel erbaut worden.

»Hat diese Architektur Ähnlichkeit mit irgend etwas in deinen Datenbanken?« fragte er, während er die Kamera über die Gebäude schwenken ließ. »Ich kann sie jedenfalls nicht wiedererkennen.«

»Hier ist nichts«, erwiderte sie, und Faszination schwang in ihrer Stimme mit. »Das ist ja erstaunlich! Das ist doch kein Metall, oder – könnte es Keramik sein?«

»Vielleicht irgendein synthetischer Stoff«, vermutete Alex. »Seuche hin, Seuche her, um die Ausgrabungsrechte hier wird es noch Mord und Totschlag geben. Wie, um alles in der Welt, konnte dieser Kartograph das nur mit ›Bauten vorhanden‹ abtun?«

»Das werden wir nie erfahren«, erwiderte Tia. »Nun, da es in diesem Gebiet keine zwei gleichartigen Stellen geben kann und da diese Gebäude denen auf Hanks Holos entsprechen, können wir wenigstens davon ausgehen, daß wir den richtigen Planeten vor uns haben. Und jetzt zu den Verstecken ...«

»Ich gehe hinunter«, antwortete er und tastete im Schnee nach Halt. Das Weiß knirschte unter seinen Füßen, als er vorsichtig, Schritt um Schritt, mit dem Abstieg begann. Unter der Schneedecke war der Boden schmutzig und von grobem Eis bedeckt. Das machte das Gehen gefährlich. »Der Wind wird übrigens stärker. Ich glaube, dieser Blizzard ist uns gefolgt.«

»Wie könnte es auch anders sein«, meinte Tia resigniert.

Als er sich vorsichtig über den Talrand schob, sah er, daß die Höhlen – oder, genauer, die Lager – sich in die geschützte Seite einer tiefgelegenen Schlucht schnitten, die sich mitten durchs Tal zog. Auch dort unten gab es noch Gebäude und einige merkwürdige Säulen – doch es waren die ›Höhlen‹, die Alex am meisten interessierten: gleichmäßige, ovale Löcher, in Erdreich und Felsgestein geschnitten, danach mit einer Art Zement wieder versiegelt, einer Substanz, die sich farblich leicht von dem umgebenden Erdreich und dem Gestein unterschied. Die von seinem Standpunkt aus nächstgelegenen Höhlen waren immer noch verschlossen, während jene bei dem Gebäude mit dem seltsamen Dach offenstanden.

Er bahnte sich seinen Weg zu den Bauten im Tal hinunter und stellte zu seiner Erleichterung fest, daß hier tatsächlich eine Art Treppe ins Gestein gehauen worden war, die auf die zweite Ebene hinunterführte. Sie wurde durch das vor ihr stehende Gebäude vor dem schlimmsten Wetteransturm geschützt.

Es war gut, daß die Holos, die Hank geschossen hatte, Alex auf das vorbereitet hatten, was er nun zu sehen bekam.

Der Talhang, an dem die Lagerhöhlen aufgebrochen worden waren, sah aus wie das Innere von Ali Babas Höhle. Es stellte sich heraus, daß die Verstecke sehr viel kleiner waren, als Alex angenommen hatte. Die ›Fenster‹-Schlitze in dem nahegelegenen Gebäude waren winzig, wie man es auf einem derart vom Wetter heimgesuchten Planeten auch erwarten konnte. Das aber hatte die Verstecke auf den Holos sehr viel größer erscheinen lassen. In Wirklichkeit waren sie ungefähr hüfthoch und kaum tiefer als zwei bis drei Meter. Das genügte allerdings, um einen Schatz zu verbergen.

Vieles war nicht einmal entwendet worden. In einem der nächstgelegenen Verstecke hatte man keramische Statuetten und Töpferwerk als wertlos zurückgelassen – einiges davon war durch unachtsame Behandlung zerbrochen.

Es gab Dutzende von Verstecken, die aufgebrochen und ausgeräumt worden waren. Dann viele andere mit weniger begehrten Gegenständen. Andere Verstecke waren eindeutig noch versiegelt.

Und dann entdeckte Alex noch eine Höhle, deren Eingang mit irgendeiner Hitzewaffe verschlossen worden war, einer Waffe, die jemand auf den Eingang gerichtet hatte, bis das Felsgestein verschlackte.

»Meinst du, daß der Erreger von dort kommt?« flüsterte ihm Tia ins Ohr.

»Ich halte das für keine unrealistische Annahme«, meinte er zerstreut. »Ich will es jedenfalls hoffen.«

Plötzlich mußte er an die Seuche denken, und die unschätzbaren Artefakte verloren ihren Zauber. *Ob es die Stelle ist oder nicht, ich werde jedenfalls niemals meinen Anzug öffnen.* Die Bilder von Hank und dem anderen Mann erschienen ihm in seiner Erinnerung wie grausige Gespenster. Plötzlich war der Druckanzug kein Gefängnis mehr, sondern der begehrenswerteste Ort im ganzen Universum.

Dann trat Alex vor, den bereits geöffneten Verstecken entgegen. Die Höhlen selbst waren sehr alt, das sah er an ihrer Verwitterung und an der Aufschichtung von Geröll und Erdreich an der Wand der Schlucht. Die Plünderer mußten aus Neugier oder aus Zufall eine dieser Höhlen geöffnet haben. Vielleicht hatten sie dieses Gebiet auch erkundet, weil sie einen sicheren Unterschlupf brauchten. Aus welchem Grund auch immer sie die erste Höhle geöffnet haben mochten, danach hatten sie jedenfalls die anderen Nischen freigelegt. Und es sah so aus, als sei die Beute von tausend Welten hier versteckt.

Alex begann damit, sorgfältige Holos von allem zu machen, was hier zurückgelassen worden war, während Tia auch die winzigsten Einzelheiten aufzeichnete, als er jeden Millimeter aus jedem möglichen Winkel abdeckte. Auf diese Weise wäre wenigstens alles aufgezeichnet, falls noch weitere Gegenstände zerstört werden sollten. Einige davon nahm er auf und verstaute sie, um sie mitzunehmen – darunter auch ein merkwürdiges Metallbuch …

Alex trat wieder vor und wollte nach einer Statue greifen, die einen geflügelten Zweibeiner darstellte, als …

»*Alex*!« rief Tia drängend. Er wich zurück, seine Hand griff ins Leere.

»Was ist?« bellte er. »Ich …«

»Alex, du mußt *sofort* zurückkommen«, unterbrach sie ihn. »Die Alarmanlage ist gerade losgegangen. Sie sind zurück und werden gleich landen!«

»Alex!« rief Tia, als ihre Meßgeräte anzeigten, daß die Piraten gerade die Landungstriebwerke gezündet hatten und Alex sich nicht etwa auf sie zu, sondern *von ihr fort* bewegte. »Alex, was tust du da?«

Die Abenddämmerung erschwerte selbst ihr die Sicht erheblich. Sie mochte gar nicht daran denken, wie es erst für ihn dort draußen sein mußte.

»Ich werde mich im obersten Stock eines dieser Gebäude verstecken und mir die Clowns einmal ansehen«, erwiderte Alex gelassen. »Dieses Gebäude hier hat einen Eingang, durch den ich ungefähr auf die Ebene des zweiten Stocks gelange. Siehst du?«

Er hatte recht. Die Beschaffenheit des Gebäudes bot ihm leichten Halt für Hand und Füße, um zu den Fensterschlitzen im ersten Stock zu gelangen. Und da das Gebäude dort oben eingestürzt war, könnte er sich da verstecken. Und so heftig, wie der Schneesturm einsetzte, wäre von seinen Spuren in kürzester Zeit nichts mehr zu sehen.

»Aber ...« protestierte Tia, » ... du bist doch ganz allein!« Sie versuchte einen kühlen Kopf zu bewahren, doch sah sie tausend schreckliche Bilder vor sich. »Es gibt für mich keine Möglichkeit dir zu helfen, sollten sie dich erwischen!«

»Sie werden mich schon nicht erwischen«, entgegnete Alex zuversichtlich, suchte sich einen Halt und begann mit dem Aufstieg.

Es war ohnehin schon zu spät: Die Piraten befanden sich im Landeanflug. Selbst wenn er jetzt noch floh, würde er es nicht mehr rechtzeitig in die Sicherheit des Tunnels schaffen. Wenn sie Hitzesensoren besitzen sollten, konnten sie ihn gar nicht übersehen, wie er über den Schnee kroch.

Tia speiste Beruhigungmittel in ihr Blut ein und versuchte so gelassen zu sein, wie er sich offensichtlich fühlte, doch es funktionierte nicht. Als die Plünderer um den Planeten geflogen kamen, hatte er lediglich die erste Reihe von Fensterschlitzen erreicht, bewegte sich langsam und gemächlich – so gemächlich, daß Tia ihn am liebsten angeschrien hätte, er solle sich beeilen.

Alex befand sich endlich im ersten Stock, als die Piraten auf den Schneesturm trafen. Wenig später suchten sie mit ihren Scheinwerfern das gesamte Tal ab, schnitten helle Schneisen durch die Dunkelheit.

Alex nutzte das Licht, indem er sich erst wieder bewegte, als die Strahlen an ihm vorbeigeschweift waren und er in den Raum hineinblicken konnte, in den er sich hatte fallenlassen.

Tatsächlich gab es hier nicht viel zu sehen. Etwa die Hälfte des Kuppeldachs war eingestürzt. Unter der Einsturzstelle türmten sich Erdreich und Schnee, während die Fenster in der Außenmauer noch intakt waren.

Vom Fenster aus hatte Alex einen hervorragenden Blick auf beide Verstecke und das Gebäude, in das die Plünderer langsam ihr Schiff manövrierten. Tia beobachtete es sorgfältig und gelangte zu dem Schluß, daß sie mit ihrer Vermutung eines KI-Piloten wahrscheinlich richtiggelegen hatte; die Bewegungen des Schiffs waren so ruckartig, wie es für KIs typisch war. Tia wartete darauf, daß die Plünderer jeden Augenblick Alex' Signal auffingen, doch offensichtlich rechneten die Piraten nicht damit, daß noch jemand hier sein könnte – sie schienen keinerlei Vorsichtsmaßnahmen zu treffen.

Allerdings gab es bei diesem gräßlichen Wetter auch keinen Grund zur Vorsicht. Nicht einmal die beste KI hätte in einem solchen Wind noch landen können. Tia war froh, daß sich Alex in Deckung befand.

Doch der Sturm hinderte die Plünderer nicht daran, Mannschaften loszuschicken, um ein neues Versteck aufzubrechen ...

Tia traute ihren Sensoren nicht, als sie über Alex' Kamera sah, wie ein halbes Dutzend Scheinwerferlichter über den Boden der Schlucht auf sein Versteck zukamen. Sie schaltete auf Infrarotsicht und stellte fest, daß es dreimal so viele Männer waren, jeweils drei pro Scheinwerfer. Keiner von ihnen trug einen Druckanzug, wenngleich sie alle in Kaltwetterkleidung gehüllt waren.

»Ich kann nicht glauben, was sie da tun«, murmelte Alex.

»Ich auch nicht«, antwortete sie leise. »Dieser Sturm wird sich in wenigen Augenblicken in einen tödlichen Blizzard verwandeln. Die Kerle müssen verrückt sein.«

Sie ging die Bandbreite der Funkfrequenzen durch, suchte nach der Frequenz der Plünderer. Schon bald hatte sie sie gefunden: Die derben Ausdrücke waren unverwechselbar. Während Alex in seinem Unterschlupf kauerte, brachen die Männer unter ihm eine weitere Höhle auf und begannen damit, Kunstwerke in Säcke zu schaufeln, als handelte es sich um Felsbrocken.

Die Plünderer wußten offenbar, daß sie gegen die Zeit anarbeiteten; nur ihre Eile verriet, daß ihnen klar war, daß der schlimmste Teil des Sturms noch bevorstand. Wer immer das Funkgerät in ihrem Schiff besetzte, hielt sie über ihre Situation auf dem laufenden, und es dauerte nicht lange, bis er sie ermahnte, jetzt zurückzukehren, bevor der Blizzard so schlimm wurde, daß sie die paar hundert Meter zum Schiff nicht mehr zurückschaffen würden.

Die Plünderer würden zwar den vollen Ansturm des Blizzards nicht aushalten, aber Alex in seinem Druckanzug war so ziemlich jeder Situation gewachsen. Mit seinem Helmdisplay brauchte er nicht einmal zu sehen, wohin er ging. Ob er es im Schutz des Blizzards wohl schaffte, sich zu Tia zurückzustehlen?

Es war jedenfalls einen Versuch wert.

Endlich knurrte der Anführer der Plünderer dem Funker seine Bestätigung zu. »Wir kommen ja, laß bloß dein Suspensorium an!« brüllte er, als die Scheinwerferstrahlen sich von der Höhle abwandten und schnell wieder die Schlucht hinaufhuschten. Der Funker verstummte. Einen Augenblick später leuchtete das Licht eines Signalfeuers durch das immer dichter werdende Schneegestöber am gegenüberliegenden Ende des winzigen Tals. Bald darauf waren die Lichter von Dunkelheit und heftigem Schneefall verschlungen – und dann verglomm auch der Leuchtstrahl, als Schnee und Wind immer heftiger wurden.

»Alex«, sagte sie drängend, »meinst du, du schaffst es zurück?«

»Hast du meinen Hinweg aufgezeichnet?« wollte er wissen.

»Ja«, versicherte sie ihm. »Jeden Schritt. Ich müßte dich eigentlich ganz gut führen können. Eine bessere Gelegenheit bekommst du nicht. Ohne Deckung haben die dich doch schon geortet, bevor du einen Meter weit gekommen bist.«

Alex spähte wieder aus dem Fenster, und ihre Kamera

›sah‹, was auch er erblickte – draußen war nichts zu sehen. Wind und Schnee bildeten dicht vor dem Gebäude eine feste Mauer. Nicht einmal Tias Infrarotscanner konnte sie durchdringen.

»Ich versuche es«, entschied er. »Du hast recht. Eine bessere Gelegenheit dürfte es kaum geben.«

Alex ignorierte die Dunkelheit draußen vor seinem Helm und konzentrierte sich auf das Helmdisplay. Das hatte eine große Ähnlichkeit mit Blindflug – oder mit virtueller Realität. Man mußte dabei ignorieren, was Augen und Sinnesorgane von einem verlangten, um sich statt dessen auf die Instrumente und ihre Daten zu konzentrieren.

Im Augenblick besagten diese Instrumente, daß er sich dicht vor dem Eingang zu dem Tal befand, in dem Tia sich versteckthielt.

Es war ein langer, furchterregender Marsch gewesen. Zwar bot der Druckanzug ihm Schutz gegen den Schneesturm, sollte er aber auch nur einen falschen Schritt tun – dann würde er ihn nicht vor einem gefährlichen Sturz bewahren können.

Es war Alex eine Hilfe, an Tia zu denken; es gab ihm ein Gefühl von Wärme. Sie hielt einen fröhlichen Monolog in seinem linken Ohr aufrecht, erzählte ihm, was sie auf den Holos identifiziert hatte, die sie vor Eintreffen der Plünderer geschossen hatten, und manchmal antwortete er ihr auch, die meiste Zeit aber lauschte er nur. Sie war ihm Licht und Leben in einer Welt der Finsternis und der Kälte, und so lange er sich vorstellen konnte, wie sie im Pilotensessel saß, mit ihren blitzenden Augen und dem spitzbübischen Lächeln, brachte er auch die Kraft auf, einen Fuß vor den anderen zu setzen.

Müde ... er wurde so müde. Die Versuchung war groß, sich hinzulegen und sich für eine Weile vom Schnee bedekken zu lassen.

»Alex ... du bist da ...« sagte sie plötzlich und brach mitten im Satz ab.

»Ich bin wo?« fragte er stupide. Er war so müde …

»Der Tunneleingang ist hier irgendwo in der Nähe …« Das Drängen in ihrer Stimme riß ihn aus der Benommenheit. »Taste mal nach der Felswand … Der Tunnel ist vielleicht mit Schnee bedeckt, aber du müßtest ihn eigentlich finden.«

Darauf war er ja noch überhaupt nicht gekommen! Was, wenn der Tunneleingang von Schnee verschüttet war? Dann säße er hier draußen im Schneesturm fest, ohne ein Ziel, ganz allein in der Kälte!

Hör auf! ermahnte er sich streng. *Du kommst schon durch. Die Anzugheizung steht das schon durch … Die ist für den Weltraum gebaut worden, da wird ihr ein erbärmlicher kleiner Schneesturm ja wohl nichts anhaben!*

Mit ausgestreckten Händen torkelte er nach rechts, tastete panisch in der Dunkelheit nach dem Felsgestein. Da krachte er auch schon dagegen, stieß mit seinem Helmvisier gegen den Stein. Glücklicherweise bestand das Visier aus widerstandsfähigerem Zeug als bloßes Polyglas; wenn ihm auch der Kopf dröhnte, blieb das Visier doch unversehrt.

So, da war der Fels. Und *wo* …

Plötzlich rutschte der Boden unter seinen Füßen weg, und er stieß einen Schreckensschrei aus, als er stürzte. Er stürzte immer tiefer …

Nein …

Nein, er stürzte nicht, er glitt. Er war in den Tunnel gefallen!

Schnell spreizte er Arme und Beine, preßte Hände und Füße gegen die Tunnelwand, um zu bremsen, und schaltete seine Helmlampe an. Draußen im Schneesturm war sie nutzlos gewesen. Als sich das Licht an dem weißen Eis über seinem Gesicht brach, lachte er vor Freude auf. Licht! Endlich!

Das gegenüberliegende Ende des Tunnels glühte von warmem, weißem Licht, als Tia die Luftschleuse öffnete und die Beleuchtung anschaltete. Er schoß den langen, dunklen Tunnel in die Helligkeit hinaus, machte sich keine Sorgen mehr über einen harten Aufprall. Wichtig war nur, daß er nach Hause zurückkam.

Nach Hause …

KAPITEL 9

Das Flüstern einer Sensorabtastung über der Landschaft – wie das Streichen von Seide über Tias Haut, als sie noch Haut gehabt hatte.

Tia blieb ruhig und konzentrierte sich darauf, ihren gesamten Output so gering wie möglich zu halten. *Wir sind gar nicht da. Ihr könnt uns nicht finden. Warum füllt ihr nicht einfach eure Laderäume und verschwindet?*

Was zuvor noch ein gutes Versteck gewesen war, hatte sich in eine Falle verwandelt. Tia hatte fast alle Systeme abgeschaltet, Alex bewegte sich so wenig wie möglich. Sie hatte keine Möglichkeit festzustellen, wie hochentwickelt die Systeme der Piraten waren, daher gingen sie beide von der Annahme aus, daß alles dem Gegner ihre Gegenwart, vielleicht sogar ihren Standort anzeigen würde.

Ob die ursprüngliche Unachtsamkeit der Plünderer am Sturm oder an der Habgier gelegen haben mochte – im Augenblick gingen sie jedenfalls mit jeder erdenklichen Vorsicht vor. Abhör- und Alarmanlagen waren aktiviert, unrhythmische Sensorabtastungen machten es Alex unmöglich, einen zweiten Ausflug zu den Ruinen zu unternehmen.

Und jetzt befanden sich auch noch zwei weitere Schiffe im Orbit, die noch während des Schneesturms eingetroffen waren. Eins von ihnen hatte den Satelliten überprüft. Hatten sie Alex' Manipulationen bemerkt oder folgten sie nur einer Routineprozedur? Das vermochte Tia nicht zu sagen.

Auf jeden Fall hinderten die beiden Schiffe sie am Start – und sie würde dem Satelliten *überhaupt nichts* mehr senden. Das Gerät sendete zwar noch immer, und sie hofften darauf, daß es nur daran lag, daß die Piraten es nicht gründlich genug überprüft hatten. Doch war es immerhin möglich, daß die Piraten sie nur in Sicherheit wiegen wollten.

Also hatte Tia sämtliche nichtlebenswichtigen Systeme abgeschaltet und benutzte keine aktiven Sensoren mehr, verließ sich statt dessen ausschließlich auf passive Rezeptoren.

Da sie wußten, daß jedes Geräusch über die Schneedecke hinaushallen konnte, ging Alex nur noch in Strümpfen umher, sofern er sich überhaupt bewegte. So ging das schon drei Tage – und noch immer machten die Plünderer nicht die leisesten Anstalten, wieder zu verschwinden.

Die meiste Zeit studierte Alex mit Tia zusammen die Holos und die wenigen Artefakte, die er aus dem Höhlengebiet mitgebracht hatte – nachdem sie von Tia vakuumgereinigt worden waren.

Schließlich konnten die Piraten doch nicht ewig dort oben bleiben, sagte Tia sich. Oder doch?

Es sei denn, sie wußten, daß Tia bereits hier war. Vielleicht hatte es irgendeine undichte Stelle gegeben, die davon wußte, was sie über Hank und seine Fracht auf Station Presley in Erfahrung gebracht hatten.

Tia hatte Angst und durfte es Alex nicht erzählen; so stand sie vor Sorge unter Hochspannung und hatte keine Möglichkeit, diese Spannung irgendwie abzubauen.

Sie wußte, daß Alex von den gleichen Gedanken heimgesucht wurde, obwohl er sie nie artikulierte. Statt dessen konzentrierte er seine Aufmerksamkeit ausschließlich auf das geheimnisvolle Buch aus Metallplatten, das er aus der Höhle mitgebracht hatte.

Darin waren irgendwelche Glyphen eingeätzt, die den rechten Rand einer jeden Platte einnahmen, während der linke aus einem merkwürdig matt polierten Streifen bestand. Am wichtigsten aber war, daß die Mitte jeder Seite von Nadelstichmustern bedeckt war, die eigentlich nur Sternenkonfigurationen wiedergeben konnten. Nachdem sie schon so viel Zeit mit dem Studium von Sternenkarten verbracht hatten, hatten beide sofort erkannt, daß es sich um Navigationshilfen handeln mußte. Doch wofür? Und welches war der Referenzpunkt? Tia sah keine Möglichkeit, das festzustellen.

Und wer hatte das Buch überhaupt hergestellt? Die Glyphen kamen ihr irgendwie vertraut vor, aber sie wußte sie doch nicht genauer zu bestimmen.

Das Rätsel war faszinierend genug, um Alex zu beschäftigen, aber nicht Tia. Es war nur zu leicht, viel Zeit damit zuzubringen, über ihren Piloten zu sinnieren. Wie er zusammengesackt in seinem Sessel lag, das Gesicht angespannt, ein einziges Licht, das auf seinen Kopf und das Artefakt herabstrahlte, während der Rest der Kabine in Dunkelheit lag – oder wie er auf einen Schirm voller Daten blickte …

Wie eine Szene aus einem Holothriller. Der Held, der auf Zeit spielte, bereit, unter der Belastung zusammenzubrechen, sich seine Verwundbarkeit aber nicht anmerken lassen wollte; oben die wartenden Feinde. Unschätzbare Daten in ihren Händen, Daten, die der Gegner auf keinen Fall bekommen durfte. Der Held, wie er an die Geliebte dachte, die er zurückgelassen hatte, sich fragte, ob er sie jemals wiedersehen würde …

Verdammt! Damit kam Tia auch nicht weiter.

Sie konnte nicht in der Kabine auf und ab gehen, sie konnte nicht an den Nägeln nagen, sie konnte nicht einmal lesen, um sich abzulenken. Schließlich aktivierte sie einen Servoroboter und schickte ihn diskret in Alex' Kabine, um sie sauberzumachen. Seit sie die Basis verlassen hatten, war sie nicht mehr gereinigt worden; in der Regel pflegte Alex alles in Schränke und Schubladen zu stopfen und sie wieder zu schließen. Sie konnte seine Kleider jetzt nicht reinigen – doch sobald sie die Meute abgeschüttelt hätten …

Sofern die zweite Lawine und der Blizzard nicht zu viel Schnee auf sie getürmt hatten, um noch starten zu können. Inzwischen waren es schon acht Meter und nicht mehr vier. Wenn es noch sehr viel mehr wurde, würde ihre Schubkraft möglicherweise nicht mehr reichen.

Hör auf. Wir kommen schon hier raus.

Vorsichtig säuberte sie jede Schublade und jeden Schrank, ersetzte, was nicht schmutzig war, und ließ den Servo den Rest entführen. Vorsichtig, weil Alex zwischen seine Kleidung jede Menge Dinge gestopft hatte.

Doch nie hätte sie erwartet, einen Holowürfel unter der Bettdecke zu entdecken.

Einen Holowürfel – von ihr.

Mit den Greifern des Servos drehte sie den Würfel nach

allen Seiten, wechselte die Bilder, erkannte sie alle wieder. Szenen von ihr, vor ihrer Erkrankung; die Geburtstagsparty, in Positur mit Theodor Bär …

Wie sie in ihrem brandneuen Druckanzug vor einem mit EsKa-Glyphen bedeckten Mauerfragment stand – das war komisch gewesen; Mum hatte Dad deswegen aufgezogen, weil er die Kamera aus schierer Gewohnheit auf die Glyphen eingestellt hatte. Tia war nur zur Hälfte auf dem Bild zu sehen, die Glyphen dafür aber schön deutlich.

Es traf sie wie ein Stromstoß. Die Glyphen. *Dort* hatte sie sie zum erstenmal gesehen! Sicher, sie waren in Stein gehauen gewesen und nicht geätzt. Sie waren in einer Art Kursivschrift gehalten, während die Schrift in dem Buch kantig war … aber …

Tia führte einen kurzen Vergleich durch. »Alex!« flüsterte sie aufgeregt. »Schau mal!«

Sie brachte die Glyphen aus dem alten Holo auf ihren Schirm, als er den Blick hob, legte darüber die Graphik der dritten Buchseite. Abgesehen von stilistischen Unterschieden deckten sie sich vollkommen.

»EsKas«, murmelte er in ehrfürchtigem Ton. »Alle Raumgeister – dieses Buch wurde von den EsKas geschrieben!«

»Ich glaube, diese Höhlen und Gebäude müssen von irgendeiner Rasse erschaffen worden sein, die die EsKas kannte«, erwiderte sie. »Aber selbst wenn dem nicht so sein sollte … Alex, jede Wette, daß dieser kleine Kartensatz die Heimatwelt der EsKas zeigt, wenn man ihn nur dechiffrieren könnte!«

»Das würde Sinn ergeben«, meinte er nach kurzer Pause. »Schau dir mal diesen glatten Teil auf jeder Seite an – immer an der gleichen Stelle am Rand. Ich wette, das ist irgendeine Art von Speichermedium, wie ein Dataeder – vielleicht ein optischer Speicher …«

»Laß mich mal schauen«, verlangte sie. »Bring es ins Labor.«

Nun hatte *sie* etwas, das ihre Aufmerksamkeit fesselte. Und das sie von *ihm* ablenkte.

Alex hatte nichts mehr zu tun, als zu lesen oder nachzudenken. Während Tia sich mit allen verfügbaren Mitteln dem Artefakt widmete, blieb ihm nur, auf die Schirme zu starren und darauf zu hoffen, daß die Piraten nicht auf die Idee kamen, nach großen Massen Metall unter der Schneedecke Ausschau zu halten.

Nach einer Weile wurde ihm das Lesen zu langweilig; Musik kam nicht in Frage, weil sie sich orten ließ, selbst wenn er Kopfhörer trug, die er ohnehin verabscheute. Unterhaltungsholos hatten ihm nie zugesagt, und außerdem machten sie mindestens so viel Lärm wie Musik.

So blieb Alex allein in der Dunkelheit mit seinen Gedanken zurück, die sich immer wieder auf Tia richteten. Ihre Kindheit kannte er inzwischen recht gut. Erst hatte er die öffentlich zugänglichen Daten bemüht und dann das Undenkbare getan: Er hatte Doktor Kennet und Doktor Anna kontaktiert und sie ausgefragt. Nicht allzu subtil, wie er befürchtete, aber sie hatten es ihm nicht übelgenommen. Natürlich würde er große Schwierigkeiten bekommen, sollte irgend jemand im KD in Erfahrung bringen, was er getan hatte. Es gab einen häßlichen Namen für sein Gefühl zu Tia.

Fixation.

Nach jenem Versuch, sich im Hafen eine Gefährtin zu verschaffen, hatte Alex die Frauen in Ruhe gelassen – weil er sich ohnehin immer nur solche aussuchte, die wie Tia aussahen. Er hatte gedacht, daß es sich nach einer Weile legen würde; daß die Faszination früher oder später verblassen würde, da er sie ohnehin nicht umsetzen konnte.

Und bis dahin, so hatte er sich eingeredet, wäre es doch nur vernünftig, soviel über Tia in Erfahrung zu bringen, wie er nur konnte. Sie war einzigartig: Das älteste Kind, das jemals in eine Schale implantiert wurde. Somit mußte er vorsichtiger sein, denn hier konnten die üblichen Parameter einer Gehirn-Pilot-Beziehung einfach nicht greifen.

Jetzt wußte Alex also, wie sie ausgesehen hatte – und dank der Computerprojektion konnte er ahnen, wie sie ausgesehen hätte, wenn sie sich nicht diese schreckliche Krankheit zugezogen hätte. Ja, sie wäre möglicherweise sogar auf die Akademie gegangen, falls sie es nicht vorgezogen hätte, in die Fußstapfen ihrer Eltern zu treten. Er wußte soviel über Tia, als wäre sie eine enge Verwandte gewesen – nur daß seine Gefühle zu ihr alles andere als brüderlicher Natur waren.

Aber er hatte sich eingeredet, daß sie *doch* brüderlich seien, daß er sich nicht in eine Art Gespenst verliebt hätte, daß alles in Ordnung kommen würde. Und er hatte auch daran geglaubt.

So lange, bis er auf Chria Chance und ihren Kanonier traf.

Er hatte vom ersten Aufleuchten des Schirms an keinen Zweifel daran gehegt, daß Chria und Neil zusammengehörten. Das war für jeden offensichtlich, der etwas von Körpersprache verstand, vor allem, wenn er Chria so gut kannte, wie Alex es tat. Und seine Reaktion auf diese Beziehung überraschte ihn selbst.

Neid. Nackter, roher Neid. Keine Eifersucht, denn er interessierte sich überhaupt nicht für Chria. In gewisser Weise war er froh für sie. Sie war wirklich das arme, reiche kleine Mädchen gewesen – Hochfamilie mit vier sehr biederen Brüdern und Schwestern, die der Familie noch mehr Ruhm und Geld brachten. Sie war die einzige Rebellin gewesen, die einzige, die mehr wollte als eine gute Stellung, einen Platz in einem Aufsichtsrat und einen Ehemann von hohem gesellschaftlichen Status. Erst nachdem sie ihnen gedroht hatte, Schande über alle zu bringen, hatte man ihr gestattet, die Akademie unter einem falschen Namen zu besuchen.

Nein, er war wirklich froh für Chria; sie hatte genau die Partner gefunden, nach denen sie sich gesehnt hatte.

Seine eigenen Gefühle für Tia waren so stark, daß er nicht so recht wußte, was er damit anfangen sollte – und so hatte er unbeholfen versucht sie zu überspielen. Glücklicherweise schienen alle Beteiligten seine Gereiztheit seinen Verletzungen zuzuschreiben.

Wenn es doch nur so wäre …

Ich habe mich in jemanden verliebt, den ich nicht berühren, den ich nicht festhalten, dem ich nicht einmal sagen kann, daß ich ihn liebe, dachte er verzweifelt.

»Alex?« flüsterte Tia, und ihre Stimme klang unnatürlich laut in der Stille des Schiffs, denn sie hatte sogar das Belüftungssystem auf ein Minimum heruntergeschraubt. »Alex, ich habe den Speichermodus geknackt. Es ist ein altmodischer, binärer Speicheralgorithmus und ich glaube, daß es sich um Navigationsanweisungen für die jeweilige Sternenkarte auf der Buchseite handelt. Sobald ich einen Referenzpunkt finde, den ich wiedererkenne, bin ich ziemlich sicher, daß ich es schließlich gänzlich entziffern kann. Ich habe aber schon einige Vorstellungen, da ich ein paar Ortsnamenglyphen vergleichen konnte. Wir haben übrigens recht, ich bin ganz sicher, daß es sich um Anweisungen der Heimatwelt an sämtliche EsKa-Basen handelt! Wenn wir also nur eine einzige Basis finden könnten ...«

»Und sie zurückverfolgen!« Das war es, wonach sie von Anfang an gestrebt hatte. »Was soll das überhaupt – wozu diese primitiven Navigationskarten? Sicher, für uns ist das ein Durchbruch, aber wenn sie schon Raumfahrt hatten, weshalb haben sie sich dann aufs Dahinkriechen beschränkt?«

»Na ja, das Speichermedium ist so gut wie unverwüstbar, du glaubst gar nicht, wie belastbar es ist. Ich kann schon verstehen, daß sie es einem Dataeder vorgezogen haben, der von jedem starken Magnetfeld gelöscht werden kann. Und was die Primitivität der Karten selbst angeht, so hatten sie, soweit ich es herausbekommen konnte, keinen Singularitätsantrieb; und sie konnten nur *zwischen* den Sonnen Raumkrümmungen nutzen, brauchten sie also als Orientierungspunkte. Ich weiß nicht weshalb; vielleicht steht irgend etwas da drin, was uns den Grund dafür angibt, aber ich kann es nicht entziffern.« Ihre Stimme hatte einen merkwürdigen, gedämpften Unterton ...

»Wie, durch die Gegend hüpfen wie ein Erkundungsschiff?« fragte er ungläubig. »Auf diese Weise braucht man doch Jahre, um im Raum herumzukommen!«

»Vielleicht war es ihnen gleichgültig. Vielleicht hat der Hyperraum sie ja krank gemacht.« Jetzt erkannte Alex, was der merkwürdige Unterton in ihrer Stimme bedeutete. Nun, da sie gefunden hatte, wonach sie suchte, schien sie nicht sonderlich aufgeregt zu sein.

»Na ja, *wir* brauchen das nicht«, wandte er ein. »Wenn wir erst einmal hier raus sind, können wir die Spur zur Heimatwelt der EsKas zurückverfolgen, vollführen ein paar Sprünge – und schon sind wir Berühmtheiten! Alles, was wir tun müssen, ist …«

» … ist, unsere Verpflichtungen zu vergessen«, versetzte Tia scharf. »Oder zu ›vergessen‹, dieses Buch mit dem Rest der Beute abzugeben, bevor wir nicht einen langen Urlaub angetreten haben. Oder es abgeben und hoffen, daß uns niemand zuvorkommt.«

Das Buch zu behalten stand völlig außer Frage, und so verwarf er diese Möglichkeit sofort. »Das werden sie nicht«, meinte er zuversichtlich. »Niemand hat soviel Zeit damit verbracht, Sternenkarten zu studieren, wie wir. Das hast du selbst gesagt. Die Archäologen im Institut spezialisieren sich sehr und sehen deshalb alles recht eng. Ich glaube kaum, daß auch nur die geringste Chance besteht, daß jemand im Laufe der nächsten vier oder fünf Jahre entdecken wird, was es mit diesem Buch auf sich hat. Aber du hast recht mit den Verpflichtungen, wir haben einen Vertrag mit dem Institut. Wir müssen warten, bis wir uns einen langen Urlaub erkaufen oder verdienen können …«

»Das ist es nicht, was mir Sorgen macht«, unterbrach Tia ihn sehr leise. »Es geht mir … um die Ethik dabei. Wenn wir diese Information zurückhalten, worin unterscheiden wir uns dann von den Piraten da draußen?«

»Wie meinst du das?« fragte er erschreckt.

»Information vorzuenthalten – das ist gewissermaßen wie Datenpiraterie. Damit halten wir nicht nur Daten zurück, wir bremsen auch die Karriere des gerade aktuellen EsKa-Spezialisten – ich glaube, es ist Doktor Lana Courtney-Rai. Ja, wenn wir die Sache für uns behalten, bringen wir sie um eine große Chance. Ich meine, wir sind doch noch nicht einmal *richtige* Archäologen!« Der Kummer in ihrer Stimme war unverkennbar.

»Ich glaube, ich verstehe dich.« Alex hatte mitansehen

müssen, wie seine Eltern zugunsten von jemandem bei Beförderungen übergangen wurden, der sie sich zwar nicht verdient hatte, aber ›die richtigen Leute kannte‹. Er selbst hatte das gleiche auf der Akademie erlebt. »Wir können nicht alles tun, nicht wahr?« fragte er schleppend. »Nicht wie in den Holos, wo die Helden gleichzeitig die Piraten abwehren, während sie Gehirnoperationen durchführen.«

Tia stieß ein trauriges leises Kichern aus. »Ich fange an zu glauben, daß wir nur eins tun können, nämlich, unsere wirklichen Aufgaben richtig zu erledigen.«

Alex lehnte sich in seinen Sessel zurück und blickte an die Decke. »Komisch. Als unsere Suche noch rein theoretisch war, war das eine Sache – aber wir können wirklich nicht im Alleingang losziehen und gleichzeitig unsere Pflicht erfüllen, wie man es von uns erwartet.«

Sie seufzte zwar nicht, doch ihre Stimme klang dunkel. »Es ist nicht nur eine Frage der Ethik, sondern auch der Prioritäten. Wir können einfach weitermachen, was wir am besten beherrschen – und Chria Chance hat die Sache wirklich auf den Punkt gebracht, als sie darauf hinwies, daß sie, Neil und Pol unseren Seuchenherd gar nicht erkennen könnten, wir dagegen schon. *Sie* weiß, wann man eine Sache an die Experten weitergeben sollte. Es fällt mir zwar sehr schwer, diesen Traum aufzugeben – in diesem Fall war es jedoch der Traum eines Kindes, aber …«

»Aber es ist Zeit erwachsen zu werden – und andere spielen zu lassen«, sagte Alex entschieden.

»Vielleicht könnten wir ja so tun, als wären wir Archäologen«, fügte Tia hinzu, »aber dabei würden wir die Karriere anderer beeinträchtigen.«

Er seufzte für beide. »Sie würden uns verabscheuen, weißt du. Und wir wären zwar berühmt, aber imer noch keine richtigen Archäologen.«

»Alex?« fragte sie nach einer langen Pause. »Ich denke, wir sollten dieses Buch mit unseren Entdeckungen und Schlußfolgerungen einfach versiegeln. Dann sollten wir es zusammen mit dem Rest der Beute einsperren und als KD-Sternenteam weitermachen. Selbst wenn es manchmal furchtbar langweilig wird, immer nur Post und Vorräte durch die Gegend zu kutschieren.«

»Im Augenblick ist es nicht gerade langweilig«, sagte er wehmütig, ohne nachzudenken. »Ich wünschte mir, das wäre es.«

Wieder ein langes Schweigen, dann gab sie ein leises Geräusch von sich, das er bei einer Normalperson als Wimmern identifiziert hätte. »Ich wünschte, du hättest mich nicht daran erinnert«, sagte sie.

»Weshalb?«

»Weil ... weil es so aussieht, als würden wir nie wieder hier rauskommen – als würden sie uns schließlich finden.«

»Hör auf damit!« erwiderte er in scharfem Tonfall und reagierte damit auf den Anflug von Panik in ihrer Stimme. »Die können nicht ewig da oben bleiben. Irgendwann werden ihnen die Vorräte ausgehen.«

»Uns auch«, entgegnete sie.

»Und sie werden die Geduld verlieren! Tia, denk doch mal nach – das sind Piraten, und sie wissen nicht einmal, daß jemand hier ist! Wenn die nichts finden, werden sie aufgeben und ihre Beute abschleppen, um sie zu verkaufen!« Wie gern wäre er jetzt aufgestanden, um in der Kabine auf und ab zu gehen – doch das würde Lärm verursachen. »Wir können fort, sobald sie weg sind!«

»Sofern ... wir überhaupt rauskommen.«

»Was?« fragte er erschreckt.

»Ich wollte nicht, daß du dir Sorgen machst ... Aber seit deiner Rückkehr hat es zwei Lawinen gegeben.«

Er starrte ihre Säule in fassungslosem Entsetzen an, doch sie war noch nicht fertig.

»Inzwischen liegen ungefähr elf Meter Schnee auf uns. Ich weiß nicht, ob ich da durchkomme. Und selbst wenn CenSec auftauchen sollte, weiß ich nicht, ob die uns unter dieser Eisdecke rufen hören. Nach der letzten Lawine habe ich keine Oberflächensignale mehr empfangen können, und die Satellitensignale sind inzwischen zu schwach, um sie deutlich zu lesen.«

Er sagte das erste, was ihm in den Kopf kam, versuchte

die Stimmung aufzuhellen. »Na ja, wenn ich schon auf alle Ewigkeit in einem Gletscher festgefroren sein soll, habe ich wenigstens meine Geliebte dabei, die mich wärmen kann.«

Verdammt! fuhr es ihm durch den Kopf. *Oh, das war vielleicht brillant! Jetzt denkt sie noch, daß sie mit einem fixierten Verrückten in einem Eisberg eingeschlossen ist!*

»Meinst ...« Ihre Stimme klang erstickt. »Meinst du das ernst?«

Er hätte sich eine Kugel durch den Kopf jagen können. »Tia«, begann er, »es ist schon in Ordnung, wirklich, ich meine, ich werde nicht durchdrehen und versuchen, deine Schale zu öffnen oder so etwas. Das geht schon klar, ich ...«

»Hast du das ernst *gemeint*?« setzte sie beharrlich nach.

»Ich ...« *O Mann! Es ist gespeichert. Noch schlimmer kannst du es gar nicht machen.* »Ja. Ich weiß nicht, es ist irgendwie ... passiert.« Er zuckte hilflos mit den Schultern. »Es ist nichts Verrücktes, wie eine Fixation. Aber, na ja ... ich will einfach keine andere Partnerin als dich. Wenn das Liebe sein sollte, dann liebe ich dich wohl. Und ich liebe dich wirklich sehr, sehr, sehr.« Er seufzte und rieb sich die Schläfen. »Da ist es nun endlich heraus! Ich hoffe, ich verletze oder erschrecke dich nicht, aber du bist das Beste, was mir je passiert ist. Ich möchte lieber mit dir zusammen sein als mit jedem sonst, den ich kenne oder von dem ich gehört habe.« Er brachte ein mattes Grinsen zustande. »Holostars und kosmische Helden eingeschlossen.«

Der Plexiverschlag von Ted Bärs kleinem ›Schrein‹ sprang auf, und Alex zuckte zusammen.

»Ich kann dich zwar nicht berühren und du mich auch nicht, aber ... würdest du vielleicht gern Theodor umarmen?« erwiderte Tia sanft. »Ich liebe dich auch, Alex. Ich glaube, das tue ich schon, seit du hinausgegangen bist, um dich dem Zombieerreger zu stellen. Du bist der tapferste, klügste, wunderbarste Pilot, den ich mir vorstellen könnte, und ich möchte auch niemand anderen zum Partner haben als dich.«

Ihm ihren Freund aus der Kindheit anzubieten, war das Intimste, dessen sie fähig war – und das wußte Alex.

Er erhob sich vorsichtig und umarmte den kleinen weichen Bären einmal ganz kräftig, bevor er ihn wieder in den ›Schrein‹ setzte und die Tür schloß.

»Du hast ein wunderbares Frauchen, Theodor Bär«, sagte er zu dem ernst dreinblickenden Spielzeug. »Und ich werde mein Bestes tun, um sie glücklich zu machen.«

Er drehte sich wieder zu ihrer Säule um und räusperte sich vorsichtig. Es war mehr als Zeit, das Thema zu wechseln. »Also gut«, sagte er, »da wir jetzt beide festgestellt haben, weshalb wir so gereizt sind – da wollen wir doch mal analysieren, welche Optionen wir haben.«

»Optionen?« fragte sie verständnislos.

»Aber sicher.« Herausfordernd reckte er das Kinn. »Ich habe vor, den Rest meines Lebens mit dir zu verbringen – aber ich habe nicht vor, diesen Rest darauf beschränken zu lassen, wie lange es braucht, bevor die Piraten uns aufspüren oder wir zu Tode frieren! Also wollen wir uns ein paar Optionen überlegen, verdammt!«

Zu seiner großen Freude und Erleichterung begann sie tatsächlich zu lachen. Und wenn es auch einen Hauch von Hysterie an sich hatte, entschied er doch, diese kleine Nuance zu überhören.

»Also gut«, antwortete sie. »Optionen. Nun, ich denke, wir könnten mit den Servos anfangen ...«

Tia schmiegte sich in seine Arme und verwandelte sich in einen großen blauen Spielzeugbären. Der Bär musterte ihn vorwurfsvoll.

Er wollte gerade aufstehen, aber die Bettlaken hatten sich in Schneewehen verwandelt und er war festgefroren. Der Bär versuchte ihn freizuhacken, doch seine klobigen Arme waren zu weich, um auf der eisbedeckten Oberfläche Eindrücke zu hinterlassen.

Dann hörte er ein Rumpeln – und als er aufsah, erblickte er eine Lawine, die im Begriff stand, in Zeitlupe auf ihn herabzukrachen ...

Die Lawine rumpelte, und Tia-der-Bär knurrte zurück,

stellte sich zwischen ihn und den herabdonnernden Schnee …

»Alex, wach auf!«

Er schreckte hoch, schlug nach dem Bettzeug und traf zufällig den nächsten Lichtschalter. Er blinzelte, als das Licht ihn blendete, seine Beine waren in einem Gewirr aus Laken und Decken verfangen. »Was?« fragte er. »Wer? Wo?«

»Alex«, sagte Tia mit angespannter, aber erregter Stimme. »Alex, ich versuche schon seit fünfzehn Minuten, dich zu wecken! Oben ist ein CenSec-Schiff, und die beiden Piraten beziehen mächtig Prügel!«

CenSec? Alle Raumgeister …

»Was ist passiert?« fragte er, griff nach seiner Kleidung und legte sie hastig an. »Von Anfang an …«

»Ich habe es zu erst mitbekommen, als einer der Piraten dem Schiff hier unten eine Warnung zukommen ließ. Ich hatte den Eindruck, daß sie es zunächst für ein gewöhnliches Erkundungsschiff hielten, bis es sich plötzlich an einen von ihnen heftete und anfing, aus allen Rohren loszufeuern.« Tia hatte wieder sämtliche Systeme aktiviert; kräftig blies frische Luft durch den Ventilator, alle Lampen und Paneele in der Hauptkabine leuchteten wieder. »Da hörte dann auch das Abtasten auf. Ich habe sofort mit dem Befreiungsmanöver begonnen. Erst habe ich den Gefrier- und Abtauzyklus aktiviert, um dann vor ein paar Minuten die Triebwerke zu zünden. Ich kann mich auf jeden Fall bewegen und bin mir ziemlich sicher, daß ich hier rauskommen werde. Vielleicht ziehe ich mir dabei ein paar Lackschäden zu, aber nichts, was sich nicht reparieren ließe.«

»Und was ist oben los?« fragte Alex und lief auf seinen Sessel zu.

»Da gibt es gute und schlechte Nachrichten. Es sieht so aus, als würde das CenSec-Schiff es mit den beiden Piraten aufnehmen können«, erwiderte sie. »Die schlechte Nachricht lautet, daß ich zwar empfangen, aber anscheinend nicht senden kann. Vielleicht hat das Eis irgend etwas blockiert, ich weiß es nicht.«

»Also gut, wir sind also manövrierfähig, und gegen den

Überfall dort oben wird etwas unternommen.« Alex schnallte seine letzten Gurte an, denn wenn Tia sich in Bewegung setzte, könnte das sehr abrupt und ohne große Vorwarnung geschehen. »Wenn wir allerdings nicht senden können, können wir CenSec nicht warnen, daß hier unten noch ein Schiff ist – ja, wir können uns nicht einmal als Freund ausweisen. Und wenn wir versuchen zu starten, sind wir für die Piraten praktisch ein stehendes Ziel. Sie brauchen nur in ihrem Versteck zu verharren und das CenSec-Schiff aus dem Hinterhalt anzugreifen, um zu sehen, ob wir hervorkommen – und kaum tauchen wir an ihrem Horizont auf, können sie uns abknallen.«

Alex analysierte das Problem so leidenschaftslos, wie er nur konnte. »Können wir unterhalb ihres Horizonts bleiben, bis wir außer Schußweite sind?«

Tia holte zur Antwort eine Karte auf den Schirm. Sollte der Pirat sie verfolgen, könnten sie nicht genug Sicherheitsabstand zu Kanonen mittlerer Reichweite herstellen, und sie mußten davon ausgehen, daß der Pirat über solche Waffen verfügte.

»Es muß eine Möglichkeit geben, sie irgendwie am Boden festzunageln«, murmelte Alex. »Was geschieht gerade oben?«

»Das erste Schiff ist schwer beschädigt. Wenn ich die Taktik richtig verstehe, wird das CenSec-Schiff jetzt näher kommen, um den Vernichtungsschlag zu führen.«

Alex richtete seine Aufmerksamkeit wieder auf ihr Problem. »Wenn wir sie irgendwie behindern könnten ... genügend Felsbrocken auf sie werfen oder ... einen Moment mal. Bring doch mal die Bilder von dem Gebäude, in dem sie sich verstecken – die Bilder aus meiner Kamera.«

Tia gehorchte, und Alex studierte die Situation sehr sorgfältig, verglich die Bilder mit seiner Erinnerung. »Interessante Sache, diese Hügel – siehst du, wie einige von ihnen förmlich abgebrochen aussehen, als wären diese Spitzen zu schwer geworden, um sich noch oben zu halten? Ich wette, das kommt daher, daß der Wind aus verschiedenen Richtungen weht und immer wieder einmal die Gipfel aushöhlt.

Kannst du mir eine bessere Aufnahme von den Hügeln geben, die über diesen Gebäuden aufragen?«

»Kein Problem.« Die Perspektive verlagerte sich ein Stück zurück und zeigte die Kämme der Hügel, die das Gebäude mit dem teilweise eingestürzten Dach überragten. »Alex!« rief sie.

»Du siehst es also auch«, meinte Alex zufrieden. »Also gut, Mädchen, meinst du, wir schaffen das?«

Zur Antwort ließ sie die Triebwerke aufheulen. »Wäre eine nette Abwechslung, ausnahmsweise einmal selbst zurückschlagen zu können!«

»Dann heb ab!«

Das Geräusch der Triebwerke verwandelte sich von einem leisen Schnurren in ein markerschütterndes, tiefes Dröhnen, das mehr zu spüren als zu hören war. Tia zog ihre Landegestelle ein, dann begann sie hin und her zu schaukeln, indem sie erst steuerbord, dann backbord auf 0 g ging. Alex tat, was er konnte, spielte mit den Neigungsdüsen, versuchte, etwas von dem Eis zu unterschneiden.

Der Bug des Raumschiffs hob sich, bis Alex in einem Kippwinkel von fünfundvierzig Grad in seinem Sessel saß. Dann startete Tia mit voller Kraft ihre Heckschubtriebwerke.

»*Wir bewegen uns!*« schrie sie über das Brüllen ihrer eigenen Triebwerke hinweg. Alex konnte zwar keine Bewegung spüren, hörte aber das Schaben des Eises an ihrer Hülle. Er schnitt eine Grimasse, denn er wußte, daß Tia, wenn sie sich nicht einem langen Aufenthalt im Trockendock unterzog, gleich schlimmer aussehen würde als Hanks alter Tramp-Frachter ...

Plötzlich waren sie frei ...

Tia drosselte die Triebwerke und stellte vollen 0-g-Antrieb her, um in gespenstischer Stille dicht über der Oberfläche zu schweben.

»CenSec hat das erste Schiff erwischt, das andere ist ihnen entkommen. Sieht nach einem Unentschieden aus«, bemerkte Tia knapp, als Alex hörte, wie sie wieder ihr Landegestell ausfuhr. »Bisher hat uns niemand bemerkt. Bist du bereit?«

»Aber immer«, erwiderte er. »Kann ich irgend etwas tun?«

»Dich festhalten«, sagte sie lakonisch.

Sie schoß gen Himmel, suchte Höhe zu gewinnen. Sie kannte die Belastungsfähigkeit ihrer Hülle besser als Alex; er würde die Sache lieber ihr überlassen. Der Berg, den sie anfliegen wollten, war keinen Kilometer entfernt. Als Tia genügend Höhe erreicht hatte, kippte sie vornüber und begann mit dem Sturzflug. Sie jagte direkt auf den Gipfel zu, als wäre er das Ziel und sie das Projektil.

Plötzliche Angst erfaßte ihn, sein Herz schien eine Million mal pro Sekunde zu schlagen. *Sie hat doch wohl nicht vor, ihn zu rammen …*

Alex erstarrte, die Finger in die Armlehnen gekrallt.

Im letzten Augenblick hob Tia wieder die Spitze des Schiffs, traf den Berggipfel nur mit ihrem Landegestell.

Das Kreischen und Knirschen gepeinigten Metalls machte Alex klar, daß sie jetzt nur noch an einer Raumstation würden andocken können. Der Aufprall drückte ihn in seinen Sessel, die Lampen flackerten und gingen aus, Aufprallsysteme wurden aktiviert und fingen das Schlimmste ab. Dennoch verlor er für einen kurzen Augenblick das Bewußtsein.

Als er wieder zu sich kam, waren die Lampen wieder angeschaltet, und Tia schwebte in leichter Schräglage über der Alien-Stadt. Rechts unten waren die Überreste des dachlosen Gebäudes zu sehen – begraben unter Eis, Erdreich und Felsgestein.

»Wie geht es dir?« brachte er hervor, obwohl ihm beim Sprechen der Kiefer weh tat.

»Raumtauglich«, sagte sie; das Zittern in ihrer Stimme war unverkennbar. »Bis auf Hauptkabine und Passagierbereich dürfte ich so löchrig sein wie ein Sieb. Und ich weiß nicht, wie es meinen Triebwerken geht. Paß auf, unser Typ wird gewünscht.«

Der Bildschirm flackerte und zeigte Neil, im Hintergrund Chria Chance. »AH Eins-Null-Drei-Drei, seid ihr das? Ich nehme an, ihr werdet einen guten Grund dafür gehabt haben, Haut-den-Lukas mit einem Berg zu spielen?«

»Wir sind es«, erwiderte Alex und hatte das Gefühl, als würde alle Kraft von ihm weichen. »Unter diesem Felshaufen befindet sich noch einer von euren Spielgefährten.«

Neil nickte. »Also gut. Könnt ihr zu uns raufkommen?«

»Landungen werden wir keine mehr machen«, versetzte Tia. »Aber ich weiß nicht, in welchem Zustand sich unsere Triebwerke befinden.«

Chria beugte sich über die Schulter ihres Partners. »Ich würde mich an eurer Stelle nicht darauf verlassen«, sagte sie. »Aber wenn ihr hier raufkommen könnt, nehmen wir euch ins Schlepptau und halten euch im Orbit, bis einer der Transporter aufkreuzt. Dann könnt ihr in seinem Ladedeck nach Hause fahren.«

»Abgemacht«, erwiderte Alex und fügte dann mit hochgezogener Augenbraue hinzu: »Ich wußte gar nicht, daß ihr das könnt.«

»Es gibt vieles, das du nicht weißt«, versetzte sie. »Bist du damit einverstanden, Tia?«

»Im Augenblick wäre ich wohl so ziemlich mit allem einverstanden«, erwiderte sie. »Wir sind schon unterwegs.«

Tia war immer noch etwas benommen von dem Anruf, den sie vom Institut erhalten hatte. *Wenn Sie wiederhergestellt sind, möchten wir, daß Sie die erste Mannschaft zur mutmaßlichen EsKa-Heimatwelt befördern. Sie und Alexander haben die meiste Erfahrung mit Situationen, in denen sich andere Kuriere, die bei uns unter Vertrag stehen, verseuchen könnten.* Das war einleuchtend. Bis zum heutigen Tag wußte niemand, was Tia paralysiert hatte. Sie hatte größtes Interesse daran, dafür zu sorgen, daß die Mannschaft bei guter Gesundheit blieb, und wollte bei der Suche nach dem Erreger helfen.

Das wußten sie natürlich. Und außerdem wußten sie, daß sie sich niemals aus ihrem Vertrag freikaufen würde, bevor sie nicht *diesen* Auftrag erledigt hatte. War das Erpressung? Ganz gewiß. Aber eine Erpressung, mit der Tia leben konnte.

Und falls ihr Plan funktionieren sollte, würde sie die

Erstmannschaft schon bald nicht nur beobachten, sondern *zusammen mit ihr* Ausgrabungen machen. Vielleicht dauerte es noch eine Weile, aber früher oder später würde sie genug Geld mit ihren Investitionen gemacht haben …

Nachdem sie erst einmal die Reparaturen bezahlt hatte. Nach den Bemerkungen der Techniker zu schließen, die an ihrer Hülle arbeiteten, würde das nicht billig werden.

Dann verblüffte Stirling sie aufs neue, als er ihr ihren Kontostand mitteilte.

»Also, werte Dame«, sagte Stirling, »wenn man die noch nicht näher bezifferte Belohnung des Amts zur Bekämpfung von Rauschgiftdelikten zu dem Bonus für das Dekodieren des EsKa-Navigationsbuchs hinzuzählt, ebenso die hervorragenden Erträge aus ihrer letzten Investition und den Finderlohn für diesen beeindruckenden Schatz, sind Sie inzwischen ein wirklich *sehr* wohlhabender Hüllenmensch geworden.«

»Wie ich sehe«, erwiderte Tia. »Aber was ist denn mit der Reparaturrechnung …«

»Die wird von CenSec übernommen.« Es war zwar nicht gerade so, als würde Stirling vor Häme bald platzen, aber daß er sich vergnügte, war unverkennbar. »Und wenn Sie die Bemerkung gestatten, das war *mein* Werk. Ich habe lediglich wiederholt, was Sie mir über die Situation erzählt haben – habe darauf hingewiesen, daß Ihre Schäden ausschließlich darauf zurückzuführen seien, daß Sie als Zivilistin bei der Festnahme gefährlicher Verbrecher behilflich waren – und da konnte CenSec es gar nicht mehr abwarten, die Reparaturrechnungen zu übernehmen. Als ich erwähnte, daß Sie ihr Schiff vor einem Überfall am Boden bewahrt haben, gelangten sie zu dem Schluß, daß Sie den Singularitätsantrieb bekommen sollten, den Sie schon immer wollten.«

Tia hegte den Verdacht, daß er wohl etwas mehr getan hatte, als es nur zu erwähnen … Vielleicht sollte sie mal zusehen, daß sie Lee Stirling zu ihrem Rechtsvertreter machte anstelle der Normalperson, die *überhaupt nichts* wegen der Reparaturen oder des Antriebs unternommen hatte! Also würde sie keinen Pfennig ihrer ganzen Zulagen für ihre eigenen Reparaturen ausgeben müssen! »Was ist mit meinen Investitionen bei der Prothesenfirma? Und was wäre, wenn ich meine Zulagen auch noch bei Moto-Prothesen investierte?«

»Ihre Investionen entwickeln sich hervorragend. Und wenn Sie das tun sollten ... sind Sie sich darüber im klaren, daß Sie dann die Aktienmehrheit hätten?« Stirling klang selbst erstaunt. »Wollen Sie das? Sie könnten sich damit auch aus Ihrem Vertrag freikaufen. Oder sich völlig überholen lassen.«

»Ja«, erwiderte Tia entschieden. Sie war froh, daß Alex im Augenblick nicht an Bord war, obwohl sie sich schrecklich einsam fühlte. »Ich werde eine Normalperson brauchen, die als meine Stellvertreterin im Aufsichtsrat fungiert.«

»Sofort?« fragte Stirling.

»Sobald ich die Aktienmehrheit habe«, erwiderte sie. »Je früher desto besser.«

Und von mit aus kann es gar nicht früh genug sein.

Alex blickte tief in sein Glas und entschied, daß es sein letztes sein sollte. Er hatte jenen Zustand der Trunkenheit erreicht, den man noch als Euphorie durchgehen ließ. Wenn er jetzt noch mehr trank, würde er fürchterlich betrunken werden. Wahrscheinlich auch noch ein weinerlicher Betrunkener, wenn man alles zusammennahm. Das wäre nichts Gutes; denn trotz seiner Zivilkleidung könnte ihn jemand als KD-Piloten wiedererkennen, und dann gäbe es Ärger. Außerdem war diese Bar für Raumhafenbars ziemlich anspruchsvoll: menschliche Barkeeper, gedämpftes, beruhigendes Licht, bequeme Nieschen und Schemel, gute Musik, die nicht zu laut war. Hier konnte man keinen jammernden Betrunkenen gebrauchen. Er brauchte ja nicht anderen Leuten den Abend zu verderben, nur weil sein Leben ein einziges Durcheinander war ...

Der Barkeeper beugte sich vor und sagte vertraulich: »Kumpel, ich an deiner Stelle würde jetzt aufhören.«

Alex nickte etwas überrascht. War die Haftungsgesetzgebung etwa schon so weit, daß Barkeeper ihre Kunden auf riskantes Verhalten überwachten? »Ja. Habe ich mir auch gedacht.« Er ermahnte sich selbst, sich zusammenzureißen.

Der Barkeeper – ein Mensch, weshalb Alex sich auch entschlossen hatte, seine Sorgen hier fortzuspülen – ließ ihn nicht in Ruhe. Er polierte die glatte Pseudoholztheke neben Alex mit einem makellosen Tuch und sagte wie beiläufig: »Wenn ich das mal sagen darf, Kumpel, du siehst aus wie ein Mann, der ein bis drei Probleme mit sich herumschleppt.«

Alex lachte freudlos. Der Mann hatte ja keine Ahnung. »Ja. Schätze schon.«

»Willst du darüber reden?« setzte der Barkeeper nach. »Dafür werde ich bezahlt. Deshalb zahlst du auch so viel für die Drinks.«

Alex blinzelte den Mann an, er sah völlig normal aus, vertraut: konservativer Haarschnitt, adrette Freizeitkleidung. »Berater?« fragte Alex schließlich.

Mit einem Nicken deutete der Barkeeper auf ein gerahmtes Diplom über den drei Regalen mit antiken und exotischen Flaschen hinter der Theke. »Diplomiert. Vertraulich. Freischaffend. Bin seit fünf Jahren im Geschäft. Du wirst mir wahrscheinlich nichts erzählen können, was ich nicht schon mindestens hundertmal gehört habe.«

Freischaffend und vertraulich bedeutete, daß alles, was Alex ihm anvertrauen würde, nicht an seine Vorgesetzten weitergemeldet werden würde. Alex war zugleich überrascht und auch wieder nicht – Bars mit psychologischen Beratern waren gerade in Mode gekommen, als er seinen Abschluß gemacht hatte. Er hatte nur nicht gewußt, *wie sehr* in Mode. Er hätte nicht erwartet, hier draußen einen zu finden, ausgerechnet auf einer Wartungsstation. Die Leute neigten dazu, in Bars über ihre Probleme zu reden, und so hatte sich irgend jemand auf der guten alten Terra gedacht, daß es vielleicht eine gute Idee wäre, ihnen jemanden zur Verfügung zu stellen, der ihnen *tatsächlich* ein paar vernünftige Ratschläge geben könnte. Inzwischen, so hatte Alex sich sagen lassen, standen mehr Berater hinter Theken als in Büros, und viele Barkeeper drückten wieder die Schulbank, um ihr Diplom als Berater nachzuholen.

Plötzlich konnte Alex nicht mehr anders, er *mußte* sich mit irgend jemandem aussprechen. »Schon mal verliebt gewesen?« fragte er und starrte wieder in das leere Glas, während er es zwischen den Zeigefingern ein Stück vor und zurück schob.

Der Barkeeper nahm ihm das Glas ab und ersetzte es durch eine Tasse Kaffee. »Ich selbst nicht, aber ich habe viele Leute erlebt, die es sind – oder glauben, es zu sein.«

»Aha.« Alex richtete seinen Blick auf die angenehm dampfende Tasse. »Kann ich nicht empfehlen.«

»Ja. Das sagen viele. Persönliche Schwierigkeiten mit der Angebeteten?« fragte der Barkeeper/Psychotherapeut nach. »Vielleicht kann ich ja helfen.«

Alex seufzte. »Nur, daß ich mich in jemanden verliebt habe, der – nicht gerade erreichbar ist.« Er kratzte sich am Kopf und versuchte, zu einer Formulierung zu gelangen, die nicht allzuviel preisgab. »Unser ... äh ... Beruf trennt uns, wird es immer tun, egal was, und außerdem gibt es auch ein paar physische Probleme.«

Die Vorsicht war ihm viel zu sehr zur zweiten Natur geworden. Auch wenn der Mann ein selbständiger Berater war, brachte er es doch nicht über sich, ihm die ganze Wahrheit zu sagen. Nicht, wenn er dadurch Tia gänzlich verlieren könnte, falls es den falschen Leuten zu Ohren kommen sollte.

»Könnt ihr nicht den Beruf wechseln?« fragte der Berater in vernünftigem Ton. »Ein Beruf ist es doch bestimmt nicht wert, sich all das Elend aufzuladen. Nach allem, was ich jemals gesehen oder gehört habe, ist es besser, einem schlechtbezahlten Beruf nachzugehen, der einen glücklich macht, als einem hochbezahlten, der einen die Palme hochtreibt.«

Alex schüttelte traurig den Kopf. »Das nützt nichts«, seufzte er mutlos. »Es ist nicht nur der Beruf, und wenn wir den wechseln, wird alles nur noch schlimmer. Stell dir uns vor wie ... wie Delphin und Avithran. Sie kann nicht schwimmen, ich kann nicht fliegen. Völlig inkompatible Leben.«

Und das ist noch harmlos ausgedrückt.

Der Berater schüttelte den Kopf. »Das klingt nicht sonderlich vielversprechend, mein Freund. Romeo-und-Julia-Romanzen sind zwar ganz schön für die Holos, aber in Wirklichkeit machen sie einen nur kaputt. Ich an deiner Stelle würde mir überlegen, ob ich meine Gefühle nicht auf jemand anderen richten kann. Gleich wie sehr du glauben magst, jemanden zu lieben, du kannst die Flamme immer noch runterdrehen.«

»Das versuche ich ja«, teilte Alex ihm mit und lenkte seine Konzentration von der Kaffeetasse auf die Miene des Barkeepers. »Glaub mir, ich versuche es. Ich habe bald ein paar Wochen Urlaub, und ich will jede Minute nutzen, um es zu versuchen. Ich habe eine ganze Menge Verabredungen; viele Partys, zu denen ich gehen werde – und ein Freund bei CenSec will mich auf einen ausgedehnten Bummel mitnehmen.«

Der Barkeeper nickte gemächlich. »Ich verstehe, und es ist durchaus eine Möglichkeit, sich von einer emotionalen Bindung zu lösen, indem man eine Menge neuer, attraktiver Leute kennenlernt. Aber soviel ist sicher, Freund – deine Antwort wirst du nicht auf dem Boden einer Flasche finden.«

»Vielleicht nicht«, erwiderte Alex traurig. »Aber wenigstens ein wenig Vergessen.«

Und während der Barkeeper noch den Kopf schüttelte, schob Alex sich von seinem Sitz, riß sich zusammen, und trat schwankend durch die Tür.

Angelica Guon-Stirling bint Chad ließ sich in ihren Sessel gleiten und lächelte den Mann neben ihr am Ende des riesigen schwarzen Marmortischs höflich an. Er antwortete mit einem Nicken und richtete seine Aufmerksamkeit wieder auf die Aktienkurse, die er gerade am Monitor seines Datenterminals las. Nun kamen auch weitere Männer und Frauen herein und besetzten die verbliebenen Plätze um den Tisch. Angelica hatte sich unter dem Vorwand Zugang zu der Sitzung verschafft, die Firma ihres Onkels in einem nicht näher benannten Geschäft zu vertreten.

Es war ein sehr würdig ausgestattetes heiliges Konferenzzimmer: Die Lampen hatten genau die richtige Intensität; der Sessel war äußerst behaglich. Die warmen Weißtöne, das kühle Schwarz und Grau schufen eine Atmosphäre der Effizienz und Wichtigkeit, ohne steril zu sein.

Nichts von alledem schüchterte Angelica ein. Sie hatte in der Vergangenheit schon Hunderte solcher Sitzungszimmer zu sehen bekommen und würde wahrscheinlich noch Tausende weitere erleben, bis ihre Karriere so weit fortgeschritten war, daß sie zu beschäftigt sein würde, um auf solchen Missionen hinausgeschickt zu werden. Ihr Onkel hatte sie nicht zur Rechtsvertreterin von Frau Cade gemacht, weil sie miteinander verwandt waren; er hatte sie vielmehr ausgesucht, weil sie die beste Rechtsvertreterin der ganzen Firma war. Und dieses besondere Vorhaben würde einer besonderen Vorgehensweise bedürfen, denn was Frau Cade wollte, war nichts, wozu der Aufsichtsrat von Moto-Prothesen bereit sein würde. Diese Leute dachten nur an unfreundliche Übernahmen, an Giftpillen, an goldene Fallschirme. Frau Cade aber hatte einen völlig anderen Fahrplan. Wenn die Sache nicht gut und professionell gehandhabt wurde, könnte der Rat sich sperren, und das würde kostbare Zeit vergeuden.

Auch wenn es archaisch anmutete, fanden Aufsichtsratssitzungen noch immer unter persönlicher Beteiligung statt. Es war viel zu leicht, Holos zu fälschen, ein computergeneriertes Abbild von jemandem zu erzeugen, der in Wirklichkeit tot war oder im Kälteschlaf lag. Deshalb war Angelica jetzt auch hier, mit völlig korrekten Vollmachten, die sie auch bei sämtlichen zuständigen Stellen zu Protokoll gegeben hatte. Nicht daß ihr das etwas ausgemacht hätte. Dies war eine aufregende Arbeit; ab und an gab es einmal eine Mandantin wie Hypatia Cade, die etwas so völlig anderes wollte, daß ihr sämtlichen vorhergehenden Aufträge dagegen wie reinste Fingerübungen erschienen.

Die Sitzung wurde eröffnet – und Angelica stand bereits

auf, bevor der Vorsitzende zur normalen Tagesordnung übergehen konnte. Jetzt war der richtige Zeitpunkt. Es lag an ihr, Angelica, die Tagesordnung zu diktieren.

»Meine Herren«, sagte Angelica mit fester Stimme und erweckte ihrer aller Aufmerksamkeit, »meine Damen. Ich meine, Sie sollten alle Ihre Datenterminals überprüfen. Dann werden Sie feststellen, daß meine Mandantin, eine Frau Hypatia Cade, in diesem Augenblick die Mehrheit Ihrer Vorzugsaktien erworben hat. Von diesem Augenblick an *ist* Hypatia Cade die Firma Moto-Prothesen. Als ihre Rechtsvertreterin hat sie mir aufgetragen, die normale Tagesordnung des Aufsichtsrats für einen Augenblick auszusetzen.«

Ein plötzlicher, schockierter Augenblick der Stille – dann ein Rascheln, als die Mitglieder des Aufsichtsrats sich von ihrer Darstellung überzeugten und feststellten, daß sie die Wahrheit gesagt hatte. Alle Augen richteten sich auf Angelica, in einigen von ihnen schimmerte Verzweiflung. Verzweifelt waren vor allem jene, die innerhalb der Gesellschaft riskante Unternehmungen gestützt hatten und sich nun fragten, ob ihre risikoreiche Geschäftsführung sie in den Augen der neuen Mehrheitsinhaberin zu einer Belastung machte.

Ah, die Macht! Ich könnte den gesamten Rat entlassen und mit meinen eigenen Leuten besetzen, und das wißt ihr auch. Dies waren die Augenblicke, für die Angelica lebte. Für das Gefühl, unter dem Samthandschuh eine eiserne Faust zu besitzen.

Angelica glitt wieder in ihren Sessel und lächelte – geschmeidig, kühl, aber auch ermutigend. »Seien Sie unbesorgt, meine Damen und Herren. Meine Mandantin möchte Sie als erstes wissen lassen, daß sie nicht vorhat, hier irgend etwas auf den Kopf zu stellen. Sie ist zufrieden mit dem Ertrag dieser Gesellschaft, und sie hat auch nicht vor, sich darin einzumischen, wie Sie sie führen.«

Wieder veränderten sich die Mienen um den Tisch. Unglauben in manchen Augen, kühle Berechnung in anderen. Und dann das Begreifen: Der Alltag würde weitergehen. Nichts würde sich ändern.

Angelica wartete, beugte sich vor, stemmte die Ellenbogen auf die Tischplatte und verschränkte die Hände vor sich. »Aber ich muß Ihnen auch mitteilen, daß Frau Cade durchaus auch ihre eigenen Pläne für diese Firma hat.«

Eine weitere Pause. Angelica sah, wie alle Anwesenden angestrengt nachdachten. Was für Pläne? Wollte diese Cade, daß sie irgend etwas taten – oder etwas herstellten? Oder ging es um etwas völlig anderes?

»Es ist etwas, das sie von Ihnen bauen lassen will; nichts, was Sie nicht bereits herstellen könnten«, fuhr Angelica fort. »Tatsächlich würde ich sogar sagen, daß es sich dabei um etwas handelt, das Sie ohnehin bereits herstellen *würden*, wenn Sie nur die entsprechende Neigung verspürten. Sagen wir einmal, daß es sich nur um ein kleines, persönliches Projekt handelt ...«

Alex' Augen waren gerötet, und in seinem Kopf dröhnte es. Alle Gelenke taten ihm weh, sein Magen wand sich unglücklich, und er konnte es ganz und gar nicht genießen, wie der Raum sich immer um seine eigene Achse drehte, sobald er sich bewegte.

Nun, so ist das eben, wenn man auf eine zweiwöchige Sauftour geht.

Er schloß die Augen, doch das war ihm auch keine Hilfe. Eigentlich war es zwar keine zweiwöchige Sauftour gewesen, doch war er während dieser Zeit nicht einmal wirklich nüchtern geblieben.

Aber er hatte seine Fixation auf Tia nicht abgeschüttelt. Er war immer noch so hoffnungslos in sie verliebt wie vorher. Und dabei hatte er alles bis auf eine Gehirnlöschung ausprobiert, um das Gefühl loszuwerden. Er hatte sich mit einigen seiner alten Klassenkameraden getroffen, war mit Neil und Chria feiern gegangen, hatte mit weiteren Barkeepern/Psychoberatern gesprochen, hatte ein Mädchen nach dem anderen abgeschleppt ...

Alles ohne jeden Erfolg.

Es war Tia Cade, die so vollständig seinen Geist und sein Herz besetzte.

Es gab nur eine Möglichkeit: Er mußte es mit Tia irgendwie auf die Reihe bekommen. So oder so.

Er öffnete wieder die Augen. Seine winzige Kabine drehte sich langsam im Kreis, und er stöhnte auf, als sein Magen protestierte.

Es war kurz nach Ende der zweiten Schicht, als er sich auf die Docks zu der Umrüstungskabine begab, wo CenSec Tia zur Reparatur installiert hatte. So lange hatte es gedauert, bis er sich wieder halbwegs wie ein Mensch vorkam. Eins war sicher: *So etwas* würde er nie wieder machen. Eine einsame Sauftour in seinem Leben war mehr als genug.

Die Luke war verschlossen, aber weder in der Bucht noch davor schwärmten noch irgendwelche Arbeiter herum. Das war ein gutes Zeichen, denn es bedeutete, daß die Reparaturen wahrscheinlich beendet waren. Er hatte den dröhnenden Lärm, der sie Tag und Nacht umgab, zum Vorwand genommen, sich zu verdrücken, und war davon ausgegangen, daß Tia schon Kontakt mit ihm aufnehmen würde, falls sie ihn brauchte.

Als er die Schleusenkontrollen betätigte und seine Handfläche zum Abtasten darauf legte, fiel ihm plötzlich ein, daß sie allerdings die ganze Zeit keinen Versuch unternommen hatte, mit ihm in Kontakt zu kommen.

Hatte er ihr Angst eingejagt?

Der Schleusungsvorgang war schnell absolviert, und dann betrat er ein Schiff, in dem gespenstische Stille herrschte.

Die Beleuchtung war heruntergedreht, das einzige Geräusch stammte vom Belüftungssystem. Tia begrüßte ihn nicht. Nichts begrüßte ihn. Ebensogut hätte er in ein leeres, unbewohntes Schiff treten können, in dem es nicht einmal eine KI gab.

Irgend etwas stimmte hier nicht.

Mit klopfendem Herzen begab Alex sich in die Zentralkabine. Die Anzeigen waren alle dunkel, es gab kein Zeichen von Aktivität.

Tia schmollte nicht, Tia schmollte nie. Nichts war hier aktiviert, das nicht von zusätzlichen, selbsttätigen Chips hätte gesteuert werden können.

Er ließ seine Tasche auf das Deck fallen, seine Finger waren plötzlich gefühllos geworden.

Es konnte nur einen Grund für diese Stille geben, für dieses Fehlen jeglicher Aktivität: Tia war fort.

Entweder hatten die Behörden es herausgefunden, oder Tia selbst hatte sich beschwert. Wahrscheinlich hatten sie sie fortgeholt, und er würde sie niemals wiedersehen oder auch nur mit ihr sprechen können.

Wie um seine schlimmsten Befürchtungen zu bestätigen, erregte ein schimmerndes Licht aus einer offenstehenden Plexiverschalung seine Aufmerksamkeit. Theodor Iljitsch Bär war fort, sein winziger Schrein leer.

Nein ...

Wie gelähmt vor Schock merkte er, wie er auf seine eigene Kabine zuging. Vielleicht würde er dort eine Mitteilung in seiner persönlichen Datenbank vorfinden. Vielleicht auch eine Nachricht vom KD mit der Aufforderung, sich offiziell in Psychotherapie zu begeben.

Es spielte keine Rolle. Tia war fort.

Finstere Verzweiflung übermannte ihn, eine Verzweiflung von solcher Tiefe, daß nicht einmal Tränen sie mehr zu lindern vermochten. Tia war fort ...

Er öffnete das Schott zu seiner Kabine, und das Licht aus dem Gang schimmerte hinein, ließ die Person auf seiner Koje blinzeln.

Person auf seiner Koje?

Weiblich. Sie war eindeutig weiblich. Und sie trug auch nichts, was einer KD-Uniform geglichen hätte. Tatsächlich trug sie überhaupt nicht sehr viel – einen winzigen neonroten Skandex-Einteiler, der nichts der Vorstellungskraft überließ.

Er schaltete das Licht an, ein automatischer Reflex. Seine Besucherin blickte zu ihm auf, ihre Lippen verzogen sich zu einem schüchternen Lächeln. Sie war winzig, kleiner, als er erst geglaubt hatte: dunkel und elfengleich, mit großen blauen Augen, der Inbegriff einer viktorianischen Fee – und merkwürdig vertraut.

In den Armen hielt sie sanft den verschwundenen Ted Bär. Der Bär war es auch, der sein Gehirn schließlich auf Hochtouren brachte.

Er starrte sie an, er packte den Türrahmen. »T-T-Tia?« stammelte er.

Sie lächelte wieder, diesmal weniger schüchtern. »Hallo«, sagte sie – und es war tatsächlich Tias Stimme, die ein wenig ... merkwürdig klang, wie sie aus einem Mund und keinem Lautsprecher kam. »Es tut mir leid, daß ich soviel abschalten mußte, aber ich kann nicht gleichzeitig *das hier* und das Schiff steuern.«

Es war Tia – *Tia!* –, die dort in einem Körper vor ihm saß, einem menschlichen Körper, wie die Verkörperung seines Traums!

»Das hier?« wiederholte er.

»Ich hoffe, du hast nichts dagegen, wenn ich mich nicht erhebe«, fuhr sie ein wenig reumütig fort. »Ich kann noch nicht sehr gut laufen. Sie haben das hier erst heute angeliefert, und ich habe noch nicht viel Übung darin.«

»Das?« wiederholte er noch einmal, ließ sich auf seine Koje sinken und starrte sie an. »Wie ... was ...«

»Gefällt es dir?« fragte sie.

»Wie sollte ich das *nicht* mögen ... dich.« Es schwindelte ihn, alles schien sich zu drehen. »Tia, was, um alles in der Welt, ist *das*?«

Sie blinzelte und begann zu kichern. »Ich vergesse es immer wieder. Weißt du noch, wieviel Bonusgeld wir bekommen haben? Ich habe es immer investiert, um dann die Gewinne bei Moto-Prothesen anzulegen. Aber als wir hierher zurückkamen, mußte ich an etwas denken, was Doktor Kenny mir einmal sagte, daß sie zwar die Möglichkeiten hätten, einen Körper zu erschaffen, daß es aber unmöglich sei, ein nacktes Gehirn einzupflanzen und daß *soviel* Daten übermittelt werden müßten, daß die Verbindung nur auf sehr kurze Distanz klappen könnte.«

»Oh.« Alex konnte nicht anders, er mußte sie einfach anstarren – das war sein Traum, sein Tagtraum ... sein ...

»Jedenfalls schien es mir«, fuhr sie fort, »daß dieser Körper für ein Gehirn-Schiff perfekt geeignet sein müßte. Ich meine, wir verfügen doch bereits über sämtliche Schnittstellen, und es wäre auch nicht sehr viel schwieriger, einen Körper von innen zu beherrschen als einen Servoroboter. Aber er hatte in die Firma bereits investiert und mir gesagt, daß es höchst unwahrscheinlich sei, daß sie jemals einen solchen Körper bauen würden, weil es dafür keinen Markt gäbe, weil er so viel kosten würde wie der Freikauf eines Gehirn-Schiffs aus seinem Vertrag.«

»Aber wie ...«

Sie lachte laut. »Deshalb habe ich meinen Anteil unserer Zulagen dazu verwendet, noch mehr Aktien aufzukaufen! Ich habe die Mehrheit erworben und sie dann angewiesen, mir einen Körper zu bauen! Ich muß mich nicht unbedingt aus dem Vertrag freikaufen, ich will es eigentlich auch gar nicht ... nicht, seitdem des Institut beschlossen hat, uns den EsKa-Heimatwelt-Auftrag zu geben.«

Alex schüttelte den Kopf. »So einfach war das? Das klingt fast unmöglich. Haben sie sich denn nicht gesperrt?«

»Dazu waren sie viel zu glücklich darüber, daß ich sie auf ihren alten Posten ließ«, meinte sie zynisch. »Schließlich hatte ich als Mehrheitsinhaberin ja das Recht, sie alle auf der Stelle zu feuern und meinen eigenen Aufsichtsrat zu besetzen. Aber das Sonderbarste muß ich dir noch erzählen!«

»Was denn?« fragte er.

Sie streichelte Theodors weichen Pelz. »Die Nachricht über mein Vorhaben ist nach draußen gesickert, und jetzt *gibt* es einen Markt! Hast du eine Vorstellung, wie viele Hüllenmenschen es gibt, die genug Geld für einen Freikauf haben, aber gar keinen wollen, weil ihnen ihr gegenwärtiger Beruf durchaus Spaß macht?«

Er schüttelte benommen den Kopf.

»Nicht allzu viele Schiffe«, teilte sie ihm mit, »aber sehr

viele Schalenpersonen, die in Festanlagen arbeiten. Und es gab auch jede Menge Anfragen von Gehirn-Schiffen – einige von ihnen sagten, daß sie gern bereit wären, einen Freikauf zu überspringen, um sich einen Körper zuzulegen! Moto-Prothesen hat sogar einige Protestschreiben von Anwälten bekommen!«

»Wieso das?« fragte er verwundert. »Was kümmert die das denn?«

»Sie sagten, daß wir nur Werkzeuge des HM-Programms seien, daß wir dieses ›mechanische Ungeheuer‹ nur gebaut hätten, um die Gehirn-Schiffe dazu zu verlocken, ihr Freikaufgeld auszugeben.« Tia legte den Kopf schräg und runzelte die Stirn. »Ich muß zugeben, daß ich daran noch nicht gedacht hatte. Ich hoffe, daß das kein wirkliches Problem wird. Vielleicht sollten Lars und Lee Stirling der Sache einmal für mich nachgehen.«

»Tia«, brachte er durch den Nebel hervor, der seine Gedanken umgab, »was ist denn das nun für ein ›mechanisches Ungeheuer‹, das du da hast?«

»Ein kybernetischer Körper mit Breitbandcomlink im extremen Kurzwellenbereich, das hier oben eingebaut ist.« Sie tippte sich an die Stirn. »Der Unterschied ist, daß er die Hüllenmenschentechnologie dazu benutzt, mit vollem sensorischen Input der Haut und Output an den Rest zu liefern. Ich kann mich damit zwar nicht weit außerhalb des Schiffs begeben, aber meine Techniker bei Moto arbeiten bereits daran. Wenn wir die Erstmannschaft zur Heimatwelt der EsKas bringen, will ich schließlich an den Ausgrabungen teilnehmen, sofern sie mich lassen. Durch die Speziallegierungen und Silikate und Kohlenstoffasern ist er ja nicht sehr viel schwerer als du, auch wenn er über etwas mehr Masse verfügt als eine weibliche Normalperson dieser Größe, er ist ein paar Kilo schwerer. Dafür funktioniert aber auch *alles*, sämtliche Sinnesorgane und … na ja, eben alles. Es ist, als wäre ich wieder eine Normalperson, nur daß meine Piloten nicht ermüden und ich die Schmerzsensoren abschalten kann, sollte ich beschädigt werden. Deshalb habe ich auch

Ted herausgenommen. Ich wollte ihn mal fühlen, ihn wieder umarmen.«

Tia saß nur da und strahlte ihn an, und er schüttelte den Kopf. »Aber weshalb?« fragte er schließlich.

Sie schlug die Augen auf, dann blickte sie auf den Bären hinunter. »Ich ... hätte mich wahrscheinlich freigekauft, wenn du nicht gewesen wärst«, sagte sie scheu. »Oder vielleicht einen Singularitätsantrieb erworben, nur daß CenSec entschied, daß sie mir besser einen geben sollten und daß sie ihn gleich zusammen mit den Reparaturen bezahlen. Aber ... ich sagte dir ja schon, Alex, du bist der wichtigste Mensch in meinem Leben. Wie konnte ich daher um diese Möglichkeit wissen und es *nicht* tun ... für ... für uns beide?«

Da wagte er endlich sie zu berühren, fuhr mit einem Finger ihre Wange entlang, dann unter ihr Kinn, hob ihren Kopf, um in ihre Augen zu blicken. Nichts an diesen strahlenden Augen sah mechanisch oder kalt aus; nichts von der Wärme und Nachgiebigkeit der Haut unter seiner Hand kündete von ›Kybernetik‹.

»Du hast deine Chance, dich freizukaufen, für mich aufgegeben ... für uns?« fragte er.

Tia zuckte mit den Schultern. »Ein sehr weiser Mann hat einmal gesagt, daß die Aussicht auf Glück es wert sei, dafür ein wenig Freiheit preiszugeben. Und außerdem können sie uns bei all den Anwälten und dem Rest nicht wirklich dazu zwingen, irgend etwas zu tun, was wir nicht wollen.«

»Ich schätze nicht.« Er lächelte. »Weißt du eigentlich, daß du dem HM-Programm zwei Gefallen getan hast?«

»Habe ich das?« Tia blinzelte wieder, war eindeutig verwundert.

»Du hast den Hüllenmenschen etwas anderes gegeben, was sie mit ihrem Freikaufgeld anfangen können. Wenn sie keinen Singularitätsantrieb haben, werden sie erst den haben wollen – und danach wollen sie so eins hier.« Er ließ ihr Kinn los und tippte spielerisch an ihre Wange. »Vielleicht sogar mehr als einen. Vielleicht einen von jedem Geschlecht oder von verschiedenen Körpertypen. Manche Gehirn-

Schiffe werden sich vielleicht nie freikaufen. Aber was das andere Problem angeht ... Du hast das Fixationsproblem gelöst, meine kluge kleine Dame.«

Tia überlegte einen Augenblick und nickte schließlich. »Daran hatte ich noch gar nicht gedacht. Aber du hast recht! Wenn du einen *Körper* hast, jemanden, mit dem man zusammensein kann und ... äh ... und so weiter ... dann bringt das den Hüllenmenschen nicht in Gefahr. Und wenn es nur eine kurze Begeisterung sein sollte, die auf einem Traum beruht anstatt auf der Wirklichkeit ... na ja ...«

»Na, nach ein paar Runden mit dem Körper wird sich das dann schon abkühlen.« Er lachte. »Paß nur auf, sonst bekommst du dafür auch noch eine Prämie!«

Sie lachte ebenfalls. »Na, damit werde ich mich jedenfalls nicht freikaufen! Vielleicht baue ich mir lediglich einen zweiten Körper! Wenn wir gerade nicht das Universum erforschen wie ein paar Holohelden, haben wir schließlich genug Zeit, um den Dingen ... etwas genauer nachzugehen. Wie?«

Sie nahm eine kokette Pose an, blickte ihn flirtend über die Schulter an. Er fragte sich, wie viele von ihren Unterhaltungsholos sie wohl angeschaut haben mußte, um *diese* Pose zu finden. »Also, was möchtest du gern, Alex? Eine große, blonde Walküre? Ein ägyptische Königin? Eine nubische Kriegermaid? Wie wäre es mit einer chinesischen Prinzessin oder ...«

»Kümmern wir uns doch erst mal um das, was da ist, wie?« unterbrach er sie, rutschte dichter an sie heran und nahm sie in die Arme. Ihr Kopf legte sich zurück, ihre Augen schimmerten vor Vorfreude. Vorsichtig, sanft nahm er ihr den Bären aus den Händen und stellte ihn in das Regal über dem Fußende der Koje, während ihre Arme sich vorsichtig um seine Hüften schlangen.

»Und jetzt«, hauchte er, »zur Erkundung ...«

ENDE

BASTEI
LÜBBE
Science Fiction
Bücher mit Zukunft
Die größten Erzähler der SF
holen Ihnen die Sterne vom Himmel
ISAAC ASIMOV
ROBOTER-TRÄUME
und 20 andere SF-Geschichten
ISBN 3-404-24144-4
DM 10,–
IAN McDONALD
REBELLIN DES GLÜCKS
Eine Frau kämpft gegen die Schöne Neue Welt
Science Fiction Roman
ISBN 3-404-24147-9
DM 9,80
MARGARET WEIS
DIE STERNENHÜTER
DER LETZTE KÖNIG
Science Fiction Roman
ISBN 3-404-24156-8
DM 12,80
LARRY NIVEN
STEVEN BARNES
DIE WAHL DES ACHILL
Science Fiction Roman
ISBN 3-404-24157-6
DM 8,80
ORSON SCOTT CARD
XENOZID
Der Sprecher für die Toten kämpft um seinen Planeten
ISBN 3-404-24153-3
DM 12,80
ALLEN STEELE
MONDHUNDE
ISBN 3-404-23129-5
DM 9,80